YASSIN MUSHARBASH

RUSSISCHE BOTSCHAFTEN

THRILLER

Kiepenheuer
& Witsch

Fast alle Personen und Ereignisse, die in diesem Buch auftauchen und geschildert werden, sind fiktiv. Das schließt bewusste Anspielungen ebenso wenig aus wie absichtliche Verfremdungen.

»Was sonst soll ein Journalist in diesen Zeiten schon tun, außer über das Unheil der Welt zu berichten?«

John le Carré, »Eine Art Held«

PROLOG

Merle Schwalb war hungrig. Der Holzstuhl, auf dem sie saß, kippelte. Auf dem roten Plastiktisch vor ihr hatte der Kellner ein paar fettige Pfützchen übersehen, als er ihn mit einem schmutzigen Lappen abgewischt hatte, sodass sie nicht wusste, wohin mit ihren Ellbogen. Immerhin war sie dankbar, dass sie selbst hier, mitten auf dem Bürgersteig in der übervollen Neuköllner Sonnenallee, spüren konnte, wie die Hitze des Tages sich allmählich verabschiedete. Der Abendhimmel war blass und blau; nur ein paar violette Wolkenfetzen durchzogen ihn. Als habe jemand Brombeermarmelade verschmiert, dachte sie.

Das *Damascus Palace* war bis auf den letzten Platz besetzt. Vor der offenen Küche im Inneren, wo die Gäste an einem kleinen Tresen ihre Bestellungen aufgaben, hatte sich eine Schlange gebildet, die bis zu ihnen nach draußen reichte. Es war laut. Junge Männer alberten auf Arabisch herum, verteilten Kopfnüsse und lachten wiehernd. Familienväter dirigierten ihre Frauen und Kinder mit wedelnden Armen auf die ihnen zugedachten Plätze. Eine verschleierte Großmutter schaukelte auf dicken, krummen Beinen kichernd an Merle Schwalb vorbei und stützte sich mit ihrer hennabemalten Hand auf ihrem Tisch ab, bevor sie weiterzog. Wahrscheinlich, mutmaßte Merle Schwalb, hat es etwas damit zu tun, dass der Ramadan gerade zu Ende gegangen ist und die Leute noch in Feierstimmung sind. Aber was weiß ich schon? Wahrscheinlich ist es immer so voll.

Hummus. Tabbuleh. Falafel. Halloumi. Kibbeh.

Sie hatte jedes Gericht bestellt, an dessen arabischen Namen sie sich erinnern konnte, als sie neben Arno Erlinger in der Schlange gestanden hatte.

»Sie waren noch nie im *Damascus Palace?* Im Ernst?«, hatte sie am Morgen am Telefon zu ihm gesagt.

»Na, dann überraschen Sie mich mal!«, hatte Erlinger geantwortet.

Jetzt brachte der Kellner die Schüsseln und Teller, das warme Brot, dazu Limonade mit Minze.

»Und was ist jetzt was?«, fragte Erlinger.

Anstatt zu antworten, griff Merle Schwalb nach dem Brot. Sie wusste, dass Erlinger nur italienisch aß. Sie mochte Erlinger nicht. Und die Verabredung war seine Idee gewesen. Deshalb hatte sie sich vorgenommen, ihn so weit wie möglich zu verunsichern. Seine irritierende Souveränität wenigstens für eine Stunde außer Kraft zu setzen. Diese Mischung aus Coolness und Herablassung, von der sie sich fragte, ob sie allein daher rührte, dass Erlinger fast zwei Meter groß war. Oder ob sie sich aus weiteren Quellen speiste. Der Galerie von Journalistenpreisen in seinem Büro? Seinem flachen Bauch und den lavendelfarbenen Maßhemden? Seinem mutmaßlich gewaltigen Gehalt?

»Warum bin ich hier, Erlinger?«, fragte sie.

»Schwälbchen, wir brauchen doch keinen Grund, um zusammen essen zu gehen«, sagte Erlinger.

»Doch«, sagte Merle Schwalb.

»O.K., O.K.«, sagte Erlinger, »I get it.«

Natürlich wusste Merle Schwalb, worum es ging. Arno Erlinger war der führende Investigativjournalist des *Globus*. Er war der Chef der Drei Fragezeichen, wie die ressortübergreifende Recherche-Einheit innerhalb der Redaktion genannt wurde, die ein geheimnisumwittertes Eigenleben führte, unhinterfragbare Spesenabrechnungen und einen Reptilienfonds für besondere

Aufwendungen eingeschlossen. Allerdings war Arno Erlinger eines seiner Fragezeichen abhandengekommen: Frederick Rieffen hatte den *Globus* im Streit verlassen, schon vor einer ganzen Weile, und entgegen Erlingers Prophezeiung war er nicht zurückgekehrt. Seither hatte es immer wieder Gerüchte gegeben, welcher Reporter von welcher anderen Zeitung geholt werden sollte, um seinen Platz zu füllen. Aber keines der Gerüchte hatte sich bewahrheitet.

»Ich hab mir mal aus dem Archiv gezogen«, setzte Erlinger an, »was Sie in den letzten Jahren bei uns so geschrieben haben. Da ist richtig gutes Zeug dabei!«

»Und dafür mussten Sie das Archiv bemühen?«, fragte Merle Schwalb.

»Na ja, schon was anderes, wenn man alles noch mal am Stück liest, oder? Übrigens, ich versuche hier, Ihnen einen Kompliment zu machen, falls Sie das nicht gemerkt haben. Der Steuerbetrug bei diesen Evangelikalen zum Beispiel, das war echt stabil. Drei Ausgaben, drei Geschichten: *bam*, *bam*, *bam* – versenkt!«

»Danke«, sagte Merle Schwalb.

»Ja, und ein paar andere Sachen auch, wissen Sie ja selber. Jedenfalls, ich sehe da Zug zum Tor, und die Sachen stehen, keine Gegendarstellungen, keine Sperrvermerke, keine Unterlassungen. Das ist gut.«

Aha, dachte Merle Schwalb, er hat tatsächlich im Archiv nachgesehen. Dort, wo sich die kleinen schmutzigen Geheimnisse verbergen. Die Spuren des Scheiterns. Die vier oder fünf von den Presseanwälten der Gegenseite weggeklagten Absätze aus der leider nur zu drei Vierteln korrekten Hammerrecherche, die jetzt geschwärzt sind, wenn man die digitalisierte Archivversion des Artikels aufruft. Was natürlich kein normalsterblicher Leser zu sehen bekommt. Genauso wenig wie die zur Warnung kursiv markierten Passagen, für die der *Globus* unter Androhung einer Geldstrafe eine Unterlassungserklärung abgegeben hat. Denn das ist ja das Schöne an so einer ansonsten natürlich hässlichen Unterlassungserklärung: dass die Geschichte nie wieder im Urzustand im Netz zu finden sein wird, ganz so, als habe es die Fehler nie gegeben.

Merle Schwalb war gerne Journalistin. Sie neigte nicht zum Pathos, sie mochte es nicht, wenn Journalisten sich selbst überhöhten, vierte Gewalt, Kontrollinstanz, Putzerfischchen der Demokratie. Aber an ungeraden Tagen glaubte auch sie, dass es möglich war, eine gute Journalistin zu sein, die eine wichtige, eine sinnvolle Aufgabe erfüllte, und sie mochte dieses Gefühl. Es war alles, was sie wollte. Nur dass sie das alles schwierig fand und sich dieses besondere Gefühl nur selten einstellte. Während Leute wie Erlinger anscheinend davon überzeugt waren, dass sie an jedem einzelnen Tag Scheiße zu Gold spannen. Oder war sie ungerecht und beneidete Erlinger & Co. bloß um deren Selbstgewissheit? War sie am Ende tatsächlich nur halb so gut, weil ihr etwas abging – die letzte Härte, die notwendige Geschmeidigkeit, das instinktive Gespür dafür, was eine *Geschichte* war?

»Und was ist mit den Recherchen, bei denen wir uns in der Vergangenheit in die Quere gekommen sind?«, fragte Merle Schwalb.

»Man kann ja nicht immer richtigliegen«, antwortete Erlinger und grinste.

»Wie bitte?«

»Ach kommen Sie, was wollen Sie denn jetzt von mir hören, *hm?* Na gut, ich sag's, wie es ist: Ja, es gab da ein, zwei Fälle, da wäre es besser gewesen, wir hätten von Anfang an enger zusammengearbeitet.«

»So kann man es auch sagen.«

»Ja, und so könnte es auch sein! In Zukunft … wenn Sie wollen.«

Jetzt kommt es also, dachte Merle Schwalb. Das Angebot, von dem ich seit Monaten denke: Wieso macht er es mir nicht? Und genauso oft denke: Auf gar keinen Fall werde ich es annehmen!

»Ich wüsste gern etwas genauer, wie Sie sich das vorstellen, Erlinger.«

Das hatte sie sagen wollen.

Doch bevor sie die Worte aussprechen konnte, nahm sie in ihrem linken Augenwinkel etwas Irritierendes wahr. Etwas, das da nicht sein sollte – etwas Großes, das sich sehr schnell von oben nach unten bewegte. Unmittelbar darauf hörte sie ein dumpfes Klatschen.

Irgendjemand stieß einen Schrei aus.

Ruckartig wandte Merle Schwalb ihren Kopf nach links.

Weniger als einen Meter neben ihrem Stuhl lag ein junger Mann in Jeans und T-Shirt auf dem Gehweg. Seine Arme und Beine waren verrenkt. Aus seiner Nase und seinen Ohren rann hellrotes Blut auf den Beton. Das rechte Auge des Mannes war eingedrückt. Aber sein linkes Auge stand offen. Sein starrer Blick ging genau in ihre Richtung.

Der Mann war tot. Daran hatte Merle Schwalb keinen Zweifel. Dafür hatte sie zu viele Tote gesehen.

Sie stand auf, nahm ihr Handy vom Tisch und begann, Fotos von dem toten Mann zu machen. Von allen Seiten, von oben, schließlich im Knien.

»Sind Sie irre?«, schrie Erlinger, der ebenfalls aufgesprungen war. »Können wir vielleicht erst mal einen Krankenwagen rufen?«

Aber schon drei Tage später gab Erlinger in der Großen Konferenz mit der Geistesgegenwart seiner neuen Kollegin an, weil sie Fotos von einer Leiche gemacht hatte, die es offiziell nicht gab.

KAPITEL 1

»Also, was haben wir?«, fragte Erlinger, als sie nach der Großen Konferenz im Besprechungszimmer der Drei Fragezeichen im 17. Stock der *Globus*-Redaktion zusammenkamen. Seufzend ließ er sich in einen dunkelgrauen *Emirates*-Flugzeugsessel gleiten und fuhr die Rückenlehne per Knopfdruck zurück, bis er Merle Schwalb und Lars Kampen gerade noch sehen konnte, ohne sich den Kopf zu verrenken, hinter dem er seine Arme verschränkt hatte.

Es gab drei dieser Sessel. Merle Schwalb wusste, dass Erlinger sie vor langer Zeit als Entschädigung für einen überbuchten Flug in Dubai organisiert hatte. Sie waren um einen niedrigen Glastisch gruppiert, wobei Erlingers Sessel am nächsten an der bodentiefen Fensterfront stand, von der aus sich ein atemberaubender Blick auf die glitzernde Spree, das Berliner Ensemble, die Friedrichstraße und den Friedrichstadtpalast eröffnete. Von hier oben sehen die Touristen in ihren bunten Hemden aus wie Konfetti, das durch die Stadt geweht wird, dachte Merle Schwalb. In der Ferne funkelte die Kuppel der Synagoge in der Oranienburger Straße im Licht der Mittagssonne.

Als Lars Kampen seinen Sessel bestieg, der dem Erlingers gegenüberstand, musste Merle Schwalb an einen Cowboy denken, der auf ein Pferd kletterte. Kampen war deutlich kleiner als Erlinger und sah mit seinem braven Jungenhaarschnitt aus wie ein Praktikant von einer Journalistenschule. Aber das täuschte. Niemand sonst in der Redaktion war in der Lage, so schnell wie Kampen aus den Zulieferungen verschiedener Reporter ein Stück aus einem Guss zusammenzustricken, wobei er immer und unfehlbar den harten, ungeschönten Sound traf, für den der *Globus* berüchtigt war.

Sie war schon einmal in diesem Raum gewesen. Vor einigen Jahren, kurz nach dem Anschlag auf den Bundestagsabgeordneten Lutfi Latif. Genau wie damals stand sie nun wieder mitten im Raum herum und kam sich vor wie eine Stewardess.

»Ach so«, sagte Kampen und deutete auf den dritten Flugzeugsessel, in dem damals noch Frank Rieffen gesessen hatte. »Das ist jetzt wohl Ihrer, schätze ich.«

»Danke«, sagte Merle Schwalb. Sie setzte sich und ließ die Rückenlehne aufrecht. Als Kampen seine herunterfuhr, tat sie es ihm allerdings gleich. Die neue Position war unbequem. Nein, korrigierte sie sich in Gedanken. Nicht unbequem, sondern unangenehm.

Bin ich hier beim Zahnarzt, oder was?

»Also?«, fragte Arno Erlinger in das Surren des Elektromotors hinein.

»Gehen Sie weiter, hier gibt es nichts zu sehen«, sagte Kampen sarkastisch.

»Du meinst den Polizeibericht?«

»Ja.«

Kampen zog ein Blatt Papier aus seiner Hemdtasche, faltete es auseinander und las vor: »Polizeimeldung vom 26. Juli, Bezirk Neukölln, laufende Nummer 1856. Schwerverletzter nach Balkonsturz. Um 21 Uhr 17 ereignete sich in der Hobrechtstraße Ecke Sonnenallee ein Unfall, als ein 27 Jahre alter Mann vom Balkon einer Wohnung im dritten Stock stürzte und auf dem Bürgersteig nahe der Außenbestuhlung eines arabischen Lokals aufprallte, wobei er sich schwere Verletzungen zuzog. Dritte kamen nicht zu Schaden. Der Mann wurde in die nächstgelegene Notaufnahme verbracht und dort medizinisch versorgt. Für Fremdverschulden liegen keine Anhaltspunkte vor, die Ursache des Sturzes war Unachtsamkeit.«

»Außer dem Alter keine Details?«, fragte Erlinger.

»Nada«, antwortete Kampen. »Niente.«

»Frau Schwalb, was sagen uns die Bilder, die Sie gemacht haben? Mit Blick auf seine Identität, meine ich?«

»Na ja«, sagte Merle Schwalb. »Ein Tattoo mit seinem Namen hatte er leider nicht.«

»Zeigen Sie doch noch mal, bitte.«

Merle Schwalb hatte DIN-A3-Ausdrucke gemacht und legte sie auf den Tisch. Erlinger seufzte und fuhr seine Rückenlehne hoch. Dann griff er nach einigen der Aufnahmen, während Kampen sich den Rest nahm.

»Ich weiß jetzt nicht, wie man das korrekt sagt, aber ich vermute mal: ein Arabski«, sagte Erlinger, nachdem er sie studiert hatte. »Oder?«

»*Person of Colour* heißt das, Arno!«, sagte Kampen, ohne sich anmerken zu lassen, ob das als Witz gemeint war oder nicht.

»Scheißwitz, Kampen«, sagte Merle Schwalb.

»Was glauben *Sie* denn?«, fragte Erlinger fröhlich. Ihre kleine Attacke amüsierte ihn offenbar.

»Natürlich wäre es mitten in Neukölln jetzt nicht gerade eine Überraschung, wenn der Mann Libanese, Syrer oder Türke war«, antwortete Merle Schwalb.

»Wenn die Polizei weiß, wie alt er ist, weiß sie auch, wer er ist«, sagte Kampen.

»Wie sicher sind wir denn, dass er tot ist?«, fragte Erlinger.

»Ziemlich sicher«, sagte Merle Schwalb. »Ich hab die Aufnahmen zwei Notärzten gezeigt, sie glauben, dass die Bilder eine Leiche zeigen.«

»O.K. Also lügt die Polizei. Warum lügt die Polizei?«

»Weil er nicht aus Unachtsamkeit gestorben ist«, sagte Merle Schwalb.

»Sondern?«

»Weil er vom Balkon gestoßen wurde. Weil es Mord war.«

»Und warum verschweigen die *Cops* uns das?«

»Vielleicht weil es irgendeine Clan-Scheiße war und sie noch an irgendetwas herumermitteln?«, bot Kampen an.

»Aye«, sagte Erlinger. »Würde ich auch vermuten.«

»Clan-Scheiße ist scheiße«, maulte Kampen. »Ich hasse Clan-Scheiße. Ali messert Mahmud, Mahmud betrügt Abdul, Abdul verprügelt Ali. Kennste einen, kennste alle.«

»Clan-Scheiße ist super«, sagte Erlinger. »Das Dritte Geschlecht liebt Clan-Scheiße. Außerdem gibt es bei Clan-Scheiße keine Unschuldigen, das hilft.«

Aus seiner Brusttasche fingerte Erlinger eine Zigarette und steckte sie mit einem Zippo-Feuerzeug an, das er in der Seitentasche seines Sessels deponiert hatte. Er nahm einen Zug, ließ drei Ringe aufsteigen, versenkte das Feuerzeug wieder an seinem Platz und wandte sich Merle Schwalb zu.

»Schwälbchen, ich finde, Sie sollten bei dieser Geschichte den Anführer machen. Die Anführerin, meine ich natürlich. Schauen Sie einfach mal, wie weit Sie kommen, ja?«

»Aye«, sagte Merle Schwalb. »Dann flattert das Schwälbchen gleich mal los!«

Sie hoffte, dass sie nicht aus Versehen niedlich geklungen hatte.

***

Jedes Mal, wenn Merle Schwalb aus dem *Globus*-Hochhaus auf die Friedrichstraße trat, um einem Gerücht hinterherzulaufen, einen Informanten zu treffen oder eine Recherche zu beginnen, kam sie sich vor wie die Pilotin eines kleinen Raumschiffs, das den Kampfstern durch eine eigens geöffnete Luke verließ, um in unbekanntes Territorium vorzustoßen. So kalt es drinnen auch sein mochte, so hierarchisch und ätzend und streng und unfreundlich, so heimelig war es dort zugleich, so altbekannt und vertraut.

Weil drinnen eine ganz eigene Sprache gesprochen wird, dachte sie. Und hier draußen eine andere. Viele andere Sprachen.

Sie wedelte den Bratwurstgeruch zur Seite, der von dem Mann mit dem Bauchgrill ausging, der seit Jahren direkt vor dem Rossmann herumstand, und bahnte sich ihren Weg vorbei an einer niederländischen Schülergruppe, die an der Fußgängerampel stand und vor lauter Aufregung, in Berlin zu sein, kollektiv das grüne Signal verpasste. Sie winkte ab, als die Studentinnen ihr auf der anderen Straßenseite die Spendenbüchsen für UNICEF oder Amnesty International oder wen auch immer vor die Nase hielten, und nahm die Treppen, die hinunter zur U6 führten.

Sie fuhr bis zum Mehringdamm und stieg dort in die U7 um. Am Hermannplatz stieg sie wieder an die Oberfläche und lief bis zum *Damascus Palace.*

Jetzt, am frühen Nachmittag, war das Restaurant fast leer. Nur einer der Tische draußen war besetzt. Zwei junge Männer saßen dort und aßen *Schawarma*. Sie sprachen englisch miteinander, wie Merle Schwalb feststellte, als sie vor dem Eingang ihr Handy aus der Tasche zog und so tat, als höre sie eine Sprachnachricht ab.

Amerikaner, dachte sie. Aber keine Touristen. Sondern welche von der Sorte, die hier auf ihren Durchbruch als Künstler, Drehbuchautoren oder Barbiere warten oder wenigstens auf die anstehende Erbschaft von *Granny*. Die Trump *awful* finden, Berlin *fresh* und sich selbst *woke*. Und von denen Hunderte hier im Kiez leben. Sie war sicher, dass die beiden ihr nicht weiterhelfen konnten. Dass sie keine Ahnung hatten, woher der dunkle Fleck neben ihnen auf dem Bürgersteig rührte.

Sie steckte ihr Handy wieder ein, seufzte und betrat das Restaurant.

Kennste einen, kennste alle.

Es war ja nicht falsch, was Kampen gesagt hatte. Das *Damascus*

Palace war zwar relativ neu, und die Gründer waren syrische Flüchtlinge, die erst vor einigen Jahren nach Berlin gekommen waren. Aber sie musste keine Expertin für arabische Clans in der Stadt sein, um zu vermuten, dass in einem Restaurant dieser Größe, Lage und Kundschaft einige derer, die dort arbeiteten, Beziehungen zu den einschlägigen libanesischen Großfamilien haben mussten. Und dass die Kunde von ihrem Besuch und ihren Fragen deshalb wahrscheinlich weitergetragen würde, falls sie sich zu auffällig benahm.

Auch im Inneren war das Restaurant weitgehend leer. Zwei Deckenventilatoren drehten sich träge und rührten die Luft um. Auf einem Fresko, das mutmaßlich die Altstadt von Damaskus zeigte, krabbelten zwei dicke Fliegen herum. In der offenen Küche stand nur ein einziger Koch, nicht vier, die einander auf die Füße traten, wie an dem Abend, als sie mit Erlinger hier gewesen war. An dem Bestelltresen saß ein Bursche von vielleicht 18 Jahren mit einem dünnen Bärtchen – zu ihrer Enttäuschung definitiv nicht derselbe Mann, bei dem sie vor drei Tagen ihre Bestellung aufgegeben hatte. Ihn wollte sie nicht fragen, also bestellte sie kurz entschlossen einen Teller *Falafel* und setzte sich an einen Zweiertisch, von dem aus sie den Eingang im Blick haben würde.

Eine Minute später kam ein ein gelangweilter Kellner und stellte scheppernd einen kleinen Plastikteller mit sauer eingelegtem Rettich, Gurken und Tomaten auf ihren Tisch, ohne zu ihr aufzusehen.

»Essen kommt gleich«, murmelte er.

»Hallo!«, sagte Merle Schwalb.

Der Kellner blickte auf, und sie konnte in seinen Augen sehen, dass auch er sie wiedererkannte.

»Guten Tag.«

»Das war ja krass am Freitag!«, sagte sie.

Der Kellner lächelte.

»Ich meine den Mann, der vom Balkon gefallen ist.«

»Ich weiß nicht«, sagte der Kellner und zuckte mit den Schultern.

»Ich saß draußen, direkt daneben«, sagte Merle Schwalb. »Als er runterfiel.«

»Ich verstehe nicht«, sagte der Kellner.

»Der Mann!«, sagte Merle Schwalb. Sie reckte einen Arm nach oben, ließ ihn langsam auf den Tisch niederfahren und versuchte dabei, mit einem tiefer werdenden Pfeifen ein Geräusch zu machen, das danach klang, als würde etwas herunterfallen. Sie ahmte sogar das Aufklatschen des Mannes nach, als ihre Hand auf dem Tisch aufkam, und legte anschließend ihren Kopf mit geschlossenen Augen und offenem Mund auf ihre rechte Schulter, um einen Toten zu mimen.

»Ich weiß nicht«, sagte der Kellner und ließ ein Fragezeichen in der Luft hängen.

Na toll, dachte Merle Schwalb. Läuft ja richtig super.

Dabei weißt du ganz genau, was ich meine. Ich kann in deinen Augen sehen, dass du weißt, wovon ich rede.

»Ist egal«, sagte sie und machte eine wegwerfende Handbewegung.

»Essen kommt gleich«, sagte der Kellner.

Dann eben anders.

Nachdem sie aufgegessen hatte, ging Merle Schwalb zu dem Haus, das direkt an das *Damascus Palace* angrenzte und aus dem der Mann gestürzt sein musste. Es war eine typische Berliner Mietskaserne mit grauer pickeliger und graffitiverschmierter Außenfassade und einer riesigen blassgrünen Haustür aus Holz, durch deren ausgreifende Flügel früher einmal ein Pferdefuhrwerk gepasst haben musste. Es gab jeweils eigene metallene Tafeln mit Klingelschildern für das Vorderhaus, den rechten und linken Seitenflügel, die Remise und das Hinterhaus. Insgesamt sicher sechs

Dutzend Namen, die meisten nichtdeutsch, wie Merle Schwalb schnell feststellte, was sie aber auch nicht überraschte.

Die Wohnung, aus der der Mann gefallen war, musste logischerweise im Vorderhaus liegen. Dritter Stock, erinnerte sie sich. Das hatte in der Polizeimeldung gestanden. Wenn das stimmte, kamen zwei Wohnungen infrage. Auf dem einen Klingelschild stand *Hawelka*, auf dem anderen *Yazan/Hamoudi*. Sie klingelte bei beiden. Niemand öffnete. Sie versuchte die Haustür zu öffnen, aber auch die gab nicht nach.

Dann suchte sie die Tafel nach dem deutschesten Namen ab, den sie finden konnte, und stieß auf *Winkelmann*, erster Stock Vorderhaus.

»Ja?«

Die Stimme einer alten Frau.

»Paket von DHL«, sagte Merle Schwalb.

»Is jut«, antwortete die Stimme.

Die Tür surrte, und Merle Schwalb stieß sie auf.

Das Treppenhaus war muffig, aber sauber. Zwei Kinderwagen und ein offensichtlich gestohlener Elektrotretroller standen neben der Treppe. Als sie im dritten Stock ankam, sah sie, dass die Tür der Wohnung zur Rechten, der Wohnung von *Yazan/Hamoudi*, mit einem gelben Aufkleber mit Wappen versiegelt war. *Landeskriminalamt Berlin* stand darauf. Sie klopfte bei *Hawelka*, aber auch darauf reagierte niemand.

Mit ihrem Handy machte sie ein Foto von Tür, Siegel und Namensschild und ging dann wieder hinunter. Als sie im ersten Stock ankam, öffnete sich die Tür der Wohnung zur Linken, und eine Frau in einem blau-weißen Kittel, die sie auf Anfang achtzig schätzte, trat in Wollsocken auf den Treppenabsatz hinaus und sah sie misstrauisch an.

»Frau Winkelmann!«, sagte Merle Schwalb. »Guten Tag!«

»Na, wie ein Paketbote sehen Sie mir aber nicht aus«, sagte die alte Dame.

»Ich … nein, Entschuldigung, ich musste nur oben … etwas nachsehen, ich dachte, so geht es schneller.«

»Sie sind wegen dem Russen hier, oder?«

»Wegen dem Russen?«

»Na, den se rausgeschubst haben.«

»Ein Russe?«

»Na sicher. Der Russe.«

»Hat der denn hier gewohnt? Im Dritten?«

»Na sicher, bei den beiden Arabern da oder was die sind.«

»Haben Sie das denn … mitbekommen? Wie sie den rausgeschubst haben?«

»Nee, dit jetzt nicht. Aber der war nett. Der Russe, der war nett.«

»Woher wissen Sie denn, dass der Russe war?«

»Na, weil cr immer so laut auf Russisch telefoniert hat, im Treppenhaus, und mehr als bloß einmal!«

Merle Schwalb holte ihr Handy aus ihrer Handtasche und suchte nach den Fotos des Mannes, der neben ihr auf dem Bürgersteig gelandet war. Sie wählte eines aus, das möglichst wenig verstörend war.

»Der hier?«, fragte sie und hielt der alten Frau das Gerät hin.

»Armer Kerl«, antwortete Frau Winkelmann. »Der war nett.«

***

Acht Stunden später, um kurz vor Mitternacht, vibrierte ihr Handy und spuckte eine SMS von Arno Erlinger aus: »AvS möchte Sie morgen um 15 Uhr sprechen.«

»O. K.«, schrieb sie zurück.

»Ich hätte es Ihnen ja persönlich gesagt, aber Sie waren leider nicht in der Redaktion«, schickte Erlinger hinterher.

»Stimmt«, antwortete sie und legte das Telefon zur Seite.

Tatsächlich war sie von Neukölln aus nicht in die Redaktion zurückgekehrt, sondern in ihre Wohnung in der Pappelallee im

Prenzlauer Berg gefahren. Sie hatte noch zu wenig vorzuweisen. Und sie wollte Erlinger gar nicht erst glauben lassen, dass sie ständig verfügbar sein oder ihm wie ein Hündchen im Stundentakt Stöckchen apportieren würde. Das hatte sie sich vorgenommen.

Aber das war nicht der einzige Grund gewesen, wenn sie ehrlich war. Ihr Wechsel zu den Drei Fragezeichen war buchstäblich übers Wochenende besiegelt worden. Sie hatte sich mit niemandem beraten, mit niemandem darüber gesprochen. Sie hatte selbst kaum Zeit gehabt, über ihre Entscheidung nachzudenken. Und deshalb hatte sie keine Lust gehabt, ihr Büro im 15. Stock auszuräumen, wo sie bisher gearbeitet hatte und für all das zuständig gewesen war, was einige Kollegen *Gedöns de luxe* getauft hatten: Migrationskonflikte, Kleinstparteien, Reichsbürger, Verrückte aller Art. Denn im 15. Stock wäre sie auf dem Flur nahezu zwangsläufig ihrem langjährigen Büronachbarn Kaiser begegnet. Kaiser war langweilig wie ein Feldweg im Regen, aber unbeirrbar freundlich und wohlmeinend. Ohne Zweifel hätte Kaiser ihr überschwänglich gratuliert. Sie jedoch hätte ihm gegenübergestanden und nicht gewusst, was sie sagen sollte. Denn ganz gleich, was sie gesagt hätte, sie selbst hätte gefunden, dass es falsch klingt.

Danke, mein Lieber!

Ich freue mich echt total!

Aber dich werde ich natürlich vermissen!

Während sie das, was sie wirklich dachte, Kaiser nie gesagt hätte.

Scheiße, Kaiser, ich hab absolut keine Ahnung, warum ich das mache.

Vermutlich war es eine Scheißentscheidung.

Geht wahrscheinlich sowieso schief!

Noch schlimmer wäre nur die ebenso unausweichliche Begegnung mit Henk Lauter gewesen, ihrem bisherigen Ressortleiter und, in den mittlerweile gut sieben Jahren, die sie beim *Globus* arbeitete, ihrem Mentor und Verbündeten. Aber Henk, dessen yogagestählte Selbstkontrolle jeden, der ihn nicht besser kannte, darüber hinwegtäuschte, dass er im Inneren oft brodelte, hatte sie natürlich trotzdem wissen lassen, wie er empfand: »Na herzlichen Glückwunsch, Merle«, hatte er ihr gesimst, während sie nach dem Besuch in Neukölln am Alex gerade in die U2 umstieg. »Auch wenn ich nicht glaube, dass das Deine beste Entscheidung war.« Sie verstand seine Enttäuschung, denn niemand verachtete die Drei Fragezeichen mehr als er.

Rede morgen mit ihm, hatte sie sich gesagt. Oder übermorgen. Jetzt hast du erst mal einen neuen Job!

Ihre Wohnung war viel zu groß für eine Person, fast 140 Quadratmeter, von einem Innenarchitekten, der mit ihrem Vater auf der Universität gewesen war, als Freundschaftsdienst eingerichtet: Beton und Stahl, dunkles Holz und offene Räume. Vor ihrem Einzug waren in irgendeinem Coffee-Table-Magazin sogar Fotos der Wohnung erschienen, in denen sie mit absurden Attributen wie *urban-minimalistisch* und *industrial coziness* belegt worden war.

Sie genierte sich für die Wohnung, und angesichts der in der gesamten Stadt steigenden Mieten sogar jedes Jahr ein bisschen mehr, weswegen sie es nach Möglichkeit vermied, Kollegen einzuladen. Aber sie hatte ihren Frieden damit gemacht, dass es für ihre Eltern ein Ausdruck von Zuneigung gewesen war, dass sie ihr, als Überraschung und zur Belohnung für den Job beim *Globus*, die Wohnung geschenkt hatten.

Aber das ist auch steuerlich günstig, Merle! Wir haben auch was davon!

Der rührende Versuch ihres Vaters, ihren sich anbahnenden Wutanfall aufzufangen, als er die Blaupausen auf dem Küchentisch in Göttingen ausgerollt hatte.

Im Zentrum des riesigen Esszimmers stand ein überlanger Tisch, dessen dünne, steinerne Tischplatte in einem hölzernen Rahmen ruhte, der wiederum auf erstaunlich filigranen dunklen Holzbeinen stand. Sie mochte den Tisch. Er war kühl, fast kalt. Und er war groß genug, dass sie immer alle ihre Blöcke, Papiere und Bücherstapel darauf verteilen konnte, wie sie es gerade brauchte.

Den ganzen Nachmittag und Abend hatte sie an diesem Tisch gesessen und im Internet und in allen ihr online zugänglichen Archiven über arabische Clans in Berlin recherchiert. Sie hatte Dutzende Artikel gelesen, Studien überflogen, alte Polizeimeldungen rausgesucht, Interviews gewälzt und Gerichtsakten inhaliert. Sie wusste, dass auch Erlinger und Kampen über das Thema geschrieben hatten, eine legendäre Titelgeschichte vor vier oder fünf Jahren, »Beirut an der Spree: Wie Araber-Clans sich die Hauptstadt zur Beute machen«. Schon deswegen hatte sie sich einigermaßen gründlich einlesen wollen. Die beiden witterten Wissenslücken wie Hyänen den Geruch von Aas.

Aber jetzt klappte sie ihr Laptop zu und holte eine Flasche Riesling und ein Glas aus der Küche. Sie öffnete die gläserne Schiebetür, ging hinaus in den Garten, der auf allen drei Seiten von den Außenmauern der Nachbarhäuser begrenzt wurde, und setzte sich an den Holztisch auf der Terrasse. Sie mochte den Anfang einer neuen Recherche ganz besonders. Dieses erste Vermessen des Geheimnisses, das zu lüften sie sich vorgenommen hatte. Das vorsichtige Ziehen an den paar Fäden, die sie im Halbdunkel schon erkennen konnte. Aber dazu gehörte auch, das kannte sie schon von sich, dass lauter unsortierte und sehr grundsätzliche Fragen an die Oberfläche drängten. Sie wusste nicht, ob das Ausdruck ihrer heimlichen Unsicherheit war. Oder ihres Ehrgeizes, weil sie nichts falsch machen wollte. Nur dass sie an einem Abend wie diesem nicht einfach direkt ins Bett gehen konnte.

Das angekündigte Gewitter war ausgeblieben, und die angestaute Resthitze des Tages waberte ihr entgegen. Der Himmel hatte die Farbe von Tintenklecksen in einem Schulheft. Auf einem der Balkone des Hauses auf der gegenüberliegenden Seite spielte jemand auf einem E-Piano leise »Like a Rolling Stone«.

Seltsamer Beruf, dachte Merle Schwalb, während sie sich das erste Glas einschenkte, ihre Schuhe mit den Füßen auszog und auf den Rasen kickte. Bis gestern habe ich mich zusammengerechnet vielleicht fünf Minuten mit kriminellen Arabern in Berlin befasst. Aber in vier oder sechs Wochen werde ich voraussichtlich eine mehrseitige Geschichte im *Globus* veröffentlichen, die klingen wird, als seien sie mein Lebensthema. Wir lesen hundert Artikel zu einem Thema und schreiben dann den hundertersten. Wahrscheinlich geht es nicht anders. Aber wie soll man eigentlich wissen, was wirklich *stimmt* – und nicht bloß schon vorher einmal in der Zeitung gestanden hat?

Klar, es ist natürlich immer ein gutes Zeichen, wenn eine Information in mehreren Texten vorkommt: zweite Quelle, dritte Quelle, Träumchen! Nur ist das eben trügerisch. Es schließt ja nicht aus, dass einer bloß vom anderen abgeschrieben hat. Sich auf seinen Vorgänger in irgendeiner anderen Redaktion verlassen hat, weil der so gut informiert klang. Bleiben wir im Zweifel lieber auf dem ausgelatschten Pfad, als alles infrage zu stellen und bei null anzufangen? Ist das so? Wie oft ist das wohl so?

»Knast macht Männer!«

Gleich fünf Mal war ihr dieses Zitat während ihrer Archivrecherche begegnet. Die früheste Erwähnung hatte sie in einem Text gefunden, der schon viele Jahre alt war. Angeblich hatte ein weibliches Clanmitglied das gesagt, eine Art trotzig-stolzer Kommentar, weil ihr Sohn oder Neffe oder wer auch immer in den Bau musste. Aber dann hatte sich das Zitat schleichend verselbstständigt. Ein Journalist nach dem nächsten hatte es recycelt, zweifellos weil es so schön war, so griffig, weil es in drei kurzen Worten das ganze verdammte Problem zu fassen schien. Der erste Kollege, der es zitiert hatte, hatte es noch als Leihgabe von der Konkurrenz gekennzeichnet. Aber ab dem dritten Artikel klang der Satz schon wie eine alte Weisheit, die Clanfrauen seit Generationen von Mutter zu Tochter weiterreichen.

Vermutlich, dachte Merle Schwalb, haben mehr Journalisten diesen Satz aufgeschrieben, als Clanmitglieder ihn je gesagt haben. Mal ganz abgesehen davon, dass die meisten Mütter und Tanten in Wahrheit doch wahrscheinlich sowieso eher denken: Ich wünschte, er wäre *kein* Krimineller geworden!

Oder spinne ich?

Sie seufzte und schenkte sich ein zweites Glas ein. Was sollte sie mit dem ganzen Zeug anfangen, mit all den Informationen und dem Hintergrundrauschen, mit den Tausenden Puzzleteilen, die sie eingesammelt hatte?

Mach es wie immer, sagte sie sich.

Finde erst mal das Gerüst.

Schieb die Deutungen und Erklärungsversuche zur Seite.

Was wissen wir?

Je nach Zählung gab es ein halbes Dutzend oder ein paar mehr arabische Großfamilien, die in Berlin immer wieder dadurch auffielen, dass ihre Mitglieder straffällig wurden. Das Epizentrum lag in Neukölln. So viel war unbestritten.

In vielen Veröffentlichungen waren die einschlägigen Familiennamen abgekürzt: A. oder R. oder S. und so weiter. Vor allem die seriösen Zeitungen taten das, und zwar weil, wie sie artig dazuschrieben, ja keinesfalls alle Angehörigen eines Clans kriminell waren und diejenigen Clanangehörigen, die mit den dunklen Machenschaften ihrer Onkel, Brüder oder Cousins nichts zu tun hatten, auch so schon genügend Probleme mit ihrem Nachnamen hatten – wenn sie sich irgendwo bewarben, wenn sie von ihren Lehrern schon als Schüler in Sippenhaft genommen wurden, wenn sie beim Sozialamt vorsprachen oder die Polizei sie zufälligerweise oder nicht ganz so zufälligerweise kontrollierte.

Die Berliner Boulevardpresse hingegen, die absolut besessen von der *Clan-Scheiße* war, nutzte jede sich bietende Gelegenheit, die Nachnamen in roten Großbuchstaben auszuschreiben. So ließ sich relativ problemlos das Muster einer informellen Arbeitsteilung erkennen:

Familie R: spezialisiert auf Diebstahl und Einbruch.
Familie A: Geldverleih, Spielautomaten, Prostitution.
Familie O: Heroin.
Familie S: Kokain.

Und alle miteinander: mit Hämmern zerschmetterte Kniescheiben oder Schlimmeres, wenn einer Geld schuldete. Greise Familienoberhäupter, die mit einem Kopfnicken jemandes Verschwinden anordnen konnten. Heimliche Geldzahlungen, um sicherzustellen, dass der Zeuge, den die Polizei mühsam aufgetan hat, im rechten Moment Gedächtnislücken aufwies. Noch heimlichere Clantreffen, um Zwangshochzeiten, Ehrenmorde und andere dreckige Sachen untereinander zu verabreden. Strohmänner und -frauen im Libanon, die mit fadenscheinigen Vollmachten ausgestattet Dutzende Wohnungen in Berlin überschrieben bekamen, um das reichliche Beutegeld zu waschen.

Mord. Totschlag. Rohe Gewalt. Sozialbetrug.

Immer wieder, in immer neuen Variationen.

Dazu gab es anscheinend in fast jedem der Clans einen oder zwei Fitnessstudio-gestählte Sprösslinge der jüngeren Generation, die sich an dem versuchten, was sie unter gesellschaftlichem Aufstieg verstanden. Sie eröffneten Bars, die davon lebten, dass sie mit dem Mafiaimage ihrer Familie kokettierten. Sie schmückten sich auf Instagram mit migrantischen Fußballprofis, als deren Berater sie sich die Tasche vollmachten. Sie managten eine erstaunliche Anzahl von *Gangsta*-Rappern, die die benachteiligten Berliner Kieze immer aufs Neue auszustoßen schienen, bis sie sich mit ihnen überwarfen und jene sich anschließend in waffenstarrenden, goldkettenschwingenden, drohungsgesättigten Videoclips dem nächsten Clan andienten.

Und ab und zu starb jemand.
Nächtliche Schießereien.
Gewehrsalven in die Wasserpfeifen-Cafés des aktuell verfeindeten Clans.
Messer, die im Vorbeigehen aus adidas-Jacken schnellen.
Baseballschläger, die die Gesichter säumiger Schuldner malträtieren.
Die Überschriften in der Presse waren entsprechend:
High Noon in Rixdorf.
Showdown auf der Sonnenallee.
No-go-Area Neukölln.

Das zweite Muster: Alle paar Jahre nahm sich ein Innensenator oder ein LKA-Präsident vor, das Problem anzugehen. Aber dieses Mal so richtig! Mal war mehr Personal das Mittel der Wahl, mal war »Vernetzung« das Zauberwort, mal forderte man neue Gesetze und Befugnisse; das Neueste auf dem Markt war offenbar eine »Strategie der tausend Nadelstiche«.

Den Eindruck, dass die kriminelle Energie der Clans dadurch signifikant eingehegt worden wäre, hatte sie freilich nicht gewonnen. Dazu musste man nur auf den Diebstahl der größten Goldmünze der Welt aus dem Bode-Museum blicken. Als hätten sich die Panzerknacker mit einem bösen Dagobert Duck zusammengetan.

Die berüchtigten Familien ähnelten einander. Sie stammten aus Dörfern, die in der heutigen Türkei lagen und die sie aus Not verlassen hatten, vor hundert Jahren oder etwas weniger, um sich in Beirut anzusiedeln, wo sie sich als Tagelöhner und Gemüsehändler verdingten. Null Prestige, kaum Bildung, keine Papiere. Dazu die immer wieder hart erneuerte Lektion, dass man sich einzig und allein auf den eigenen Clan verlassen kann. Niemals auf den Staat. Egal auf welchen. Also auch nicht auf den deutschen Staat, mit dem die Familien erstmals zu tun bekamen, als Tausende ihrer

Angehörigen während des libanesischen Bürgerkriegs hierherkamen.

Nur dass es dabei ein Missverständnis gab. Die Deutschen setzten darauf, dass die Libanesen nach Ende des Krieges wieder gehen würden. Allerdings dauerte dieser Krieg fünfzehn Jahre. Fünfzehn Jahre, in denen Menschen heirateten. Sich Leben aufbauten. Kinder bekamen. Also kehrte fast niemand nach dem Friedensschluss 1990 in den Libanon zurück.

An diesem Punkt begann sich zu rächen, dass die deutsche Politik vorgegeben hatte, man müsse eine Integration der Libanesen möglichst verhindern, indem man ihnen das Arbeiten untersagte und den Schulbesuch erschwerte. In praktisch jedem Artikel zu dem Phänomen gab es ein Zitat eines meist anonymen Clanmitglieds, das, befragt zu den Ursprüngen des Abdriften in Gewalt und Verbrechen, erklärte: »Was hätten wir denn tun sollen? Natürlich wurden einige von uns kriminell!«

Noch so ein *Bullshit*-Satz, dachte Merle Schwalb.

Was soll das sein? Eine Rechtfertigung? Eine Erklärung? Eine Entschuldigung?

Aber genauso gut könnte man natürlich fragen, dachte sie als Nächstes, woher eigentlich die in all diesen Artikeln zwischen den Zeilen transportierte Erwartung kommt, eine Stadt von fast vier Millionen Menschen könnte ohne Berufsverbrecher auskommen? Ich kenne ja schon unter meinen Kollegen drei oder vier, die sich ein paarmal im Jahr ein libanesisches Koks-Taxi kommen lassen – es sind sogar welche darunter, die selbst Artikel über Clankriminalität geschrieben haben. In den Zwanzigern waren es halt die Ringvereine, die das Verbrechen in Berlin unter sich aufgeteilt hatten. Anderswo sind es, keine Ahnung, Tschetschenen oder Rumänen oder meinetwegen auch Deutsche, was weiß ich denn schon? In Berlin halt Libanesen. *Ja und?*

Und ja, ich weiß, ich bin beim dritten Glas angekommen, und es ist schon viel zu spät, und es ist nur so ein nagendes Gefühl –

aber wo ich schon beim Unausgesprochenen bin: Könnte es sein, dass alle Artikel, die ich heute gelesen habe, denselben Mangel aufweisen? Dass keiner von ihnen Stimmen aus dem Inneren der Clans präsentieren kann? Es ist ja nicht so, als wäre mir nicht klar, wieso das so ist. Sicher: hier mal ein Aussteiger, der einem ein paar Sätze schenkt, oder da mal ein mutiger Zeuge, der dem armen Reporterchen mit dem leeren Block anonym ein paar Bröckchen erzählt – das ergibt sich, wenn man hartnäckig ist. Das findet man. Aber die entscheidenden Player, die wissen, wie es wirklich läuft: Die reden doch gar nicht mit uns!

Weshalb wir dafür umso ausführlicher mit jenen reden, die mit uns reden: mit den Ermittlern zum Beispiel. Und was sagen die uns? Die sagen uns, dass das Problem brutal unterschätzt wird. Dass sie es sehen, jeden Tag: die Prozesse, für die sie monatelang ermittelt haben, die dann aber platzen, weil die eben noch gesunden Zeugen plötzlich humpeln und sich nicht mehr sicher sind. Die veralteten Computer, mit denen sie arbeiten müssen. Der Datenschutz, der ihnen im Weg ist. Die teuren Anwälte, die die Clans anheuern. Die heillos überarbeiteten Kollegen bei der Staatsanwaltschaft, die jeden zweiten Aktendeckel schließen, ohne reinzuschauen. Sie sehen das. Aber alle anderen: Die sehen das nicht, die verschließen die Augen!

Und das wird dann eben der Spin der Geschichte.

Und wie auch nicht?

Es ist ja wahr!

All das passiert.

Rechtsstaat am Limit.

Eine Stadt kapituliert.

Beirut an der Spree.

Clan-Scheiße ist super.

Außerdem gibt es bei Clan-Scheiße keine Unschuldigen, das hilft!

Seltsamer Beruf, dachte Merle Schwalb. Alles an einer Geschichte kann richtig sein – und die Geschichte stimmt trotzdem nicht. Und es muss noch nicht einmal Absicht sein.

Und noch etwas weiß ich: dass ich immer noch nichts weiß.

Nirgendwo in all den Artikeln habe ich eine Verbindung zwischen arabischen Clans und Russen gefunden. An keiner Stelle bin ich auf einen *Yazan*-Clan oder einen *Hamoudi*-Clan gestoßen. Ich bin keinen einzigen Schritt vorangekommen.

Du Meister-Rechercheurin!

Du eingebildetes Pseudo-Großhirn!

Als sie aufstand, die Flasche und das Glas nahm und hineinging, merkte sie schlagartig, wie müde sie war.

»AvS möchte Sie morgen um 15 Uhr sprechen«, fiel ihr Erlingers SMS ein.

Adela von Steinwald.

Das Dritte Geschlecht.

Mist.

Ich torkle hier in mein Schlafzimmer wie eine angesoffene Studentin, während die Chefin wahrscheinlich schon seit Stunden selig vor sich hin schlummert. Schön nüchtern natürlich. Mit Gesichtsmaske und in einem Gräfinnen-Himmelbett.

***

Am nächsten Morgen verließ Merle Schwalb ihre Wohnung um neun Uhr. Normalerweise wäre sie vielleicht ein paar Runden im Jahn-Sportpark laufen gegangen. Aber an diesem Tag war sie schon froh, dass sie keinen Kater hatte. Sie bog nach links in die Pappelallee ein und lief in Richtung des U-Bahnhofs Eberswalder Straße, hielt jedoch nach ein paar Dutzend Metern an, als sie sah, dass in dem winzigen französischen Café ein kleiner Tisch auf dem Bürgersteig frei war, was selten genug der Fall war.

»Bonjour!«, begrüßte die Kellnerin sie in einem Akzent, der israelisch oder ukrainisch oder griechisch sein konnte, aber sicher nicht französisch war. Sie bestellte ein Croissant und einen Milchkaffee. Es war wieder ein warmer Tag. So warm, dass die zwei mit den Zinken einer Gabel frisierten Butterstückchen auf ihrem Teller nach wenigen Minuten wie zwei Eisläufer aufeinander zuglitten, sich in der Mitte trafen und miteinander verschmolzen.

Sie blätterte durch die *Norddeutsche Zeitung*, die sie noch aus ihrem Briefkasten gefischt hatte und die ihre Lieblingszeitung war, fand jedoch keine Überschrift, die sie dazu verführt hätte, einen Artikel zu lesen. Das konnte aber auch an ihrer Unruhe liegen. Sie hätte nicht sagen können, ob es ihr im Schlaf, beim Zähneputzen oder beim Anziehen klar geworden war. Aber es gab drei Dinge, die sie bisher unüberprüft gelassen hatte. Wenn sie sich beeilte, würde sie das noch vor dem Treffen mit Adela von Steinwald nachholen können.

Eine Dreiviertelstunde später stand sie deshalb erneut vor dem grünen Mietshaus in der Hobrechtstraße, aus dem der junge Mann gestürzt war. Der Fleck auf dem Gehsteig war kaum noch zu sehen.

Sie rüttelte an der Tür, aber die blieb verschlossen.

Sie erwog, ein weiteres Mal bei Frau Winkelmann zu klingeln, doch in dem Moment öffnete ein Mann mit Dreitagebart und Hornbrille die Haustür von innen. Ein Student, schätzte sie. Er hatte es offensichtlich eilig, seine Haare waren noch nass, seine Messengertasche schlackerte um seine Hüften, und er quetschte sich regelrecht durch die Tür. Merle Schwalb schaffte es gerade noch, die Tür am Zufallen zu hindern.

Jeder Mensch kriegt Post, wenigstens ab und zu. Hartz-IV-Korrespondenz. Die Immatrikulationsbescheinigung von der Universität. Steuerbescheide vom Finanzamt. EC-Karte und PIN von der Bank. Es ist praktisch unmöglich, in Berlin zu leben, ohne eine Postadresse zu haben. Wir leben ja nicht in Estland!

Das war es, was ihr, wann auch immer genau, klar geworden war. Deshalb war sie noch einmal hergekommen.

Die Briefkästen hingen gleich links im Flur. Auf dem Fußboden darunter stand ein Bananenkarton, in dem die Mieter Kataloge und andere Werbung entsorgen konnten. Die Briefkästen waren ebenso akkurat sortiert wie die Klingelschilder draußen. Mit den Fingern fuhr Merle Schwalb über die beschrifteten Metallklappen, bis sie die richtige gefunden hatte, dritter Stock rechts: *Yazan/Hamoudi*. Und direkt unter beiden Namen, auf einem etwa drei Zentimeter langen, offensichtlich von Hand abgerissenen Stück beigen Paketklebebandes, in Kugelschreibertinte und merkwürdig verschnörkelter Schreibschrift: ein dritter Name – *Anatoli Nowikow*.

Merle Schwalb stieß einen leisen Pfiff aus.

Jetzt weiß ich schon mal, wie du heißt!

Als Nächstes lief sie den kurzen Weg zurück zum Hermannplatz und wartete vier Minuten lang auf den Bus Richtung Hauptbahnhof. Im Bus setzte sie sich auf einen Fensterplatz auf der linken Seite und ließ sich durch die belebte Urbanstraße schaukeln. Am *Ficken 3000* vorbei, an kitschigen Brautwarengeschäften und Shishabars vorbei, an hippen Cafés und Tapasrestaurants vorbei, an verschleierten Frauen und Anzugträgern vorbei. Neukölln, Kreuzberg, Kreuzkölln, arm und reich, billig und teuer, deutsch und nichtdeutsch, heil und kaputt, schön und hässlich, *Clan-Scheiße* und Hipsterhausen, alles zugleich, direkt nebeneinander. Sie wäre gerne länger gefahren, sie war müde, und das Schaukeln des Busses war beruhigend. Aber die Fahrt dauerte nur wenige Minuten, dann musste sie aussteigen.

Sie war noch nie zuvor beim Urban-Krankenhaus gewesen. Sie kannte auch niemanden, der in dem gigantischen grauen Trumm mit den orangefarbenen Jalousien arbeitete, vor dem sie nun stand. Was sie hingegen sicher wusste: Die Entfernung zwischen dem *Damascus Palace* und dem Klinikum betrug 1,6 Kilometer.

Das hatte sie überprüft. Und das Urban war damit definitiv die »nächstgelegene Notaufnahme«. In welchem Zustand auch immer: Hier war Anatoli Nowikow angekommen, nachdem er vom Balkon in der Hobrechtstraße gestürzt war.

Und jetzt?

Du musst immer auf die normalen Leute gehen, Merle!

Du musst normale Leute auftun, denen du normale Fragen stellen kannst!

Henks Stimme, von irgendwoher. Eine seiner ewigen Wahrheiten, die er beim Tee und gelegentlich auch bei einem Drink auf seinem Wohnwagenstellplatz an der Ostsee mit ihr teilte. Und sie spürte, dass diese auch hier gelten würde. Es würde gar nichts bringen, nach den behandelnden Ärzten zu suchen. Oder die Pressestelle zu fragen. Oder den klinischen Direktor aufzuspüren. Niemand von denen würde ihr sagen, was sie wissen wollte: Datenschutz, Vertraulichkeit, *bla, bla, bla*, tut uns wirklich leid! Das war vollkommen klar.

Sie betrat das Krankenhaus durch den Haupteingang und folgte den Schildern zur Rettungsstelle, die sie in den rechten Flügel des Baus führten. Sie war überrascht von der Stille hinter der sich automatisch öffnenden Flügeltür, von der Szenerie lethargisch herumsitzender Wartender. Keine frisch angeschossenen Rocker. Keine Heroinleiche auf dem Boden. Stattdessen saß da ein Vater mit einem hustenden Kind, das ein iPad in der Hand hielt und Kopfhörer auf den Ohren hatte. Eine alte Frau hatte ihre Krücken quer über den Schoß gelegt und löste ein Kreuzworträtsel. Ein Mann im Cordsakko rieb sich mit schmerzverzerrtem Gesicht den Knöchel.

An der linken Seite des Warteraums gab es einen Glaskasten, über dem *Anmeldung* stand.

»Guten Tag«, sagte Merle Schwalb, nachdem sie herangetreten war, und bemühte sich, ihrer Stimme einen etwas unsicheren, schüchternen Beiklang zu geben.

»Guten Morgen!«, antwortete die Krankenschwester. »Wie kann ich helfen?«

Die Frau war klein und kompakt, und Merle Schwalb schätzte sie auf Mitte vierzig. Ihre hellbraunen Haare waren kurz geschnitten und standen stachelig ab, was Merle Schwalb an eine Kastanie denken ließ. Die Frau sah müde aus. Auf einer Ablage vor ihr stand eine Plastikflasche mit Zitronenbuttermilch, in der ein Strohhalm steckte.

»Ich … ich will nicht groß stören, ich bin auch gar nicht wegen eines Notfalls hier, ich habe nur eine Frage«, sagte Merle Schwalb.

»Ja?«, sagte die Frau.

»Na ja, es ist so, ich habe, also am vergangenen Freitag, da war ich in der Hobrechtstraße in einem Restaurant, und dann ist einer vom Balkon gefallen, auf die Straße, der ist direkt neben mir gelandet, und ich habe sofort die 112 gewählt, und dann kam auch der Krankenwagen. Und ich wollte nur fragen, also, was wohl aus dem Mann …«

Sie dachte an das Bild des Mannes auf dem Boden. An das Blut, das in den Beton rann. An das zerdrückte Auge.

»Ach Gottchen«, sagte die Frau, als sie merkte, wie Merle Schwalbs Stimme brach.

»Er sah so … der war ja noch jünger als ich«, sagte Merle Schwalb, »wissen Sie … wissen Sie vielleicht, ob er überlebt hat?«

»Ich war nicht hier am Freitag«, sagte die Frau. »Tut mir leid.«

»Ja, natürlich«, sagte Merle Schwalb. »Ist auch eine echt blöde Idee von mir gewesen. Entschuldigung nochmals. Ich war nur gerade zufällig hier in der Nähe … ja, also …«

Sie zog den Riemen ihrer Handtasche straff, so, als würde sie sich gleich umdrehen und gehen.

»Warten Sie«, sagte die Krankenschwester. »Ich war zwar nicht hier am Freitag, aber ich weiß, dass er tot war. Das wurde sofort festgestellt. Da war nichts mehr zu machen.«

»Oh«, sagte Merle Schwalb. »Ach Mensch.«

»Ja«, sagte die Frau. »Tut mir wirklich leid.«

»Danke trotzdem«, sagte Merle Schwalb. »Danke.«

Als sie aus dem Haupteingang trat und auf den Landwehrkanal blickte, blendete die Sonne sie so sehr, dass ihre Augen tränten. Sie trat näher ans Wasser und setzte sich mit ausgestreckten Beinen auf die abschüssige Rasenfläche. Rechts von ihr knutschte ein Liebespaar. Linker Hand hockte ein halbes Dutzend Schwäne träge in der Sonne. Sie sah einem Schiff nach, das mit Touristen beladen war, die Berliner Weiße oder Prosecco tranken. Es hieß »Spree-Perle«. Das nächste Schiff sah aus wie eine exakte Kopie und hieß »Spree-Prinzessin«. Nach zehn Minuten entschied sie, dass es an der Zeit war, in den Kampfstern zurückzukehren.

Sie lief zum U-Bahnhof Gneisenaustraße, nahm die U7 zum Mehringdamm und dann die U6 zur Friedrichstraße. Im Fahrstuhl drückte sie, ohne nachzudenken, den Knopf für den 15. Stock, was sie aber erst bemerkte, nachdem sie ausgestiegen war. Egal, dachte sie, telefonieren kann ich auch in meinem alten Büro. Sogar besser. Trotzdem presste sie sich ihr Handy ans Ohr, während sie an Henks Glaskasten vorbeihastete. Im Augenwinkel sah sie, wie er ihr nachsah.

In ihrem Büro angekommen, schloss sie die Tür, was man beim *Globus* nur tat, wenn man ein wichtiges oder vertrauliches Telefonat zu führen hatte. Aber das genau war ja ihr Plan.

»Das müssen Sie uns bitte als schriftliche Anfrage schicken, und selbst dann bin ich mir nicht sicher, ob ich Ihnen das sagen darf«, sagte die Frau am anderen Ende.

Es hatte zehn Minuten gedauert, bis Merle Schwalb überhaupt zu jemandem in der für Neukölln zuständigen Polizeidirektion 5 durchgestellt worden war, der möglicherweise die Information hatte, die sie benötigte.

»Schriftliche Anfrage? Das werde ich sicher nicht machen«, antwortete sie.

»Dann kann ich Ihnen auch nicht weiterhelfen«, sagte die Frau.

»Doch, das können Sie. Und wenn Sie es nicht tun, dann versuche ich es auf anderem Wege, und dann wird es, glaube ich, unter Umständen deutlich unangenehmer für Sie, als wenn Sie mir den Namen des Kollegen jetzt einfach sagen.«

»Das ist Datenschutz, das können wir nicht einfach so rausgeben.«

»Also unser Justiziar sieht das genau wie ich, dass Sie das nämlich sogar müssen.«

»Justiziar?«

»Sagen Sie mir bitte noch mal genau Ihren Namen, auch den Vornamen, ja? *Drösen?* Habe ich das richtig verstanden? Oder mit H? D-R-Ö-H-S-E-N? Und den Dienstgrad bräuchte ich auch.«

»Frau Schwalb, es gibt keinen Grund, hier unhöflich zu werden.«

»Entschuldigung, ich wollte nicht unhöflich sein. Es tut mir leid, wenn das bei Ihnen so angekommen ist. Aber ich muss Ihren Namen wissen, wegen der IFG-Anfrage oder was uns sonst noch so einfällt. Denn ich will wirklich, *wirklich* dringend wissen, welcher Ihrer Kollegen diese Meldung geschrieben hat.«

Die Frau am anderen Ende stöhnte.

»Laufende Nummer?«, fragte sie genervt.

»1856.«

»Schwerverletzter nach Balkonsturz?«

»Ja, genau.«

»Das war Hommel. Bernd Hommel. Aber das haben Sie nicht von mir!«

»Das kommt drauf an, ob Sie mir seine Durchwahl geben.«

Bernd Hommel hob nach dem zweiten Klingeln ab. Er klang sehr jung. Vermutlich, dachte Merle Schwalb, lassen sie die Anwärter diese Meldungen schrubben. Er klang auch sehr nett.

Wenn du im richtigen Moment nicht hart sein kannst, bist du hier falsch!

Schon wieder Henks Stimme aus dem Nirgendwo.

»Herr Hommel, guten Tag! Merle Schwalb vom *Globus* hier. Hören Sie bitte, es geht um die Meldung Nummer 1856, die Sie letzten Freitag verfasst haben. Der Mann, der in der Hobrechtstraße vom Balkon gefallen ist.«

»Ja?«

»Wieso haben Sie gelogen?«

»Wie bitte?«

Er klang ehrlich empört.

»Ich möchte gerne wissen, wieso Sie in der Meldung gelogen haben. Der Mann war tot. Ich weiß das, weil ich im Urban-Krankenhaus war. Er war tot, als er dort ankam. Aber in Ihrer Meldung war er nur ein Schwerverletzter. Ich möchte gerne wissen, warum.«

»Ich … ich weiß nicht, wie Sie sich das vorstellen, ich … es ist ja nicht so, als könnte ich da irgendetwas überprüfen! Was weiß ich denn, ob der tot war? Ich lüge doch nicht!«

»Na ja, Ihre Meldung lügt. Und Sie haben sie geschrieben. Darüber dürfte es ein internes Protokoll geben, das lässt sich einfach nachvollziehen, das kriegen wir also hart. Die Frage ist: Warum ist die Meldung falsch? Haben Sie da vielleicht eine Idee? Zum Beispiel, wer Ihnen gesagt hat, der Mann sei tot?«

»Ich lege jetzt auf.«

»Das würde ich nicht machen. Sie können das natürlich machen, Herr Hommel, würde ich aber nicht. An Ihrer Stelle. Das sieht ganz blöd aus, später. Ich schreibe ja alles mit, wissen Sie.«

»Das ist Nötigung!«

»Quatsch! Sie sind Polizist, Herr Hommel! Und Ihre Meldung ist falsch. *Sie* haben ein Problem. Ich nicht.«

»Ich beende jetzt dieses Gespräch.«

»Gut. Dann schaue ich mal rasch in das Organigramm und schreibe gleich Ihren Vorgesetzten an und frage den. Einfacher wäre es, wenn Sie es mir jetzt sagen, wie es dazu kam. Dann gibt es keine schriftlichen Spuren, dass ich überhaupt nachgefragt habe.«

»Ich darf das nicht sagen.«

»Aber Sie können.«

»Das kam doch nicht von mir! Ich wusste doch nicht, dass der tot ist!«

»Ja, aber die Polizei wusste es, und zwar vom Krankenhaus. Aber irgendjemand hat Ihnen gesagt, Sie sollen schreiben, dass er bloß schwer verletzt war, oder? Also, wer hat Ihnen das gesagt?«

»Das …«

»Ja?«

»Das war … ich kenne den gar nicht. Das war einer von der 5.«

»Meinen Sie jetzt die Direktion 5? Ihre eigene Direktion?«

»Nein.«

»Also meinen Sie die *Abteilung* 5? Die LKA-Abteilung 5?«

»Ja.«

»Nur dass ich's richtig verstehe: Das war einer vom LKA-Staatsschutz?«

»Ja. Der kam rein und hat mir den Text so hingelegt.«

»Ist das schon mal vorgekommen?«

»Nein.«

»Und hat er irgendetwas gesagt, als er Ihnen die Meldung hingelegt hat?«

»Dass ich die so raushauen soll.«

Merle Schwalb registrierte, dass Hommels Antwort den Bruchteil einer Sekunde zu spät kam. Dass er überlegt hatte, wie er antworten sollte. Dass er etwas verschwiegen hatte.

»Herr Hommel?«

»Ja?«

»Hat der Kollege vom Staatsschutz noch irgendetwas anderes gesagt?«

»Nicht zu mir, nein.«

»Aber zu jemand anderem?«

»Petze!«

»Wie bitte?«

»Scheißpetze – das hat er gesagt. Zu dem anderen Mann aus der 5, der war auch dabei. Also beim Rausgehen. Da hat er das gesagt. Zu dem. Ich hab das nur so zufällig gehört.«

»Danke, Herr Hommel.«

Bernd Hommel hatte schon lange aufgelegt, aber Merle Schwalb hielt den Hörer noch immer in der Hand.

Scheißpetze!

Anatoli Nowikow war eine Petze gewesen.

Ein V-Mann.

KAPITEL 2

Um kurz nach 15 Uhr saß Merle Schwalb auf einem Sofa im Vorzimmer von Adela von Steinwald, auf welches die Assistentin der Chefin sie mit einer eleganten Geste und einem hingehauchten »Frau von Steinwald wird gleich so weit sein« dirigiert hatte. Vor dem Sofa stand ein Glastisch, auf dem, adrett aufgefächert, die letzten drei Ausgaben des *Globus* lagen, das riesige Logo im typischen Nachtblau, der Leitfarbe des Blattes. Erst in dem Moment fiel ihr auf, dass das Sofa exakt denselben Farbton hatte.

Corporate Identity, dachte sie.

Kennste einen, kennste alle.

Aber wieso fühle ich mich dann immer wie die, die nicht so richtig reinpasst?

Die Wahrheit war, dass sie kaum eine Ahnung davon hatte, wie sie auf andere wirkte. Sie wusste, dass sie eher groß, eher schlank und eher attraktiv war, aber das waren Äußerlichkeiten. Die mochten eine Rolle spielen, aber sie allein erklärten nicht, wer wie auf sie reagierte oder was über sie dachte. Sie vermutete, dass viele Menschen, nicht zuletzt ihre Kollegen, sie für spröde hielten, für ein wenig eigenartig, vermutlich auch für streitlustig oder sogar renitent. Sie selbst glaubte, dass sie eine ordentliche Journalistin war, gerade so Erste Liga, nicht abstiegsbedroht, dafür solide, ab und zu sogar für eine Überraschung gut. Aber sahen das andere auch so?

Sahen andere sie überhaupt je so, wie sie sich selbst sah?

Worüber sprachen die Kollegen, wenn sie über sie lästerten – was sie zweifellos taten, weil alle Journalisten pausenlos lästerten? Ob es wohl jemanden in der Redaktion gab, der ahnte, dass sie oft eher aus Angst vor dem Versagen nach vorne preschte und nicht etwa, weil sie »Zug zum Tor« hatte, wie Erlinger es genannt hatte? Dass sie sich manchmal treten musste, den nächsten Schritt zu tun, weil es ihr schwerfiel, wildfremde Menschen anzuquatschen, zu belästigen und dazu zu bringen, ihr Dinge zu offenbaren, die sie ihr weder sagen wollten noch durften? Dass sie sich zugleich wunderte, wie unbarmherzig sie sein konnte? Und dass sie, sobald sie sich durchgerungen hatte, trotzdem stolz auf sich war? So wie gestern, nachdem sie erfahren hatte, dass der Tote ein Russe war. So wie heute, nachdem sie herausgefunden hatte, wie er hieß. Und dass er ein V-Mann gewesen war. Nicht eine Sekunde lange hatte sie sich gefragt, ob Frau Dröhsen oder Bernd Hommel heute Nacht gut schlafen würden.

Henk Lauter gegenüber hatte sie sich öffnen können. Er verstand sie. Er kannte sie, ihre Skrupel und Unsicherheiten, aber auch die Starrsinnigkeit, die sie überkam, sobald sie glaubte, dass sie im Recht war und alle anderen falschlagen. Doch schon Kaiser, da war sie sicher, sah ihr Inneres höchstens wie durch eine Milchglasscheibe.

Und Erlinger? Wahrscheinlich ist es ein Spiel zwischen uns beiden, dachte sie. Er spielt seine Rolle, ich spiele meine – und wir beide wissen das voneinander. Solange das funktioniert: kein Grund, tiefer zu graben. Wer weiß schon, was man sonst findet.

Und AvS?

Die Chefin?

Merle Schwalb hatte Adela von Steinwald noch nie alleine gesprochen, nicht einmal bei ihrer Einstellung. Die hatte Malte Zumbrügge, der stellvertretende Chefredakteur, seinerzeit abgewickelt; bei einem Frühstück aus zwei wachsweichen Eiern im Glas im Café Einstein Unter den Linden. Damit die Konkurrenz an den Nebentischen auch ja mitbekam, dass der *Globus* mal wieder jemanden abgeworben hatte.

Niemand in der Redaktion sprach je von Frau von Steinwald. Die Chefin wurde manchmal AvS genannt, aber meistens nur *das Dritte Geschlecht.* Es gab nicht viele Traditionen im *Globus.* Eine jedoch bestand darin, jeden, der über Normalmaß hinausragte, mit Spitznamen zu belegen: Der Chefreporter Klaus Kriehn hieß wegen seiner gewundenen Sentenzen nur *Kaskaden-Klaus,* die Bundeswehr-Berichterstatterin Angela Jorgens nannten alle bloß *Heli-Geli.* Die solchermaßen Gekennzeichneten konnten sicher sein, zu gleichen Teilen Objekt von Spott und Neid zu sein. Merle Schwalb hatte keinen Spitznamen, jedenfalls wusste sie von keinem. Genauso wenig wusste sie, ob AvS klar war, dass sie einen hatte. Eingefangen hatte die Chefin ihn sich der Legende zufolge, weil sie dem Betriebsrat gegenüber einmal gesagt hatte, sie verstehe die Genderdebatte nicht, sie kenne überhaupt nur ein Geschlecht, nämlich das derer von Steinwald.

Das Dritte Geschlecht war die unbestrittene Macht im *Globus*. Sie war hart, schnell und meistens kurz angebunden. Außerdem reich und bestens verdrahtet. In der wöchentlichen Großen Konferenz am Montag, die natürlich ihren eigenen Spitznamen hatte, das *Jüngste Gericht,* konnte sie, ohne mit der Wimper zu zucken, vor aller Augen mit einem einzigen Urteil Karrieren beenden. Auch in kleineren Runden hatte Merle Schwalb schon mit ihr an einem Tisch gesessen und ihre Macht gespürt.

Und warum auch nicht? Es war schließlich ihr Laden! Adela von Steinwald hatte das Wochenmagazin aus dem Nichts erschaffen, ein Jahr nach der Wiedervereinigung, mit eigenem Kapital, entgegen jedermanns Rat. Sie war Eigentümerin, Herausgeberin und Chefredakteurin. Alles war auf sie zugeschnitten.

Ein leises Klicken riss Merle Schwalb aus ihren Gedanken: Die Assistentin hatte den Hörer ihres Telefons abgenommen, obwohl es gar nicht geklingelt hatte. »Frau von Steinwald erwartet Sie!«, sagte sie, untermalt von einem makellosen Lächeln.

Merle Schwalb öffnete die schwere Holztür, betrat das Büro des Dritten Geschlechts und musste augenblicklich an eine amerikanische TV-Serie denken. Daran, wie die Arbeitszimmer von teuren Anwälten in Manhattan oder CIA-Vizedirektoren in Langley dort aussahen: rubinrote Tapeten mit dezentem Untermuster, großformatige moderne Kunst an den Wänden, ein immenser Schreibtisch aus dunklem Holz am fernen Ende, dahinter sogar ein gerahmtes Diplom an der Wand. Irgendwie so gar nicht deutsch, schoss es ihr durch den Kopf.

Das Dritte Geschlecht stand vor ihrem Schreibtisch. Ihre Hände formten eine Raute.

»Guten Tag, Frau Schwalb«, sagte sie. »Setzen Sie sich doch!«

Die Chefin deutete auf zwei Ledersessel, zwischen denen ein runder metallener Beistelltisch stand. Dann sah sie kurz auf ihre Armbanduhr, nickte beiläufig und blickte Merle Schwalb fragend an.

»Kaffee?«

Wenn ich so alt bin wie sie, dachte Merle Schwalb, möchte ich so gut aussehen wie sie. So verdammt gerade. So elegant. So als würde ich auch gleich noch eine Runde segeln gehen. Oder ein Stündchen Tennis spielen.

Das Dritte Geschlecht trug einen grauen Hosenanzug, eine hellblaue Bluse, ein karamellfarbenes Halstuch und eine dickrandige schwarze Brille. Sie war dezent und gekonnt geschminkt. Gerade so, dass ihre leichte Sonnenbräune nicht übertüncht wurde.

Nachdem Merle Schwalb sich gesetzt hatte, setzte sich Adela von Steinwald ihrerseits mit einer einzigen fließenden Bewegung auf den zweiten Sessel und füllte umgehend aus einer bereitstehenden Porzellankanne zwei Tassen mit Kaffee.

Keine Thermoskanne, registrierte Merle Schwalb.

Natürlich nicht.

»Ab jetzt«, sagte Adela von Steinwald, »wäre es gut, wenn Sie an diesem Gespräch teilnehmen!«

»Entschuldigung«, sagte Merle Schwalb. »Guten Tag!«

»Na ja, nennen wir es einen Anfang«, sagte das Dritte Geschlecht. Und nach einer kurzen Pause: »Könnten wir etwas abmachen? Sie sind bitte ab heute einfach nicht mehr schüchtern in meiner Gegenwart?«

»O.K.«, sagte Merle Schwalb, weil ihr keine bessere Antwort einfiel.

»Gut«, sagte Adela von Steinwald und nahm einen Schluck von ihrem Kaffee. »Vor allem, weil ich Sie jetzt endlich da habe, wo ich Sie haben wollte.«

»Ah ja?«

»Ja. Und ich dachte, das ist doch eine gute Gelegenheit, Sie mal herzubitten und Ihnen zu gratulieren.«

»Vielen Dank.«

»Sehen Sie, wenn Arno mir jemand anderes vorgeschlagen hätte, hätte ich ihm das ermöglicht. Das hat er aber nicht. Am Ende hat er es von allein kapiert.«

»Ich weiß nicht, was ich sagen soll«, sagte Merle Schwalb.

»Wie wäre es mit: ›Hat ja auch lang genug gedauert!‹.«

Das Dritte Geschlecht lachte, aber Merle Schwalb ahnte, dass es nicht als Witz gemeint war.

»Natürlich freue ich mich«, antwortete sie.

»Sie sind nicht wütend, dass es so lange gedauert hat?«

»Na ja …«

»Frau Schwalb, das ist keine Falle, entspannen Sie sich! Ich sage das nur, weil ich weiß, dass Sie uns beinahe verlassen hätten. Dass Sie nach der Geschichte mit diesem Terroristen vor zwei Jahren um ein Haar zu *somethingisrotten.com* gegangen wären.«

Das stimmte. Frederick Rieffen, der nach seinem eigenen Ausstieg beim *Globus* bei dem Investigativ-Start-up angeheuert hatte,

hatte sie abzuwerben versucht. Dort würde sie sich wieder daran erinnern, warum sie Journalistin geworden sei, hatte er geschwärmt. Das klang in ihren Ohren damals wie eine Verheißung, nach all den Schlachten, die sie sich mit Erlinger wegen der Geschichte von Gent Sassenthin, einem deutschen IS-Terroristen aus Rostock, geliefert hatte. Sie hatte Rieffen sogar schon zugesagt, nur um ihm zwei Tage später nach zwei schlaflosen Nächten wieder abzusagen. Innerhalb des *Globus* hatte sie jedoch niemandem davon erzählt. Nicht einmal Henk.

»Woher wissen Sie das?«, fragte sie.

»Sag ich Ihnen nicht. Wichtig ist, dass Sie geblieben sind. Ich mag die, die *trotzdem* bleiben, verstehen Sie? Genauso wie ich froh bin, dass Erlinger Sie genommen hat, *obwohl* er weiß, dass er sich mit Ihnen streiten wird. Und dass Sie sein Angebot angenommen haben, *auch wenn* Sie ihn hassen.«

»Hassen ist ein großes Wort.«

»Und Arno kann schon sehr speziell sein.«

Wieder lachte das Dritte Geschlecht. Merle Schwalb überlegte, ob sie jetzt etwas sagen sollte. Aber sie entschied sich zu schweigen. Sie hatte das Gefühl, dass Adela von Steinwald eigentlich über etwas anderes sprechen wollte als über Arno Erlinger.

Adela von Steinwald nahm einen weiteren Schluck aus ihrer Tasse.

»Darf ich Ihnen einen Rat mit auf den Weg geben?«, fuhr sie schließlich fort.

»Sehr gerne«, antworte Merle Schwalb, erleichtert darüber, dass es weiterging. Auch wenn sie nicht wusste, wohin.

»Wissen Sie, manchmal haben Sie so eine Art, erst einmal alles kleinzureden. Könnte es nicht auch ganz anders gewesen sein? Vielleicht stimmt das ja alles gar nicht! So in der Art.«

»Das finde ich, ehrlich gesagt, etwas ungerecht.«

»Es stimmt trotzdem. Und ich glaube, das müssen Sie jetzt ablegen. Das Investigativressort soll Geschichten liefern, nicht zerschießen. Sie sind eine kleine Truppe, aber Sie haben alle Ressourcen, die Sie benötigen. Das habe ich immer klargemacht. Und mich dran gehalten. Sie sind geblieben. Sie sind zu den Drei Fragezeichen gegangen. Das waren Entscheidungen, die ich ernst nehme. Jetzt ist es an der Zeit, die Handbremse zu lösen.«

»Handbremse?«

»Sie sollen sich einmischen, Frau Schwalb! In der Konferenz. Hier bei mir. Ich will Ihre Stimme hören. Sie können meinetwegen auch schreien.«

»Finden Sie mich zu leise?«

»Sagen wir so, Sie fangen zu spät an, sich bemerkbar zu machen. Sie sind sehr gut darin, ein Korrektiv zu sein. Und ja, Sie haben uns schon mehr als einmal den Hintern damit gerettet. Aber das reicht jetzt nicht mehr. Ich will, dass Sie auch mal vorangehen, nicht nur die, die es tun, dafür kritisieren, wie sie es tun.«

»Na ja, das mit Arno und Lars muss sich jetzt erst mal rütteln, denke ich. Aber klar, ich habe auch eigene Ideen für Geschichten, die ich gerne angehen würde.«

Mein Gott, ich klinge total bescheuert, dachte Merle Schwalb. Wie ein hirntotes Rehkitz. Aber was soll ich denn darauf auch sagen? Sie hob den Blick von ihrer Tasse und blickte zu Adela von Steinwald hinüber. Offenbar hatte ihre Antwort auch der Chefin missfallen. Adela von Steinwalds Augenbrauen hatten sich zusammengezogen. Als sie ihre Tasse auf dem Tisch abstellte, schwappte ein wenig Kaffee heraus.

»Das ist genau das, was ich meine, Frau Schwalb!«, sagte das Dritte Geschlecht. »So etwas rüttelt sich nicht von alleine, *Sie* rütteln das!«

Dann seufzte Adela von Steinwald leise und hob von Neuem an. »Glauben Sie, ich weiß nicht, wie ich in diesem Laden hinter meinem Rücken genannt werde? Ich find's sogar ganz amüsant, ehrlich! Hilft meinem Image. Aber glauben Sie im Ernst, ich würde in diesem Job auch nur eine Sekunde lang vergessen, dass ich eine

Frau bin? Ich will, dass Sie gar nicht erst damit anfangen, es sich in einer Ausputzerrolle gemütlich zu machen. Wenn Sie Zentrifugen im Iran zählen wollen, dann fahren Sie hin oder schicken einen, der es für Sie macht! Wenn Sie Nazis jagen wollen, tun Sie das! Wenn Sie eine Idee haben, welcher Politiker sein Geld in Malta versteckt haben können, buchen Sie einen Flug! Die Zeiten sind verrückt, es gibt mehr als genug zu tun. Sie sitzen jetzt an der großen Kanone, und es ist meine Kanone!«

Das Dritte Geschlecht erhob sich. Merle Schwalb wertete es als Zeichen, dass die Audienz beendet war, und stand ebenfalls auf. Sie fühlte sich überrumpelt. Und vielleicht hätte sie das sogar gesagt, wenn das Dritte Geschlecht ihr nicht, während sie ihr die Hand zum Abschied entgegenstreckte, noch einen letzten Satz gesagt hätte. Nun wieder ganz leise, fast sanft.

»Frau Schwalb«, sagte Adela von Steinwald, »ich finde es wichtig, dass endlich eine Frau an diesem Posten sitzt. Und ich möchte Ihnen gerne helfen, die Dinge etwas aufzumischen. Wenn Sie wieder einmal reden wollen, dann kommen Sie einfach hoch. Sie brauchen keinen Termin. Sie kommen einfach, abgemacht?«

»Danke«, sagte Merle Schwalb. »Das werde ich machen.«

***

Am nächsten Morgen stand Merle Schwalb um sieben Uhr auf. Sie zog sich Shorts, T-Shirt und Laufschuhe an, schnallte sich ihr Handy um den Arm, klemmte sich die Kopfhörer in die Ohren und lief zum Jahn-Sportpark. Sie fühlte sich gut, sogar ein bisschen stolz. Sie hatte sich am gestrigen Abend vorgenommen, gar nichts zu trinken, und es tatsächlich bei einem einzigen Glas belassen. Vielleicht trug auch das merkwürdige Gespräch mit dem Dritten Geschlecht zu ihrer Stimmung bei.

Sie hatte gehofft, ihre Runden für sich alleine drehen zu können. Aber sieben Uhr in der Früh war, jedenfalls mitten im Hochsommer, offenkundig nicht früh genug. Ein gutes Dutzend Läufer war bereits da. Ein Rentner im Doppelripp-Unterhemd und in einer ausgebeulten blauen Trainingshose keuchte an ihr vorbei, kaum dass sie auf dem Sportplatz angekommen war. Ihm folgten drei Mädchen mit wippenden Pferdeschwänzen, die sie als Abiturientinnen einstufte. Sie redeten miteinander und liefen dabei, fast ohne von der Stelle zu kommen. Wie Gazellen in Zeitlupe, dachte Merle Schwalb, schön und etwas lächerlich zugleich. Sie reihte sich ein und suchte ihren Rhythmus. Es dauerte fast zwei Runden, bis sie ihn gefunden hatte, dann erst startete sie die App auf ihrem Handy.

Früher war sie zu Musik gelaufen. Nicht, dass sie sich aus Musik viel machte, sie lud sich maximal ein neues Album im Jahr herunter, und auch das nur, wenn ihr irgendein Song, den sie morgens zufällig auf Radio Eins gehört hatte, besonders gefiel. Tatsächlich hatte sie sich damit abgefunden, dass sie bis an ihr Lebensende vor allem die Musik hören würde, die ihr etwas bedeutet hatte, als sie noch auf der Schule gewesen war. Pearl Jam. Red Hot Chili Peppers. Moby. Solche Sachen.

Aber seit einiger Zeit nutzte sie die Dreiviertelstunde im Jahn-Park, zu der sie sich ab und zu zwang, vor allem dazu, den Podcast der *New York Times* zu hören, von dem sie mit Durchhaltevermögen zwei Folgen schaffte. Jedes Mal war sie aufs Neue erstaunt darüber, wie gut die Kollegen waren.

Wie machten die das? Was war ihr Geheimnis?

Was können die, was ich nicht kann?

Oder hat Das Dritte Geschlecht recht – und ich muss einfach größer denken?

Sie erinnerte sich daran, wie sie einmal mit Henk genau darüber gesprochen hatte. Ein paar Monate war das erst her. An einem jener Wochenenden, an denen er manchmal drei oder vier Kollegen einlud, mit ihm zu seinem Wohnwagen an der Ostsee rauszufahren. Der Wohnwagen befand sich auf einem Dauer-Campingplatz, in dessen Zentrum die absurde Statue eines riesigen surfenden Maulwurfs stand. Es gab genügend Anlass, alles dort so absurd und lächerlich wie den Maulwurf zu finden: den heiligen Ernst der anderen Camper, die ihre Freizeit mit einem an Fanatismus grenzenden Ernst zelebrierten; oder die Bedienung in dem kleinen, aus Waschbeton zusammengeklebten Supermarkt nahe dem Eingang, die jedes Ost-Klischee bereitwilligst erfüllte. Aber wenn man erst einmal dort war, die Füße im saftigen Gras, einen Kühlbox-gekühlten Gin Tonic in der Hand, einen Pappteller mit Henks Kartoffelsalat vor sich auf dem Tisch, den Blick auf die untergehende Sonne über der Ostsee geheftet, die Mücken im Ohr und einen lauen Wind in den Haaren, dann war es ein magischer Ort.

»Vergiss nicht, Merle: Erstens sind in den USA viel mehr Informationen öffentlich als hier. Und zweitens ist die Wirkung, wenn die *NYT* anruft, ein *gaaaanz* kleines bisschen anders, als wenn hier irgendwo der *Globus* klingelt.«

Henk hatte fünf Jahre als Korrespondent in Washington hinter sich. Es war nicht so, als würde er sich nicht auskennen. Aber sie erinnerte sich genau daran, wie sie ihm widersprochen hatte.

»Ach komm, das kann doch nicht alles sein, Henk!«

»Das spielt aber eine große Rolle!«

»O.K., Henk, dann frag ich jetzt mal so: Wenn du bei der *NYT* wärst, würdest du dann auch solche Killergeschichten raushauen wie die?«

Ihre Frage hatte Henk getroffen, das hatte sie sofort gemerkt, obwohl sie schon schwer angetrunken gewesen war.

»Henk, du haust ja hier auch Hammergeschichten raus, so meine ich das nicht!«, hatte sie rasch hinterhergeschoben.

»Jaja, ich weiß schon, was du meinst«, hatte er geantwortet.

»Henk, ehrlich, so meine ich das nicht, ich meine doch uns alle! Wieso sind wir nicht so geil wie die?«

»Merle, ich weiß nicht, warum wir nicht so geil sind wie die, O.K.? Aber vielleicht sind die ja auch nicht nur geil. Beim Irak-

Krieg war die *Times* scheiße, voll daneben, reingefallen. Und sie hatten Jayson Blair! Das kannst du auch nicht einfach wegschieben.«

»Und der *Spiegel* hatte Arndt Kurzweg!«, hatte Kaiser kichernd eingeschoben.

Woraufhin alle anderen am Tisch laut aufjohlten und mit ihren Gläsern auf den Plastiktisch hämmerten, weil sie bei ihrer Ankunft ausgemacht hatten, jede Erwähnung von Arndt Kurzweg sofort damit zu ahnden, dass jeder einen Wodka pur trinken musste.

»Du bist die beste Journalistin, die ich kenne«, hatte Henk zwei Stunden später zu ihr gesagt, während er ihr das Bettzeug raussuchte, damit sie auf dem Bett im Inneren des Wohnwagens schlafen konnte, während Henk und ihre Kollegen mit den Luftmatratzen im Vorzelt vorliebnehmen würden. Henk hatte ihr dabei über das Haar gestrichen. Sie waren beide sehr betrunken gewesen, und es war klar, was im Raum stand. Was jetzt passieren könnte. Was Henk sich erhoffte.

»Du weißt, dass das *Bullshit* ist«, hatte sie geantwortet.

»Nein.«

»Doch.«

»Nein.«

»Doch.«

»Nein. Die Beste, Merle!«

»Gute Nacht, Henk.«

Sie wusste nicht, wieso sie an diesen Moment denken musste. Sie dachte nicht oft daran. Und sie hoffte, dass Henk gar nicht daran dachte. Nie.

Um neun Uhr traf sie in der Redaktion ein. Sie hatte sich vorgenommen, mit Erlinger zu sprechen. Sie hatte seit Tagen nicht mit ihm geredet. Wahrscheinlich wäre jetzt ein guter Zeitpunkt, ihn wissen zu lassen, was sie bisher in Erfahrung gebracht hatte. Dass der Tote Anatoli Nowikow hieß. Dass der Staatsschutz des LKA Berlin dafür gesorgt hatte, dass sein Tod vertuscht wurde. Dass Nowikow mit ziemlicher Sicherheit eine *Petze* gewesen war, ein V-Mann.

Und warum?

Bisher hatte sie nur eine plausible Theorie: weil er zwei Mitbewohner mit arabischen Namen gehabt hatte, die womöglich, auch wenn sie noch keine Hinweise dafür gefunden hatte, mitten in der Neuköllner *Clan-Scheiße* steckten. Sie wusste aus ihrer Vorrecherche, dass es als praktisch unmöglich galt, Informanten bei den Clans einzuschleusen, weil eben alles in der Familie blieb. Was, wenn Anatoli Nowikow ein Durchbruch für das LKA gewesen war und er brisantes Zeug aus dem Milieu geliefert hatte? Und dass sein Tod aus ermittlungstaktischen Gründen verschleiert worden war, weil eine heiße Sache am Laufen war, Gefahr im Verzug, vielleicht eine Spur zur verschwundenen Goldmünze, so etwas in der Richtung und Preisklasse. So würde sie es Erlinger verkaufen.

Und sie würde sich nicht verunsichern lassen. Weder von Erlinger noch von Kampen. Sie würde keinen der beiden einladen, die Recherche mit ihr zusammen weiterzuverfolgen. Sie würde das allein durchziehen und sich diese Geschichte nicht zerschießen lassen.

Sie fuhr in den 17. Stock, fand dort allerdings niemanden vor. Weder im Besprechungsraum der Drei Fragezeichen, in dem die Reinigungskräfte die Flugzeugsessel über Nacht wieder brav in die *upright position* gebracht hatten, als stünde eine Landung bevor. Noch in Erlingers oder Kampens Büro. Sie betrat das dritte Büro, in dem bis zu seinem Abgang Frederick Rieffen gearbeitet hatte und das abgesehen von einem braunen Schreibtisch am Fenster und einem offen stehenden Aktenschrank an der schmalen Seite vollkommen leer war. Sogar sein Name stand noch auf einem kleinen Schild neben der Tür, wie sie feststellte, als sie nachsah. Erst dann sah sie, dass auf dem Schreibtisch eine mit Handschrift beschriebene Karteikarte lag.

»Lars und ich sind zwei oder drei Tage weg, erst in Ljublijana, anschließend in Chisinau. Geht um OK, größere Sache. Sie haben ja zu tun. Bis dann! Arno« stand darauf.

OK.

Organisierte Kriminalität.

Auch gut, dachte sie. Vielleicht sogar besser.

Sie lief zum Fahrstuhl und fuhr in den 15. Stock hinunter, in der Hoffnung, wenigstens mit Henk sprechen zu können. Um die Wogen zu glätten, die ihr Abschied verursacht hatte. Aber auch, weil sie sich keineswegs sicher war, dass sie wirklich verstanden hatte, was das Dritte Geschlecht ihr mitzuteilen versucht hatte. Sollte Sie jetzt davon ausgehen, dass sie eine neue beste Freundin gefunden hatte? Eine Art Mentorin? Dass Adela von Steinwald sich ihrer annehmen, sie anleiten, sie zu … – ja was eigentlich? – führen würde?

Sie sitzen jetzt an der großen Kanone, und es ist meine Kanone!

Vielleicht konnte Henk ja besser einschätzen, was die Chefin gemeint hatte.

Aber Henk war ebenfalls nicht da, sein Glaskasten verwaist.

Merle Schwalb seufzte, ging in ihr altes Büro, sah sich um und verschaffte sich einen Überblick. Dann fuhr sie in den zweiten Stock zur Allgemeinen Verwaltung, bestellte dort einen Altpapiercontainer, zehn Umzugskartons sowie einen Aktenwolf und verbrachte den Vormittag damit, ihr Büro vom 15. in den 17. Stock zu überführen.

Um 13 Uhr ging sie mit Kaiser in die Kantine; er hatte schon mehrmals, und ohne ein Wort zu sagen, nur den Kopf wortlos vor Bedauern schüttelnd, bei ihr reingeschaut. Kaiser nahm das Maishähnchen mit Pommes und Erbsen, sie das Graupenrisotto mit frittiertem Grünkohl. Es kam zu exakt dem Gespräch, das sie schon vor Tagen vorhergesehen und vereitelt hatte. Sie absolvierte es wie einen Pflichttermin. Auch wenn sie den Bruchteil einer Sekunde lang dachte: Kaiser, vielleicht werde ich dich wirklich vermissen. Ein wenig jedenfalls.

Bis um 16 Uhr hatte sie schließlich, nach mehreren Telefonaten mit der IT-Abteilung, auch ihr Laptop in ihrem neuen Büro zum Laufen gebracht. Sie hatte jetzt eine Internetverbindung, Zugang zum Redaktionssystem, zum Intranet und zum Archiv.

Darauf hatte sie gehofft.

Wer ist Anatoli Nowikow?

Das war die Frage, die sie als Nächstes angehen musste.

Nur dass sie nichts fand. Nichts, das passte. Das offensichtlichste Problem war, dass es sehr viele Anatoli Nowikows gab. In Russland. In der Ukraine. In Armenien, Georgien, Belarus. Und so weiter. Aber bei absolut keinem fand sie eine sinnvolle, eine passende Beziehung zu Berlin. Zwei Anatoli Nowikows waren offenbar vor nicht allzu langer als Touristen hier gewesen. Einer der beiden hatte auf V-Kontakte ein Foto von sich hochgeladen, das ihn auf einem Elektroroller vor dem Sowjetischen Ehrenmal in Treptow zeigte, die Hand zum militärischen Gruß erhoben. Aber er war viel zu alt. Der zweite war am Alexanderplatz an der Weltzeituhr gewesen, zusammen mit seiner Freundin oder Schwester oder Cousine. Aber er war blond und viel größer als der Tote aus der Hobrechtstraße.

Sie suchte auf Twitter und Instagram. Auf Xing und LinkedIn. Auf Datingplattformen. Sie verfolgte Dutzende Anatoli Nowikows quer durchs Netz, durch ihre Urlaube, Berufe und Liebschaften, aber nichts fügte sich. Rein gar nichts. Sie suchte in Foren investigativer Journalisten nach den neuesten Tricks, wie man das Beste aus den verborgenen Suchfunktionen von Facebook herausholen konnte. Aber auch diese Versuche endeten in lauter Sackgassen.

Dann probierte sie es mit Webseiten und Foren der russischen Community in Berlin. Kulturvereine, Sportklubs: nichts. Es gab eine Kathedrale und zwei russisch-orthodoxe Kirchen in der Stadt, was sie vorher nicht gewusst hatte: wieder nichts. Auch unter den Traueranzeigen, die sie mithilfe von Google Translate aus dem Russischen übersetzte, gab es keine Treffer. War es möglich, dass ein Anatoli Nowikow in Berlin lebte und keine digitalen Spuren hinterließ?

Möglich.

Aber unwahrscheinlich.

Oder?

Zuletzt stellte sie einen Antrag auf Auskunft beim Einwohnermeldeamt. Sie hatte ja immerhin einen vollen Namen und eine letzte Adresse. Damit konnte man, wenn es sie gab, eine frühere Meldeadresse erfragen. Vielleicht würde sich daraus etwas ergeben? Aber die Auskunft würde dauern. Sie bezahlte die Bearbeitungsgebühr mit ihrer Kreditkarte und sah auf die Uhr. Es war 19 Uhr geworden. Zeit, nach Hause zu gehen. Vielleicht noch ein Gin Tonic in der Marietta-Bar. Und dann: Feierabend. Ein Buch auf der Terrasse. Ein Anruf bei den Eltern.

Sie packte gerade ihre Handtasche zusammen, als sie eine SMS von Henk Lauter erhielt: »Sehen wir uns gleich im Tipi?«

Scheiße!

»Jaja, klar, ich komme, aber wahrscheinlich etwas zu spät«, schrieb sie hastig zurück.

Dann fuhr sie nach Hause und zog sich um.

***

Es ist vier Uhr am Morgen, und sie liegt auf dem Rasen vor ihrer Wohnung, in ihrem Kleid, Arme und Beine von sich gestreckt, wie die Momentaufnahme eines Kindes, das einen Schneeengel formen will. Sie hat den Sternen dabei zugesehen, wie sie verblasst sind, und jetzt ist absehbar, dass die Nacht verlieren wird. Am Rande des Himmels, zwischen den Häusern gegenüber, wird es hell. Ganz langsam, aber unaufhaltsam. Zuerst ein blasser Strich, dann ein Streifen, jetzt schon ein dünnes Band.

Es ist immer noch warm.

Wie schnell die Erinnerungen verschwimmen, denkt sie. Vor einer Stunde habe ich alles noch genau vor mir gesehen. Unsere Hände. Den ganzen Rest. Den Abend, die Nacht. Wie viel in ein paar Stunden passt …

Ich sehe mich tanzen. Sehe, wie ich an der Theke stehe und nicht drankomme. Und dann doch drankomme und mich jemand anstößt und der Wein überschwappt.

Ich sehe mich am *Globus*-Tisch sitzen. Ich höre mich selbst, nur komisch verzerrt und irre laut, weil die Musik noch lauter ist: »Ey, hier sind wir!«

Ich darf die Trophäe von Kaskaden-Klaus auch mal halten, obwohl ich gar nicht will. Er drängt sie mir fast auf, während sein Blick zugleich sagt: Aber nicht zu lange! Die Feder ist erstaunlich schwer, sie ist größer als eine Feder, mit der man tatsächlich schreiben könnte, sie ist aus glänzendem poliertem Metall. Kriehn, der alte Sack, strahlt mehr, als ich ihn je habe strahlen sehen. »Die dritte ist die schönste!«, sagt er und bestellt Champagner für den ganzen Tisch.

Ich höre Henk, wie er leise »Verdient!« sagt, als Kaisers Name auf die Wand projiziert wird, und Kaiser lächelt dankbar, auch wenn er am Ende nicht gewinnt.

Ich erinnere mich, wie Erlingers Name ebenfalls an die Wand geworfen wird, und ich denke: Krass, und er ist nicht einmal hier, wo ist er noch mal, Sarajevo? Und mich frage, ob das nicht vielleicht doch für ihn spricht, dass er heute gar nicht hier ist, bei dieser riesigen Inzestparty des deutschen Journalismus, sondern stattdessen lieber in Bratislava recherchiert, obwohl jeder von uns den Termin seit Monaten in seinem Kalender eingekringelt hat.

Ich auch. Nur dass ich ohne Henks SMS-Erinnerung gar nicht gekommen wäre, weil ich es vergessen hätte.

Dabei ist die Feder-Verleihung seit Wochen immer wieder Gesprächsthema auf den Fluren und in der Kantine: Hast du schon was eingereicht? Und, machste noch? Wer reicht denn überhaupt was ein, hast du was gehört? Na, *der* gewinnt sowieso, das war schon ein Hammerstück, muss man zugeben!

Das Tipi ist ein gigantisches Zelt, ein Zirkuszelt mitten im Tiergarten und nahe dem Kanzleramt, mit Tischen und Stühlen, Bars und langen Tresen. Und einer Bühne. Natürlich gibt es eine Bühne. Sie kommt zu spät, aber nur einen Hauch, noch stehen die Hostessen mit den Tabletts mit Prosecco herum, und auf der Bühne spielt eine Jazzband, während Hunderte Journalistinnen und Journalisten langsam in das Hauptzelt defilieren.

Normalerweise sind sie nicht so gut angezogen. So aufwendig frisiert. So gut geschminkt. So frisch rasiert. So angenehm parfümiert.

Die, die glauben, sie könnten heute gewinnen, tragen Abendkleider oder dunkle Anzüge, die Garderobe als Barometer der Hoffnung. Von den Gewinnern werden schließlich Fotos gemacht werden, die in Branchendiensten und auf Medienseiten von Tageszeitungen erscheinen sollen.

Die Teppiche sind rot und dick. Der Weg ins Zelt ist gesäumt von Ständern mit echten Blumen darin.

Die Verleihung der Feder findet nur alle drei Jahre statt, sie ist immer ein besonderer Abend, aber in diesem Jahr ist sie noch besonderer als sonst. Es ist die erste Verleihung der neuen Zeitrechnung. Die erste, nachdem Arndt Kurzweg aufgeflogen ist, der jahrelang Reportagen gefälscht und erfunden hat.

Der kollektive Small Talk ist ohrenbetäubend. Er wird von den Zeltwänden zurückgeworfen und vervielfältigt sich. Sie sieht bekannte Gesichter, die gleich wieder hinter Säulen oder Vorhängen verschwinden, eine Kollegin vom *Argus*, ein Expraktikant, der jetzt beim *Spiegel* ist, ein Chefredakteur, sie weiß nicht mehr, wovon. Ein kurzes Winken, ein durch den Raum gesandtes Lächeln.

Im Inneren gibt es Tische für Jurymitglieder, Tische für Nominierte und Tische für Honoratioren. Aber es dauert nicht lange, bis die Tische sich wie auf ein unausgesprochenes Kommando nach Redaktionen sortieren.

Wer nicht sitzen will, steht an der langen Bar.

Sie steht mit einem Gin Tonic in der Hand an der Bar.

Dann hört die Band auf zu spielen. Gleich wird es also losgehen: die Begrüßung, die Reden, die Übergabe der Preise. Das Jahr eins nach Arndt, dem gefallenen Engel, zweimal ausgezeichnet mit der Feder, die er mittlerweile zurückgegeben hat: Wer wird was sagen? Wer trifft den Ton, wer nicht?

Der Master of Ceremony.

Der Vorsitzende des Kuratoriums des Feder-Vereins.

Der Chefredakteur des Mediums, das beim letzten Mal den Reportagepreis abgeräumt hat.

Sie sind die Redner, auf die alle warten, sie klettern auf die Bühne, einer nach dem anderen, in fast identischen Anzügen, einer ist lang, einer dick, und der dritte weder-noch.

»Wie drei Pinguine, deren Mutter fremdgegangen ist«, sagt eine Stimme neben ihr leise, und sie muss lachen. Sie dreht sich nach links, der Stimme entgegen, nur um zu sehen, wer das gesagt hat. Es ist Timur von der *Norddeutschen.* Er hebt sein Proseccoglas und lächelt ihr zu, dann wendet er sich wieder seinem Kollegen zu.

Guter Typ, denkt sie noch, sie erinnert sich an ein nettes Gespräch, das sie mal geführt haben, aber dann beginnen die Ersten zu zischen, auf dass Ruhe einkehre.

Alle sind gespannt. Wie vor der Raubtierfütterung. Journalisten sind grausame Zuhörer. Sie halten sich allesamt für gute Redenschreiber, selbst wenn sie noch nie eine Rede geschrieben haben. Sie sind außerdem selbstverständlich sehr gute Kritiker von Reden.

Ein paar gewisperte Kommentare dringen noch an ihr Ohr.

Kann ja nur schiefgehen!

Na dann viel Glück!

»Guten Abend!«, sagt der Master of Ceremony. Er ist der kleine, dicke Pinguin. Als Erstes begrüßt er die Honoratioren und die Sponsoren. Dann legt er seine Hand an die Stirn wie den Schirm einer Schirmmütze. So als suche er, vom Scheinwerferlicht geblendet, nach einer weiteren Person, die er feiern muss. »Aaaah«, sagt er schließlich und zeigt irgendwo in die Mitte des Zeltes, »da ist er ja: der Elefant im Raum!« Der kleine, dicke Pinguin arbeitet bei irgendeinem Radiosender in einer Morning Show und gilt gemeinhin als lustig und intelligent. Aber er hat sich verschätzt. Niemand lacht.

Der Kuratoriumsvorsitzende ist der große, dürre Pinguin. Er steht schief, er sieht aus, als habe jemand aus einem verborgenen Ventil auf seiner rechten Schulter die Luft rausgelassen. Was hat er zu sagen, der Schutzpatron der Feder? Er versucht, sich in eine theoretisch-historische Abhandlung zu retten, die den Titel »Fälschungen – gestern, heute, morgen« tragen könnte. »Immer schon sind Berichterstatter der Versuchung erlegen, da können wir bis zu Herodot zurückgehen!« Er spricht über »neueste Technologien«, die es in Zukunft möglich machen werden, Menschen Dinge sagen zu lassen, die sie nie … *bla, bla, bla.*

Warum ist es so schwer, die richtigen Worte zu finden?

Der Chefredakteur des *Argus* ist dran. Er federt mit den Füßen. Er lächelt ins Publikum. »Freunde!«, hebt er an.

Freunde??

»Freunde, ich grüße euch! Seht euch mal um, wer alles hier ist! Ja, guckt mal eine Sekunde! Wir sind heute hier, um groß-ar-tigen, fan-tas-ti-schen, wun-der-ba-ren Journalismus zu feiern! Wir lassen uns diese Party nicht verderben! Und wir lassen uns auch nicht verunsichern!«, ruft er. »Jetzt erst recht, Freunde!«

Er geht dabei in die Hocke und schaufelt mit den Armen Luft von unten nach oben. Vor dem Spiegel hat er sich heute Nachmittag beim Üben vermutlich vorgestellt, dass an dieser Stelle alle aufstehen, klatschen, einander auf die Schultern schlagen und sich Mut zubrüllen.

Aber so läuft es nicht. Einige lachen. Andere schütteln den Kopf. Die meisten essen und trinken einfach weiter.

Sie gehört zu denen, die den Kopf schütteln.

»Entschuldigung, Mister Barkeeper, die Lady hier braucht einen Gin Tonic«, sagt die Stimme links neben ihr. »Und ich auch.«

»Was hättest du gesagt?«, fragt sie.

Timur zuckt nicht mit der Wimper, sondern zieht einen imaginären Zettel aus seiner Jacketttasche und tut so, als lese er Stichpunkte ab.

»Ich hätte gesagt, Moment … ah ja: also dass wir einen … einen Neuarndtfang brauchen! Und dass alle jetzt in der Verarndtwortung stehen! Also so was in der Art.«

Wieder muss sie lachen.

Er lacht auch.

Guter Typ, denkt sie schon wieder.

Dann kommt eine Horde Kollegen von der *Norddeutschen* und zieht Timur fort, und sie lässt sich ebenfalls wegtragen, zu Henk, Kaiser und den anderen.

Und das Theater beginnt.

In jeder Kategorie, in der die Feder verliehen wird, werden zunächst die Namen der drei Nominierten an die Wand geworfen. Dann spielt die Band ein halbes Dutzend Takte, und der Vorjahressieger tritt mit einem goldenen Umschlag auf die Bühne, verkündet den Sieger und hält eine kurze Laudatio.

Das Große im Kleinen gefunden. Unbestechliche Beobachtungen. Frische Bilder.

Tusch!

Ein fast schon literarischer Parforceritt! Ein Beleg für die Wirksamkeit der Sprache!

Konfetti!

Die besten Geschichten liegen vor unserer Haustür. Man muss sie nur finden!

Champagner!

Es ist heiß, es ist laut, alle schreien, um sich zu verständigen. Der Wein kostet nichts und fließt.

»Warte mal, wer hat jetzt … aha, und wofür genau?«

Und die wichtigen Kategorien kommen erst noch!

Sie sieht sich selbst, eingequetscht zwischen Kaiser und Henk, wie sie lacht und mitklatscht und johlt und trinkt. Nur dass sie zwischendurch ihren Blick schweifen lässt. Wer wohl sonst so da ist?

Aber als Henk sagt, er gehe jetzt eine rauchen, schließt sie sich an.

Sie liegt draußen auf dem Rasen vor ihrer Wohnung. Der Himmel ist immer noch dunkel. Nein, noch würde man ihn nicht hell nennen.

Sie kann sich nicht mehr an das ganze Gespräch mit Henk erinnern. Nur an das Gefühl, dass es danach wieder besser ist zwischen ihnen.

Er sagt etwas wie: »Ich dachte, du berätst dich vorher mit mir, verstehst du?«

Sie sagt etwas wie: »Hätte ich auch machen sollen, Henk. Alles, was ich weiß, weiß ich schließlich von dir!«

Henk geht danach wieder zu den anderen, aber sie lässt sich noch eine Runde treiben, einmal durch das ganze Zelt, ein paarmal durch das Vorzelt, dann andersherum. Sie lauscht den Gesprächsfetzen, die an ihr Ohr dringen.

Na ja, ist erst mal nur für ein Jahr, aber schon O.K.

Jetzt mal ohne Scheiß: Ich hab das ja geahnt, mit Arndt …

Ohne auf die Bühne zu schauen, kriegt sie mit, dass auch an diesem Abend das kosmische Gleichgewicht erhalten bleibt: je zwei Federn für den *Globus*, für den *Argus*, für den *Spiegel*, eine für die *Norddeutsche*, alles ist gut, die Löwen sind gefüttert, die Party kann weitergehen.

Die Band spielt endlich wieder durchgängig und lauter als zuvor. Und sie will jetzt tanzen. Betrunken ist ein großes Wort, aber nüchtern ist sie auch nicht mehr.

Sie tanzt, bis sie eine Pause braucht. Sie geht an die Bar. Betrachtet die Tanzenden. Es ist eine gute Party. Sie schließt die Augen und hört für einen Moment nur zu. Dann öffnet sie die Augen, und Timur steht vor ihr.

Er steht direkt vor ihr. Er schaut in ihre Augen. Und sie schaut in seine. Lange. So lange, dass sie sich kurz fragt, ob sie lieber weggucken soll. Und dann noch länger. So lange, bis sie sicher weiß, dass er weiß, was sie denkt. Und sie weiß, was er denkt. Er nimmt ihre Hand. Ein kleiner Stromschlag. Sie verlassen das Zelt, ohne ein Wort zu sagen. Sie gehen durch das Vorzelt hinaus in die Nacht. Sie laufen den Kiesweg zur Straße entlang, wo die Taxen warten. Sie steigen ein und schlagen die Türen zu. Timur sagt seine Adresse. Das Taxi fährt los. Er legt eine Hand auf ihre Wange und küsst sie.

Die Halbwertszeit unserer Erinnerungen, denkt sie, merkwürdige Sache. Ich war gar nicht lange bei ihm. Wie lange, zwei Stunden? Während dieser zwei Stunden hatte ich das Gefühl, dass ich mich später ganz gewiss an jede Einzelheit, jede Bewegung, jede Berührung werde erinnern können. Aber das Gedächtnis macht keine Filme, nicht einmal Fotos.

Danach liegen sie nebeneinander auf dem Rücken in seinem schmalen Bett. Sie ist dankbar, dass er so unkompliziert ist. Er ist höflich und sogar etwas lustig. Seine Komplimente sind leise und verlangen nicht nach einer Erwiderung.

»Was ist da passiert?«, fragt sie und legt einen Finger auf seine rechte Augenbraue, die in der Mitte von einem ganz schmalen, kahlen Streifen in zwei Teile geteilt wird wie von einem Schrägstrich.

»Mit Feuer gespielt, als ich zwölf war«, sagt er verlegen.

Er streicht ihr die Haare aus dem Gesicht und betrachtet sie.

»Und du«, sagt er, »warum trägst du rechts zwei Ohrringe und links keinen?«

»Weil die Welt ungerecht ist«, antwortet sie, und er küsst sie.

Sie liegen so für eine Weile, und irgendwann fangen sie an zu reden. Und weil sie Journalisten sind, reden sie über sich und ihre Arbeit. Und weil sie Investigativjournalisten sind, reden sie selbstverständlich nur in Andeutungen. Der Sicherheit wegen. Und weil es ein Spiel ist.

Hat sie damit angefangen oder er?

Das zum Beispiel weiß sie nicht mehr.

Er fragt etwas wie: »Na, schon einen Skalp mit Erlinger und Kampen gejagt?«

Sie antwortet so etwas wie: »Bin gerade eher auf einer Solomission. – Hey, du kannst nicht zufällig Russisch, oder?«

»Ich wünschte, ich könnte Russisch«, sagt er. »Habe ich heute drei Mal gedacht!«

»Ha!«, sagt sie.

»Im Ernst jetzt!«

»Erzähl!«

»Ach, was gibt es da schon groß zu erzählen: Schlapphüte, Spione, Kalter Krieg, ganz normaler Tag im Büro!«

»Drunter machst du es nicht, hm? Spione, wow.«

»Und wieso musst du Russisch lernen?«

»Nummer kleiner als bei dir.«

»Woher willst du das wissen?«

»Stimmt auch wieder. Ich weiß nämlich noch gar nichts.«

»Kenne ich.«

»Hab einen Untoten an der Backe.«

»Interessant. Also meiner ist tot. Mausetot.«

»Und er hat dir was hinterlassen? Seine Memoiren?«

»So was in der Art.«

Es ist gut möglich, sogar wahrscheinlich, dass sie sich zwischendurch küssen. Sie weiß es nicht mehr so genau. Vermutlich ja. Aber sie weiß, dass das Gespräch weiterging. Und sie weiß, wie es weiterging.

»Also, und deiner hat dir was hinterlassen?«

»Na ja, nicht mir direkt. Er hat eigentlich für den …«

Sie weiß, dass er sie geküsst hat, bevor er das V-Wort gesagt hat. –

»… Verfassungsschutz gearbeitet. Aber ich habe eine Liste, die er anscheinend nicht mehr bei denen abgeben konnte.«

»Wird ja immer dramatischer! Was steht drauf? Die nächsten Anschlagsziele des russischen Geheimdienstes?«

Sie denkt an den ermordeten Georgier im Tiergarten.

»Na, damit kann man es nicht vergleichen. Aber krass ist es schon.«

»Also meiner hat bloß fürs LKA gearbeitet«, sagt sie. »Clan-Scheiße.«

»Auch nicht schlecht.«

»Deins klingt heißer.«

Er schweigt für einen Moment.

»Merle, ich sag dir jetzt was. O. K.?«

Er hat braune Augen. Große braune Augen. Er sieht jetzt ernst aus. Es ist ihm wichtig.

»Ja, klar«, sagt sie.

»Aber du weißt, dass du …«

»… ja, ist doch klar.«

»Diese Liste … die enthält die Namen von 25 Leuten.«

»Ja?«

»Also deutsche Namen, keine Russen.«

»O.K. Und was sind das für Leute?«

»Das ist es ja. Angeblich alles Leute, die die Russen gekauft haben.«

»Gekauft?«

»Einfluss. Publicity. Lobbyarbeit. Einfluss halt.«

»Wow, das ist *ziemlich* groß.«

»Ja, ich glaube auch. Aber ich bin noch ganz am Anfang. Die Namen sind zum Teil codiert. Hab noch nicht alle rausbekommen. Ich weiß auch noch nicht, wer der Typ war. Ich weiß nichts über ihn. Aber noch was ist krass an dieser Liste.«

»Ja?«

»Es stehen auch Journalisten drauf. Welche, die wir kennen.«

»*Fuck*. Echt jetzt?«

»Ja.«

»Scheiße.«

»Ja.«

»Welche, die wir kennen?«

»Merle …«

»Sorry, ich höre schon auf.«

»Danke.«

Er steht auf, geht aus dem Zimmer, kommt mit einem Aschenbecher, einer Zigarette und Streichhölzern zurück. Er stellt sich den Aschenbecher auf die bloße Brust.

»Ist O.K.?«

»Sicher.«

»Ich rauche eigentlich gar nicht.«

»Schiffe, die des Nachts vorüberfahren …«, sagt sie.

»Was?«

»Nichts«, sagt sie.

Er zündet sich die Zigarette an und lächelt etwas verwirrt.

Ein paar Minuten lang sagt keiner von ihnen etwas. Der Rauch steigt langsam an die Decke.

»Erzähl mehr«, sagt sie schließlich. Nicht weil die Stille peinlich wäre, das ist sie erstaunlicherweise nicht. Sondern weil sie seine Stimme mag. Und weil sie mehr wissen will. Natürlich will sie das.

»Und der Typ ist jetzt tot, ja? Hat den einer umgelegt?«

Sie formt mit ihren Händen eine Pistole und schießt an die Decke: »Peng, peng?«

»Weiß noch nicht, ob's Mord war«, sagt er. »Alles, was ich weiß, also von so einem anderen Russen, der ihn angeblich kannte, also anscheinend ist er von einem Balkon gefallen oder so.«

Betrunken ist ein großes Wort, und nüchtern ist sie sicher nicht. Sie weiß, dass sie ihn gerne noch einmal geküsst hätte. Nur geht dass jetzt nicht mehr, sagt eine innere Stimme. Wie soll das gehen? Sie setzt sich langsam auf, ihr nackter Rücken an der kalten Betonwand. Er sieht sie an, fragend. Tut es ihr dann nach. Jetzt sitzen sie nebeneinander. Etwas ist passiert, aber er weiß nicht, was. Und er traut sich nicht zu fragen.

Sie nimmt ihm wortlos die Zigarette aus der Hand und raucht sie langsam zu Ende. Dann drückt sie sie im Aschenbecher aus.

»Timur?«, sagt sie schließlich.

»Ja.«

»Timur, ich muss jetzt gehen. Frag mich nicht, warum.«

Er nickt. Sieht ihr zu, wie sie sich anzieht.

»Brauchst du …«

»… ich rufe mir ein Uber, alles gut.«

Sie winkt zum Abschied, dann verlässt sie seine kleine Wohnung.

»Sehen wir uns wieder?«, schickt er ihr als SMS, als ihr Uber gerade in die Pappelallee einbiegt.

Sie muss lächeln, trotz allem, als sie sich, kaum dass sie angekommen ist, auf den Rasen vor ihrer Wohnung legt.

»Möglicherweise mehr, als dir lieb ist«, schreibt sie zurück.

KAPITEL 3

Merle Schwalb erwachte erst am Mittag, aber das war ihr egal. Erlinger und Kampen waren ja immer noch unterwegs, und sie konnte davon ausgehen, dass niemand in der Redaktion sie erwarten oder vermissen würde.

Sie duschte, zog sich an, griff sich ihren Block und einen Stift und verließ ihre Wohnung. An der nächsten Ecke bog sie rechts in die Raumerstraße ein und lief weiter in Richtung Helmholtzplatz. Merle Schwalb mochte den Prenzlauer Berg. Sie genoss den Anblick der nahezu intakten Altbauhäuserzeilen, die erahnen ließen, wie ganz Berlin heute aussehen könnte, wenn es den Krieg nicht gegeben hätte. Es gefiel ihr, dass es am Wochenende am Helmholtzplatz einen kleinen und am Wasserturm einen großen Wochenmarkt gab, nur für den Fall, dass sie jemals Lust auf frische Austern aus Frankreich, selbst gemachte Bio-Bärlauchaufstriche oder handgeschöpften Büffelmozzarella aus der Uckermark haben sollte.

Sie konnte nachvollziehen, warum andere vom Prenzlauer Berg genervt waren, sich echauffierten über Caféketten, in denen lauwarmer Latte macchiato in dickwandigen Gläsern serviert wurde. Oder das genaue Gegenteil: Cafés, in denen Hipster mit geöltem Bart eigenhändig aus Somalia importierte Bohnen in eigens in San Francisco mundgeblasenen Glasfiltern tröpfchenweise in Kaffee transformierten und sich dabei aufführten wie katholische Priester, die das Wunder der Eucharistie zelebrierten.

Aber sie fand es nicht kompliziert, dem Normierten ebenso aus dem Weg zu gehen wie dem Überkandidelten. Deswegen war sie jetzt auf dem Weg zum Wohnzimmer, einem kleinen Frühstückscafé im Halbparterre eines Wohnhauses mit bequemen Polstersesseln, einer so minimalistischen wie grundvernünftigen Karte, wortkargen Angestellten und einer dunklen Holzbar, die mit Sicherheit aus frühen DDR-Zeiten stammte und vielleicht sogar aus den Zwanzigern.

Im Wohnzimmer gab es Kaffee und Käsebrötchen und sonst nicht viel. Außerdem war der Laden düster, sodass die grelle Mittagssonne ausgesperrt blieb. Auch das hatte bei ihrer Wahl eine Rolle gespielt.

Sie brauchte auch kein Laptop und kein Wi-Fi. Sie brauchte ein wenig Ruhe, um darüber nachzudenken, was die Informationen zu bedeuten hatten, die Timur in der vergangenen Nacht mit ihr geteilt hatte. Was sie bedeuten könnten.

War es möglich, dass sie beide zu einem Russen recherchierten, der vom Balkon gestürzt war, aber die beiden Fälle nichts miteinander zu tun hatten? Das war lächerlich unwahrscheinlich. Sie musste also davon ausgehen, dass sein Russe auch ihr Russe war. Dass sie mithin an derselben Geschichte saß wie die *Norddeutsche Zeitung*. Und das war schlecht. Nicht nur, weil das Ganze von nun an ein Rattenrennen war. Sondern weil die *NZ* auch noch zu den größten Konkurrenten des *Globus* zählte. Die *NZ* war ein altehrwürdiges liberales Blatt mit einem beachtlichen Investigativressort, das in den letzten Jahren immer wieder wichtige Enthüllungen geliefert hatte.

Aber saßen Timur und sie wirklich an *derselben* Geschichte? Selbst wenn Timurs Recherche mit Anatoli Nowikow zu tun haben sollte: Seine drehte sich um eine dubiose Liste mit Namen von Persönlichkeiten, die angeblich auf der Payroll der Russen standen. Sie selbst hingegen recherchierte bislang unter der Hypothese, dass Nowikow den Behörden zu seinen beiden arabischen Mitbewohnern Bericht erstattet hatte. Dass er geholfen hatte, das Milieu der kriminellen Araberclans der Stadt aufzuklären, und womöglich deswegen ermordet worden war.

Timur glaubte außerdem, dass Nowikow für den Verfassungsschutz gearbeitet hatte. Aber hatte er Beweise dafür? Wenn ja, hatte er sie nicht mit ihr geteilt. Sie hingegen hatte Belege dafür, dass Nowikows Tod vom LKA, also von der Polizei, zu einer Verletzung heruntergelogen worden war.

Wer hatte recht?

Welche Spur war richtig?

Noch war gar nichts sicher.

Nur dass sie schleunigst herausfinden musste, ob Nowikow wirklich über *Clan-Scheiße* berichtet hatte. Und dass sie Timurs Information, der zufolge Nowikow für den Verfassungsschutz gearbeitet hatte, leider nicht für ihre Zwecke nutzen durfte. Sicher, sie *könnte* das tun. Aber das wäre ein krasser Bruch ihrer nächtlichen Vertraulichkeit. Ein nicht wiedergutzumachender Verrat an jemandem, den sie gestern noch geküsst hatte. Das wollte sie nicht. Nicht nur, weil sie Timur nicht verraten wollte. Sondern auch, weil in ihrem Hinterkopf die vagen Umrisse einer Idee herumzutanzen begonnen hatten.

Merle Schwalb trank ihre zweite Tasse Kaffee aus und seufzte. Im Moment gab es nur einen Ort, an dem sie versuchen konnte, weiterzukommen: Sie würde schon wieder nach Neukölln fahren müssen.

»Hier ist die junge Frau, die neulich schon einmal bei Ihnen geklingelt hat«, sagte Merle Schwalb in die Gegensprechanlage des Hauses in der Hobrechtstraße.

»Wer ist da?«, fragte Frau Winkelmann zurück.

»Die Paketbotin!«, antwortete Merle Schwalb.

»Ach, Sie schon wieder«, sagte die alte Dame. Sie klang erstaunt, sicher nicht belustigt und auch nicht herzlich. Aber einen Moment später surrte es an der Tür, und Merle Schwalb trat ein.

Als sie im ersten Stock ankam, stand Frau Winkelmann bereits auf der braunen Fußmatte vor ihrer Wohnung. Sie trug einen ähnlichen, aber nicht denselben Kittel wie bei Merle Schwalbs erstem Besuch.

»Guten Tag«, sagte Merle Schwalb.

»Na, watt wollen Sie denn heute?«, fragte Frau Winkelmann.

»Ist wieder wegen dem Russen.«

»Ja, dit habe ich mir schon gedacht.«

»Es ist so, Frau Winkelmann, ich bin Journalistin. Und ich recherchiere zu dem Russen.«

»Aha. Journalistin. Na kommen Sie erst mal rin«, sagte die alte Dame und trat ein Stück zur Seite, damit Merle Schwalb sich an ihr vorbeiquetschen konnte.

Im Inneren war es dunkel. Die Jalousien zur Straße hin waren halb heruntergelassen. Auf der Fensterbank standen dicht an dicht Zimmerpflanzen, die einen weiteren Teil des Tageslichts schluckten. Es roch … nach Medizin, dachte Merle Schwalb. Nach Putzmittel und Desinfektionsmitteln. Ein bisschen wie in der Notaufnahme im Urban-Krankenhaus.

Frau Winkelmann deutete auf ein braunes Sofa im Wohnzimmer, und Merle Schwalb setzte sich. Vor dem Sofa stand ein Couchtisch, dessen Tischplatte aus ockerfarbenen Fliesen mit Blumenmuster bestand. Zwei Fernbedienungen lagen sauber ausgerichtet nebeneinander. Daneben, ebenfalls rechtwinklig ausgerichtet, ein Rätselheft. Ein halb ausgetrunkenes Glas Orangensaft stand ordentlich auf einem Untersetzer, auf dem sie die Umrisse einer Insel im Meer erkannte; *Korfu* stand in Schreibschrift darüber. Der Teppich war grau. Die übrigen Möbel waren dunkelbraun, massiv und ausladend. Alles war blitzblank. Neben dem Sofa stand in der Ecke des Wohnzimmers ein Kratzbaum, auf dessen Plattform, auf Augenhöhe mit Merle Schwalb, eine dicke Katze lag.

»Dit is Wotan«, sagte Frau Winkelmann.

»Süß«, sagte Merle Schwalb.

»Fett isser jeworden!«, sagte Frau Winkelmann.

»Wohnen Sie schon lange in dieser Wohnung?«, fragte Merle Schwalb.

»Seit neunzehnzwoundsechzig«, sagte sie.

»Schön haben sie es hier.«

»War mal schöner. Aber was soll man machen? So, junge Frau, und jetzt sagen Sie mir doch mal, was Sie zu mir führt!«

»Wie gesagt, ich bin Journalistin, vom *Globus*. Vielleicht kennen Sie den.«

»Nee, kenn ich nich. Aber die sind ja alle gleich.«

»Ich will rausfinden, ob der Russe aus dem dritten Stock, also ob der gefallen ist oder ob er ermordet wurde.«

»Tja, dit is natürlich die Frage.«

»Genau. Und ich muss jetzt alles überprüfen, was man überprüfen kann.«

»Macht denn die Polizei das nicht?«

»Doch, sicher.«

»Und wieso müssen Sie das dann auch noch machen?«

»Na weil ... wir hoffen, dass wir schneller sind.«

»Davon wird der Russe och nicht wieder lebendig, oder?«

»Das stimmt. Aber manchmal kommt es ja auch vor, dass wir noch was anderes finden, etwas, das die Polizei übersieht.«

»Aha.«

»Ja, hoffen wir jedenfalls.«

»Und was hab ich damit zu tun?«

»Ich wollte Sie fragen, ob Sie mir den Namen und die Telefonnummer Ihres Vermieters geben würden. Ich will nämlich rausfinden, wie die beiden Mitbewohner von dem Russen genau hießen.«

»Die beeden Araber?«

»Ja, genau.«

Frau Winkelmann schwieg für einen Moment.

»Nee«, sagte sie schließlich. »Da möchte ich nichts mit zu tun haben.«

»Nein?«

»Das is Sache der Polizei, so sehe ich das, da wollen wir jetzt mal nicht vorgreifen.«

»Aber ich will den Vermieter doch nur was fragen.«

»Ja, das sagen Sie jetzt so. Aber das muss ja nicht stimmen. Und dann habe ich den Ärger.«

»Ich würde dem Vermieter auch gar nicht sagen, dass ich die Nummer von Ihnen habe, Frau Winkelmann!«

Merle Schwalb versuchte, eine gewisse Komplizenschaft in ihrer Stimme anklingen zu lassen. Als hätten sie und Frau Winkelmann schon einige Abenteuer miteinander bestanden. Aber sie kam sich vor, als würde sie an der alten Dame den Enkeltrick ausprobieren.

»Ja, das sagt sich leicht. Aber ich kenne Sie ja gar nicht. Und Journalisten, na, da bin ich lieber vorsichtig. Da hört man ja viel. Und sicher nicht ganz ohne Grund. Sie müssen ja auch lügen, das ist ja allgemein bekannt.«

Merle Schwalb erhob sich.

»Das ist wirklich schade, Frau Winkelmann. Trotzdem, vielen Dank.«

Als sie wieder im Treppenhaus stand, fluchte sie leise.

Da hört man ja viel.

Sie müssen ja auch lügen.

Sie war schon lange genug Journalistin, um zu wissen, dass es meistens nichts brachte, gegen Anwürfe dieser Art Argumente anzuführen. Aber es beunruhigte sie, dass sie solche Ansichten seit einigen Jahren immer öfter zu hören bekam. Wo führte es hin, wenn man so viele Menschen nicht mehr davon überzeugen konnte, dass man einen ehrenwerten Beruf ausübte und kein berufsmäßiger Lügner, Täuscher oder Propagandist war?

Sie hatte schon die Klinke der Haustür in der Hand, als sie

noch einmal nach rechts zu den Briefkästen sah und ihr eine Idee kam. Sie wusste, dass es keine gute Idee war. Aber sie war wütend wegen dem, was Frau Winkelmann gesagt hatte. Und irgendwo in ihrem Kopf nagte zugleich die Sorge an ihr, festzustecken, nicht voranzukommen.

Kurz entschlossen sah sie sich um, ob auch niemand in der Nähe war. Dann steckte sie schnell ihre rechte Hand in den Schlitz des Briefkastens und versuchte, etwas aus dem Inneren zu fassen zu kriegen. Irgendetwas.

Das Erste, was sie aus dem Briefkasten zerren konnte, war ein quietschbunter Hornbach-Prospekt. Sie ließ ihn in den Bananenkarton auf dem Boden gleiten.

Als Zweites einen Zettel, der über eine bevorstehende Altkleidersammlung der Arbeiterwohlfahrt informierte. Auch den entsorgte sie in dem Altpapierkarton.

Dann ein Briefumschlag. Adressiert an Zakariya Yazan. Volltreffer! Der Absender war das Bezirksamt Neukölln. Kurz spielte sie mit dem Gedanken, den Brief einzustecken oder ihn wenigstens an Ort und Stelle zu öffnen und zu lesen. Aber sie ließ ihn wieder in den Schlitz fallen. Als sie von der Treppe her Schritte hörte, verließ sie schnell das Haus und trat auf die Hobrechtstraße, wo ihr das Sonnenlicht wie ein Blitzlichtgewitter in die Augen knallte, sodass sie sich fragte, wie sie so blöd gewesen sein konnte, ihre Sonnenbrille nicht mitzunehmen.

Sie fuhr zurück in ihre Wohnung und setzte sich an den Tisch im Esszimmer. Zakariya Yazan. Glücklicherweise war dieser Name offenbar weniger verbreitet als Anatoli Nowikow: Sie benötigte nur wenige Klicks, um ihn zweifelsfrei auf Facebook zu identifizieren, weil er sich selbst vor dem Haus in der Hobrechtstraße fotografiert und sogar ein Selfie von sich auf dem Balkon gemacht hatte, auf dem man im Hintergrund einige zum *Damascus Palace* gehörende Stühle erkennen konnte.

Zakariya Yazan war höchstens Anfang zwanzig und offenkundig jemand, der regelmäßig pumpen ging. Seine Oberarme waren gewaltig, die Muskeln konturiert wie Zeichnungen aus einem Anatomielehrbuch. Auf den meisten Fotos trug er eng anliegende weiße T-Shirts und Designerjeans. Seine Haare waren schwarz und dicht und als Undercut geschnitten.

In seiner Timeline waren jede Menge Selfies, dazu Gruppenfotos mit Freunden und Bekannten, außerdem Aufnahmen von Sportwagen, vor denen manchmal jemand posierte. Die Kommentare seiner Freunde bestanden aus dem typischen Berliner Deutsch-Arabisch-Gemisch: *Wallah, Bruder! Du bist der Größte, Akhi!*

Alles war vollkommen frei einsehbar.

Am interessantesten war allerdings, dass die letzten Bilder und Selfies nicht in Berlin aufgenommen worden waren. Sondern in Beirut, wie sie den Kommentaren entnahm. Zakariya Yazan war anscheinend gerade auf Familienbesuch: ein Selfie mit einem knitteralten Mann mit Kuffiyeh, daneben Zakariya, den Arm um den Greis gelegt. Ein weiteres Foto von einem gigantischen Berg gefüllter Weinblätter in einer riesigen silbernen Schüssel auf einem Küchentisch. Etliche Fotos beim Shisharauchen mit dem Mittelmeer im Hintergrund.

Merle Schwalb scrollte zurück bis zum Tag, an dem Anatoli Nowikow gestorben war. Auch an diesem Tag hatte Zakariya Yazan Bilder eingestellt. Und auch diese waren ganz offensichtlich in Beirut entstanden: Zakariya vor einer großen Moschee, auf deren Vorplatz Vögel umherschwirrten. Zakariya in einem alten babyblauen Mercedes 180, den Daumen aus dem Fenster gestreckt, im Hintergrund Olivenbäume.

Merle Schwalb nahm sich seine Freundesliste vor und durchsuchte sie nach dem Namen »Hamoudi«. Und wieder wurde sie fündig: Zakariya Yazan war mit einem annähernd gleichaltrigen Jamal Hammoudi befreundet. Der war dünn, fast schmächtig, und trug sein Haar kurz geschoren. Jamals Timeline, die sich als Nächstes vornahm, enthielt etliche Fotos, auf denen die beiden gemeinsam posierten. Wieder waren welche aus der Hobrechtstraße dabei. Das waren sie also: Jamal und Zakariya, die beiden Mitbewohner von Anatoli Nowikow.

Als Merle Schwalb Jamal Hamoudis Timeline genauer untersuchte, stellte sie fest, dass auch er zuletzt Bilder aus Beirut gepostet hatte. Auch in seiner Timeline ging sie zurück bis zum Todestag ihres Mitbewohners. Und auch Jamal war zu diesem Datum offenbar bereits in Beirut gewesen.

Die beiden waren zusammen im Libanon. Das wurde ihr klar, als sie schließlich dasselbe Foto in beider Accounts fand: Jamal und Zakariya Arm in Arm vor dem Hauptgebäude des Flughafens Schönefeld. »Beirut, Ya Beirut, wallah, wir kommen zu dir!« hatte Jamal daruntergeschrieben. Das Foto war sechs Wochen alt. Zum Zeitpunkt des Todessturzes von Anatoli Nowikow waren seine Mitbewohner also gar nicht in Berlin gewesen. Und nichts deutete darauf hin, dass sie auch nur wussten, dass er ums Leben gekommen war.

Kurz entschlossen schrieb sie Zakariya Yazan und Jamal Hamoudi über den Facebook-Messenger eine identische Nachricht: »Guten Tag, mein Name ist Merle Schwalb, ich bin Journalistin beim *Globus* in Berlin. Ich schreibe Ihnen, weil ich wichtige Informationen über Ihren Mitbewohner, Herrn Nowikow, habe. Wäre es möglich, dass wir darüber einmal chatten?«

Wir legen Köder und Fallen aus; wir hängen unsere Angel ins Wasser. Und dann warten wir.

Henk und seine Weisheiten, dachte sie. Alles richtig. Alles gut. Aber ich kann nicht einfach nur warten.

***

»Soll ich irgendetwas mitbringen?«, hatte sie Maja geschrieben und war sich sofort vorgekommen, als würde sie eine Freundin fragen, ob sie ihr ein Westpaket packen sollte, mit Gin gegen die Langeweile oder einem Parfum als Gruß aus der unerreichbar weit entfernten großen weiten Welt. Umso dankbarer war sie, dass Maja ihre Frage pragmatisch interpretiert hatte: »Fahr einfach kurz am Baumarkt ran und bring dir einen Mundschutz mit. Und ein paar passende Arbeitshandschuhe wären auch gut! Ach so, und wenn du es schaffst: einen Anstoßschutz für eine elektrische Heckenschere Bosch AHS 400–24 T.«

Zwinkersmiley.

Deshalb fuhr Merle Schwalb jetzt mit einer OBI-Tüte auf dem Beifahrersitz ihres Carsharing-Mini eine holprige Kopfsteinpflasterstraße entlang. Der Speckgürtel der Hauptstadt lag längst hinter ihr, das hier war Brandenburg. Lang gezogene Straßendörfer, in denen niemand auf der Straße zu sehen war. Tiefe Gardinen. Gartenzwerge und Miniaturwindmühlen in den Vorgärten. Vergilbte Wahlplakate. Kleine Holztische am Straßenrand, auf denen Kartoffeln und Eier in Kistchen standen, daneben ein Marmeladenglas und ein Schild, auf dem *Vertrauenskasse* stand.

Wo sind all die Leute, die hier wohnen, fragte sie sich.

Irgendjemand muss doch, nur mal so als Beispiel, all diese akkuraten Blumenkübel neben den Ortseingangsschildern pflegen? Es ist Freitagmittag. Sitzen die alle in ihren Kellern und arbeiten per High-Speed-Internet als Programmierer? Arbeiten die in der … keine Ahnung: *nächstgrößeren Stadt??* Oder sind die alle Bauern und rupfen gerade Kartoffeln aus ihrem Sandboden und sammeln in ihren Hühnerställen die Eier ein, die sie morgen am Straßenrand drapieren?

Eine Stunde und sieben Minuten hatte ihr Navigationsgerät als Fahrtzeit errechnet. In zehn Minuten würde sie da sein.

Das ist O.K., dachte sie.

Eine gute Stunde. In der Rushhour vielleicht etwas mehr.

Das würde funktionieren.

Maja war eine der Talentiertesten ihres Jahrgangs gewesen und die Hübscheste. Hübsch auf eine seltene Art: weil sie sich ihrer Schönheit nicht im Mindesten bewusst war, sich folglich nichts auf sie einbildete und nie etwas unternahm, sie herauszustreichen. Was sie nur noch anziehender machte, denn so standen den Betrachtern alle Möglichkeiten nur umso deutlicher vor Augen: Wenn sie statt dieser Latzhose ein Kleid trüge – *o mein Gott!* Auf der Journalistenschule hatte Maja gar nicht mitbekommen, wer alles in sie verliebt gewesen war, Dozenten eingeschlossen. Merle Schwalb hingegen durchaus. Sie waren trotzdem schnell Freundinnen geworden. Nein, schnell nicht, das stimmte gar nicht. Sondern erst nach drei oder vier Monaten, als sie beide ihre erste Hospitanz beim *Argus* absolvierten, Maja im Feuilleton und sie selbst in der Politik. Ihre ersten Artikel erschienen zufälligerweise in derselben Ausgabe, und sie hatten diese Premiere gemeinsam gefeiert, zunächst mit Basilikum-Gin Tonic in einer Bar am Spreeufer, die sie sich nicht leisten konnten, danach mit Bier aus dem Späti und einem Joint in Majas WG-Zimmer. Am nächsten Morgen hatten sie das Gefühl, auf einem ähnlichen Weg durch eine ebenso anziehende wie abstoßende Branche zu sein, und genug Geheimnisse getauscht, um Verbündete zu bleiben. Und Freundinnen.

Links abbiegen und dann drei Kilometer der Straße folgen, mahnte das Navigationsgerät.

Freundinnen, dachte Merle Schwalb. Na klar ist das das Wort, das ich wählen würde. Ich habe seit dieser ersten Nacht noch viele mit ihr verbracht. Ich war die Erste, der sie erzählt hat, dass sie schwanger ist. Ich war bei ihrer Hippie-Hochzeit, als alle anderen in Kostümen und Anzügen, aber barfuß erschienen und ich mit Schuhen, aber ansonsten komplett underdressed.

Nur dass wir uns seitdem kaum noch sehen.

Seit sie *hier* rausgezogen ist.

Nicht, dass ich Olli nicht mag.

Ich mag Olli.

Aber wie oft sehen wir uns noch, seit sie nicht mehr Journalistin ist?

Ein Mal im Jahr? Zwei Mal?

Wir laufen uns ja nicht mehr über den Weg. Bei keiner PK, wenn Neuwahlen angekündigt werden und alle Hauptstadtjournalisten hinrennen, weil es einen Hauch von Geschichte zu erhaschen gibt. Bei keiner Nazidemo im Regierungsviertel, wo wir hingehen, um aus der Nähe zu sehen, worüber wir vielleicht nächste Woche schreiben müssen. Und auch bei keiner Feder-Verleihung mehr.

Noch 800 Meter, dann haben Sie Ihr Ziel erreicht.

Mein Gott, sie ist wirklich hübsch! Selbst in dieser aufgerissenen alten Jeans und diesem übergroßen Nike-Sweatshirt, das sie wahrscheinlich Olli geklaut hat. Selbst mit diesem neuen, unförmigen Baby auf dem Arm. Einfach weil sie sich freut, weil sie winkt und lacht und auf mein Auto zugelaufen kommt und dieses schmiedeeiserne Tor aufmacht, damit ich gleich reinfahren kann auf ihr Grundstück.

Gut, dass ich zwei Flaschen Wein mitgebracht habe.

Und Schlafsachen eingepackt habe, für alle Fälle.

Ich freue mich, sie zu sehen.

Auch wenn ich einen Plan habe, von dem sie noch nichts ahnt – und sie sich vielleicht schon morgen fragen wird, ob ich nur deswegen zu ihr rausgefahren bin.

Eine Stunde später trug auch Merle Schwalb eines von Ollis Sweatshirts und balancierte auf einer Aluminiumleiter. Das Ersatzteil war glücklicherweise das richtige gewesen, und Merle Schwalb versuchte mit der heftig vibrierenden elektrischen Heckenschere zwischen beiden Händen das Gestrüpp auf eine halbwegs einheitliche Höhe zu bringen. Der Rücken tat ihr weh, aber sie genoss es viel zu sehr, wenn die abgeschnittenen Zweige zu ihrer Rechten und Linken auf den Boden fielen. Meter für Meter arbeitete sie sich die Hecke entlang, indem sie alle paar Minuten die Leiter hinunterstieg, sie ein Stückchen weiterrückte und wieder von vorne begann. Die Hecke war lang, sicher dreißig Meter. Von oben aus hatte sie einen guten Blick über das gesamte Grundstück. Das dunkelrot geklinkerte Haupthaus gleich neben der Einfahrt. Zwei ehemalige Garagen direkt dahinter, die Olli als Atelier nutzte. Ein alter Hühnerstall. Und ein weiteres Gebäude, das aussah wie eine Miniaturversion des Hauptgebäudes. Ein Jägerzaun lief einmal um das Grundstück herum, und am fernen Ende konnte sie ihn kaum noch ausmachen, so weitläufig war die Wiese hinter den Gebäuden. Überall standen mächtige Bäume. Was für Bäume es waren, hätte sie nicht sagen können, nur dass sie alt waren. Zwischen den Bäumen lagen sorgfältig angelegte Beete, in denen sie Möhren erkannte, Zucchini und Bohnen, die sich an Stangen in die Höhe rankten. Auf einem kleinen Feld wuchs etwas, das sie von oben für Kartoffelpflanzen hielt. In einem Hochbeet standen Salatköpfe und Kräuterbüsche dicht an dicht; in einem zweiten wuchsen Erdbeeren.

Die Sonne knallte auf ihren Nacken und ihre Hände. Insekten summten um sie herum.

Sie stoppte die elektrische Heckenschere für einen Moment, um einen Schluck Wasser aus der Flasche zu nehmen, die sie sich in die Gesäßtasche gestopft hatte, und um sich den Schweiß aus dem Gesicht zu wischen. Gerade noch in Rufweite sah sie Maja, die mit einer rostigen Nagelzange versuchte, lange Nägel aus den Brettern zu ziehen, die die Wand des Hühnerstalls bildeten.

Sie winkte ihr zu, und Maja lächelte zurück.

»Der Stall muss heute noch weg!«

»Kriegen wir hin.«

»Kannst dich da nach der Hecke noch mal richtig austoben!«

Merle warf das Gerät wieder an und machte weiter. Es musste ungefähr drei Jahre her sein, dass Maja und Olli das alte Forsthaus gekauft hatten. Vorher hatten sie in der Lychener Straße gelebt, gleich bei ihr um die Ecke. Sie wusste, dass Olli schon lange von einem großen Atelier träumte, von Platz und selbst gezogenem Gemüse. Trotzdem hatte sie die Neuigkeit zunächst für einen Scherz gehalten.

»Soll das seine Datsche sein, oder wollt ihr da richtig rausziehen?«

»Na ja, erst mal müssen wir das Ganze herrichten, es ist ziemlich runtergekommen, darum ist es ja so günstig gewesen.«

»Und dann?«

»Mal sehen, Merle. Wie es da so ist. Manchmal kann ich mir schon vorstellen, da rauszuziehen. Ganz ehrlich, ich habe keine Lust mehr, jeden Tag dreimal Hundekacke aus den Kinderschuhen zu kratzen. Und hast du mal die Kitas hier gesehen?«

Maja hatte sie mit Kaffee und selbst gebackenem Streuselkuchen erwartet. Sie hatte alles auf einer karierten Picknickdecke zwischen zwei Bäumen angerichtet. Aber schon nach der ersten Tasse Kaffee hatte Merle Schwalb sie gebeten, mit ihr eine Tour durch das Gehöft zu machen.

»Jetzt sofort?«

»Ich war so lange nicht mehr hier, ich will doch sehen, wie ihr vorangekommen seid!«

Maja und Olli hatten das Haupthaus mittlerweile fast komplett renoviert. Was Merle Schwalb aus dem vergangenen Sommer noch als baufälliges, hundert Jahre altes Gebäude kannte, war nicht mehr wiederzuerkennen. Die Wände geweißt, die alten Balken dunkel lasiert, auf dem Boden helles Parkett. Im Esszimmer stand ein riesiger Tisch, eher eine Tafel, dessen Platte aus schweren, verleimten Bohlen bestand. In der Ecke stand ein hergerichteter Kachelofen. Alles war hell und licht und geschmackvoll, der Wind blähte die leichten Gardinen auf, es roch nach Holz und nach dem Rosmarin, der auf dem Fensterbrett wuchs.

»Aber jetzt zeige ich dir, womit wir Geld verdienen wollen«, sagte Maja, nachdem Merle Schwalb das Haupthaus komplett begutachtet hatte.

»Das Nebengebäude?«, fragte Merle Schwalb.

»Ah, du erinnerst dich«, sagte Maja.

Das Gebäude, das aussah wie der kleine Bruder des Forsthauses, wirkte im Inneren viel größer, als sie es erwartet hatte. Auch hier gab es ein großes Esszimmer mit einem ähnlichen, wenn auch etwas kleineren Tisch als im Haupthaus. Merle Schwalb zählte die Stühle, die an der Tafel standen.

»Wow, zehn Stühle! So viele Leute könnte man hier unterbringen?«

»Eine Küche, zwei Bäder, vier Schlafzimmer mit je einem Doppelbett«, sagte Maja. »Und ein paar Schlafsofas.«

»Toll.«

»Ja, demnächst lassen wir professionelle Fotos machen, weil alle, die sich mit Airbnb auskennen, uns sagen, dass es viel besser läuft, wenn man gute Fotos hat.«

»Kann ich mir vorstellen.«

»Na ja, wir sind gespannt. Aber mit dem See um die Ecke und so, warum sollten nicht Leute hier mal eine Woche Urlaub machen wollen? Ein paar befreundete Familien oder so, das wäre der Plan.«

»Klingt perfekt.«

Als Merle Schwalb mit der Hecke fertig war, räumte sie die auf den Boden gefallenen Zweige in einen Lkw-Container, der auf dem Rande des Grundstücks darauf wartete, abgeholt zu werden.

»Und jetzt der Stall?«, fragte sie Maja.

»Wenn du noch kannst?«

»Sicher.«

Maja reichte ihr einen Vorschlaghammer, und zwei Stunden lang schlug sie auf den Hühnerstall ein, bis alle Bretter, aus denen er vor Jahrzehnten zusammengesetzt worden war, auf dem Boden lagen, während Maja mit ihrer älteren Tochter Hana Gemüse erntete und wässerte, Blumen schnitt und das Baby dabei in einem Tragetuch auf dem Rücken trug. Als sie fertig war, legte Merle Schwalb sich erschöpft ins Gras und schloss die Augen. Es war jetzt nicht mehr so heiß, nur noch angenehm warm. Es war so still, dass sie ihren eigenen Atem hörte. Nach einer Weile hörte sie, wie das schmiedeeiserne Tor sich öffnete und Maja und die Kinder Olli begrüßten. Ein paar Minuten später kam Maja zu ihr und legte sich neben sie.

»Schön, dass du da bist.«

»Ja, finde ich auch.«

»Und weshalb bist du wirklich hier?«

»So offensichtlich?«

»Olli kümmert sich jetzt um die Kinder und kocht uns was. Wir können jetzt reden, wenn du willst.«

»Ich bin aber zu kaputt zum Spazierengehen oder so.«

»Wir bleiben genau hier«, sagte Maja, richtete sich auf und zog eine Flasche Weißwein, einen Korkenzieher und zwei Saftgläser aus einer kleinen Umhängetasche.

»Warum bist du nicht mehr Journalistin, Maja?«

»Dein Ernst?«

»Du warst so gut. Ich hab deine Geschichten so gemocht. Stell dir mal vor, wir wären jetzt Kolleginnen! Dann hätte ich es nicht nur mit Arschlöchern oder Langweilern zu tun.«

»Die Arschlöcher sind der Grund, Darling.«

»Ja?«

»Nicht nur. Aber ich passte da nicht rein. Die Hetzerei. Termindruck. Deadlines. Redakteure, die so lange redigieren, bis nichts mehr klingt, wie du es gemeint hast.«

»Ja.«

»Ja, aber du bist anders, Merle. Kann sein, dass du das auch alles blöd findest. Genauso blöd wie ich. Aber du kommst damit klar. Für dich wird das aufgewogen durch die tolle Geschichte, die ihr habt und die anderen nicht. Dieses Schnellersein, Voll-Reingehen ins Handgemenge. Ich hab das nie gehabt. Ich schreibe halt gerne. Mehr nicht.«

»Und es fehlt dir gar nicht?«

»Ganz ehrlich: nein. Ich schreibe ein Buch im Jahr, ich blogge ein bisschen rum. Fertig.«

»Ich fand dein neues Buch gut.«

»Und ich esse diesen Korken hier, auf der Stelle, wenn du mir sagen kannst, worum es ging.«

»O.K., O.K. Aber es sah super aus.«

»Haha. Aber ist mir egal, ob du es gelesen hast. Ehrlich. Weil ich Spaß hatte, es zu recherchieren und zu schreiben. Weißt du, ich gehe in irgendwelche verstaubten Archive in den Orten hier, die keiner kennt, wo kein Historiker sich je hinverirrt. Und ich finde immer was für das nächste Buch. Irgendein Schriftsteller, von dem alle dachten, er sei Berliner, der aber in Wahrheit praktisch nur hier gelebt hat. Oder ein Maler, dessen Werke eigentlich in den großen Museen hängen müssten, aber der vergessen wurde, obwohl er mit allen Großen korrespondiert hat. Und der hier, ein Kaff weiter, sogar den Widerstand gegen die Nazis angeführt hat. Aber Nazis und Widerstandskämpfer gab es ja auch nur in Berlin, nicht wahr?«

»Und dann?«

»Dann finde ich ihre Häuser, ihre Elternhäuser, ihre alten Schulen, alte Dokumente, Nachlässe, Tagebücher, alles, was sich auftreiben lässt. Und dann puzzle ich diese Leben zusammen. Ich wohne hier jetzt, also schreibe ich über Brandenburg.«

»Brandenburg.«

»Ja, genau: Brandenburg. Mein Tempo, meine Recherche, meine Bücher. Ich bin fertig, wenn ich fertig bin. Wenn Thea drei Monate Keuchhusten hat, werde ich drei Monate später fertig. Macht ja nichts. Nichts läuft weg, alles ist gut.«

»Und Olli?«

»Olli macht sein Ding. Den halben Tag renoviert er, die andere Hälfte des Tages malt er. Er malt gut, er wird richtig gut. Und er ist happy. Und die Kinder sind es auch.«

»Auf Brandenburg!«

»Auf Brandenburg!«

»Wenigstens siehst du richtig, richtig gut aus, Maja!«

»Danke, Darling. Solange Olli das auch findet, alles gut.«

»Tut er das denn?«

»Tut er.«

Maja drängte sie nicht, warum auch? Auch ohne dass sie darüber gesprochen hätten, war klar, dass Merle heute nicht mehr nach Berlin zurückfahren würde. Als die Sonne schon tief stand, kamen Olli und die Mädchen aus dem Haus und entfachten neben dem Kartoffelfeld ein Lagerfeuer. Merle Schwalb sah, wie Olli, der im Profil und aus der Ferne mit seinem langen Haar und seinen breiten Schultern aussah wie ein Surfer, Brotteig um Stöcke wickelte und für die Kinder Stockbrot machte.

»Schon schön hier«, sagte Merle Schwalb.

»Du weißt, dass du immer bleiben kannst, wenn es in Berlin blöd ist«, antwortete Maja. Und nach einer Pause: »Ist es scheiße? Willst du bleiben?«

»Nein, es ist nicht scheiße. Es ist eher … hektisch. Heftig. Verwirrend. Es ist sehr viel los.«

»Ja?«

»Und ich habe zwei Fragen, Maja, und die zweite Frage hängt mit der ersten unmittelbar zusammen.«

»Ich höre.«

»Als du noch bei *Norddeutschen* warst, da war Timur doch auch schon da, oder?«

»Ja. War er.«

»Wie ist er?«

»Als Journalist?«

»Nicht nur.«

»Aha.«

»Aber auch.«

»Aha.«

»Sag!«

»Sagt man bei euch in der Hauptstadt noch Schwerenöter? Er ist ein Schwerenöter.«

Maja kicherte.

»Was soll das denn heißen?«, fragte Merle Schwalb.

»Na, dass er nicht oft und nie lange alleine war.«

»Details.«

»Merle, das ist alles ein paar Jahre her. Vielleicht ist er ja heute ganz anders. Du kennst ihn ja auch. Er sieht gut aus. Er ist witzig. Manche sagen klug. Witzig ist unbestritten. Er kann aber auch ernsthaft sein. Interessante Mischung.«

»Und das macht ihn zum Schwerenöter?«

»Nein, das hilft ihm dabei, einer zu sein. Er ist schon sehr ... *flirty*. Das kann er gut. Sommerfest, Weihnachtsfeiern und so weiter, ich glaube nicht, dass er da oft alleine nach Hause gegangen ist.«

»Aha.«

»Hey, aber ich mag ihn, ich finde ihn sogar richtig nett. Er war ein guter Kollege, kein Miesling.«

»Und als Journalist?«

»Gewissenhaft, würde ich sagen.«

»Sodass man sich auf ihn verlassen kann?«

»Als Journalist? Ich würde sagen, ja. Der spielt geradeaus. Ja.«

»Hat er in dem Laden was zu sagen?«

»Dafür bin ich zu lange raus, das weiß ich nicht. Aber die *NZ* steht eigentlich auf solche Typen, er passt da schon richtig gut rein. Wenn er was gesagt hat, haben jedenfalls alle zugehört. Seitdem hat er ein paar Preise gewonnen, hat bei ein paar richtig gute Recherchen mitgemacht. Ich bin sicher, er hat da ein ordentliches Standing. Hilft dir das?«

»Ja, ich denke schon.«

Eine Weile lang sagte keine von ihnen ein Wort, während die Sonne hinter den Bäumen zu versinken begann und dabei ein paar verirrte Schäfchenwolken rosa, orange und rot anmalte.

»Hey, hier drüben gibt es Kartoffelsuppe mit Stockbrot«, rief Olli zu ihnen herüber und winkte.

»Wir kommen gleich«, rief Maja zurück, bevor sie sich wieder an Merle wandte.

»Was ist denn mit der zweiten Frage?«

»Mal angenommen, Maja, und das ist jetzt erst mal noch total theoretisch, ich bräuchte ein Haus wie eures. Also das Zweithaus. Die Ferienwohnung. Für ein paar Wochen, vielleicht länger. Wäre die noch zu haben?«

***

Nahkampf. Bajonette raus. Helm auf.

Es gab Montage, da wusste Merle Schwalb schon beim Betreten des großen Konferenzraumes im obersten Stockwerk des *Globus*-Gebäudes, dass es Krieg geben würde.

Winzige, unfehlbare Indizien: Der Ressortleiter Wirtschaft, Bert Küfner, hat neben seinem Exemplar des Magazins eine kleine Karteikarte bereitgelegt, blaue Krakelschrift auf Rosa mit fetten Ausrufezeichen, es besteht kein Zweifel, dass dies ein Spickzettel für einen gut vorbereiteten spontanen Wutanfall ist. Die beiden

Feuilletongranden stehen hinter den für sie reservierten Stühlen, flüstern einander verschwörerisch ins Ohr, nicken sich Mut zu und hauen sich kurz gegenseitig auf die Schulter, bevor sie sich setzen: Irgendjemand wird heute mit einem blauen Auge aus dem Raum gehen, wenn es nach ihnen geht. Kaskaden-Klaus unterstreicht einen einzelnen Satz in einer aufgeschlagenen Seite des Heftes. Das macht man nicht, weil man eine Formulierung loben will. Das ist das Pendant zum Ölen einer Pistole im Western.

Das Dritte Geschlecht betritt den Raum, augenblicklich sinkt der Geräuschpegel um eine Größenordnung, nur das Wichtigste wird einander jetzt noch zugeraunt. Die Letzten setzen sich auf ihre Stühle, Ressortleiter, Großhirne, Platzhirsche und besonders Mutige in der ersten Reihe rings um den ovalen Konferenztisch, das Fußvolk in der zweiten Reihe; die Hospitanten hocken sich auf die holzverkleideten Heizkörper wie Vögel auf eine Stromleitung, sie versuchen, eine professionelle Sitzhaltung zu finden, und schwitzen. Adela von Steinwald setzt sich an ihren Platz am verjüngten Ende des Ovals, da steht schon ihre Bronzeglocke bereit, sie läutet ein Mal, immer nur ein Mal. Dann lässt sie den Blick über die versammelte Redaktion schweifen, ihre Redaktion, sie nimmt Witterung auf, denkt Merle Schwalb, ob sie es auch ahnt? Das Dritte Geschlecht lächelt. Ja, denkt Merle Schwalb, sie weiß es auch. Und sie findet es großartig.

Merle Schwalb hat sich in die erste Reihe gesetzt. An den Platz, an dem Erlinger normalerweise sitzen würde. Sie hat es einfach getan, ohne groß darüber nachzudenken. Erlinger ist schließlich immer noch mit Kampen in Split. Oder Dubrovnik? Es ist eine ungewohnte Perspektive, es ist ungewohnt, dass sie ihre Hände auf der Tischplatte ablegen kann. Sie sitzt ungefähr in der Mitte des Ovals, eingezwängt zwischen zwei Sportredakteuren, die sie nur flüchtig kennt. Ihr gegenüber sitzt Henk. Er nickt kurz. Sie nickt zurück.

»Meine Damen, meine Herren, bevor wir anfangen, erst mal

Glückwunsch an unsere diesjährigen Feder-Preisträger. Immer was Besonderes. Danke für Ihren Einsatz, gut gemacht.«

Die erste Reihe klopft mit ihren Fingerknöcheln auf den Tisch, die zweite Reihe klatscht dezent. Kaskaden-Klaus schaut sich um, als wolle er genau registrieren, wer wie laut klopft und klatscht.

»So, und jetzt: Wie fanden Sie die aktuelle Ausgabe? Wenn einer etwas gefunden hat, das er einrahmen möchte, würde ich es gerne hören.«

Feuilletongott eins sticht seinen Finger in die Luft wie ein besserwisserischer Drittklässler.

»Ja? Funke?«

»Es ist nur eine Kleinigkeit. Also wenn es in Angelegenheiten der Sprache überhaupt Kleinigkeiten gibt. Sie ist mir jedenfalls aufgefallen. Und wer weiß, vielleicht verbirgt sich ja mehr dahinter, und ich habe es nur nicht mitbekommen, in welchem Fall ich gerne um Aufklärung bäte.«

Sein wallendes graues Haar wogt im Takt seiner Worte, während Funke spricht.

»Diese Kleinigkeit, also, die findet sich auf Seite 78. In einem Beitrag im Bildungsressort. Da heißt es, nun, da ist die also die Rede von einer *Person of Colour*. Ja, so steht es da. *PoC* sagt man ja auch, glaube ich. Nun ist ja bekannt, dass es diesen Begriff gibt. Er ist in gewissen Kreisen etabliert, das ist auch an mir nicht vorbeigegangen. Aber es handelt sich doch wohl um einen politisierten Begriff. Keinen, der nach meiner Ansicht schon in unsere journalistische Sprache eingedrungen ist, nicht wahr. Also, da frage ich mich nun: Ist das jetzt die Sprache des *Globus?* Und wenn ja, dann fände ich das problematisch. Dass wir uns da einem Sprachgebrauch beugen, der ja wohl aus der Rassismusdebatte stammt. Geben wir da nicht die nötige journalistische Distanz auf, wenn wir das tun? Ganz ohne Einordnung? Ja, das ist meine Frage.«

Feuilletongott Nummer zwei nickt wie ein Huhn, das Körner aufpickt.

»Wer hat denn das geschrieben?«, fragt das Dritte Geschlecht.

»Ich«, sagt einer der Hospitanten leise und erhebt sich von der Heizung. Er ist höchstens 22 Jahre alt. Er ist keine PoC. Er ist weiß wie Schneewittchen. »Ich bin davon ausgegangen«, sagt er, »dass dieser Begriff der neutralste, der am wenigsten umstrittene ist.«

Wenigstens stottert er nicht, denkt Merle Schwalb. Hut ab.

»Ich habe im Archiv nachgesehen«, sagt Feuilletongott Nummer zwei. »Es ist tatsächlich das erste Mal, dass dieser Begriff einfach so in einem Beitrag im *Globus* stand.«

Erstaunlicherweise meldet sich für eine ganze Weile niemand zu Wort, aber dann wird Merle Schwalb klar, die Redaktion wartet darauf, dass sich jemand äußert, der selbst eine *Person of Colour* ist. Unter den insgesamt sieben Hospitanten sind es zwei. Eine Hospitantin sieht indisch aus. Eine zweite afrodeutsch. Aber sie melden sich nicht. Sie haben Angst, nicht satisfaktionsfähig zu sein, denkt Merle Schwalb. Hier nicht bestehen zu können.

Nur: Ansonsten ist da niemand.

Jedenfalls heute nicht.

Alle sehen sich um, was den Moment nur noch peinlicher macht.

Die Konferenz ist ein … *Ocean of White* fällt ihr von irgendwoher ein. Eine Songzeile, oder? New Model Army?

Schließlich ist es Henk, der die Hand hebt. Der gute, tapfere Henk.

»Ich finde das eine interessante Beobachtung, Funke. Aber vielleicht sollte man da auch nicht zu viel hineinlesen.«

»Aber sollte man nicht«, erwidert Funke, »eine gewisse Einheitlichkeit anstreben? In unseren Begrifflichkeiten? In diesem Blatt? Ich meine, es ist ja klar, dass wir niemals wieder das N-Wort schreiben werden, aber müssen wir deshalb neben den Sprechverboten auch gleich noch jede unausgegorene Mode …«

Weiter kommt er nicht, denn nun regt sich tatsächlich so etwas wie Unmut. In Form von Raunen. Zungenschnalzen. Kopfschütteln.

»Na ja, Astrid Lindgren wurde posthum ein Südseekönig untergejubelt«, hebt Funke trotzdem noch einmal an, »und da fragt man sich doch schon, ob hier nicht das Kind mit dem Bade …«

Aber dann lässt er den Satz im Raum hängen und winkt ab. Er hat seinen Punkt gemacht. Es geht ihm in Wahrheit schon gar nicht mehr ums Siegen, denkt Merle Schwalb. Er will einfach nur stattfinden. Sein Genervtsein zur Kenntnis bringen. Funke war mal ein Weltbürger, eine Legende, jemand, der in den Salons der Pariser Avantgarde ein und aus ging, mit Tänzern schlief und Schauspielerinnen verführte. Jetzt ist er ein Wutbürger, der Angst hat, dass die Zeit über ihn hinweggeht.

Langsam hebt sich doch noch eine Hand. Es ist die afrodeutsche Hospitantin. Das Dritte Geschlecht sieht sie nicht. Malte Zumbrügge, der stellvertretende Chefredakteur, der immer neben der Chefin sitzt, weist sie dezent auf die Wortmeldung hin.

»Ja?«, sagt das Dritte Geschlecht.

»Also ich habe mich gefreut, dass der Begriff da ganz selbstverständlich stand«, sagt die Hospitantin.

Alle warten, dass sie noch mehr sagt. Aber sie sagt nicht mehr.

Es entsteht eine Pause, mit der niemand etwas anfangen kann.

Funke und sein Co-Gott verschränken ihre Arme vor der Brust.

Die Hospitantin sieht unglücklich aus. Sie könnte stolz sein, weil sie sich getraut hat, überhaupt zu schießen. Aber sie weiß genau, dass sie nur einen Streifschuss auf jemanden fertiggebracht hat, der sich schon umgedreht hat.

»Situationsentscheidung«, verfügt das Dritte Geschlecht schließlich. »Auch wenn ich nicht dafür bin, dass das um sich greift.«

Angriff abgewehrt? Wer kann das schon sagen? Wer weiß, wie viele Kolleginnen und Kollegen im Laufe des Nachmittages noch Funke anrufen werden: Gut, dass wenigstens du was gesagt hast, mir ging es genauso! Völlig unklar, wie viele Kolleginnen und Kollegen der jungen Hospitantin später Mut zusprechen werden. Und überhaupt: Meint das Dritte Geschlecht ihr Verdikt eigentlich so, wie sie es formuliert hat? Oder verlässt sie sich nicht vielmehr darauf, dass aus lauter Angst, sich das nächste Mal erst recht rechtfertigen zu müssen, niemand je wieder von *Persons of Colour* schreiben wird?

»So, weiter bitte!«, sagt das Dritte Geschlecht.

Die Titelgeschichte der aktuellen Ausgabe beschreibt medizinische Fortschritte. »Der Traum vom ewigen Leben« heißt sie. Auftritt Kaskaden-Klaus. Die Stelle, die er sich markiert hat und genüsslich vorliest: ein inkorrekter Konjunktiv. Er versichert, in der gesamten Titelgeschichte gebe es vier falsche Konjunktive und an zwei Stellen auch noch eine inkorrekte indirekte Rede. Die Ressortleiterin Gesundheit lächelt gekünstelt, während er spricht. Natürlich ist das peinlich. Aber die Frage, die sie umtreibt, denkt Merle Schwalb, ist einzig diese: Muss ich gleich öffentlich zu Kreuze kriechen, oder ist seine Attacke so kleinlich, dass ich sie weglächeln kann? Als Kaskaden-Klaus endet, entscheidet sie sich, gar nichts zu erwidern. Eine Sekunde, zwei Sekunden vergehen. Nichts geschieht. Das Dritte Geschlecht lässt Gnade walten.

»Noch was?«, fragt Adela von Steinwald.

Ja, das ist noch etwas.

»Ja, da wäre noch etwas«, sagt Küfner, der ein schmaler Mann ist, aber über eine überraschend durchdringende Stimme verfügt. Er ist seit dem ersten Tag beim *Globus*, seine Position ist unangreifbar, er muss keine Angst haben. »Ich möchte etwas zu der Geschichte über Drohungen und Einschüchterungsversuche von Rechtsextremisten gegenüber Lokalpolitikern sagen. Ich finde, der gesamte Text ist vollkommen unausgeglichen. Da werden zwar ohne Zweifel jede Menge anprangernswerte und bedauerliche Angriffe dieser Knalltüten dokumentiert, aber mit keinem

Wort, mit keinem einzigen, wird erwähnt, dass deutsche Linksextremisten dem praktisch in nichts nachstehen. Denken Sie nur mal daran, wie viele gewählte Politikerinnen und Politiker, und gewählt ist gewählt, da ist die Partei egal, solange sie nicht verboten ist, in den letzten Monaten durch diese Typen daran gehindert wurden, öffentlich zu sprechen. Auf deutschen Marktplätzen, in deutschen Universitäts-Hörsälen können demokratische Mandatsträger nicht auftreten, weil ein linker Mob sich zusammentut – und wir erwähnen das nicht? Ich frage mich, wie das sein kann!«

Es ist nicht das erste und auch nicht das zweite Mal, dass dieses Thema in die Große Konferenz platzt. Es hört nicht auf, es geht nicht weg, es kommt immer wieder. Vielleicht muss das so sein, eine Redaktion muss darüber sprechen, denkt Merle Schwalb. Aber eigentlich wäre es mir lieber, denkt sie als Nächstes, wir wären eine Redaktion, in der das nicht nötig wäre.

Weil wir alle wissen, dass das, was Küfner sagt, Unfug ist.

Es wissen aber nicht alle. Es glauben auch nicht alle. Küfner ist nicht allein. Und jede neuerliche Diskussion über dieses Thema ist deshalb eine Abstimmung, eine Meinungsumfrage, ein Kräftemessen.

Der Politikchef Antoine Haeberle kann Küfners Angriff nicht auf sich sitzen lassen. Er wartet auch gar nicht, dass Adela von Steinwald ihm das Wort erteilt, sondern platzt direkt rein.

»Bert, das ist jetzt wirklich hanebüchen! Das Thema war rechts. Nicht links. Ihr schreibt auch über Bosch, ohne Siemens jedes Mal zu erwähnen. Ich kapier deine Kritik nicht. Wir haben auch über diese verhinderten Reden geschrieben, ausführlich. Nur dass diese Vorfälle nicht ganz so dramatisch waren wie das, was wir in der aktuellen Geschichte beschrieben haben. Sorry, aber das musst du doch auch sehen.«

Aber Küfner ist vorbereitet. Ein schneller Blick auf seine rosa Karteikarte reicht.

»Antoine, ihr schreibt da, dass immer mehr Politiker bedroht werden. Das ist sicher richtig. Aber wie viele davon sind eigentlich in der AfD und werden deswegen bedroht? Die werden nämlich alle naselang attackiert. Von Linken. Von der Antifa.«

Jetzt mischt sich Gustav Frantzen ein, der Politikredakteur, der für die Neue Rechte zuständig ist. Er ist jung, er ist klug. Hat mit 23 promoviert, hat einen Master aus Cambridge. Rollkragenpulli und Nickelbrille. Frantzen macht allerdings auch kein Geheimnis daraus, dass er ein Linker ist.

»Das kann man nun wirklich überhaupt nicht vergleichen, verehrter Kollege. Die AfD-Politiker, die kriegen höchstens mal Farbbeutel auf ihre Büros geworfen oder da wird mal ein Auto abgefackelt!«

Schwerer Fehler, denkt Merle Schwalb. Er hat Küfner einen Elfmeter geschenkt.

»Aha, Auto abfackeln ist also nicht so schlimm? Interessant! Mann, Frantzen, diese Leute haben auch Kinder. So was ist doch Terror!«

»Fakt ist: Es gibt keine Todesdrohungen von Linken gegen rechte Politiker. Aber es gibt haufenweise Todesdrohungen andersherum«, erwidert Frantzen viel zu schnell und viel zu laut.

Jetzt reden alle durcheinander. Wortfetzen fliegen durch den Raum.

»Keine Äquidistanz!«

»Aber sicher, was denn sonst??«

»Und was ist mit Lübcke?«

»Alles Einzelfälle, oder was?«

»Das ist doch kein Journalismus mehr!«

Küfner ist es, dessen Stimme schließlich wieder die aller anderen übertönt: »Es kann jedenfalls nicht sein, dass wir als Redaktion hier eine Unwucht haben. Wir müssen schon genauer hingucken. In dem Artikel geht alles durcheinander: Von AfD bis NSU ist alles eine Soße, alles gleich schlimm, alles Nazi. Aber zwischen der demokratischen Rechten und dem Rechtsextremismus gibt es eine klare Grenze, keinen fließenden Übergang. Und ich will Ihnen mal was sagen: Ich glaube, diese Grenze ist sogar stärker ausgeprägt, als es die zwischen der demokratischen Linken und den Linksextremisten je war!«

»Jetzt klingen Sie wie Maaßen, eins zu eins wie Maaßen«, ruft Frantzen.

»Und was, wenn Maaßen recht hat, junger Kollege? Oder ist das für Sie überhaupt nicht mal mehr vorstellbar, weil der Mann kein Linker ist?«

Frantzen kann nicht mehr, er knallt sein Magazin auf den Tisch, steht auf, quetscht sich zwischen der ersten und zweiten Stuhlreihe hindurch bis zum Ausgang, der allerdings plötzlich unendlich weit weg ist, zu weit für einen eleganten Abtritt jedenfalls, viel zu weit.

Geraune. Tuscheln.

Das Dritte Geschlecht läutet mit der Glocke, was fast nie vorkommt.

»Na, etwas Streit ist doch nicht schlecht«, sagt sie. »Schön, schön, die Redaktion lebt. Jetzt wollen wir mal sehen, was wir kommende Woche machen, ja?«

Niemand widerspricht. Der Titel der kommenden Ausgabe stammt glücklicherweise vom Feuilleton und ist vollkommen unpolitisch, der Zauber der lateinamerikanischen Literatur. Die Literaturchefin erklärt die Titelgeschichte, Zeit genug für alle, den Eklat gemeinsam in Beflissenheit zu ertränken.

Eine halbe Stunde später steht das Blatt der kommenden Woche. Aber Adela von Steinwald ist noch nicht ganz fertig.

»Frau Schwalb«, fragt sie unvermittelt. »Woran arbeitet das Investigativressort eigentlich dieser Tage? Ich habe lange keine Rückmeldung bekommen, und in der aktuellen Planungsliste steht nichts.«

Es ist klar, dass es ein Test ist. Sie will Merle Schwalb in der Großen Konferenz sprechen hören.

»Wir sitzen an zwei Sachen. Erlinger und Kampen machen was zu organisierter Kriminalität in Osteuropa. Aber vor allem werden wir alle drei in den nächsten Wochen zusammen eine große Geschichte über arabische Clans recherchieren«, antwortet Merle Schwalb, ohne nachzudenken.

»Aha«, sagt das Dritte Geschlecht. »Gut, wir sind gespannt.«

»Moment noch, liebe Kollegen«, meldet sich Malte Zumbrügge, als die Ersten schon ihre Sachen zusammenpacken wollen. »Wir hatten lange keine externen Blattkritiker mehr, ich finde aber, dass uns das guttut. Wer Ideen hat, wen wir mal einladen sollten, schreibt mir bitte, ja?«

»Gute Idee«, sagt das Dritte Geschlecht. »Ich wollte das auch schon anmahnen. Ich habe auch eine Idee, Malte. Ich finde unsere Russland-Berichterstattung nicht immer vollkommen … trittsicher. Und ich dachte, Sie könnten mal den russischen Botschafter einladen, das wäre doch interessant!«

Dann entlässt sie mit einer Geste ihre Redaktion.

Auf keinen Fall gehe ich in die Kantine, denkt Merle Schwalb. Ich will heute keinen von denen mehr sehen oder hören.

***

Sie war im Kopf die Kneipen und Bars durchgegangen, die sie aus eigener Anschauung kannte und die infrage kommen könnten. Bedingung eins: anonym, ohne zu laut zu sein. Bedingung zwei: näher an seiner Wohnung als an ihrer. Schließlich war sie es, die etwas von ihm wollte; und so würde sie außerdem nicht in die Verlegenheit kommen, über ihren Kiez oder ihre Wohnung reden zu müssen. Bedingung drei: Es wäre gut, wenn es dort vernünftige Drinks ebenso gäbe wie halbwegs genießbaren Wein, weil sie seine Vorlieben nicht kannte. Bier gab es überall, darüber musste sie sich nicht den Kopf zerbrechen. Schließlich: Idealerweise kann man draußen sitzen, denn es sieht nicht so aus, als würde die Hitzewelle bald ein Ende haben. Ohne stundenlang auf einen freien Platz zu warten.

Ihre Wahl war auf das Anastasia gefallen, eine Bar in der Simon-Dach-Straße in Friedrichshain, aber am fernen Ende, bis zu dem es die grölenden Junggesellenpartys erfahrungsgemäß nicht schafften. Es war ein passender Zufall, befand Merle Schwalb, dass von außen, außer den drei kleinen Tischen auf dem Bürgersteig, nur ein Schild in kyrillischer Schrift auf die Existenz des Anastasia hinwies.

Sie war etwas zu früh, was wiederum kein Zufall war, setzte sich an den einzigen freien Tisch draußen und bestellte einen Whiskey Sour. Die Kellnerin servierte ihr den Drink in einem Glas, in dessen Mitte ein einziger, überdimensionierter Eiswürfel stand. Abgesehen von dieser Extravaganz war die Bar angenehm unaufgeregt. An dem zweiten Tisch saßen ein paar Twentysomethings und sprachen leise miteinander. Den dritten belegte eine hübsche, junge Frau in einem Tanktop, die konzentriert mit einem Füller in ein schwarzes DIN-A4-Notizbuch schrieb. Merle Schwalb schloss mit sich selbst eine Wette ab, dass die junge Frau einmal in der Woche an einem Poetry-Slam teilnahm. Oder auf einer der zahllosen Lesebühnen der Stadt Kurzgeschichten vortrug.

Wenn er in zehn Minuten noch nicht da ist, frage ich sie.

Aber Timur war pünktlich.

Sie erkannte ihn, bevor er sie erblickte. Er trug eine dunkelblaue Stoffhose mit braunem Gürtel, hellbraune Schuhe, die entweder neu oder sehr gut gepflegt waren, und ein kurzärmeliges hellblaues Hemd, von dessen Enden eines in der Hose steckte und das zweite heraushing. Er sah gut aus. Aber sie hätte nicht sagen können, ob er sich Mühe gegeben hatte, diesen Eindruck zu erwecken.

Schließlich sah er auch sie, lief etwas schneller als zuvor, blieb vor ihrem Tisch stehen und lächelte sie an. Erst jetzt begriff Merle

Schwalb, warum er sich nicht setzte, stand ihrerseits auf und umarmte ihn.

Schön, dich zu sehen!

Na du?!

Hey, so sieht man sich wieder!

Es war praktisch unmöglich, eine unpeinliche Begrüßung hinzubekommen, die nicht klang wie ein Dialog aus einer schlecht geschriebenen ZDF-Serie. Deshalb war sie angenehm überrascht, als Timur sich nach der wortlosen Umarmung setzte, sein Handy aus der Tasche zog und demonstrativ ausschaltete, es wieder einsteckte, sie ansah und nach einem weiteren kurzen Moment schließlich sagte: »Ich wurde einbestellt?«

»Bestell du dir erst mal was ein«, antwortet Merle Schwalb und winkte der Kellnerin, die glücklicherweise gerade ihren Kopf aus der Tür steckte.

Schwerenöter, fiel ihr Maja ein.

Mir doch egal.

Hauptsache, es wird nicht kompliziert.

Hauptsache, wir bleiben heute bei der Hauptsache.

Aber Timur machte es ihr leicht. Er machte ein paar Witze über die plötzlich ausgebrochenen Allüren des Feder-Preisträgers der *NZ*. Er war zugewandt und tatsächlich einen Hauch *flirty*, aber nicht über jenes Maß hinaus, das man jederzeit und guten Gewissens als reine Freundlichkeit verkaufen könnte. Er griff nicht nach ihrer Hand, sondern erzählte stattdessen, dass er Angst habe, gegen die Hitze in der Nacht seinen Ventilator anzulassen. Und nachdem die Bedienung die zweite Runde Whiskey Sour auf ihrem Tisch abgestellt hatte, sagte er: »Ich weiß, dass du wegen der Arbeit mit mir sprechen willst, Merle. Und das ist völlig in Ordnung.«

»Ich bin nicht wegen irgendetwas gegangen, das mit uns zu tun hat«, sagte Merle Schwalb.

»Das hatte ich gehofft.«

»Ich bin gegangen, weil ich nachdenken musste.«

»Ich verstehe.«

»Timur, wir kennen uns nicht so gut. Was wir heute besprechen … können wir im schlimmsten Fall sagen, dass das nie stattgefunden hat?«

»Klingt ernsthaft.«

»Sag mal, bitte. Ich muss das wissen.«

»Du meinst: Alles, was du mir gleich erzählst und was ich dir gleich erzähle, vergessen wir und benutzen es nicht gegeneinander?«

»So ungefähr, ja. Macht das Sinn?«

»Weil wir Konkurrenten sind?«

»Ja.«

Timur kramte ein Softpack Marlboro Light und eine Schachtel Streichhölzer aus seiner Hosentasche und zündete sich eine Zigarette an.

»Also, was ich dir versprechen kann, ist Folgendes: Nichts, was ich heute von dir erfahre, erfährt jemand anderes in der Zeitung, außer ich höre es aus einer anderen Quelle.«

»Gott, das klingt, als wären wir beim Geheimdienst oder bei der UNO.«

»Sorry. Aber du hast angefangen.«

»Ja, du hast recht. O. K., damit kann ich leben. Ich verlasse mich da jetzt einfach mal auf dich.«

»Na dann … ich bin gespannt.«

»Ich glaube, dass wir an derselben Geschichte sitzen, aber an zwei verschiedenen Enden recherchieren.«

»Ich höre.«

»Du sagst, du recherchierst zu einem toten Russen, der laut deines Informanten von einem Balkon gefallen ist.«

»Ja.«

»Ich recherchiere zu einem toten Russen, der von einem Balkon gefallen ist und neben mir auf dem Pflaster gelandet ist.«

»Fuck.«

»Ja. War kein schöner Anblick.«

»Und ist es derselbe Russe?«

»Abgesehen davon, dass es extrem abgefahren wäre, wenn wir zu zwei verschiedenen Russen recherchieren, die aus dem dritten Stock gestürzt sind: ja.«

»Merle, wenn das so ist … also, wenn das wirklich so ist … ich weiß nicht, wie ich das sagen soll, aber warum …?«

»… Warum erzähle ich dir das? Anstatt alleine weiterzumachen?«

»Ja.«

»Hättest du das so gemacht?«

»Weiß nicht. Für mich ist das hypothetisch. Für dich real.«

»Erstens: Ich habe keinen Bock auf ein Rattenrennen gegen euch.«

»Das verstehe ich, aber das ist der Normalzustand.«

»Zweitens: Was, wenn wir beide zusammen die Geschichte hart kriegen, die wir alleine nicht hart kriegen würden? Und jetzt sag mir nicht, dass du nicht auch schon gegen die eine oder andere Wand gelaufen bist.«

»Na klar bin ich das. Aber auch das ist der Normalzustand. Versteh mich jetzt nicht falsch, Merle. Aber du arbeitest bei den Drei Fragezeichen. Ihr braucht mich nicht. Uns nicht.«

»Und du arbeitest bei der *NZ*, du brauchst uns auch nicht. Mich nicht.«

»Das ist jetzt sicher uncharmant, aber …«

»Ich werde es überleben.«

»Ja, genau so sieht es aus. Außer dass ich jetzt *weiß*, dank deiner Offenlegung, dass wir gegeneinander arbeiten. Was ich aus persönlichen Gründen schade finde, aber aus professionellen, na ja, hinnehme.«

»Was, wenn die Geschichte größer ist?«

»Das ist sie hoffentlich.«

»Mit wie vielen Leuten seid ihr dran?«

»Unter uns? Noch bin ich es alleine. Ich kenne diesen einen Typen halt schon eine Weile. Da kommt immer mal was von dem. Ich treffe ihn regelmäßig. Noch habe ich nicht genug, um damit zu den anderen zu gehen.«

»Ich bin auch alleine. Noch.«

»Merle, dann lass uns nicht drum herum reden, das ist schon alles kompliziert genug. Worum geht es dir?«

»Ich habe was, was du willst. Du hast was, was ich will. Warum kooperieren wir nicht?«

»Der *Globus* und die *NZ?*«

»Bei dieser Recherche, ja. Andere kooperieren doch auch. National, international. Denk mal an die *Süddeutsche* und den *Spiegel* in der Ibiza-Geschichte, die haben sich auch zusammengetan und das Rattenrennen abgesagt. Du hast gesagt, dass auf dieser Liste …«

»… Scheißliste! Das hätte ich besser für mich behalten.«

»… dass da auch Journalisten draufstehen. Die wir kennen. Journalisten, die russische Kohle nehmen! Das ist dermaßen heikel. Ich sehe es so: Wenn der *Globus* und die *NZ* das sauber zusammen machen, dann ist die Geschichte am Ende unangreifbarer. Dann sieht jeder, dass es nicht darum geht, irgendeiner Konkurrenzzeitung eins mitzugeben.«

Für einen Moment schwieg Timur.

»Merle, auch das jetzt nicht falsch verstehen, O.K.? Aber: Wie viel hast du bei den Drei Fragezeichen zu sagen?«

»Weiß ich nicht. Offiziell gar nichts. Inoffiziell hat man mich aufgefordert, mir Eier wachsen zu lassen.«

»Bitte tu das nicht!«

»Du weißt, was ich meine.«

»Man?«

»Das Dritte Geschlecht.«

»Das wird alles immer interessanter.«

»Interessant gut oder interessant schlecht?«

»Bei uns ist es so: Es ist meine Geschichte. Aber Kooperationen mit anderen Medien sind eindeutig oberhalb meiner Gehaltsklasse. Ich kann das nicht entscheiden. Schon gar nicht alleine. Ich müsste was mitbringen, was es wirklich zwingend macht, mit einem anderen Medium zusammenzugehen.«

»Du fragst mich gerade, was ich weiß, das du nicht weißt.«

»Du mich doch auch, nur mit anderen Worten.«

»Gut, pass auf, Timur. Das ist jetzt der Teil, wo ... das ist der Teil, weswegen ich vorhin gesagt habe, dass wir das alles im schlimmsten Fall vergessen müssen. Wenn wir heute auseinandergehen und sagen: Wir lassen die Finger davon, jeder kämpft für sich allein. Verstehst du?«

»Ja, ich glaube schon.«

»Hier mein Vorschlag: du und ich, jetzt mal nicht der *Globus* und die *NZ*, sondern erst mal nur du und ich – wir machen jetzt mal eine vertrauensbildende Maßnahme. Ja? Ich sage dir was. Und du sagst mir was. Und dann schauen wir, ob das was ändert. Einverstanden?«

»Ja, einverstanden. Wenn du anfängst.«

»Ich weiß, wie der tote Russe heißt und wo er gelebt hat.«

»*Fuck*, Merle! Hast du eine Ahnung, wie lange ich ...?«

»Ich weiß auch, wer seine beiden Mitbewohner sind, und warte darauf, dass sie sich bei mir melden. Sie sind beide gerade im Ausland.«

»Im Ausland?«

»Ja. Im Ausland. Das muss erst mal reichen. Und jetzt du«, sagte sie.

»Mein Gewährsmann sagt, der Russe hat für den Verfassungsschutz gearbeitet.«

»Das zählt nicht, das hast du mir schon erzählt.«

»Der Russe hat für den Verfassungsschutz gearbeitet – und zwar im Nebenjob. Eigentlich hat er nämlich für die Russen gearbeitet.«

»Er war Doppelagent? Im Ernst?«

»Anscheinend. So sieht es aus.«

»O.K., ich lege nach, ja?«

»Ja.«

»Das LKA Berlin hat dafür gesorgt, dass der Russe nur als schwer verletzt gilt. Er ist offiziell nie gestorben. Aber warum die Polizei seinen Tod vertuscht hat? Keine Ahnung.«

»Sack und Asche. Das wird immer krasser.«

»Sack und Asche?«

»Sagt man bei uns so.«

»Wo ist das, bei uns?«

»Bremen.«

»O.K., genug Small Talk.«

»Du bist dran, Merle.«

»Nix da.«

»Einen Versuch war es wert.«

»Träum weiter.«

»Na gut. Also, diese Liste, von der ich dir erzählt habe …«

»Ja?«

»Es gibt einen Grund, einen richtig guten Grund, warum es eventuell eine sehr gute Idee sein könnte, mit dir oder mit euch zusammenzuarbeiten.«

»Ja?«

»Einer der Journalisten, die da draufstehen …«

»Ja?«

»… arbeitet nämlich bei der *NZ*.«

»Heilige Scheiße.«

»Jep.«

»Timur, wir irre ist das alles?«

»Willkommen in meinem Leben. Ich vermute, ich habe dir davon neulich erzählt, weil ich es nicht mehr ausgehalten habe, dass ich keinem bei uns einfach so was sagen kann, weil dann sofort die Hölle los ist.«

»Verstehe ich.«

»Ja. Es gibt allerdings leider auch einen Grund, Merle, warum es eine miserable, eine richtig beschissene Idee sein könnte, mit euch bei dieser Recherche zusammenzuarbeiten.«

***

Für den nächsten Morgen um zehn Uhr hatte Arno Erlinger per SMS an sie und Kampen eine Besprechung der Drei Fragezeichen im 17. Stock einberufen. Das war ihr sehr recht. Wenn er es nicht getan hätte, wäre es an ihr gewesen, ein Treffen zu organisieren. Es war überfällig, dass sie miteinander sprachen.

Sie wusste, es würde auf jedes Wort ankommen.

Aber sie wusste auch, dass sie Erlinger nicht gut genug kannte, um sich irgendetwas zurechtzulegen. Also würde sie improvisieren müssen: Mit dieser Erkenntnis war sie in der Nacht zuvor viel zu spät eingeschlafen.

Jetzt saß sie in ihrem Flugzeugsessel und fand ihn genau so unbequem wie beim letzten Mal. Wenigstens standen alle drei Sessel aufrecht, denn Kampen und Erlinger hatten frisbeescheibengroße, dünne und mit krümeliger Schokolade gefüllte Waffeln mitgebracht.

»Ist eine Spezialität in Chisinau«, sagte Kampen, während er die Waffeln mit einem Taschenmesser in pizzaartige Stücke teilte.

Erlinger wiederum hatte in der kleinen Kaffeeküche, die sich in einer Nische auf ihrem Flur befand, für sie alle Kaffee gemacht und schenkte ihnen ein. Überall sonst im *Globus*-Gebäude gab es altmodische dicke Kaffeebecher mit dem *Globus*-Schriftzug; Erlinger jedoch füllte den Kaffee aus einer italienischen Espressokanne in kleine Gläser. Wundersamerweise prangte auf ihnen ebenfalls ein *Globus*-Logo.

»Wie war es denn? Guter Trip? Geschichte mitgebracht?«

»Plural«, sagte Kampen mit halb vollem Mund.

»Es hat sich gelohnt«, sagte Erlinger. »Es geht um Frauen-, Waffen- und Drogenhandel. Die Mafia in Moldawien, Heroin aus Afghanistan, der Straßenstrich in der Kurfürstenstraße, ein paar Waffenhändler in Slowenien, das geht alles Hand in Hand. Wir sind drauf gekommen, weil es ein Ermittlungsverfahren gab, bei dem die Berliner Staatsanwaltschaft gekotzt hat, weil alle Amtshilfeersuchen nach Slowenien und Moldawien abgewürgt wurden. Also haben wir mal die Fäden aufgenommen.«

»Die Fäden aufgenommen?«

»Wir haben einen untergetauchten Zeugen gesucht. Und gefunden. Auf einem Hausboot hatte der sich versteckt.«

»Und der hat mit Ihnen geredet?«

»Hat er. Aber wir wussten auch schon ein bisschen was über ihn, weil wir vorher mit den Ermittlern in Slowenien gesprochen hatten. Jetzt noch ein bisschen nachverdichten in Berlin und dann kann man es schon bald aufschreiben.«

»Das klingt super«, sagte Merle Schwalb. Es war nicht gelogen. Es klang super.

»Ja«, sagte Erlinger und nahm einen Schluck Kaffee. »Und deshalb bin ich auch ein bisschen sauer, dass Sie das Ganze, ohne irgendetwas zu wissen, in der Konferenz erzählt haben, und zwar so, wie ich gehört habe, dass es eher … eine Nummer kleiner klang, als es ist. Während Ihre Clan-Recherche, von der wir wiederum nichts wissen, in der Zwischenzeit ja anscheinend ein Riesenprojekt geworden ist. Für uns alle! Wie Sie die Konferenz ebenfalls haben wissen lassen.«

Merle Schwalb legte das Waffelstück, von dem sie gerade abbeißen wollte, wieder zurück auf den Teller.

»Sie waren nicht da. Das Dritte Geschlecht hat mich direkt gefragt, was wir machen. Ich musste etwas sagen.«

»Wir sagen Bescheid«, sagte Kampen.

»Wie bitte?«, frage Merle Schwalb irritiert zurück.

»Das ist das, was wir normalerweise sagen: ›Wir sagen Bescheid, wenn man es ankündigen kann.‹ Müssten Sie eigentlich schon mal gehört haben, Sie sind ja schon ein paar Jahre dabei«, sagte Erlinger.

»Ich hatte meine Gründe«, sagte Merle Schwalb.

»Ach so«, sagte Erlinger.

»Ich hatte meine Gründe, dem Dritten Geschlecht das Gefühl zu geben, dass wir superbusy sind.«

»Wir *sind* superbusy!«

»Ja, aber wir werden sehr bald noch sehr viel mehr *busy* sein«, schoss sie zurück.

Nun war es Erlinger, der sein Waffelstück zurücklegte.

Jetzt habe ich ihre Aufmerksamkeit, dachte Merle Schwalb.

Sehr gut.

Und ich habe auch keinen Bock mehr, in diesem ätzenden Stuhl zu sitzen!

Merle Schwalb stand auf, stellte sich hinter ihren Sessel und stützte sich mit den Ellbogen auf der Rückenlehne ab.

»Also, während Sie weg waren, sind hier auch einige Dinge passiert. Ich fasse das jetzt mal zusammen. Wenn das O.K. ist?«

»Sicher«, sagte Erlinger. »Schießen Sie los.«

»Die Clan-Geschichte ist keine Clan-Geschichte. Sie führt in eine andere Richtung. Erlinger, Sie waren ja dabei, als der Mann vom Balkon fiel. Er ist kein Araber, kein Türke und auch kein Kurde. Er hatte zwei libanesische Mitbewohner, aber er selber war Russe. Sein Name war Anatoli Nowikow. Er ist tot. Das LKA hat seinen Tod als Verletzung zu vertuschen versucht, deshalb die irreführende Pressemeldung der Polizei Neukölln. Und wenn ich LKA meine, dann meine ich übrigens die Abteilung 5, also den Staatsschutz.«

»Guter Anfang«, sagte Erlinger. »Aber wo führt das hin?«

»Das ist das, was ich bisher weiß. Was ich selbst recherchiert habe.«

»Aber?«

»Aber es gibt einen Kollegen bei der *NZ*, der mehr weiß. Er weiß zugleich weniger. Aber er weiß Dinge, die ich nicht weiß, und ich weiß Dinge, die er nicht weiß. Aber wir sitzen beide an dieser Geschichte.«

»Rattenrennen«, sagte Kampen.

»Außer wir tun uns zusammen.«

»Moment, Moment. Warum sollten wir das tun?«, fragte Erlinger.

»Erkläre ich Ihnen gerne. Aber was ich jetzt erzähle, muss unter uns bleiben. Und wir können es nicht verwenden, außer wenn wir mit der *NZ* kooperieren.«

»Das gefällt mir nicht«, sagte Erlinger.

»Es wird Ihnen gefallen«, sagte Merle Schwalb. »Es wird Ihnen gefallen, weil Nowikow nach den Informationen, die die *NZ* hat, ein russischer Informant, Agent oder Spion war. Der nebenbei für den Verfassungsschutz gearbeitet hat.«

»Für das Landesamt hier? Für das Bundesamt?«

»Das weiß ich noch nicht.«

»Das müssen wir aber wissen.«

»Erlinger, ich habe, was ich habe. Alles andere muss später kommen. Jetzt lassen Sie mich erst mal zu Ende erzählen.«

»Ich weiß gar nicht, ob ich hören will, was die *NZ* weiß. Nicht, wenn uns das die Hände fesselt.«

»Doch, das wollen Sie hören.«

»Was macht Sie so sicher?«

»Weil die *NZ* über einen Mittelsmann, der ein Bekannter von Nowikow war, eine Art Erbstück ergattert hat. Eine Liste. Mit Namen. Es sind anscheinend 25 Namen. Auf dieser Liste stehen 25 Deutsche, darunter prominente Figuren, die von den Russen bezahlt werden, um hier in ihrem Sinne zu wirken. Gekaufte Deutsche. Mehr als zwei Dutzend. Einige Namen sind allerdings noch nicht entschlüsselt.«

»Und Sie haben diese Liste?«

»Nein. Aber wir würden sie bekommen. Wenn wir uns zusammentun. Wir würden alles teilen, ein gemeinsames Team bilden und zusammen recherchieren.«

»Wir können das auch alleine.«

»Es geht besser mit der *NZ*.«

»Ich mag die Idee nicht.«

»Warum nicht?«

»Weil das zu Kuschel-Journalismus führt, wenn man sich immer zusammentut. Ich glaube da an gesunde Konkurrenz.«

»Blödsinn. Ohne die *NZ* kriegen wir die Liste nicht. Ohne die *NZ* wissen wir offiziell nicht mal von der Liste. Ohne eine Kooperation mit uns macht die *NZ* die Geschichte in drei Wochen alleine, und wir haben gar nichts.«

»Schwälbchen, ich will jetzt nicht sagen, dass da keine Geschichte ist. Das ist eine große Geschichte, das sehe ich auch. Ich bin ja nicht blöd. Aber …«

»Auf der Liste stehen übrigens auch Journalisten.«

»Was für welche?«

»Mindestens einer, der für die *NZ* arbeitet.«

»Heiß.«

»Ja.«

»Erklärt übrigens auch, warum die Kollegen gerne einen Partner hätten. Ist natürlich nicht so schön, in eigener Sache gegen die eigenen Leute zu recherchieren. Die armen Schweine, das sieht nicht gut aus. Mit wem reden Sie bei der *NZ?*«

»Timur Zossen.«

»Ist der nicht Türke oder so?«

»Erstens weiß ich nicht, was das hiermit zu tun hat, und zweitens ist sein Vater Iraner.«

»Timur ist O.K.«, sagte Kampen. »Wir waren zusammen auf der Schule.«

Arno Erlinger nickte. Dann stand auch er auf, zog eine Zigarette und ein Feuerzeug aus seiner Sesseltasche, stellte sich zum Rauchen an die Fensterfront und sah hinaus. Draußen war es heiß und schwül, und Merle Schwalb bildete sich ein, dass man das von hier oben sogar sehen konnte: als wäre die Luft nicht ganz so durchsichtig wie sonst. Als läge ein Schleier oder ein feiner Dunst über der Spree und der Friedrichstraße.

Erlinger hatte sein leer getrunkenes Kaffeeglas mitgenommen und aschte hinein. Zwei oder drei Minuten vergingen, in denen niemand ein Wort sagte.

Schließlich drehte er sich wieder um und ließ seinen Blick zwischen ihr und Kampen wandern.

»Wenn wir das machen …«, hob er an.

Aber Merle Schwalb unterbrach ihn.

»Vor einer Stunde hat Timur mich angerufen, die *NZ* ist dabei, sie stellen drei Kollegen ab.«

»*What the fuck*, Schwälbchen, so läuft das nicht!«

»Doch, genau so läuft das. Ich habe auch schon ein Hauptquartier gemietet, eine Ferienwohnung in Brandenburg, eine Stunde von hier. Großer Besprechungsraum, komplett am Arsch der Heide, man kann da sogar übernachten, und niemand wird je drauf kommen, was wir da machen.«

So etwas rüttelt sich nicht von alleine, Sie rütteln das!

Sie sitzen jetzt an der großen Kanone!

Erlinger verdrehte die Augen, fuhr sich mit seinen Händen durch die Haare und schnaufte wütend. Es fiel ihm schwer, sich zusammenzureißen, das konnte sie sehen. Sie stellte sich vor, was er in diesem Moment gerne tun würde. Das Kaffeeglas an die Wand schmeißen? Mit der Faust gegen die Fensterscheibe hämmern?

»Frau Schwalb, Sie kapieren da etwas nicht. Das ist ein echtes Problem. Kooperationen sind Chefsache. Das entscheidet alleine das Dritte Geschlecht. Nicht ich, nicht Kampen und ganz, ganz, ganz sicher nicht Sie.«

»Doch, wir entscheiden das. Hier und jetzt. Ich hab das genau genommen schon entschieden. Und das Dritte Geschlecht entscheidet in dieser Sache gar nichts.«

»Sagen Sie mal, haben Sie … ein Drogenproblem, von dem ich nichts weiß? Haben Sie Fieber? Sind Sie eventuell …«

»… Erlinger!!«

»Ja?«

»Erlinger, das Dritte Geschlecht steht auch auf dieser Liste!«

Arno Erlinger starrte sie an, als wäre sie ein Gespenst. Eine gefühlte Ewigkeit lang. Dann lachte er. Stellte sein Kaffeeglas sehr vorsichtig auf den Boden. Lief zur Tür, die hinaus auf den Flur führte, und knallte sie hinter sich zu. Zehn Sekunden später öffnete er die Tür wieder, lief wortlos zu seinem Sessel, nahm sich eine weitere Zigarette und das Feuerzeug heraus und verließ den Raum erneut.

»Rennt er jetzt zu AvS?«, fragte Merle Schwalb Lars Kampen.

»Nein«, sagte Kampen. »Also, glaube ich nicht.«

Aber er sah nicht sehr überzeugt aus.

Zehn Minuten später öffnete sich die Tür wieder, und Erlinger betrat den Raum. Sein rechter Hemdkragen war nass, seine Haare ebenfalls. Er hatte eine frische Kanne Kaffee in der Hand, setzte sich in seinen *Emirates*-Sessel und füllte ein sauberes Glas, das er ebenfalls mitgebracht hatte, mit Kaffee.

»Gut«, sagte er leise. »Wir machen das. Wir müssen das machen. Lars, wir werden unsere Chisinau-Recherche nebenbei zu Ende machen, möglichst schnell, und sie dann in Häppchen ins Blatt werfen, am besten jede Woche eine Geschichte, damit keiner ahnt, was wir in Wahrheit machen.«

»Bist du dir sicher, Arno?«, fragte Kampen.

»Die wichtigere Geschichte ist der Tod der guten Geschichte«, sagte Arno Erlinger.

KAPITEL 4

Zwei Tage nach der Besprechung mit Erlinger und Kampen rumpelte Merle Schwalb in einem kleinen Robben-&-Wientjes-Transporter über die Dorfstraße von Klein-Kirschsiep.

»Idyllisch«, sagte Henk Lauter, der angeboten hatte zu fahren, weil sie noch einige Telefonate hatte führen müssen.

»Im Ernst!«, schob er lachend hinterher. »Brauchst mich gar nicht so anzugucken!«

Es war immer noch heiß, aber kein bisschen schwül. Wie viele Tiere es hier gibt, hatte sie gedacht, sobald sie Berlin verlassen hatten. Hühner in den Vorgärten. Kauende Kühe auf den Weiden. Katzen, die es sich im Schatten von aus welchen Gründen auch immer am Straßenrand abgestellten Baggerschaufeln bequem gemacht hatten. Auf ihrer ersten Fahrt zu Maja und Olli waren ihr die Tiere nicht aufgefallen. Aber da hatte sie am Steuer gesessen und nicht wie jetzt bei heruntergekurbeltem Fenster die winzigen Nadelstiche gespürt, wenn wieder einmal ein Insekt ihren Arm oder ihren Ellbogen traf.

»Gleich hinter der Kurve ist auf der rechten Seite ein Eisentor, das ist die Einfahrt«, sagte sie.

»Alles klar«, sagte Henk.

Als er anhielt, sprang sie aus dem Transporter und öffnete das Tor, damit er möglichst nah an das Gästehaus heranfahren konnte. Neben der Eingangstür stand eine alte, verbeulte Milchkanne. Merle Schwalb griff hinein und fand den Schlüssel, den Maja dort wie versprochen für sie hinterlegt hatte, weil sie eine Besprechung mit ihrem Verleger hatte und Olli mit den Kindern Kanu fahren gegangen war. Sie öffnete die Tür und führte Henk in das große Zimmer mit dem mächtigen Holztisch und den zehn Stühlen, das gleich zur Linken lag. Der Raum war angenehm kühl und roch nach Holz und Harz.

»Hier«, sagte sie.

»Gut«, sagte Henk Lauter. »Sehr gut. Aber kriegen wir das Ding überhaupt heile durch die Tür?«

Eine Stunde später hatten sie das zwei Meter mal anderthalb Meter große Whiteboard an der Wand befestigt. Sogar das Schälchen mit den farbigen Stiften, den roten Magneten und dem Putztuch darin hing dank der Wasserwaage, die Henk mitgebracht hatte, gerade.

»Kaffee?«, fragte Merle Schwalb.

»Gerne. Aber wo? Gibt es hier eine Kaffeemaschine?«

»Ich habe eine mitgebracht, der große Karton im Kofferraum.«

»An alles gedacht, hm?«

»Ist ein Geschenk für Maja, bleibt anschießend hier, habe ich mir gedacht.«

»Was hast du noch alles dabei?«

»Erst mal Kaffee, bitte!«

Henk Lauter nickte, holte den Karton und schloss die Maschine an. Kurze Zeit später hörte sie aus der Küche das Geräusch von mahlendem Kaffee. Dann kam Henk mit zwei Tassen ins Esszimmer zurück und setzte sich neben sie an den Tisch.

»Noch zwei Stunden, bis die anderen kommen«, sagte er nach einem Blick auf seine Uhr.

»Ich weiß«, sagte Merle Schwalb.

»War es eigentlich schwer, Erlinger davon zu überzeugen, dass ich mitmache?«, fragte er.

»Nein«, antwortete sie. Aber sie wusste, dass er sie gut genug kannte, um die Antwort in ein Ja zu übersetzen.

»Dachte ich mir«, sagte er.

»Ich kenne die von der *NZ* nicht«, sagte Merle Schwalb. »Und ich brauche hier mindestens einen Nicht-Verrückten.«

»Und das schreiben wir dann auf meinen Grabstein!«, sagte Henk.

»Du weißt, wie ich das meine, Henk.«

»Ja, weiß ich, alles gut, Merle. Ehrlich, ich freu mich. Also wenn man das so sagen kann. Ich bin jedenfalls lieber dabei, als das Ganze später im Blatt zu lesen. Ach scheiße, du weißt schon, wie ich das meine.«

»Weiß ich.«

Sie war dankbar, dass Henk sich Mühe gab, gute Laune zu verbreiten. Dass er jeden Groll, den er gehegt haben mochte, weil sie zu den Drei Fragezeichen gewechselt war, beiseitegeschoben hatte. Dass er sie nicht den ganzen Weg hierher mit Fragen gelöchert hatte, obwohl sie ihm bisher nur das absolute Minimum mitgeteilt hatte.

Er ist ein guter Mentor.

Er lässt mich machen.

Andererseits: Was soll ein Mentor auch sagen, wenn er genau wie alle anderen in eine unerforschte dunkle Höhle hinabsteigen soll, in der er auch noch nie war? Von der keiner weiß, wie tief sie ist und wie gefährlich, worauf oder auf wen wir dort stoßen und ob wir jemals wieder ans Tageslicht zurückkehren werden?

»Die wichtigere Geschichte ist der Tod der guten Geschichte«: Sie hatte nicht damit gerechnet, dass Erlinger so souverän reagieren würde. So … *richtig*. Im ersten Moment war sie regelrecht enthusiastisch gewesen. Das hielt ein paar Stunden an. Dann erst war ihr klar geworden, wie viel zu riskieren sie sich entschlossen hatten. Am Abend nach der Besprechung hatte sie in ihrer Wohnung eine halbe Flasche Gin getrunken, einen Joint geraucht und bis morgens um drei alte *Friends*-Folgen geschaut, um nicht weiter nachzudenken. Das war der Dienstag gewesen. Am Mittwoch hatte sie akzeptiert, dass es kein Zurück mehr gab. Hatte Maja angerufen und die Logistik geklärt. Hatte Timur eine Nachricht über Signal geschickt und ihn gebeten, seine Leute für den Donnerstag um 18 Uhr nach Klein-Kirschsiep zu bestellen. Hatte dieselbe Nachricht an Erlinger und Kampen geschickt. Hatte das Whiteboard besorgt, die Kaffeemaschine und vier Kilo Kaffeebohnen, außerdem den Mietlaster, drei Kisten Mineralwasser, zwei Kisten Bier, zwei Kisten Wein, eine Stange Zigaretten, einen Karton H-Milch, drei Sorten Müsli und Cornflakes, Zucker, Autan gegen die Mücken, eine Packung Toilettenpapier, eine Großpackung Aspirin, zehn Tüten Chips, zehn Tafeln Schokolade, Nüsse, zehn Tüten Weingummi und aus dem Mediamarkt ein günstiges Laptop. Nur das Nötigste, aber davon genug. Um das Abendessen am ersten Abend, hatte Maja versprochen, würde Olli sich kümmern.

»Wow«, sagte Henk Lauter, nachdem sie die Einkäufe verstaut und das Laptop auf einem Beistelltisch vor einem der Fenster ihres Konferenzzimmers aufgestellt hatten.

»Ja«, sagte Merle Schwalb.

»Wen bringt die *NZ* eigentlich mit? Also außer Timur?«

»Den Dänen. Und eine Josefine.«

»Der Däne ist gut«, sagte Henk.

»Ich hoffe«, sagte Merle Schwalb.

***

Es ist 18 Uhr 15, als endlich alle am Tisch sitzen. Und natürlich hat sie doch etwas vergessen.

»Gibt es vielleicht Tee?«, fragt der Däne. Er lächelt durch seinen roten struppigen Wikingerbart.

»Tut mir leid«, sagt Merle Schwalb. »Daran habe ich nicht gedacht.«

»Macht nichts«, sagt der Däne freundlich.

»Warte mal!«, sagt Henk, der neben ihm sitzt, taucht unter den Tisch, durchwühlt seine Aktentasche und taucht mit einem Teebeutel in der Hand wieder auf. »Hier, Earl Grey, geht das?«

»Klar doch«, sagt der Däne. »Na, das fängt doch super an mit dieser Kooperation!«

Alle lächeln, aber keiner lacht. Es ist noch zu früh für solche Scherze. Die Stimmung ist nicht schlecht; aber sie ist angespannt, unsicher.

Selbst Erlinger, der mit Kampen als Erster angekommen war, hatte Nerven gezeigt. Hatte sich sofort eine Zigarette angezündet, nachdem er sich aus Kampens riesenhaftem schwarzem SUV geschält und nickend auf sie und Henk zugelaufen war. Und den Zigarettenstummel dann zwei Minuten später gedankenverloren in seinem vollen Wasserglas versenkt. Und Kampen hatte sein Laptop fallen lassen, Gott sei Dank auf die Wiese.

»Hat die Konkurrenz sich verfahren?«, hatte Erlinger gefragt, obwohl es erst zehn vor sechs gewesen war.

»Nicht schlecht«, hatte Kampen gesagt und auf das Gästehaus gezeigt, noch bevor er es betreten hatte.

Mehr Worte hatten sie nicht gewechselt, bis endlich ein lautes Röhren die Stille durchbrochen hatte und ein Motorrad auf die Einfahrt gefahren kam: Timur, in Jeans, weißem T-Shirt und Lederjacke. Und in seinem Gefolge eine blaue VW-Familienkutsche mit dem Dänen und Josefine darin.

»Hallo! Schön, dass alle da sind! Ich würde vorschlagen, wir vertreten uns noch einen Moment die Beine, und dann gehen wir rein und fangen an«, hatte sie gesagt, obwohl sie sich eigentlich vorgenommen hatte, nicht die Herbergsmutter zu geben. Aber sie brauchte eine Entschuldigung, um sich wenigstens kurz mit Timur abzustimmen; und sie spürte, dass auch die anderen dankbar dafür sein würden, keinen Small Talk machen zu müssen, sondern noch ein paar Minuten alleine über die Wiese und an den Beeten entlangspazieren und weiter die eigenen Schuhspitzen inspizieren zu können.

Aber jetzt ist es 18 Uhr 20, der Däne ist mit seinem heißen Wasser zurück aus der Küche, hat sich wieder hingesetzt und seinen Teebeutel versenkt, und alle schauen sie an.

Sie sitzt in der Mitte des Tisches, an der Wand gegenüber das Whiteboard.

Links neben ihr Timur.

Rechts neben ihr Henk.

Dann der Däne, von dem sie weiß, dass er Dirk Poggemeier heißt und noch einen Nannen-Preis mehr gewonnen hat als Erlinger. Poggemeier ist genau so groß wie Erlinger, aber etwa anderthalb mal so breit. Er ist eine Größe in der Branche, jeder kennt und liest ihn, aber er ist keine Legende. Warum ist er keine Legende, überlegt sie unwillkürlich. Vermutlich, antwortet sie sich in Gedanken selbst, weil er zu normal ist. Alle sagen: Der Däne ist in Ordnung. Der Däne ist nett. Niemand sagt das über Erlinger, über den stattdessen die unfassbarsten Geschichten kursieren, Geschichten über seinen unerschöpflichen Reptilienfonds, über an die Wand gedrückte Staatssekretäre, die ihm keine Auskunft geben wollten, oder über weinende Hospitanten.

Neben Timur sitzt Kampen. Die beiden haben sich mit Umarmung begrüßt. So kumpelig kenne ich Kampen gar nicht, denkt sie. Aber ich wusste ja auch nicht, dass er eine Art Monstertruck fährt.

Neben Kampen: Erlinger, wie immer zurückgelehnt und die Hände hinter dem Hinterkopf verschränkt.

Dann Josefine.

Josefine ist jung, vielleicht Ende zwanzig. Hellbraune Haare, ultrakurzer Pferdeschwanz, vereinzelte Sommersprossen, grüne Augen. Sie ist schlank und sportlich, aber auf eine beiläufige Art. Sie kann nichts dafür, denkt Merle, sie ist eine von der Sorte, die verrückt wird, wenn sie nicht regelmäßig laufen geht oder klettern oder schwimmen oder Stand-up-Paddling macht. Das sehe ich sofort.

Auch Josefine schaut Merle Schwalb an.

Merle Schwalb hat sich nicht überlegt, wie sie anfangen soll.

Wie das alles hier anfangen soll.

»Wir sind alle Investigativjournalisten«, sagt sie schließlich, »deshalb machen wir keine Vorstellungsrunde. Erstens hasse ich Vorstellungsrunden, und zweitens weiß jeder längst, wer wer ist. Und wer es nicht weiß, weiß, wie man es rausfinden kann.«

Der Däne gluckst fröhlich und rührt in seinem Tee.

Merle Schwalb schaut Timur an, steht auf und zieht einige aufgerollte DIN-A3-Ausdrucke aus ihrer Tasche, die von einem Gummiband zusammengehalten werden. Dann geht sie um den Tisch herum und stellt sich vor das Whiteboard.

»Die Recherche, über die wir heute sprechen wollen, hat zwei Anfänge. Meiner war dieser hier.«

Sie nimmt zwei rote Magneten aus dem Schälchen und heftet einen Ausdruck eines Fotos des Toten aus der Hobrechtstraße an das Board.

»Das ist Anatoli Nowikow. Ein Russe. Vor zwölf Tagen stürzte er um 21 Uhr 17 vom Balkon seiner Wohnung im dritten Stock in der Hobrechtstraße Ecke Sonnenallee. Arno Erlinger und ich waren zufällig vor Ort. Nowikow wurde von einem Rettungswagen abgeholt und ins Urban-Krankenhaus gebracht.«

Sie zieht das zweite Blatt aus ihrer Rolle und heftet die ausgedruckte Polizeimeldung links neben das Foto von Nowikow.

»Laut offizieller Mitteilung der Polizei Neukölln war er schwer verletzt, hat aber den Sturz überlebt. Das stimmt nicht. Er war schon tot, als er im Urban ankam. Mittlerweile wissen wir auch, dass die Abteilung Staatsschutz des LKA Berlin Druck auf die Neuköllner Kollegen gemacht hat, den Tod als Verletzung zu vermelden. Warum? Darüber können wir bislang nur spekulieren.«

Sie macht eine kurze Pause und lässt den Blick über ihr Publikum schweifen. Aber niemand sagt etwas, alle schauen sie weiter unverwandt an.

Also nimmt sie ein drittes Blatt zur Hand und heftet es rechts neben Nowikows Foto. Darauf sind zwei Facebook-Profilbilder zu sehen.

»Das hier sind Zakariya Yazan und Jamal Hammoudi, Nowikows Mitbewohner. Sie waren zum Zeitpunkt seines Todes allerdings im Libanon auf Familienbesuch und sind immer noch dort. Ich habe sie vor ein paar Tagen über Facebook kontaktiert, aber noch nichts von ihnen gehört. Fragen?«

Niemand hat eine Frage.

Stimmt nicht, denkt sie, obwohl sie nickt. Ihr habt tausend Fragen. Aber ihr stellt sie nicht. Noch nicht. Ihr wollt erst alles wissen, was wir wissen. Würde ich auch.

»Timur, machst du weiter?«, fragt sie.

Timur ist bereits neben ihr angekommen. Sie stellt mit einem Seitenblick fest, dass er lächelt. Ich lächle nicht, denkt sie. Aber er, er lächelt einfach.

»Also«, sagt Timur, »genau wie Merle gesagt hat: zwei Anfänge.«

Er nimmt einen roten Stift aus dem Schälchen und zieht einen senkrechten Strich in der Mitte des Boards, von ganz oben bis ganz unten. Alles, was sie bisher angeheftet hat, befindet sich jetzt rechts der Linie.

Timur zieht eine weiße Karteikarte aus seiner Gesäßtasche, auf die er ein Foto aufgeklebt hat. Die Qualität der Aufnahme und des Ausdrucks ist schlecht, dunkel, grobpixelig. Im Grunde sieht man nur einen Kopf. Mit lockigen dunkelbraunen Haaren. Darunter steht in Timurs Handschrift *ALEXANDER POPOW.*

»Popow ist eine Quelle von mir. Ich kenne ihn nicht gut, ich weiß praktisch nichts über ihn. Wir treffen uns alle zwei, drei Monate. Wir haben uns auf einer Konferenz über Cyber-Policing kennengelernt, in Hamburg. Er wollte mir nie so richtig sagen, was genau, aber er arbeitet in der russischen Botschaft in Berlin. Vielleicht in einem technischen Job, wohl eher niederrangig. Das war jedenfalls immer meine Vermutung. Mittlerweile bin ich mir nicht mehr so sicher. Vielleicht steckt er doch tiefer drin.«

Timurs zweite Karteikarte: Das aus wenigen Strichen bestehende selbst gemalte Bild eines Sarges, dahinter ein Kreuz. Auf dem Kreuz steht: *Unbekannter Russe. Tod durch Balkonsturz.*

Timur heftet die Karte unter seine erste Karte.

»Alexander hat mir erzählt, ein Freund von ihm sei kürzlich bei einem Balkonsturz ums Leben gekommen. Dieser Freund sei Zuträger des deutschen Verfassungsschutzes. Aber eigentlich arbeite er für die Russen. Für mich war sofort klar, Alexander vermutet, dass dieser Tod nicht mit normalen Dingen vor sich gegangen ist. Dass jemand nachgeholfen hat. So weit, so klar?«

Alle nicken.

Das hier ist keine normale Konferenz, denkt Merle Schwalb.

Das hier ist besser.

»O.K.«, sagt Timur, »also, weiter. Einen oder zwei Tage nach dem Tod von … wie heißt er noch mal?«

»Anatoli.«

»Richtig. Also ich habe Alexander einen oder zwei Tage danach getroffen, auf ein Bier, in Lichtenberg, wir treffen uns immer dort. Da hat er mir jedenfalls vom Tod seines Freundes erzählt. Und mir etwas gegeben, was er von diesem Freund zuvor bekommen hatte.«

»Moment, Timur, ich habe eine Frage.«

Es ist Josefine.

Timur nickt ihr zu.

»Wenn Nowikow zu dem Zeitpunkt offiziell nur verletzt war, wieso wusste Alexander dann schon, dass er tot ist?«

»Ich weiß es nicht«, sagt Timur. »Hat er mir nicht gesagt. Und ich habe nicht gefragt, weil ich die Meldung der Neuköllner Polizei gar nicht mitbekommen hatte. Kann bedeuten, dass die Vertuschung des LKA nicht funktioniert hat bei den Russen. Kann bedeuten, dass Alexander den Sturz beobachtet hat, so wie Merle und Arno. Kann bedeuten, dass er es sich irgendwie zusammengereimt hat. Ich weiß es nicht.«

»Ich weiß, dass ich nichts weiß«, echot Erlinger genervt.

Aber Timur lässt sich nicht provozieren.

»Egal, wie das hier weitergeht, es ist ja sicher keine falsche Idee, wenn wir alle offenen Fragen dieser Art sofort notieren für später, oder? Josefine, magst du das übernehmen?«

»Sicher«, sagt Josefine und kramt einen Block aus der Tasche neben sich auf dem Fußboden.

Merle Schwalb beobachtet, wie Kampen daraufhin sofort sein eigenes Notizbuch und einen abgekauten Bleistift aus der Tasche zieht. Aber sie sagt nichts.

»Gut«, fährt Timur fort. »Bevor ich weitererzähle: Hat jemand etwas dagegen, wenn ich … das hier mache?«

Er zieht seine Karteikarte mit dem Sarg und dem Kreuz und der Inschrift *Unbekannter Russe* über die rote Linie auf die rechte Seite der Tafel und platziert sie auf dem Foto, das den toten Anatoli Nowikow zeigt. Dann wischt er mit dem Lappen die rote Linie weg.

»Oder hat jemand Zweifel daran, dass wir über denselben Fall sprechen?«

»Für den Moment gehen wir mal davon aus, würde ich sagen«, sagt der Däne.

»O.K. Dann zeige ich euch jetzt, was Alexander mir gegeben hat und er zuvor von Anatoli bekommen hat. Oder wollen wir erst noch schnell eine Runde Kaffee machen?«

»Jetzt mach schon, Digga!«, ruft Kampen.

»Gut. Das hier ist das vergrößerte Original.«

Timur holt schnell ein DIN-A3-Blatt, das umgedreht auf seinem Platz gelegen hat, nimmt sich zwei Magneten aus dem Schälchen und befestigt das Blatt in der linken Hälfte des Whiteboards.

Man kann dem Ausdruck ansehen, dass er ein ursprünglich doppelt gefaltetes Blatt zeigt, das Kreuz der Linien ist deutlich zu erkennen. Oben auf dem Blatt stehen einige in Handschrift geschriebene Worte, allerdings in kyrillischer Schrift. Unterstrichen. Wie eine Überschrift. Darunter folgt eine Liste. Sie enthält 25 nummerierte Zeilen. In präziser Schreibschrift, diesmal in Deutsch. Aber es ist eine Handschrift, der man ansieht, dass der Autor nicht in eine deutsche Grundschule gegangen ist. Zu verschnörkelt. Zu ordentlich. Zu altertümlich. Merle Schwalb weiß sofort, woran die Schrift sie erinnert: an den aufgeklebten Namen auf dem Briefkasten in der Hobrechtstraße.

1) M.W. 05.08.1962
2) Cyril Raudzus 25.000 $
3) Henning Gernert wie verhandelt
4) 03.ZHHY.008.AA
5) wie vereinbart am 27. Juli 2020 35.000 Euro
6) DE27100777802092997O9 12.000 $
7) Abg. Wk 45
8) »Troll« 17.500 $
9) »Merkur« 17.500 $
10) Lenz Odermann (Bremen) 70.000 Dollar
11) AVS 03.03.1953
12) 04.ZHHY.008.AA
13) 06.ZHHY.008.AA
14) 09.ZHHY.008.AA
15) J.H. 21.04.1988
16) Dresden 13 x 10.000
17) Dresden 21 x 5.000
18) Maik Zerbst, 12.000 Expl.
19) F.G. 09.07.1976

20) »Biene« 17.500 (Bonn!)
21) Fürstenfeldbruck-Kampagne 8.400
22) germanyfirst_12587@yahoo.de
23) German JobstBüro 12.300 Euro
24) 06.WWER.028.AG
25) traudel.privat.privat@web.de

Instinkte, denkt Merle Schwalb – denn kaum dass der Zettel hängt, liegt plötzlich vor jedem ihrer Zuhörer ein Notizblock auf dem Tisch, und die Stifte fliegen nur so über die Seiten.

»Stopp!«, sagt Timur.

Niemand hört auf zu schreiben.

»Im Ernst, Leute, stopp!«, sagt Timur ein zweites Mal, diesmal deutlich lauter.

Aber immer noch hört niemand auf zu schreiben, das Kratzen der Stifte ist das Einzige, das man hören kann.

Timur stellt sich vor die Tafel und nimmt den Zettel ab.

»Na das fängt ja gut an!«, nölt Kampen. »Tolle Kooperation!«

»Lars, es gibt einen Grund, warum ich euch darum bitte, diese Liste nicht abzuschreiben, O.K.? Genauso wie die schöne Natur nicht der Grund ist, aus dem wir uns hier in der Pampa treffen, sondern dass uns die russische Botschaft hier draußen nicht abhören kann. Genauso wie es einen Grund dafür gibt, dass das Laptop da drüben *air-gapped* ist. Sicherheit, Leute, O.K.? Denkt doch mal 'ne Sekunde drüber nach, bitte, was das bedeutet, wenn jeder von uns diese Liste mit sich herumträgt! *Capice?*

»Da hat er ausnahmsweise mal recht«, sagt Erlinger und steht auf.

»Wo gehst du hin?«, fragt Merle Schwalb und merkt zu spät, dass sie ihn aus Versehen geduzt hat.

»Bin gleich wieder da«, antwortet Erlinger.

Eine Minute später kommt er mit der verbeulten Milchkanne wieder herein, reißt die bereits beschriebene Seite aus seinem eigenen Notizbuch und lässt sie in die Kanne gleiten. Er geht von einem zum Nächsten. Alle machen mit. Dann kramt er ein Streichholzbriefchen aus seiner Hosentasche und zündet den Inhalt der Kanne an.

Es beginnt zu qualmen.

Josefine hustet.

Der Däne springt auf und reißt die Fenster an den beiden schmalen Seiten des Raumes auf.

Alle lachen.

Außer Erlinger.

Erlinger lässt die Kanne ausqualmen.

»Vorschlag«, sagt Merle Schwalb. »Fünfzehn Minuten Pause. Wir lüften. Machen eine Toiletten-, Rauch- und Kaffeepause. Timur hängt währenddessen den Zettel wieder an, und jeder kann sich die Liste in Ruhe ansehen, bevor wir anschließend gemeinsam weiterdiskutieren, ja? Und bis dahin: keine Telefonate bitte!«

***

Es ist jetzt 19 Uhr, und sie hat die Pause genutzt, um in der Küche Schälchen mit Chips und Weingummi zu befüllen und im Esszimmer auf dem Tisch zu platzieren, zusammen mit ein paar Flaschen Mineralwasser, Gläsern für alle und einem halben Dutzend Flaschen Bier.

Bis auf sie und Timur haben alle die Pause vor allem dazu genutzt, die Liste zu studieren. Jetzt sitzen sie wieder auf ihren Plätzen.

Josefine macht sich ein Bier mit einem Feuerzeug auf. Der Däne hat eine tiefe Furche auf der Stirn, seine Hände hat er vor seinem Bauch gefaltet, die Ärmel seines Holzfällerhemds hochgekrempelt. Erlinger sitzt jetzt aufrecht, sogar ein wenig nach vorne gebeugt, das Whiteboard fest im Blick.

»Gut, wo fangen wir an?«, fragt sie in die Runde.

»Was steht über der Liste? Das in Russisch, das meine ich«, fragt der Däne.

»Ich kann kein Russisch und wollte die Liste niemandem zeigen, also habe ich es mir ein bisschen zusammengegoogelt«, antwortet Timur. »Ich vermute, es soll heißen: ›Kürzlich abgesicherte Helfer für Einflussoperationen‹. Alexander hat mir gesagt, laut seinem Freund, also laut Anatoli, seien alle auf dieser Liste ›gekauft‹, um den Russen zu helfen, also bei ihrer Propaganda und der Beeinflussung der deutschen Öffentlichkeit, vermutlich mit besonderem Blick auf den Bundestagswahlkampf.«

»Diese Liste ist total chaotisch«, sagt Erlinger. »Komplett unsystematisch. Völlig unterschiedliche Kategorien. Das macht kein Geheimdienst dieser Welt so.«

»Aber vielleicht ein Überläufer«, sagt Josefine leise.

»Was soll das heißen?«, sagt Erlinger.

»Darf ich Arno sagen?«, fragt Josefine. Und wieder ist Merle Schwalb beeindruckt.

Erlinger verdreht die Augen.

»Arno, ich glaube, du hast recht, das ist keine Originalliste eines Geheimdienstes«, sagt Josefine ungerührt. »Aber es könnte eine Liste sein, die sich ein Verräter, Überläufer oder Doppelagent selbst zusammengestellt hat. Nach und nach. Vielleicht weiß er selbst nicht, was das alles im Detail bedeutet, aber es ist eben das, was er zusammenklauben konnte. Etwas, mit dem er dealen kann. Kompromate halt.«

Erlinger antwortet nicht, er lässt offen, ob er Josefine zustimmt. Oder ob er findet, dass sie Unfug redet.

»Hat dein Mann die Liste von diesem Nowikow genau so bekommen? In dieser Form? Oder hat er sie vielleicht verändert? Abgeschrieben? Irgend so etwas?«, fragt er stattdessen Timur.

»Die Schrift«, wirft Merle Schwalb ein, »sieht jedenfalls verdammt aus wie die Schrift auf Anatolis Briefkastenschild.«

»Mir hat Alexander dazu nur Folgendes gesagt: Sein Freund habe ihm diese Liste gegeben, die er ›den Deutschen‹ geben wollte.«

»Heißt das, er hat sie dem Verfassungsschutz *auch* gegeben? Oder er hat sie dem Verfassungsschutz gerade *nicht* gegeben?«, bohrt Erlinger weiter.

»Keine Ahnung. Wenn es nur ein Exemplar der Liste gibt, und ich hab ja ein handgeschriebenes Original gesehen und abfotografiert, dann nicht. Wenn es mehrere Kopien gab: vielleicht. Aber es klang für mich, als habe Nowikow die Liste Alexander gegeben, weil er sie aus irgendwelchen Gründen *den Deutschen* nicht mehr geben wollte oder konnte.«

Erlinger massiert seine Augenbrauen. Josefine malt komplizierte Diagramme in ihren Block. Kampen kaut an seinem Bleistift. An dem Fenster auf der rechten Seite läuft eine rot gescheckte Katze vorbei, aber Merle Schwalb bezweifelt, dass irgendjemand außer ihr das Tier bemerkt.

»Ich denke, wir sollten mal über die Informationen auf der Liste selbst sprechen«, meldet sich Henk schließlich zu Wort. »Vielleicht kommen wir so weiter. Ich sehe da so einiges, was uns alle anspringen dürfte. Und das ist ja wohl auch der Grund dafür, dass wir in dieser Konstellation hier sitzen.«

»Das kann man wohl sagen«, dröhnt der Däne durch seinen Bart und haut unvermittelt mit der Faust auf den Tisch. »Entschuldigung, aber ich bin einfach fassungslos. Wenn das stimmt. Ihr wisst, dass Lenz Odermann der Name unseres Wirtschaftsressortleiters ist?«

»Ja«, sagt Erlinger. »Wissen wir.«

»Und darf ich fragen«, fährt der Däne fort, »das Geburtsdatum eures Dritten Geschlechts …?«

»Passt«, antwortet Henk leise. »Adela von Steinwald, geboren am 3. März 1953 in Potsdam. Ich war auf ihren letzten beiden runden Geburtstagen dabei.«

»Ich glaub das nicht«, sagt Kampen. »AvS? Das kann nicht sein. Diese Liste ist doch *Bullshit*.«

»Vielleicht«, sagt Timur, »vielleicht aber auch nicht. Ich hatte mehr Zeit als ihr, ich habe mir einige der anderen Einträge angeschaut. Ich habe ein paar Sachen gefunden, die ich euch gerne erzählen würde.«

Er geht wieder zur Tafel, nimmt sich einen schwarzen Stift und zieht einen Pfeil vom allerersten Eintrag auf der Liste nach links. Wo der Pfeil endet, befestigt er mit einem Magneten eine weitere Karteikarte.

»Markus Winfeld« steht darauf. »GenMaj. i. R.«

»Winfeld?«, fragt Erlinger ungläubig.

»Ich habe mir seine letzten Talkshowauftritte angesehen, das macht er, seit er im Ruhestand ist, öfter. Astreine Pro-Assad-Linie. Verteidigt das Vorgehen der Russen in Syrien höchst eloquent. Lässt den pensionierten Militär voll raushängen. Schicke Anzüge außerdem. Geburtsdatum passt. Es ist natürlich nur ein erster Verdacht. Aber warum denn nicht?«

Timur nimmt wieder den Stift und zieht einen Pfeil vom Eintrag mit der Nummer 18 bis zur nächsten Karteikarte, die er aus der Tasche zieht und anheftet.

»Der ist nicht schwer zu dechiffrieren: Maik Zerbst, 35, aus Berlin-Marzahn. Betreibt ein im Selbstverlag gedrucktes Magazin von Russlanddeutschen für Russlanddeutsche. Jede Menge *Fake News*. Pro Putin ohne Ende. Zerbst ist außerdem Mitglied der Jungen Alternative. 12.000 Abos dürften locker reichen, um die Postille am Leben zu erhalten.«

»Jetzt will ich auch ein Bier«, sagt Henk, und Josefine macht ihm blitzschnell eines auf.

»Nummer 2«, sagt Timur und führt am Whiteboard sein Spiel mit Pfeil und Karte fort, »ist Cyril Raudzus. Mäßig bekannter Professor für Geografie an der Universität des Saarlandes, Schwerpunkt Osteuropa. Ich musste ein bisschen wühlen, bis ich auf etwas Interessantes gestoßen bin, das ist aber nicht ohne. Raudzus ist nämlich Gründungsmitglied des *Academic Forum on Geopolitics of the East*. Dubiose Truppe von B-Wissenschaftlern, die immer wieder Papiere raushaut, in denen zum Beispiel die Annexion der Krim gerechtfertigt wird. Und voilà: Im Februar durfte Raudzus sogar in einem UNO-Gremium in New York als Sachverständiger auftreten, nominiert von der russischen Delegation. Seitdem haben mehrere russische Botschaften Papiere dieses Forums als vorgeblich neutrales Informationsmaterial weiterverbreitet.«

Dann setzt Timur sich wieder auf seinen Platz, und Merle Schwalb tut es ihm gleich.

»Wie, das war es schon mit eurer Präsentation?«, ätzt Kampen.

»Leute, das war jetzt mal ein Anfang«, sagt Timur. Zum ersten Mal klingt auch er genervt. »Mehr haben wir noch nicht, sorry. Aber jetzt sind wir wenigstens alle auf demselben Stand, O.K.?«

Das hier ist keine normale Konferenz, denkt Merle Schwalb.

Das hier ist besser.

Aber nur, wenn sie alle anbeißen.

Wenn sie mitmachen wollen.

Wenn sie eine Geschichte sehen.

Tun sie das?

Alle?

Dann meldet sich der Däne.

»Liebe Kollegen, danke erst mal. Und ich finde es einfach stark, richtig stark, dass wir uns über Redaktionsgrenzen hinweg heute hier getroffen haben, das möchte ich vorausschicken«, sagt er.

Und Merle Schwalb weiß sofort: Jetzt kommt die Diskussion, von der sie geahnt hat, dass sie unausweichlich sein würde.

Und von der sie nicht weiß, wie sie ausgeht.

»Das ist schon alles sehr interessant, was Merle und Timur hier ausgebreitet haben«, fährt er fort. »Aber ich habe ein paar Fragen. Und die erste, die sich stellt, ist die nach der Dimension der Geschichte hier. Ich weiß, ihr habt beim *Globus* auch viel über russische Beeinflussungsversuche in Europa und sonst wo berichtet, genau wie wir. Eine russische Bank leiht der französischen Rechten 9 Millionen. Die Gelbwesten: mutmaßlich vom Kreml unterwandert. In den USA haben die Russen die Demokraten gehackt und was weiß ich wie viele falsche Facebook-Accounts gepflanzt. Ihre Agenten haben sogar vor Ort Trump-Rallyes veranstaltet. In Deutschland haben die Russen den Bundestag gehackt. Im Kleinen Tiergarten einen Überläufer getötet. Mutmaßlich jedenfalls. In England Skripal vergiftet, und das ist mal sicher. Wir hatten richtig fette russische Desinformationskampagnen bei MH17 und beim Brexit auch. Und in ganz Osteuropa, vom Baltikum ganz zu schweigen …«

»Dirk, wir haben's kapiert«, unterbricht ihn Erlinger.

»Ich bin gleich fertig. Es ist bloß so, ich sehe hier jede Menge Arbeit, von der ich nicht weiß, ob sie belohnt wird, und auf der anderen Seite … also, was ich mich frage, das ist einfach: Haben die Russen das wirklich nötig? Die haben *Russia Up-to-date*. Die haben *Sputnik*. Da pumpen die Milliarden rein! Wofür brauchen die, keine Ahnung, so eine Winzpostille aus Marzahn? Die haben schon vor Jahren diese angebliche Vergewaltigungsgeschichte von diesem Mädchen Lisa verbreitet, ohne dass sie dafür große Unterstützung gebraucht hätten.«

»Froh, dass es endlich raus ist?«, fragt Erlinger.

»Arno, ich finde, es gibt keinen Grund für Sarkasmus. Aber vor einer Kooperation mit einem anderen Medium und bevor ich meine Leute wochenlang auf ein Thema ansetze, denke ich gerne mal einen Moment nach. Sag ehrlich, siehst du die Welt schon wackeln mit dem, was wir hier heute erfahren haben?«

»Nein. Ich sehe die Welt nicht wackeln. Aber hat dich das nie genervt, dass in jedem Bericht von jedem Thinktank seit Jahren drinsteht, dass die Russen sich Leute kaufen, aber nie kann einer einen Namen nennen? Nein, ich sehe die Welt nicht wackeln, Dirk. Aber das hier ist, wie es aussieht, ein Teil von etwas Größerem. Und ich sehe, zum Beispiel, wenn wir was finden, die Welt von Generalmajor Winfeld wackeln. Und die Welt von diesem Typen in Marzahn. Und von diesem kleinen Professor. Und soll deren Welt etwa nicht wackeln? Sollen die damit durchkommen? Soll euer Odermann damit durchkommen? Und wir wissen doch noch gar nicht, was wir rausfinden.«

»Stimmt schon. Aber was, wenn wir nichts beweisen können?«

»Wir müssen eben die Kohle finden«, sagt Kampen. »Follow the money.«

»Ja, sicher. Nur reichen 25.000 Dollar leider nicht, um einen Privatjet zu kaufen oder sonst etwas Auffälliges«, entgegnet der Däne. »Viel Glück, kann ich da nur sagen. Ich gehe am Ende jedenfalls nicht mit einer halb garen, halb guten, halb recherchierten Geschichte raus.«

»Aber wir, oder was soll das heißen?«, sagt Erlinger.

»Wir haben noch nie mit euch kooperiert«, sagt der Däne.

Sein Ton ist freundlich, aber auch bestimmt.

Merle Schwalb sucht Henks Blick. Du bist doch der große Diplomat hier, will sie ihm signalisieren, klär das! Nur dass Henk nachdenklich in seine Bierflasche starrt.

Und dann ist es Josefine, die den Knoten durchschlägt.

Die kleine, kluge Josefine.

»Wenn es am Ende keine Geschichte ist, ist es eben keine«, sagt sie ruhig. »Wenn es eine kleine ist, ist es eine kleine. Wenn es eine große ist, was wir alle hoffen, ist es eine große. Ich kann mir nicht vorstellen, dass *Globus* und *NZ* das ernsthaft komplett unterschiedlich bewerten, wenn wir erst fertig sind. Und dass wir kooperieren, ist doch in Wahrheit längst entschieden. So sehe ich das jedenfalls. Wie wollten wir das jetzt alles wieder auseinanderdividieren? Abgesehen davon, dass das wenig Sinn ergeben würde.«

Für einen kurzen Moment überlegt Merle Schwalb ernsthaft,

ob sie um Handzeichen bitten soll, aber als sie den Blick über die Runde schweifen lässt, sieht sie, dass das gar nicht nötig ist.

»Gut«, sagt der Däne, »dann lasst uns diese Liste aufteilen und sofort anfangen zu wühlen. Alle Einträge, die nicht komplett rätselhaft sind, zuerst. Aber eins ist klar: Ich will Odermann hochnehmen. Da melde ich mich direkt mal freiwillig.«

»Nein«, sagt Erlinger, noch bevor der Däne zu Ende gesprochen hat.

»Nein?«, fragt der Däne misstrauisch. »Warum denn nicht, was soll das heißen? Ich dachte, wir hätten hier gerade Fortschritt gehabt, Arno. Odermann ist unser Mann. Ich kenne den seit zwanzig Jahren. Ich weiß, wo er Urlaub macht. Was für ein Auto seine Frau fährt.«

»Auf gar keinen Fall«, sagt Erlinger.

»Kapier ich nicht.«

»Wir müssen das über Kreuz machen, Dirk. Ich werde Odermann machen. Du machst AvS. Wir können nicht in unseren eigenen Redaktionen rumrecherchieren. Das ist zu auffällig. Viel zu riskant. Wir brauchen *deniability*.«

Der Däne schnaubt. Seine Augen: kleine Schlitze. Sein Wikingerbart: bebt. Aber Poggemeier sagt kein Wort.

»Arno hat recht«, sagt Henk ruhig.

»Ja«, sagt Merle Schwalb.

»So beschlossen«, sagt Timur.

Der Däne schiebt eine ganze Handvoll Gummibärchen auf einmal in seinen Mund und zermalmt sie zwischen seinen Kiefern.

Es ist jetzt 20 Uhr, und es klopft leise an der Tür. Maja tritt ein, lächelt, winkt in die Runde. Sie trägt eine kurze hellblaue Latzhose und ein weißes Tanktop darunter. Der Däne zieht den Bauch ein, als er sie sieht.

»Merle?«, fragt Maja. »Kommst du mal kurz?«

Merle Schwalb steht auf und folgt ihr in die Küche.

»Wann wollt ihr essen? Olli ist im Grunde fertig, aber er kann sich nach euch richten.«

»Ich glaube, wir brauchen noch eine Stunde, ist das in Ordnung?«

»Kein Problem, wir bereiten alles vor, und ihr esst dann nachher draußen, das ist am schönsten.«

»Das klingt super, vielen Dank!«

»Läuft es gut?«, will Maja wissen.

»Keine Ahnung«, antwortet Merle Schwalb. »Vielleicht ja.«

Als sie wieder auf ihrem Platz sitzt, sucht sie Timurs Blick, er nickt, also fängt sie an.

»Leute, wir werden uns noch oft genug hier treffen, alle gemeinsam oder in kleineren Gruppen. Aber wir müssen heute Abend noch ein paar Entscheidungen treffen. Ich finde Dirks Vorschlag gut, in einer allerersten Runde die Einträge auf der Liste anzurecherchieren, bei denen wir eine Ahnung haben oder schon wissen, wer gemeint ist. Das Dritte Geschlecht und Odermann machen wir über Kreuz, das ist entschieden. Wer hat sonst noch Interesse an bestimmten Verdächtigen?«

Erlinger reklamiert den pensionierten Generalmajor und bekommt den Zuschlag.

German Jobst, 12.300 Euro, geht an Kampen, der sagt, dass er eine Ahnung hat.

Henk übernimmt Zerbst und dessen Magazin.

Timur den Professor aus dem Saarland.

Josefine will Henning Gernert suchen. Und außerdem den Bundestagsabgeordneten des Wahlkreises 45 durchleuchten, der sich mutmaßlich hinter dem Eintrag *Abg. Wk 45* verbirgt.

»Dann kümmere ich mich um die beiden E-Mail-Adressen«, sagt Merle Schwalb.

Timur meldet sich erneut: »Ich weiß nicht, wie es euch geht, aber ich will nicht unbedingt immer nur alleine arbeiten. Merle, wollen wir zusammen noch *J. H.* und *F. G.* suchen?«

»Klar«, antwortet sie.

»Gut«, sagt der Däne, »dann nehmen Josefine und ich uns noch die IBAN von Nummer 6 vor.«

»Das reicht erst mal, denke ich«, sagt Timur. »Über die rätselhaften Einträge können wir ja alle beim Einschlafen nachdenken, bis einem von uns eine Erleuchtung kommt, was sich dahinter verbergen könnte.«

»Das wird alles bei Weitem nicht reichen«, wirft Erlinger ein. »Euch ist hoffentlich klar, dass die Namen auf der Liste hier nicht die einzige Baustelle sind!«

»Schon klar«, sagt Henk, »aber jetzt lass uns doch damit mal anfangen.«

»Sorry, nein«, sagt Erlinger. »Das muss alles parallel laufen. Wir müssen wissen, was beim Verfassungsschutz los ist. Bund oder Land, wer hat Nowikow überhaupt geführt? Was hat er geliefert? Wieso haben die seinen Tod abgetarnt? Und wir müssen an die Russen ran. Was hat Nowikow mit denen zu tun gehabt, was war sein Job, sein Status? Was *konnte* der überhaupt wissen? Und Timur – dein Kumpel Popow: Ich will den sprechen.«

»Untergetaucht.«

»Das ist schon mal ganz scheiße!«

»Ich schreib ihm jeden Tag, dass er sich melden soll.«

»Den brauchen wir, der weiß noch mehr, was wir wissen müssen.«

»Ich versuche es weiter«, sagt Timur.

»Ja, und sobald er sich meldet, will ich den sprechen. Das muss er kapieren und du auch, da müssen wir dabei sein, das nehme ich ganz sicher nicht nur aus deinem Block!«

»Ist angekommen«, sagt Timur.

»Gut«, sagt Erlinger. »Ich kümmere mich um den Verfassungsschutz, wenn es recht ist. Mit Lars.«

»Moment«, protestiert der Däne. »Das geht jetzt etwas schnell. Da müssten wir dann auch mitreden. Wir haben ja auch Kontakte.«

Erlinger stöhnt. »Ich bin ehrlich gesagt nicht so scharf drauf, meine Zugänge offenzulegen. Die Leute, mit denen ich beim Verfassungsschutz rede – da kann ich nicht zu viert aufschlagen oder mit Kollegen einer anderen Zeitung, ich weiß nicht, wie ihr euch das vorstellt.«

»Wir können das aber auch nicht parallel machen und riskieren, dass wir uns dabei gegenseitig auf die Füße treten«, sagt der Däne.

Vor ihrem inneren Auge sieht Merle Schwalb das Bild zweier Hirsche, deren Geweihe verkeilt sind.

»Echt jetzt?«, fragt sie.

»Arno«, sagt der Däne schließlich, »Vorschlag, ja? Wir machen das zusammen, nur wir zwei. Kooperation! Einverstanden?«

Arno tauscht einen kurzen Blick mit Kampen, dem der Schmerz ins Gesicht geschrieben steht. Er ist eifersüchtig, denkt Merle. Aber dann nickt Kampen langsam und zögerlich. Und Arno schaut den Dänen an und nickt ebenfalls.

Es ist fast 21 Uhr, und sie haben es immerhin noch geschafft, eine Signal-Gruppe aufzusetzen, sicherer geht es nicht, das muss reichen. Die Gruppe heißt »Kicker-Turnier«, denkbar unverdächtig, Josefines Idee. Zuvor haben sie sich in die Augen geschaut und einander versprochen, niemals über die Recherche zu mailen, am Handy zu sprechen oder weitere Personen einzuweihen. Alle Daten, die jemand anschleppt, die Liste selbst sowie alle Zusammenfassungen von Interviews, Informantentreffen und Rechercheergebnissen kommen in ein Masterdokument auf das Laptop, das Merle besorgt hat, und nirgendwo anders hin. Josefine und Kampen haben überprüft, dass die WLAN-Funktion des Laptops ausgeschaltet und dieser Zustand und der Rechner ebenso mit einem massiven Passwort gesichert ist.

»Was ist mit unseren Korrespondenten in Moskau, müssen wir die nicht einweihen?«, hat Henk wissen wollen.

Nein, auf keinen Fall, einigen sie sich. Ihr Instinkt sagt ihnen, dass sie die Geschichte am besten mit so wenigen Menschen wie möglich teilen. »Außerdem wissen wir doch gar nicht, mit wem unsere Kollegen in Moskau so reden. Oder ihre Stringer und Fixer!« – Erlingers Einwand, und niemand widerspricht.

»Wie machen wir das eigentlich mit den Kosten?«, hat der Däne dann noch in den Raum geworfen.

»Nicht jetzt, Dirk«, hat Merle Schwalb geantwortet. »Erst mal: ich. Ich habe darauf geachtet, dass es keinen *paper trail* gibt. Das Laptop habe ich mit der Kreditkarte meines Vaters gekauft. Den Mietwagen habe ich über die Allgemeine Verwaltung des *Globus* gemietet, die machen das ständig, das fällt nicht auf. Abgerechnet wird am Ende, einverstanden?«

Sie verabreden sich für den kommenden Dienstag, wieder um 18 Uhr, und packen ihre Blöcke weg.

»Ich muss zu meinen Kindern«, sagt der Däne, als er aufsteht und sich die Arme seines Holzfällerhemds wieder runterkrempelt.

»Aber es gibt noch Essen«, sagt Merle Schwalb.

»Nächstes Mal.«

»Ich würde noch etwas bleiben, Dirk«, sagt Josefine. »Also wenn mich jemand wieder mit zurück nach Berlin nehmen kann?«

»Klar«, sagen Henk und Lars Kampen gleichzeitig.

»Das war gut«, sagt der Däne, als er sich am Eisentor von Merle Schwalb verabschiedet. »Also, trotz allem, meine ich.«

Er winkt kurz aus dem Fenster und fährt vom Hof.

Merle Schwalb setzt sie sich zu den anderen an die zwei Bierbänke und den Holztisch, die Maja und Olli ihnen zwischen die Bäume gestellt haben. Sie essen die Sommer-Minestrone, die Olli aus seinem selbst gezogenen Gemüse gekocht hat; dazu das Brot, das er für sie gebacken hat.

Es ist immer noch warm, aber nicht mehr heiß. Die Mücken sind überall, und das Autan geht wortlos von Hand zu Hand. Der Brandenburger Himmel ist blau, orange und lila, und wenn man den Kopf in den Nacken legt, dann zeichnen sich die dürren Äste der hohen Bäume um sie herum davor ab wie gichtkrumme Finger finsterster Gesellen, denkt Merle Schwalb.

Ein paar Meter von ihnen entfernt sitzen Olli und Maja, gerade eben außer Hörweite, am Lagerfeuer, und Olli zupft auf seiner Gitarre herum.

Erlinger ist schon fertig mit seiner Suppe und raucht in den Himmel hinein. Gerade hat er ihr Wein nachgeschenkt, einfach so, ohne dass sie darum bitten musste.

»Hat irgendeiner von euch schon mal so eine krasse Geschichte am Haken gehabt?«, fragt Timur leise. »Also ich nicht.«

***

Am nächsten Morgen um elf Uhr betrat Merle Schwalb zum ersten Mal in ihrem Leben ein Wasserpfeifen-Café. Sobald sie durch den Windfang getreten war, versuchte sie den Laden so schnell wie irgend möglich zu scannen und entschied sich schließlich für einen Tisch mit vier wuchtigen Kunstledersesseln am hinteren Ende des Cafés, nahe der Tür zu den Toiletten und möglichst weit weg von der Fensterfront, die auf die Neuköllner Weserstraße ging.

Dass sich draußen ein brüllend heißer Julitag ankündigte, blieb für die verstreuten Kunden des Cafés ein gut gehütetes Geheimnis. Eine Klimaanlage hielt den mit dunklem Holz und schreiend roten Tapeten ausstaffierten länglichen Raum auf einer Temperatur, die sie fast frösteln ließ. Süßliche Rauchschwaden hingen in der Luft. Sie identifizierte die überdeutlichen künstlichen Aromen von Wassermelone, Apfel und Multivitaminsaft. Auf einem enormen Wandmonitor schmachtete sich ein arabischer Sänger durch einen künstlich wirkenden Wald und betete das wie mit Vaseline weichgezeichnete Bild einer Frau an, das wie eine im Takt wippende Denkblase zwischen die Baumwipfel montiert war. Merle Schwalb musste kein Arabisch verstehen, um zu kapieren, dass die Waldgeliebte für den beklagenswerten Jüngling leider unerreichbar war.

Sie war gerade dabei, sich zu fragen, ob der Bindestrich im Namen der *Al-Capone Shisha Lounge* ein unbedachtes Versehen war oder eine nicht ungeschickte Anspielung auf die Tatsache, dass die Besitzer einer arabischen Großfamilie angehörten, die zudem zur zweiten Reihe der einschlägigen Berliner »Clans« zählte, aber der herbeigeschlurfte Kellner riss sie aus ihren Überlegungen. Sie bestellte, ohne nachzudenken, einen Cappuccino, was der Mann leicht beleidigt zur Kenntnis nahm. Erst nachdem er sich abgewandt hatte, warf sie einen Blick in die umfangreiche Karte und stellte fest, dass das Markenzeichen des *Al-Capone* offenbar die reichhaltige Liste alkoholfreier Cocktails war, die zwischen 11 und 15 Uhr nur 7,50 Euro kosteten. Allerdings hätte sie selbst in Kenntnis der Karte vermutlich weder eine *Ananas Katyusha* noch eine *Dragonfruit Intifada* bestellt.

Sich hier zu treffen war der Vorschlag von Jamal Hammoudi und Zakariya Yazan gewesen, und sie erblickte die beiden durch die Glasfront schon, bevor sie das *Al-Capone* betraten. Sie verzichtete darauf, ihnen zuzuwinken, nachdem sie sich durch den Windfang gekämpft hatten, und setzte stattdessen darauf, dass die beiden die allein an einem Tisch sitzende blonde Frau von sich aus mit dem Namen Merle Schwalb zusammenbringen würden.

Sie irrte sich nicht.

»Hallo«, sagte Zakariya Yazan, als er sich neben sie setzte. In der Realität erschien er ihr noch muskulöser als auf den Facebook-Bildern. Umso dankbarer war sie über sein offenes und argloses Lächeln. In seinem Windschatten fand auch Jamal Hammoudi den Weg auf einen der vier Sessel. Er nickte ihr lediglich zu, während er sich setzte.

»Danke, dass wir uns treffen können«, sagte sie.

»Kein Problem«, sagte Zakariya und griff nach der Karte. »Lädtst du uns ein?«

»Klar«, antwortete sie.

»Echt?«, fragte Zakariya.

»Ja, kein Problem«, sagte sie.

Der Kellner kam, und die beiden bestellten je einen Bum-bum-Shake, der sich als Milchshake mit Fruchtsäften in den Farben des Sonnenuntergangs entpuppte, aus dessen Mitte ein Schaschlikspieß stak, auf dem ein aufgeschnittenes Eis am Stiel aufgespießt war. »Bester Shake«, sagte Jamal Hammoudi und begann, das Eis anzuknabbern.

»Nehme ich das nächste Mal«, versprach Merle Schwalb.

»Musst du!«, sagte Zakariya. »Ist mega.«

»Wie war es in Beirut? Familie und Freunde besucht?«

»Muss sein«, antwortete Zakariya. »Das ist wichtig.«

»Klar«, sagte Merle Schwalb.

»Was ist mit dem Russen passiert?«, fragte Yazan.

»Ich hatte gehofft, ihr könntet mir das sagen«, sagte Merle Schwalb.

»Wir wissen gar nichts«, erwiderte Yazan. »Außer dass er nicht mehr da ist.«

»Er ist tot«, sagte Merle Schwalb. Sie berichtete kurz, was sie vom *Damascus Palace* aus beobachtet hatte. »Anscheinend war es ein Unfall.«

»Krass«, sagte Zakariya Yazan. »Allah yirhamuhu.«

»Als ihr zurückkamt, wie sah es da in der Wohnung aus?«, fragte Merle Schwalb.

»Alles wie immer«, erklärte Zakariya Yazan nachdenklich. »Also außer dass sein Zimmer leer war.«

»Leer?«

»Komplett leer, als wäre er nie da gewesen. Möbel weg. Klamotten weg. Alles leer.«

»Als ihr angekommen seid und die Wohnung aufgeschlossen habt, ist euch da ein gelber Aufkleber an der Tür aufgefallen?«

»Da war nichts«, sagte Jamal. »Das hätte ich gesehen.«

»Und habt ihr schon nach eurer Post gesehen? War da vielleicht ein Brief von der Polizei für euch?«

»Wieso willst du das wissen? Hm? Was geht's dich an?«

Jamal Hammoudi gefiel ihre Frage offenbar überhaupt nicht.

»Ich meine wegen Anatoli«, präzisierte sie. »Also ob die Polizei euch wegen ihm sprechen wollte. Zeugenaussage oder so.«

»Nichts«, sagte Jamal Hammoudi, der seinen Eisspieß mittlerweile an Zakariya weitergereicht hatte und sich mit dem Shake begnügte.

»Wieso sollen wir Zeugenaussage machen?«, fragte Zakariya Yazan zwischen zwei Bissen. »Hat der Russe Scheiße gebaut, ja?«

»Nicht, dass ich wüsste«, sagte Merle Schwalb.

»Und wieso willst du dann alles über ihn wissen, hm?«

»Na ja, sagen wir so, er kannte möglicherweise ein paar Leute, die … Scheiße gebaut haben.«

»Kenne ich auch«, sagte Zakariya und lachte laut, aber Jamal sah ihn so scharf an, dass er schnell wieder verstummte.

»Hat er sich denn mit komischen Leuten getroffen? Hatte er Besuch, den ihr merkwürdig fandet?«

»Ach, der hatte nie Besuch«, erklärte Zakariya bestimmt. »Der war meistens gar nicht da, und wenn er da war, dann war die Tür zu. Hat telefoniert, manchmal, aber kann ich Russisch oder was?«

»Wie habt ihr den überhaupt kennengelernt? Wie seid ihr Mitbewohner geworden?«

Zakariya Yazan blickte seinen Mitbewohner fragend an, als ob er sich vergewissern wollte, dass er reden dürfe. Als Jamal Hammoudi mit den Schultern zuckte, entschied er sich, zu antworten.

»Mein Cousin, der Name ist egal, der hat manchmal mit so Russen zu tun. Wenn die mal schnell ein Auto brauchen, ohne groß Papiere. Oder auch mal eine … also eine Frau oder so was.«

»Oder so was«, sagte Merle Schwalb.

»Genau. Und daher kannte den mein Cousin, weil der manchmal was abgeholt hat, ein Auto oder so. Und da wusste er auch, dass der Anatoli ein Zimmer gesucht hat, so vor einem Jahr oder so. Und wir hatten eins über, weil Jamals Cousin ausgezogen war, weil er zurück nach Beirut ist.«

»Verstehe«, sagte Merle Schwalb. »Also so richtig viel hattet ihr nicht mit dem zu tun?«

»Nee, voll wenig.«

»Wie war er denn so?«

»Total der Stille so«, sagte Zakariya. »Hat etwas genervt, dass er immer so megafrüh aufgestanden ist, um acht oder so. Und wenn wir in der Küche gechillt haben, dann ist der nie dazugekommen, wenn der mal da war überhaupt.«

»Wie sah es in seinem Zimmer aus?«

»Ich war nur einmal drin, voll ordentlich irgendwie. Nur so Russensachen, so Bücher mit dieser Schrift von denen und so. Voll alte Möbel, voll Sperrmüll, aber halt nichts auf dem Boden und so.«

»Hat er sich zuletzt irgendwie komisch verhalten?«

»Der war immer komisch, ey, voll der Vogel halt.«

»O.K., irgendwie anders komisch als sonst?«

»Hab nichts bemerkt«, sagte Zakariya Yazan und leerte seinen Shake mit einem mächtigen letzten Schluck.

»Doch«, sagte Jamal Hammoudi plötzlich. »Der hat zwei Wochen bevor wir nach Libanon sind, angefangen, abends die Tür abzuschließen.«

»Wallah?«, fragte Zakariya Yazan seinen Mitbewohner.

»Wallah«, antwortete Jamal ruhig.

»Würdet ihr mir den Gefallen tun, mich anzurufen, wenn jemand bei euch auftaucht und nach ihm fragt? Oder ihr doch noch was von der Polizei hört?«, fragte Merle Schwalb.

Die beiden jungen Männer nickten, und sie legte zwei Visitenkarten auf den Tisch.

Nachdem die beiden gegangen waren, trank sie noch einen zweiten Cappuccino und machte sich Notizen in ihrem Block. Besonders ergiebig war das Treffen nicht gewesen. Und sie wusste, dass es viel zu früh war, auch nur daran zu denken, wie eine mögliche Geschichte im *Globus* aussehen würde. Aber dass Anatoli Nowikow einige Wochen vor seinem Tod angefangen hatte, seine Wohnungstür abzuschließen, erschien ihr interessant, und sie wollte es keinesfalls vergessen.

Wichtiger war natürlich, dass jemand sein Zimmer ausgeräumt hatte.

Dass jemand das Polizeisiegel entfernt hatte.

Und dass sie keine Ahnung hatte, wer das gewesen sein könnte.

***

Das *Al-Capone* lag nur wenige Gehminuten vom *Damascus Palace* entfernt, deshalb kannte sie den Weg von dort aus in die Redaktion auswendig. Auf der Sonnenallee und am Hermannplatz hatte sie das Gefühl, noch mehr nahöstlich aussehende Männer mit ihren verschleierten Frauen im Schlepptau zu sehen als sonst. Dann fiel ihr ein, dass es Freitag war und der Beginn des Freitagsgebets vermutlich kurz bevorstand. Tatsächlich fiel ihr nun sogar auf, dass die Inhaber einer türkischen Änderungsschneiderei und einer benachbarten arabischen Süßigkeitenbäckerei gerade zeitgleich die metallenen Rollläden vor ihren Ladengeschäften herunterließen und sich ihre Gebetskäppchen auf die Köpfe setzten.

Am Mehringdamm stieg sie in die U6 um, und als sie sieben Minuten später an der Friedrichstraße ausstieg, hatte sie schon wieder einen ganz anderen Ausschnitt der Berliner Bevölkerung um sich: Männer in grauen oder blauen Slim-Fit-Anzügen und mit ledernen Aktentaschen in der Hand zum Beispiel. Und natürlich die eine oder andere elegante Dame, die ihre exklusiven Wochenendeinkäufe aus der Feinkostabteilung im Quartier 205 in die Designerküchen ihres Penthouses in der Chausseestraße oder vielleicht auch im Prenzlauer Berg fuhr.

Als sie den Konferenzraum der Drei Fragezeichen im 17. Stock betrat, fand sie Arno Erlinger und Lars Kampen in ihren *Emirates*-Sesseln vor, vor sich auf dem Tisch ihre Laptops, in den Händen die Druckfahnen einer Geschichte. Beide nickten ihr kurz zu, führten dann aber ihr Gespräch weiter.

»Wir sind immer noch 27 drüber«, sagte Kampen.

»Dann schlage ich vor, wir hauen die aus der zweiten Aufblase raus«, antwortete Erlinger.

»Das tut weh«, sagte Kampen. »Da habe ich schon eingedampft.«

»Aber wo denn sonst?«

»Kill your darlings«, sagte Kampen.

»Meine oder deine?«

»Du weißt, was ich meine.«

»Die Stelle, wo Oleg uns seine Waffen im Wald vorführt? Alter, das ist Atmo, so viele reportagige Stellen haben wir jetzt auch nicht.«

»Jeder weiß, wie eine AK-47 aussieht, und dass sie laut ist, kann man sich denken.«

»Mieses Arschloch.«

»Willst du es selber machen, oder soll ich?«

»Ich mach selbst. Aber ich red vorher noch mal mit dem Layout. Vielleicht kriegen wir die 27 Zeilen zurück, wenn wir das Bild verkleinern. Oder die Karte rausnehmen, da kann man eh nichts drauf erkennen.«

»Viel Glück. Aber wir müssen uns langsam beeilen, Arno. Das Fact-Checking hat noch ein paar Fragen. Und die Rechtsabteilung wartet darauf, das Manuskript endlich zu lesen.«

»O.K.. Machst du schon mal die BUs?«, fragte Erlinger.

»Ich hasse Bildunterschriften«, sagte Kampen.

»Mach!«, befahl Erlinger.

»Kann ich helfen?«, fragte Merle Schwalb.

Aber sie wusste, dass die beiden ihre Frage als rein rhetorisch, als nette Höflichkeitsfloskel einordnen würden. Kein Mensch, der an einer Geschichte nicht beteiligt gewesen war, konnte zu diesem Zeitpunkt mitten in der Produktion noch ernsthaft helfen. Erlinger und Kampen antworteten nicht einmal, womit sie freilich auch nicht gerechnet hatte und was sie deshalb auch nicht kränkte.

Im Gegenteil. Sie mochte die Momente, in denen man spürte, dass Journalismus auch ein Handwerk war, nicht nur Gequatsche, nicht nur Blöcke vollschreiben und nicht nur Buchstaben in eine Tastatur hacken.

Eine Geschichte, dachte sie, fängt immer mit einer Milliarde Möglichkeiten an. Alles ist offen, jeder Weg möglich, nichts ist entschieden oder festgelegt. Und am Ende verengt sie sich darauf, dass man die letzten Zeilen Übersatz raushaut, bis im Redaktionssystem unten rechts aus der alarmroten +27 eine beruhigende grüne Null wird. Darauf, dass man einzelne Wörter noch mal hin- und herschiebt, oder aus »rot« lieber »rötlich« macht oder anstatt »der 17-jährige« besser »der 17 Jahre alte« schreibt, nur damit die nächste Zeile gut überläuft und der Absatz nicht mit einem Zwei-Buchstaben-Wort endet, weil das einfach nicht gut aussieht. Darauf, dass man seine ganze Recherche am Tag der Produktion für das Inhaltsverzeichnis, an das man vier Wochen lang nicht gedacht hat, in sechs oder sieben Wörtern zusammenfasst – das denkbar dichteste Kondensat und ein Vorgang, der sie manchmal daran denken ließ, wie Speisekarten in Sternerestaurants klangen, appetitanregend, aber ohne zu viel zu verraten: *Reh, Holunder, Pastinake, Kubebenpfeffer* – oder in diesem Fall vermutlich: »Wie osteuropäische Waffenhändler den Berliner Straßenstrich kontrollieren«. Oder so ähnlich.

Denn ihr war klar, dass Erlinger und Kampen gerade die erste Geschichte aus ihrer Mafiarecherche ins Blatt hoben. So wie sie es besprochen hatten: als Teil einer Serie, damit sie den Rücken frei hatten, um Nowikows mysteriöse Liste auszurecherchieren, ohne Verdacht zu erwecken.

Merle Schwalb ging am Konferenztisch vorbei und in ihr Büro. Möglichst leise schloss sie die Tür und setzte sich an ihren Schreibtisch.

germanyfirst_12587@yahoo.de

traudel.privat.privat@web.de

Es war ihr Job, herauszufinden, wer hinter diesen E-Mail-Adressen steckte. Und ob derjenige, wer auch immer es war, Geld von den Russen bekommen hatte. Und falls ja: für welche Gegenleistung.

Germany first: klingt wie ein Rechter und zugleich wie ein deutscher Trumpist, dachte sie. Und hinter *12587* könnte sich ein Geburtsdatum verbergen: 12. Mai 1987. Wäre dann jetzt Mitte 30. Oder ist an dem Tag vielleicht etwas Besonderes vorgefallen? Sie befragte die Pressedatenbank und Google, fand jedoch nichts, das sie weiterbrachte.

Hingegen *Traudel:* vermutlich ein Spitzname für eine Edeltraut, Trude oder Gertrud. Also tendenziell über 60 Jahre alt. Mal so als erste Vermutung.

Als Nächstes schickte sie beide E-Mail-Adressen durch alle wichtigen Suchmaschinen, in der Hoffnung, dass sie in einem Dokument auftauchten. Dass sie also schon einmal öffentlich oder halböffentlich zum Einsatz gekommen waren, bei der Anmeldung einer Demo vielleicht, auf irgendeinem Flugblatt oder im Impressum einer Webseite.

Aber sie hatte kein Glück.

Sie suchte und fand einige spezialisierte Webseiten, auf denen man prüfen konnte, ob bestimmte E-Mail-Adressen in der Vergangenheit bei größeren Hacks abgegriffen worden waren.

Bei *Traudel:* nichts.

Aber es gab einen Treffer zu *germanyfirst_12587@yahoo.de.*

Oder jedenfalls einen halben.

Vor zwei Jahren hatte ein Hacker das Kundenverzeichnis eines Onlinegeschäfts gehackt, das unter dem Namen »Migrationsbekämpfer« von Ungarn aus illegale Waffen angeboten und nach Deutschland verkauft hatte. Zwar verschossen diese Waffen nur Hartgummigeschosse, waren aber trotzdem potenziell tödlich.

Ironischerweise hatten ausgerechnet die Kollegen der Onlineausgabe der *Norddeutschen Zeitung* den Fall damals enthüllt. Sie hatten offenbar Zugriff auf die gehackten Daten gehabt, einige der Kunden besucht und zur Rede gestellt. Leider hatten sie in ihrem Artikel nur abgekürzte Namen genannt.

Allerdings fand Merle Schwalb Spuren der gehackten Kundendaten auf einer gut versteckten Unterseite in einem Gamerforum. Und auf der dort hinterlegten Liste fand sich ein »Migrationsbekämpfer«-Kunde, der sich angeblich als »germanyfirst_12587« registriert hatte – allerdings gab es keinen Hinweis darauf, dass es sich dabei um den Teil einer Yahoo-Adresse handelte.

Aber ist es nicht naheliegend, dass der Inhaber dieser E-Mail-Adresse sich unter dieser Kennung in einem Onlineshop anmelden würde?

Und wäre es nicht eher unwahrscheinlich, dass jemand sich unter diesem Kürzel anmeldet, der nichts mit dieser E-Mail-Adresse zu tun hat?

Sie las den Artikel der *NZ-Online*-Kollegen ein zweites Mal. Jetzt war sie sich noch sicherer, dass den Kollegen seinerzeit der gesamte Datensatz vorgelegen hatte. Und es mussten sich darin mehr Informationen als nur die E-Mail-Adressen befunden haben, denn sie hatten ausführlich über die geografische Verteilung der deutschen Kunden berichtet.

»Hast du Zeit für ein kurzes Treffen?«, schrieb sie über Signal an Timur. Vielleicht, dachte sie, kennt er die Kollegen bei den Onlinern. Das wäre das Einfachste. Wenn die die Daten noch haben!

»Wollte ich dich auch gerade fragen!«, schrieb Timur einige Minuten später zurück. »Hotel Stella Central Berlin, kannst du kommen? Gegenüber dem Haupteingang, kleines Café, andere Straßenseite!«

***

»Raudzus ist vor einer Stunde rein«, sagte Timur, kaum dass Merle Schwalb sich zu ihm an den winzigen runden Bistrotisch gesetzt hatte.

»Dein Professor aus dem Saarland?«

»Dieser komische Verein von dem, die haben heute eine Tagung hier. Habe ich gerade noch rechtzeitig mitbekommen. Ich dachte, ich schau mal vorbei.«

»Und?«

Timur sah ihr direkt in die Augen an und lenkte dann ihren Blick langsam unter den Tisch. Erst jetzt sah sie, dass seine rechte Hand unter dem Tisch lag und eine kleine Kamera umklammerte.

»Ja?«, fragte sie.

»Ich habe alle fotografiert, die rein sind. Es sind nicht so viele. Die vom *Academic Forum on Geopolitics of the East* kenne ich von der Website. Aber ich will wissen, wer da sonst noch hinkommt. Es sind bestimmt ein halbes Dutzend Personen da rein, die ich nicht von der Website kenne.«

»Vielleicht einfach Hotelgäste, oder?«

»Vielleicht. Aber nicht nur. Einen habe ich schon identifiziert. Der Attaché für kulturelle Angelegenheiten der russischen Botschaft in Berlin ist auch hier«, sagte er.

»Nicht schlecht!«

»Ja, finde ich auch. Ist kein Beweis für irgendetwas, weiß ich schon. Wir wissen ja, dass die russischen Botschaften die Publikationen der Forums verwenden. Insofern nicht total absurd, dass jemand von denen hier ist. Aber ich dachte, wir gehen vielleicht mal rein, du und ich. Mal sehen, was wir zu sehen kriegen.«

Timur grinste über beide Ohren.

Drei Minuten später betraten sie gemeinsam das Stella Central. Glücklicherweise standen gerade vier Chinesen an der Rezeption und versuchten, irgendein Problem mit der Mitarbeiterin zu klären, sodass sie ungestört die Lobby inspizieren konnten. Links von der Rezeption waren die Fahrstühle. Rechter Hand ging ein Gang ab, der ausweislich eines kleinen Schildes zu den Tagungsräumen des Hotels führte, die »Berolina«, »Borussia« und »Brandenburgia« hießen.

Timur ging zielstrebig in den Gang hinein, und Merle Schwalb folgte ihm.

Der erste Raum, »Berolina«, war an diesem Tag offensichtlich nicht belegt.

Aber vor dem zweiten Raum standen drei metallene Rollwagen, auf dem ersten Thermoskannen mit Kaffee und Tee, auf dem zweiten Schalen mit geschnittenem Obst, auf dem dritten Teller mit Miniaturgebäck. Vor dem ersten Wagen stand ein kleiner Aufsteller mit der Aufschrift *Academic Forum on Geopolitics of the East* in einem braunen Plastikrahmen.

Die Tür zum Tagungsraum »Borussia« war verschlossen. Unverständliches Gemurmel drang nach draußen zu ihnen auf den Gang.

Timur nahm sich eine Tasse, schenkte sich völlig selbstverständlich Kaffee ein und griff sich eine Rosinenschnecke.

»Und jetzt?«, fragte Merle Schwalb leise.

»Warten«, sagte Timur und biss von seinem Gebäck ab.

»Dann kann ich dir ja in der Zwischenzeit erzählen, was ich dir sagen wollte«, sagte Merle Schwalb.

»Nur zu!«, antwortete Timur.

Er nickte, während sie von ihrer Internetrecherche berichtete.

»Gute Arbeit«, sagte er. »Ich kenne die Onliner ganz gut, ich bin sicher, die haben die Daten noch. Ich kümmere mich darum.«

Dann öffnete sich die Tür des Tagungsraumes, und Timur bedeutete ihr, einfach mit ihm zusammen den Gang entlangzulaufen, als seien sie auf dem Weg zum Saal »Brandenburgia«. Dort angekommen, drehte er sich um und blickte dramatisch auf seine Uhr.

»Wir sind zu früh, *Honey!*«, sagte er lauter als nötig. »Warten wir doch einfach hier.«

Währenddessen quollen etwa zwanzig Personen aus dem Tagungsraum, in dem das *Academic Forum on Geopolitics of the East* versammelt war.

Alle waren Männer.

Fast alle trugen Anzüge.

»Das ist Raudzus«, flüsterte Timur, als ein untersetzter Mittvierziger mit Backenbart sich eine Tasse Tee einschenkte.

»Und das daneben, der Mann, mit dem er redet, dass ist Wassili Smolow, der Attaché.«

Blitzschnell zückte Timur seine Kamera, um sie dann gleich wieder in die Hosentasche gleiten zu lassen. Merle Schwalb konnte nur mutmaßen, dass er in diesem kurzen Moment ein Foto gemacht hatte.

Dann beobachteten sie gemeinsam, wie Smolow und Raudzus sich entfernten. Die beiden Männer liefen den Gang entlang, an der Rezeption vorbei und zu den Fahrstühlen. Smolow drückte den Knopf und redete währenddessen weiter mit dem Professor. Dann öffnete sich die Tür, und die beiden stiegen ein.

»*Best friends forever*, wie es aussieht«, sagte Timur.

»Und jetzt?«

»Warten«, sagte Timur.

»O.K.«, sagte Merle Schwalb.

Nach einer Viertelstunde entstiegen Raudzus und Smolow einem der beiden Fahrstühle und steuerten den Tagungsraum an, in den die übrigen Teilnehmer sich bereits wieder zurückgezogen hatten.

Timur stellte sich vor die Tür, die zum Saal »Borussia« führte, sodass Smolow und Raudzus zwangsläufig direkt an ihm vorbeimussten.

Als die beiden Männer vor ihm standen, sagte Timur: »Professor Raudzus, haben Sie einen kleinen Moment für mich?«

Raudzus blickte erst Timur irritiert an, dann Smolow. Aber Smolow zuckte nur die Schultern, öffnete die Tür zum Tagungsraum und trat ein.

»Ja, wer sind Sie denn? Was wollen Sie?«, fragte Raudzus.

Er hatte Mundgeruch, stellte Merle Schwalb fest, die sich neben Timur gestellt hatte und, warum auch immer, in ihrem Kopf zu notieren begann: grünes Cordjacket, ziemlich abgenutzt, mit braunen Ellbogenschonern. Bequeme Clarks-Schuhe, rotbraun. Graues Hemd mit Karomuster. Graue Anzughose. In der Brusttasche ein billiger Plastikkugelschreiber, so ein durchsichtiger mit blauer Kappe.

»Ich wollte«, sagte Timur, »Ihnen nur kurz meine Karte geben: Timur Zossen, *Norddeutsche Zeitung*. Ich kenne alle Ihre Publikationen zur russischen Geopolitik. Sehr interessant! Ich wollte Sie aber auch fragen, wie das mit Ihrem akademischen Ethos vereinbar ist, und natürlich mit Ihrem Arbeitsvertrag, dass Sie sich von staatlichen russischen Stellen bezahlen lassen. Also Sie persönlich.«

Raudzus lief augenblicklich rot an.

»Was erlauben Sie sich ... wie kommen Sie denn ... Das ist ja eine Unverschämtheit sondergleichen!«, stieß der Professor hervor.

»Also, ich sag es mal so, Herr Raudzus, wenn *ich* das schon weiß, wer weiß, wer das noch weiß? Und ich dachte, ich lasse mir das mal in Ruhe von Ihnen erklären. Also 25.000, das ist ja auch nicht gar nichts. Sie haben ja jetzt meine Karte. Muss nicht heute sein!«

Timur hielt Raudzus seine Visitenkarte hin, und der sprachlose Raudzus griff nach ihr, stopfte sie in seine Jackentasche, schüttelte ungläubig seinen massiven Kopf und schnappte dabei nach Luft wie ein frisch gefangener Fisch.

»Wenn Sie nicht auf mich zukommen, melde ich mich einfach

wieder die Tage, Herr Raudzus«, sagte Timur gut gelaunt und stiefelte an dem Professor vorbei Richtung Rezeption.

Merle Schwalb folgte ihm.

»Wow«, sagte sie, als sie wieder vor dem Hotel auf dem Gehweg standen.

»Manchmal muss man die Tür halt eintreten«, sagte Timur. »Der Typ ist ein unbedeutender Professor, der ist ein schwaches Glied, darauf setze ich jedenfalls. Wenn wir Glück haben, knickt er ein. Kriegt Angst. Und erzählt uns, wie er angeworben wurde und was wir sonst noch wissen wollen.«

»Und wenn nicht?«

»Dann hätte er es uns vermutlich auch nichts bei einem gesitteten Abendessen erzählt, oder?«

»Machst du das immer so?«

»Manchmal. Aber ich wollte auch ein bisschen vor dir angeben.«

»Aha.«

Timur sah auf seine Uhr.

»Musst du noch zurück in die Redaktion? Ich nämlich nicht. Und ich hatte gehofft, vielleicht können wir uns noch einen Gin Tonic irgendwo genehmigen?«

»Ich kann nicht«, sagte Merle Schwalb.

Kurz überlegte sie, ob sie es dabei belassen sollte.

Aber dann fügte sie doch noch hinzu: »Leider.«

***

Es gibt Chicoréesalat mit Grapefruit und Nüssen.

Es gibt Schweinelende im Kräutermantel.

Dazu Backkartoffeln mit Meersalz und Rosmarin.

Dazu grüne Bohnen mit Knoblauch und Tomaten-Concasse.

Dazu den französischen Rotwein, den Vater so gerne mag und von dem er sich schon im Frühjahr vier Kisten hat schicken lassen.

Dazu Streit.

Und danach gibt es Russische Creme mit Bitterschokoladesplittern, als habe es den Streit nicht gegeben.

»Miriam, du hast dich selbst übertroffen«, sagt Onkel Johann und nippt an seinem Aquavit, der neben seiner Espressotasse steht. »Saulecker, wirklich! SAU-lecker sozusagen!«

Mutter lächelt, sie hasst Streit. Es ist ihr Standardmenü, sie hat es schon zu ihrem 60. Geburtstag gekocht und zu Vaters 65. und heute zu seinem 70. noch einmal.

Es ist ein sehr gutes Menü, Onkel Johann hat recht.

Onkel Johann ist trotzdem ein reaktionäres Arschloch.

Und sie fühlt sich schlecht, weil sie es ihm gesagt hat.

Es ist ein Streit in drei Akten. Drei Gängen.

Er beginnt, kaum dass Onkel Johann zur Tür hinein ist und seine Nase den Duft aus der Küche aufgenommen hat.

»Ah, Schweinebraten«, sagt er, während er seinen Mantel im Flur an der Garderobe aufhängt. »Dass es das noch gibt! Dass man das überhaupt noch irgendwo bekommt heutzutage!«

Es ist nicht so, dass sie Onkel Johann und Tante Grete nicht mag. Im Gegenteil. Einige ihrer schönsten Kindheitserinnerungen hat sie dem Bruder ihres Vaters und seiner Frau zu verdanken. Die beiden leben in der Schweiz, und als sie noch jünger waren, da hatten sie eine Skihütte. Sie wird nie vergessen, wie sie als Fünfjährige in einem roten Skianzug das Skifahren gelernt hat. Von Onkel Johann, dem großen, starken Onkel, der alles weiß und alles kann; der lustiger ist als ihr Vater und irgendwie auch herzlicher.

Sie stehen auf dem Berg, die Sonne scheint, es hat Neuschnee gegeben, und sie hat zum ersten Mal in ihrem Leben eine Skibrille auf, und die ganze Welt sieht durch diese Brille anders aus, aufregender, wie das Paradies: Die Sonnenstrahlen strahlen noch heller als sonst, der Schnee ist weißer, der Himmel blauer, ihre

Miniskier so unglaublich orange. Ihre gelben Skischuhe drücken, aber das muss so.

Sie ist so klein, dass Onkel Johann sie, nachdem sie aus dem Sessellift gestiegen sind, einfach hochhebt und direkt vor sich in den Schnee setzt, wie einen kleinen Schneemann, ihre Miniskier zwischen seinen Erwachsenen-Skiern. Er hat lange braune Haare, einen Vollbart, dicke Koteletten, er lacht. »Du fährst mit mir, Merle-Kind!«

Sie muss gar nichts machen, er lenkt für sie beide, sie gleiten den Berg hinunter, es wischt und wuscht, und es ist wie Fliegen, so schnell und einfach, und sie fühlt sich so sicher.

Vier-, fünfmal machen sie das so. Sechsmal, siebenmal. Onkel Johann wird nie müde, er langweilt sich nicht mit ihr, er lacht die ganze Zeit, auch wenn sie ihre Skier über Kreuz bekommt und sie beide ihretwegen im Schnee landen. Wenn sie nach der Abfahrt im Sessellift wieder nach oben fahren, sagt er ihr, wie die Berge heißen. Oder erzählt ihr Witze. Manchmal holt er einen kleinen silbernen Flachmann aus seinem Overall und nimmt ein paar Schlucke, schaut sie dabei sehr ernst an und legt einen Finger vor den Mund, aber seine Augen lachen dabei. Und sie bekommt ein Stück Toblerone.

Am Abend sitzen sie zusammen im Wohnzimmer in der Hütte, und sie ist so müde wie kein Mensch je zuvor. Sie hat riesigen Hunger, sie isst, bis sie nicht mehr kann, dann sinkt sie auf dem Sofa hin und kuschelt sich in eine Decke, über deren Kratzen zu beschweren ihr im Traum nicht einfallen würde, denn es ist eine Schweizer Skihüttendecke, mit einem weißen Kreuz auf rotem Grund darauf, das muss so, und so döst sie langsam weg, während ihre Eltern und Onkel Johann und Tante Grete an dem dicken Holztisch Karten spielen oder würfeln, nur manchmal wacht sie auf, weil Onkel Johann einen Pasch gewürfelt hat und jubelt, und alles ist gut, einfach alles ist gut, es könnte nicht besser sein. Und am nächsten Morgen gibt es dicke, dicke Scheiben Graubrot, das Tante Grete gerade erst vom Bäcker im Dorf geholt hat und das noch warm ist, und die Butter schmeckt hier viel besser als zu Hause in Göttingen, der Honig sowieso, und es gibt nicht nur heiße Milch, wie zu Hause, sondern Ovomaltine, die so süß ist, dass sie fast ein schlechtes Gewissen hat, aber Onkel Johann hat gesagt, sie brauche die »Energie«.

Sie weiß nicht, was das ist, Energie.

Aber Onkel Johann weiß es, und niemand widerspricht ihm.

Sie könnte heulen, wenn sie daran denkt. Vor lauter Rührung. Und weil Onkel Johann alles kaputt macht, Jahrzehnte später.

»Ich wüsste nicht, dass hier Schweinefleisch-Knappheit herrscht«, sagt sie gut gelaunt. »Brauchst dir keine Sorgen zu machen!«

Sie gibt ihm einen Kuss auf die Wange und stellt merkwürdigerweise zum ersten Mal bewusst fest, dass sie sich dafür nicht mehr auf die Zehenspitzen stellen muss. Das ist natürlich seit Jahren so, aber heute bemerkt sie es, vielleicht weil sie auch heute immer noch ein bisschen aufgeregt ist, wenn Onkel Johann und Tante Grete kommen. So wie früher, als sie als Kind stundenlang durch das kleine Fenster neben der Haustür gestarrt hat, um ja nicht zu verpassen, wenn der Mercedes aus der Schweiz auf die Einfahrt einbog.

»Na ja, Merle-Kind, warte ab, sage ich dir. Noch ein Jahr oder zwei, dann musst du dir dein Schweinefleisch heimlich unter der Ladentheke beschaffen, das kannst du mir glauben.«

»So ein Quatsch, Onkelchen.«

»Nu lass uns erst mal ankommen, du gleich wieder mit deiner Politik«, sagt Tante Grete.

Für den Moment gehorcht er.

»Ich habe auf der Terrasse gedeckt«, sagt ihre Mutter.

Es gibt ein Glas Champagner für jeden.

Kling, klang.

Glückwünsche für ihren Vater.

»Oh, Schmetterlinge«, sagt Tante Grete. »Wie schön!«

Vielleicht wird doch noch alles gut, denkt sie.

Wird es nicht.

Sie hat ihn fünf oder sechs Jahre nicht mehr gesehen, und Onkel Johann hat die Fröhlichkeit verlernt. Es ist, denkt sie, als habe dieses Mal er eine Brille auf. Und durch diese Welle sieht die Welt böse aus. Gemein. Gefährlich.

Er sieht die alte Glühbirne in der alten Lampe über dem Tisch, an dem sie auf der Terrasse sitzen, und sagt beiläufig, mitten ins Gespräch hinein, während er auf sie zeigt: »Ich hab mir übrigens einen Vorrat von den Dingern angelegt. Ich lasse mir die nicht verbieten, diese idiotische EU, gelobt sei die Schweiz!«

»Franz«, fragt er ein paar Minuten später ihren Vater, während sie den Chicoréesalat essen, »wie fühlst du dich denn eigentlich so als alter weißer Mann, hm? Hast du dich schon dran gewöhnt, dass du nichts mehr sagen darfst?«

Ihr Vater versucht, die Frage wegzulachen. Aber sein Lachen scheppert.

Sie schenkt sich Champagner nach, schon zum zweiten Mal.

»Fahrt ihr noch Ski?«, fragt sie. »Das war immer so schön bei euch früher.«

»Ach, schon seit Jahren nicht mehr«, sagt Tante Grete lachend. »Die Knie, die Hüften, wir sind alt geworden, Merle!«

»Sieht man euch aber nicht an!«

»Das ist lieb, Kindchen. Weißt du, wir gehen jetzt viel spazieren, das ist auch schön.«

Bis zum Hauptgang bleibt es zivil.

Aber dann fängt Onkel Johann von den Wahlen an. Von den letzten. Von den nächsten. Von *Mutti*. Von den Flüchtlingen, die keine sind. Davon, dass ja nie einer gefragt hat, ob man die hier haben will.

»Na ja, Gott sei Dank gibt es wenigstens noch ein Wahlgeheimnis«, raunt er. »Mehr sag ich jetzt mal nicht dazu.«

»Und reist ihr noch so gern wie früher?«, fragt sie.

Irgendwo in ihrer Erinnerung gibt es eine kleine Kiste, in der sie als Kind die Postkarten gesammelt hat, die Onkel Johann und Tante Grete ihr geschickt haben. Onkel Johann war Maschinenbauer, und er war auf der ganzen Welt unterwegs. Sie erinnert sich an Briefmarken aus Indien und Pakistan, aus dem Kongo, aus Ecuador. Es gibt Länder, die sie überhaupt nur kennt, weil ihr Onkel dort gearbeitet hat: Butan, Angola, Samoa. Manchmal, wenn es ihm dort gut gefallen hatte, ist er zum Urlaubmachen später mit Tante Grete noch einmal hingefahren, daran erinnert sie sich. Und an Dias von diesen Reisen, die sie ihnen manchmal in der Skihütte gezeigt haben: das Surren des Projektors, die Leinwand, *klack*, ein Tempel in Japan, *klack*, Tante Grete neben einem Lama, *klack*, Onkel Johann neben Tante Grete neben einem kleinen Affen.

Aber ihre Taktik funktioniert nicht.

Ihr Appeasement läuft ins Leere.

In diesem konkreten Moment: weil ihre Mutter nicht mehr an sich halten kann.

»Johann, ich finde, das klingt jetzt sehr pauschal, was du da über die Flüchtlinge gesagt hast«, sagt sie. »Weißt du, ich unterrichte seit ein paar Jahren nebenher ein bisschen Deutsch, da sind ganz liebe Leute dabei, die fürchterliche Dinge erlebt haben.«

»Und das glaubst du denen alles?«

»Was würdest du denn machen, wenn du mit deiner Familie in einem Kriegsgebiet lebst?«

»Kämpfen.«

»Johann, ist das dein Ernst?«

»Allerdings, Miriam, das ist es. Die Frage wird man ja wohl noch stellen dürfen, warum man hier lauter Jungmänner sieht, voll im Saft, alle ein Messer in der Tasche, aber zum Kämpfen zu Hause, dazu sind sie sich zu fein, oder was?«

»Gibst du mir mal die Bohnen, Schatz?«, sagt Tante Grete.

»Wir müssen ja nicht über dieses Thema sprechen«, sagt Onkel Johann. »Aber wenn wir es tun, sage ich, was ich denke.«

Merle schenkt allen Wein nach. Vielleicht, wenn wir trinken?

Sie spürt, wie eine große Traurigkeit von ihr Besitz ergreift.

Ihre Mutter hat mittlerweile die Schweinelende auf den Tisch gestellt, die Bohnen und die Kartoffeln, und ihr Vater hat ein unverfängliches Thema gefunden, sie sprechen über irgendwelche Verwandten, die sie nicht auseinanderhalten kann, wie geht es wem, wer hat welche Krankheit, wessen Kinder sind wohin gezogen, aber sie hört nicht richtig zu. Sie ist traurig, weil sie, während sie ihren Onkel ansieht, spürt, wie sich ihr Bild von ihm verändert.

Wo ist der Mann mit den langen Haaren, den Koteletten, dem lauten Lachen?

Hat es ihn je gegeben?

Was passiert hier?

Worin hat er sich verwandelt?

Ihre Gedanken schweifen ab, vielleicht liegt es nicht nur an ihm, sondern auch am Champagner und an dem schweren Wein. Aber vor ihrem geistigen Auge sieht sie sich selbst in einer Turnhalle in Hannover. Sie ist 18 Jahre alt, ihre Jeans sind zerrissen, sie trägt Doc Martens mit roten Schnürsenkeln, ihre Haare sind auf der einen Seite lang und auf der anderen rasiert.

Antifa-Kongress.

Hannover ist nur eine halbe Bahnstunde von Göttingen entfernt; und als das Wort an ihrem Gymnasium im vornehmen Ostviertel, wo sie mit ihrem Vater, dem Germanistikprofessor, und ihrer Mutter, der Studienrätin, wohnt, die Runde macht, wissen sie und ihre Freunde: Ja, da müssen wir hin!

Ein Flyer geht von Hand zu Hand. Darauf steht: »Nazis abschaffen! Vernetzungstreffen! Fronten bilden! Widerstand organisieren!«

Was könnte wichtiger sein?

»Isomatten und Penntüten mitbringen! Und Essen für die Volxküche!«

Aber sicher!

Vielleicht sind es 200, vielleicht auch 300 Jugendliche aus ganz Deutschland, die in der Turnhalle aufschlagen. Es gibt ein Isomattenlager. Und es gibt Umkleidekabinen und andere Räume, in denen »Workshops« stattfinden und »Meetings«. Es geht um »Erfahrungsaustausch«. Manche sind schon Studenten, sie haben die *taz* unter dem Arm oder auch Bücher, auf denen Namen stehen, die ihr etwas sagen, ohne ihr etwas zu sagen: Frantz Fanon. Michel Foucault. Che Guevara.

Es ist aufregend.

Es gibt einen Kurs für Selbstverteidigung.

Jemand aus Palästina erzählt etwas über Widerstand.

Manche kiffen auch bloß.

Irgendwo laufen *Rage Against The Machine*.

Sie lernt, wie man Wunden versorgt und was gegen Tränengas hilft, obwohl sie noch nie in einem Tränengasnebel gestanden hat.

Ein Jurastudent erklärt ihnen, wie man Demos anmeldet und was erlaubt ist.

Sie diskutieren, warum das Bürgertum kein zuverlässiger Verbündeter ist.

Zwei oder drei Leute tragen das ganze Wochenende über Sturmhauben, was ihr eine Gänsehaut verursacht.

Sie sind zu sechst oder siebt aus Göttingen hingefahren, aber sie lernen neue Leute kennen, Mirko aus Düsseldorf, Rasmus aus Braunschweig, Swantje aus … irgendwo aus dem Osten.

Es wird Nachmittag in Hannover, dann Abend, jetzt kiffen fast alle. Oder trinken billiges Bier, das in großen Mengen aus einem Discounter herbeigeschafft wurde, drei Einkaufswagen voll, natürlich hat die Einkaufswagen niemand zurückgebracht, sie stehen vor dem Frauenklo.

Es gibt da einen, der Martin heißt, Springerstiefel, Wollsocken,

Bomberjacke. Dünn wie ein Zweig. Narbe auf der Stirn. »Nazis«, sagt er und zeigt auf die Narbe. Martin kommt von der Front, er lebt in Dresden. »Wir kriegen jede Woche aufs Maul. Und hauen denen aufs Maul«, sagt Martin. Dann holt er seine Gitarre raus und spielt was von *Nirvana*.

Merle ist ein bisschen verliebt.

Sie sitzt neben Martin im Schneidersitz auf dem Boden und singt mit.

Dann kommen zwei oder drei andere Typen, die ähnlich angezogen sind wie Martin. Sie flüstern Martin etwas ins Ohr. Er nickt.

Dann steht er auf, geht mit den zwei oder drei anderen Typen in eine Ecke der Turnhalle. Die Sturmhauben-Typen sind schon dort. Die Frau, die Selbstverteidigung unterrichtet hat, ist auch dort in der Ecke.

Merle will wissen, was da los ist. Aber sie traut sich nicht hinzugehen. Sie gehört nicht dazu, sie ist neu, zu unerfahren.

Dann hat die Selbstverteidigungsfrau plötzlich ein kleines Megafon in der Hand.

»Plenum!«, sagt sie. »Jetzt!«

Alle rücken zusammen, 200 oder vielleicht auch 300 junge Menschen. Die Verschwörer stehen in der Mitte der Halle. Martin ist der größte unter ihnen, und sie ist ein bisschen verliebt.

Nazis im Anmarsch, erfahren sie.

Die Nazis haben mitbekommen, dass der Widerstand sich hier formiert, in dieser Turnhalle. Und sie kommen. Hierher. Sie wollen sie aufmischen. Angreifen. Zusammenschlagen.

Sie müssen sich vorbereiten, dringt es aus dem Megafon.

Sie werden eingeteilt: Barrikadenbau; Verteidiger; Sanitäter; Verhandlungsteam; Juristen; Zivilisten.

Sie sucht und findet ihre Göttinger Freunde. Zusammen überlegen sie, ob sie sich abholen lassen sollen. Wenn man eine Telefonzelle fände, also bevor die Nazis kommen? So weit ist es ja nicht bis nach Hause?!

Merle sagt: Nein! Wir bleiben!

Martin bleibt ja auch.

Also bleiben sie alle.

Sie hat den absurden Gedanken: Was, wenn wir verletzt werden, Koma, Tod?

Es wird immer später.

Aber kein Nazi kommt.

Eine Nachtwache wird aufgestellt.

Kerzen erleuchten die Turnhalle wie kleine Lagerfeuer.

Doch auch in der Nacht, in der sie mit Martin in einem Schlafsack kuschelt, weil er nicht mit ihr knutschen will, weil er irgendwo eine Freundin hat, kommt kein Nazi.

Am nächsten Morgen essen sie Käsebrote.

Dann gehen sie zum Bahnhof zurück.

Für ein paar Jahre war sie anschließend sicher gewesen, dass sie in Hannover nur knapp einem Naziangriff entgangen waren. Dann, irgendwann, hatte sich ein unerhörter Gedanke in ihren Kopf geschlichen: Was, wenn die Verschwörer das damals alles inszeniert haben? Natürlich aus guter Absicht heraus: um uns vorzubereiten! Noch später, aber da war sie schon auf der Journalistenschule gewesen, hatte sie gedacht: Ja, es gab damals Nazis. Das war übel. Aber ich war nicht betroffen. Die waren nicht da, wo ich war. Ich stand auf der richtigen Seite. Ich hatte die richtigen Instinkte. Aber das Problem war anders gelagert, als ich damals geglaubt habe. Und wir waren nicht nur uninformiert, sondern auch naiv und leicht beeindruckbar.

Aber wieso, bitte sehr, muss ich gerade jetzt an dieses komische Wochenende in Hannover denken?

Ganz einfach, Merle: weil dein Onkel Johann dich *triggert*.

Weil er dich wütend macht.

Und weil du gerade, auch wenn du es nicht wolltest, gedacht hast: So nahe war ich lange keinem Nazi-Arsch mehr!

»Und du, Merle-Kind, was macht die Presse so?«, fragt Onkel Johann.

»Wie meinst du das?«, fragt sie zurück.

»Na ja, ist ja vermutlich auch nicht leicht, wenn man nicht immer schreiben kann, was man gerne schreiben würde, oder?«

»Ob du es glaubst oder nicht, ich kann schreiben, was ich will.«

»Ich lese schon lange keine Mainstreammedien mehr.«

»Solltest du vielleicht.«

»Ganz ehrlich, Merle-Kind, das ist mir zu links. Ihr Journalisten seid halt alle links-grün, und das ist mal ein Fakt.«

»Ist ein freies Land, Onkelchen, jeder, der will, kann Journalist werden.«

»Na ja, da gibt es Zahlen und Untersuchungen. Und Leute, die ausgepackt haben darüber, wie das da abläuft. Da bin ich jetzt nicht ganz ahnungslos, Merle.«

»Ausgepackt, aha! Weißt du, wenn ich so arbeiten würde, wie du dir das anscheinend vorstellst, müsste ich nie Überstunden machen. Dann säße ich nie bis nach um drei am Laptop, um eine gute Geschichte zu schreiben.«

»Das kann ja sein, dass das, was erscheint, in Ordnung ist. Aber was ist mit dem, was nie erscheint? Nur mal so als Beispiel: Ihr lasst das doch alle weg, wo der herkommt, wenn mal wieder ein Flüchtling jemanden ermordet oder abmessert oder vergewaltigt. Das finde ich nicht in Ordnung.«

»Das lassen wir nicht weg.«

»Doch, da gibt es Journalisten, die darüber ausgepackt haben, wie das läuft. Glasklare Vorgaben: Ausländer gut. Putin schlecht. AfD schlecht. Greta gut.«

»Ich weiß auch, wie das läuft. Besser als du.«

»Merle-Kind, ich will mich doch nicht mit dir streiten. Du kriegst ja sicher auch nicht alles mit. Es ist halt, wie es ist.«

»Nein, Onkel Johann, es ist nicht so, wie du denkst.«

»Na, da gibt es eben auch eine zweite Seite, die du vielleicht gar nicht sehen kannst, du bist da in deinem Hamsterrad, und du musst halt liefern, das verstehe ich schon.«

»Das ist nicht wahr.«

»Oder wie die Mainstreammedien *Mutti* gefeiert haben, als sie die Grenzen aufgemacht hat, damit die alle hierherkommen.«

»Sie hat die Grenzen nicht aufgemacht, sie hat sie nicht geschlossen.«

»Das ist genau das, was ich meine: die Regierungslinie, eins zu eins!«

»Aber die ist in diesem Fall ja auch richtig.«

»Das sehe ich nicht so. Und da bin ich nicht alleine, da gibt es berufene Leute, die aus der Regierung entfernt wurden, die sind ja auch nicht blöd, die waren da mittendrin.«

»Ich weiß schon, wen du meinst. Aber hast du mal in Betracht gezogen, dass die vielleicht übertreiben? Lügen?«

»Lügen tun ja immer nur die anderen, oder?«

»Lügenpresse oder was?«

»Das hast du jetzt gesagt, nicht ich!«

»Doch, du hast es gesagt. Ohne das Wort zu sagen.«

»Merle …«

»Nein. Ich bin vielleicht etwas betrunken, aber das höre ich mir nicht an.«

»Johann, jetzt entschuldige dich«, sagt Tante Grete.

Aber Merle legt ihr den Arm auf die Schulter.

»Ist schon O.K., Tantchen.«

»Er meint das nicht so.«

»Doch, das tut er.«

»Ich kann für mich selber sprechen!«, sagt Onkel Johann.

»Hast du ja auch«, sagt Merle.

Sie steht auf, geht in die Küche und holt die Russische Creme. Den Aquavit. Den Espresso.

Die dankbaren Blicke ihrer Eltern und ihrer Tante. Weil sie

wiedergekommen ist. Weil sie nicht verschwunden ist in ihren Zimmer oder aus dem Haus gestürmt ist.

»Du bist ein reaktionäres Arschloch geworden, aber ich hab dich trotzdem lieb«, sagt sie und gibt ihrem Onkel seinen Nachtisch.

»Miriam, du hast dich selbst übertroffen«, sagt Onkel Johann, der so tut, als habe er es nicht gehört, und nippt an seinem Aquavit, der neben seiner Espressotasse steht. »Saulecker, wirklich! SAU-lecker sozusagen!«

KAPITEL 5

»Wir treffen uns am S-Bahnhof Friedrichshagen, 15.30«, hatte Timur ihr gesimst. »Dresscode: Babylon Berlin.«

Aber seine Nachrichten hatten sie im ICE aus Göttingen erreicht, kurz vor Spandau, sodass keine Zeit mehr blieb, ihren Rucksack zu Hause loszuwerden und auch nur darüber nachzudenken, warum Timur einen *Dresscode* angemahnt hatte. Nicht, wenn sie pünktlich sein wollte, und das war ihr wichtiger. So lief sie um Punkt halb vier die Treppe vom Gleis der S3 hinunter zum Ausgang und hätte Timur fast nicht erkannt. Er trug graue Knickerbockerhosen mit Wollsocken, eine passende Weste und ein grobes weißes Baumwollhemd. Seine Haare hatte er so gekämmt, dass die Andeutung eines Scheitels sichtbar war. Er löste sich von der grünen Holztür, an der er gelehnt hatte, und kam grinsend auf sie zu.

»Was ist das denn für ein Maskenball hier heute?«, fragte sie ihn.

»Offensichtlich einer, auf dem ich alleine bin«, antwortete er.

»Tut mir leid, war alles zu knapp.«

»Macht nichts. Vielleicht sogar besser, wenn wir nicht beide aussehen wie Freaks.«

Sie verließen den S-Bahnhof, und Timur führte sie nach links in einen kleinen Park.

»Wollen wir uns setzen?«, fragte er und zeigte auf eine Holzbank.

»Ist mir egal, Hauptsache, du erzählst mir, warum ich hier bin und du aussiehst wie dein Uropa.«

»Die Onliner haben geliefert«, begann er. »Die hatten ihre Unterlagen noch. Vollständig. Und wir hatten einen Treffer: *germanyfirst__12587@yahoo.de* war tatsächlich Kunde beim Migrationsbekämpfer. Er hat nur legales Zeug gekauft, darum gab es kein Verfahren gegen ihn, nachdem der Laden hochgenommen worden war. Aber in den geleakten Daten sind sein Klarname, seine Adresse und eine Handynummer enthalten. Deshalb übrigens *12587* – das ist die Postleitzahl von Friedrichshagen, kein Datum, wie wir dachten.«

»Wie ich dachte.«

»Egal, jedenfalls habe ich ihn angeschrieben. So von wegen der Laden sei wieder eröffnet, aber nicht so sichtbar wie früher. Ob er Interesse habe, wieder ins Geschäft zu kommen? Gute Ware, *bla, bla*.«

»Und er hat angebissen?«

»Ja. Aber nicht einfach so. Er hat erst geantwortet, dass er keine Ahnung habe, wer ich sei und was ich wolle, und ich möge ihn in Ruhe lassen. Aber dann hat er von einer anderen Handynummer aus geantwortet und mich auf ein Gamerforum gelotst, in einen passwortgeschützten Chatroom, den er extra eingerichtet hat. Das ist ein bisschen was für Fortgeschrittene.«

»Allerdings.«

»Ja, und er hat dabei einen Accountnamen benutzt, den er auch sonst in dem Forum verwendet. Also hatte ich etwas Gelegenheit, mir ein Bild von ihm zu machen. Was er so postet. Und ich habe ein ziemlich klares Gefühl, dass er so ein Weimar-Ding am Laufen hat. Protonazi oder so. Er ist anscheinend Burschenschafter und auf jeden Fall extrem konservativ. Lügenpresse-Postings natürlich. Aber auch so ein bisschen Reichsbürgerkram, Deutschland GmbH und so, du kannst es dir vorstellen. Kein hartes Nazizeug. Aber so Abgehängten-Gequatsche und Ich-weiß-was-wasihr-nicht-wisst-Geraune. Und viele Bilder, die er hypt, das ist alles irgendwie Zwanziger. Und da dachte ich mir, hey, kommen wir ihm ein bisschen entgegen!«

Timur rieb sich die Hände, offenbar vor Vorfreude.

»Und wie läuft das jetzt? Er denkt, wir sind die Nachfolger des Waffendealers, und er trifft uns heute, um seine Bestellung aufzugeben?«

»So in der Art, ja. Ich habe ihm gesagt, wir seien die neuen Teilhaber und dass wir nur noch Geschäfte auf persönlicher Basis machen wollen, weil das am sichersten sei. Und außerdem fänden wir es gut, uns zu vernetzen. Man müsse doch zusammenhalten. Weil wenn es erst mal richtig losgehe in Deutschland ...«

»Da hast du dich ja richtig verausgabt.«

»Ich will Ergebnisse, Merle.«

»Und wo treffen wir ihn?«

»Hier gleich über die Straße ist sonntags immer Flohmarkt. Unser Mann hat da einen Stand. Um 16 Uhr ist Ende, dann können wir reden, sagt er.«

»Gute Arbeit.«

»Wie war Göttingen?«

»Sagen wir so: Mein Onkel würde ganz bestimmt Geld von Putin nehmen, wenn er es nötig hätte. Aber so wie die Dinge stehen, würde er eher Putin etwas geben.«

»Autsch.«

»Ja.«

Gute Arbeit.

Es fiel ihr nicht schwer, das zu sagen. Sie meinte es so. Trotzdem fühlte es sich an, als habe sie die den kürzeren Strohhalm gezogen. Während der Zugfahrt nach Göttingen und am Samstagabend, nach dem aus dem Ruder gelaufenen Geburtstagsessen, hatte sie mit ähnlicher Legende wie Timur mehrere verschwörerische E-Mails an *traudel.privat.privat@web.de* geschrieben; die andere E-Mail-

Adresse von Nowikows Liste, die sie mit Timur abarbeiten sollte. Aber sie hatte bloß die Nachricht erhalten, dass ihr Mailprogramm nicht in der Lage sei, die Adresse zu erreichen. Offenbar war sie nicht länger aktiv. Traudel, wer auch immer sie war, hatte sich als Sackgasse herausgestellt. Sie nahm sich vor, das vage Gefühl von … ja was eigentlich: Neid? Ungenügen? – wegzuschieben.

Der Flohmarkt war für Berliner Verhältnisse winzig. Er bestand aus gerade einmal sechs Reihen von Ständen, die auf einem Parkplatz aufgestellt waren. Den Platz säumten ein paar Bäume, deren Blätter im Wind raschelten. Eine alte DDR-Straßenbahn parkte auf rostigen Schienen. Auf den Tischen geblümte Sammeltassen, Pferdebücher, VHS-Kassetten mit Filmen, die sie vor zwanzig Jahren in der Videothek neben der Tankstelle ausgeliehen hatte. Ein Stand mit selbst genähten Lederhandtaschen und daneben einer, an dem es ausschließlich Scheren aller Art gab, Scheren für Haare, Scheren für Papier, Scheren für Draht oder zum Schneidern. Am Eingang des Flohmarkts stand, neben einer Bratwurstbude, ein italienisches Dreiradauto, dessen Seitenwand herausklappbar war und in dessen Innerem sich eine Kaffeebar verbarg. Timur hatte ihnen beiden Cappuccino in Pappbechern besorgt, die sie tranken, während sie die Gänge entlangschlenderten. Timur hielt an und prüfte ein Plastik-Lichtschwert, ging aber weiter, bevor der Junge, der es verkaufen wollte, ihn zum Verhandeln bewegen konnte.

»Woran erkennen wir den Typen?«, fragte sie.

»Waldemar. Er heißt tatsächlich Waldemar, zieh dir das rein! Sein Stand ist ziemlich am Ende, hat er gesagt. Und dass er große Lampen verkauft.«

Waldemars Stand war nicht zu übersehen. Sie fanden ihn in der letzten Reihe. Von der Dachkonstruktion seines Standes baumelten große schwarze Bakelitlampen, die aussahen, als ob sie in einer Fabrik abmontiert worden waren. Ohne dass es nötig gewesen wäre, sich mit Timur abzusprechen, machten sie am

Stand neben dem von Waldemar halt und taten so, als interessierten sie sich für die Schallplatten, die dort angeboten wurden. Während Merle Schwalb an einer David-Bowie-Platte vorbei zu Waldemars Stand hinüberlinste, sah sie, dass auf seiner Verkaufsfläche weitere, etwas kleinere Lampen standen. Daneben Kompasse, Taschenmesser, verbeulte Benzinkanister unklaren Alters, grüne Feldflaschen, ein NVA-Sanitätsrucksack, alte Rasiermesser und grüne und braune Klappspaten. Am äußeren Pfosten seines Standes waren Emailleschilder befestigt. Auf einem stand in Fraktur *Todesstrafe für Kinderschänder*, auf einem zweiten *Impfpflicht – nein danke!*, auf einem dritten *Wenn Recht zu Unrecht wird, wird Widerstand zur Pflicht*. Daneben baumelte eine Südstaatenflagge schlapp im Wind.

Waldemar war gerade dabei, seine Ware in Umzugskartons zu verpacken, als er sie plötzlich direkt ansah. Sein Blick war misstrauisch, aber er schien nicht überrascht. Merle Schwalb legte die Schallplatte zurück in die Kiste, fasste Timur am Ellbogen und nickte zu Waldemar hinüber.

Timur nickte ebenfalls.

Zusammen gingen sie die letzten zwei Meter, bis sie direkt vor den Klappspaten standen.

Sie schätzte Waldemar auf Mitte vierzig. Er war schmächtig und kurz, kleiner als sie selbst. Seine Wangen waren glatt und rosig wie die eines Jungen, seine Haare dunkelblond, ansatzweise lockig und mit Wachs oder Pomade auf eine merkwürdig unmoderne Art gebändigt, die sie augenblicklich an Porträtaufnahmen von jungen Soldaten denken ließ. Er trug eine metallene Nickelbrille und einen derben grauen Anzug mit abgerundetem Kragen samt Einstecktuch, was den Eindruck eines Zeitreisenden nur noch verstärkte. Doch so seltsam jugendlich sein Äußeres wirken mochte, seine Augen passten nicht dazu. Sie waren alt, dachte Merle Schwalb. Und hart. Die Augen eines Menschen, der viel erlebt hatte. Unschönes.

»Waldemar«, sagte Timur.

»Derselbe«, antwortete Waldemar. »Geben Sie mir zehn Minuten, ich packe zu Ende ein.«

»Wir können helfen«, sagte Timur.

»Sie könnten«, antwortete Waldemar und zeigte auf einen mindestens dreißig Jahre alten Mercedes Kombi hinter seinem Stand, »die gepackten Kisten in den Kofferraum tragen. Wenn Sie mögen. Das wäre sehr zuvorkommend.«

»Sicher«, sagte Timur.

Einige Minuten lang trugen sie wortlos die Kisten und Kartons mit Waldemars Ware in den Kombi, bis Waldemar mit der letzten Kiste zu ihnen stieß, sie auf den Beifahrersitz packte und den Wagen abschloss. Merle Schwalb sah, dass neben dem Nummernschild am Heck des Wagens ein kleiner weißer ovaler Aufkleber angebracht war, auf dem *Königreich Preußen* stand.

»Wo können wir reden?«, fragte Timur, bevor ihr eine unverfängliche Small-Talk-Eröffnung einfiel.

Waldemar schlug vor, dass sie in eine »Pinte« namens Fritz »einkehren« könnten. Sie liefen eine breite Straße entlang, die auf beiden Seiten von Restaurants und Geschäften gesäumt war und auf geradem Wege Richtung Müggelsee führte, wie sie den Hinweisschildern entnahm. Sie war noch nie in Friedrichshagen gewesen. Der Ort wirkte auf sie wie eine Art Miniatur-Berlin: dieselben mächtigen Altbauten, wie man sie in der Stadt fand, aber ein Stockwerk niedriger. Dafür war die Luft besser, wie sie überrascht feststellte. Fast wie in Göttingen, dachte sie unwillkürlich.

»Die Bölschestraße«, sagte Waldemar, nachdem eine träge kreischende Tram sie überholt hatte. »Kennen Sie Bölsche? Wilhelm Bölsche?«

»Schriftsteller, wenn ich mich nicht irre?«, sagte Timur.

»Dichter. Naturdichter. Sehr interessant. Sollten Sie lesen.«

»Werde ich«, versprach Timur.

»Gut«, sagte Waldemar. »Lesen Sie sein Wanderbuch! Über

die Sächsische Schweiz, das ist ganz vorzüglich. Damit kann man heute noch durchs Gelände gehen.«

Durchs Gelände gehen.

Königreich Preußen.

Nach etwa einem Kilometer erreichten sie die »Pinte«, die Waldemar vorgeschlagen hatte, eine einfache Kneipe mit dunkelbraunen Holztischen, schweren Aschenbechern und einer Getränkekarte, in der viele Biere standen und unter Wein eine Auswahl von rot, weiß oder Schorle.

»Drei Mollen«, bestellte Timur, als der Kellner an ihren Tisch kam.

Waldemar lächelte leise.

»Sie müssen sich nicht anbiedern«, sagte er fein. Nicht unfreundlich, nicht freundlich. Wie jemand, dachte Merle Schwalb, der genau weiß, dass ihn niemand ernst nimmt.

»Ach, ich freue mich bloß, ab und an mal alte Wörter zu hören«, sagte Timur unverdrossen. »Molle – das sagt ja heute fast keiner mehr! Vor zwei, drei Generationen war es vollkommen gebräuchlich. So lange ist das doch gar nicht her.«

»Aber eine andere Welt«, sagte Waldemar.

»Ja«, sagte Timur.

»Glauben Sie an den logischen Menschen?«, fragte Waldemar.

Timur tat, als fechte er einen inneren Kampf aus. Stieß Luft durch die Backen aus. Legte sich nachdenklich die Faust auf den Mund.

»Schwierige Frage«, sagte er schließlich. »Was man sich wünscht und was es gibt, das ist ja nicht dasselbe.«

Er fliegt blind, dachte Merle Schwalb.

Aber er tut es gut.

Muss er auch.

Denn ich bin bei Waldemar offenbar schon abgemeldet.

Er sieht mich nicht an, er spricht mich nicht an. Für ihn existiert das Fräulein Schwalb gar nicht.

Wieder lächelte Waldemar das feine Lächeln des Unverstandenen. »Ich komme drauf, weil Bölsche dran geglaubt hat. Der Dichter solle die Menschen betrachten wie der Chemiker seine Stoffe. Was ja wohl heißt, dass man alles aus ihnen machen kann.«

»Chemie«, sagte Timur. »Da sind wir ja schon fast beim Thema.«

Ganz ruhig!, dachte Merle Schwalb.

Der Kellner brachte ihre Biere.

Waldemar fischte ein Zigarettenetui aus einer Jackentasche. Er öffnete es, entnahm eine Selbstgedrehte und zündete sie mit einem kleinen silbernen Sturmfeuerzeug an.

»Wir haben Nachschub«, sagte Timur, »eine sichere Versorgungslinie. Viel besser als zuvor. Wir können vieles besorgen.«

»Besser als zuvor? Was bedeutet das?«

»Nun, meine früheren … Kompagnons, Sie werden das vielleicht gelesen haben, ihre Quelle war in Ungarn. Wir haben auch Freunde in Ungarn, natürlich. Aber wir haben bessere Freunde in Russland. Viel bessere.«

»Aha«, sagte Waldemar.

»Ja«, sagte Timur. »Ich bin oft dort. Mutter Russland, was soll ich sagen … andere mögen das überraschend finden, aber dort gibt es Menschen mit Zugängen, Menschen, die Dinge möglich machen können. Menschen, die uns verstehen.«

»Uns verstehen?«

»Die uns wohlgesinnt sind, die ein Interesse daran haben, dass … dass unser Blick auf die Welt nicht untergeht.«

»Unser Blick?«, fragte Waldemar und nahm einen tiefen Schluck aus seinem Glas.

»Sie wissen, was ich meine«, sagte Timur. Merle Schwalb bildete sich ein, dass er sie flehentlich ansah.

»Was mein … was Herr … was wir meinen, das ist: der alte Katalog, das können wir alles garantieren und liefern. Zuverlässig. Aber auch mehr als das.«

Waldemar tat, als habe er sie nicht gehört, und wandte sich

wieder an Timur. »Was genau wollen Sie mir sagen? Wenn Sie wissen wollen, ob ich ein möglicher Kunde Ihres neuen Unternehmens sein möchte, ja, diese Frage würde ich möglicherweise positiv beantworten. Aber mir scheint, mein Herr, Sie wollen noch auf etwas anderes hinaus. Wollen Sie wissen, ob ich auf der Suche nach … Freunden bin?«

»Freunde sind dafür da, einen zu unterstützen, oder nicht?«

»Ja, so versteht man das wohl landläufig.«

»Ich will Ihnen sagen: Wir freuen uns sehr, dass Sie erwägen, unser Kunde zu werden. Das ist toll. Aber ja, Sie haben natürlich recht, ich wollte Ihnen durch die Blume noch mehr sagen.«

Timur sah sich in der Kneipe um, beugte sich dann vor, bis sein Kopf fast Waldemars berührte, und flüsterte: »Waldemar, ich kann die Zeichen lesen. Ich weiß, dass Sie einer von uns sind. Ich sage Ihnen jetzt, was unser Mann in Russland uns gesagt hat, falls wir wahre Gefährten treffen, die Unterstützung brauchen: Mutter Russlands Titte ist groß!«

Waldemar lehnte sich langsam zurück, lächelte neuerlich und trank in großen Zügen sein Bier aus. Dann beugte er sich wieder vor.

»Sie lächeln«, sagte Timur.

»Ich lächle«, sagte Waldemar.

»Das Lächeln des Wissenden, wie mir scheint«, sagte Timur.

»Vielleicht«, sagte Waldemar.

»Lassen Sie mich raten!«, sagte Timur. »Sie lächeln, weil sie schon … an Mutter Russlands Titte nuckeln, nicht wahr?«

Waldemar wischte sich mit dem Ärmel seines Hemdes den Schaum vom Mund. Dann stand er auf.

»Ich lächle, weil es offenkundig ist, mein Herr, mein Fräulein, dass Sie für den Verfassungsschutz arbeiten!«

Timur wollte ihn aufhalten, aber Merle Schwalb hielt ihn am Ellbogen fest und schüttelte den Kopf. Zusammen sahen sie zu, wie Waldemar die Kneipe verließ.

»Mutter Russlands Titte ist groß?«, fragte Merle Schwalb. »Hast du sie noch alle?«

***

Es gibt Montage, an denen ist die Große Konferenz vollkommen uninteressant, unwichtig und ungefährlich. Für sie jedenfalls. Wochen, in denen der aktuelle Titel, der noch einmal von der versammelten Redaktion nachbesprochen wird, belanglos war: die Kommerzialisierung der Olympischen Spiele, Volksleiden Bandscheibe oder Bavaria Felix, ein Bundesland dreht auf. Und in denen außerdem schon klar ist, dass die kommende Ausgabe ebenso weit weg von allem sein wird, was sie betrifft. Der Mensch und seine Tiere: Leiden, Lieben, Leberwurst. Die Akte Skoda. Wohin mit dem Atommüll?

Und es gibt Konferenzen wie diese hier.

Wichtig.

Vielleicht sogar gefährlich.

Merle Schwalb ist angespannt, und sie merkt es daran, dass sie Arno Erlingers Stammplatz in der Mitte der Längsseite des Ovals, den sie in der vergangenen Woche vertretungsweise besetzt hatte, als er in Chisinau war, erneut belegt. Einfach so. Obwohl Erlinger neben ihr steht und sich gerade setzen wollte. Er sieht sie wütend an, aber das ist ihr egal.

Erlinger schüttelt wortlos den Kopf, setzt sich dann auf den Stuhl, der eigentlich Kampens ist, der nun seinerseits einen Platz nach links rutscht, eine kleine Welle wandert um die Längsseite des Konferenztisches herum, eine *La Ola* der Verdrängung, die schließlich den neuen stellvertretenden Leiter des Bildungsressorts aus der Kurve trägt. Er gibt nach und setzt sich in die zweite Reihe. Zum Fußvolk.

Der wird nie Ressortleiter, denkt Merle Schwalb.

Und sofort anschließend: Scheiße, seit wann denke ich so?

Der russische Botschafter ist heute als Blattkritiker geladen. Am Morgen hat das Dritte Geschlecht die frohe Nachricht per Rundmail verkündet: *Bitte um zahlreiches Erscheinen!* Nur eine Woche nachdem Adela von Steinwald die Idee ausgesprochen hat, ist sie also schon umgesetzt.

Verdächtig.

Oder?

Der Botschafter trägt einen edlen Anzug, blaues Leinen mit himmelblauem und weinrotem Unterkaro. Merle Schwalb versteht nicht viel von Anzügen, vermutet aber, dass es sich um eine Maßanfertigung handelt. Wie sonst sollte ein Maßanzug aussehen? Dieser ist dem Botschafter jedenfalls auf den Leib gegossen, wie eine zweite Haut um seinen alten, aber drahtigen Körper. Sein weißes Hemd hat silberne Manschettenknöpfe, es ist genauso weiß wie das volle Haar des Botschafters. Er trägt polierte schwarze Schuhe. Seine Haltung ist fast so tadellos gerade wie die des Dritten Geschlechts. Er könnte ihr Bruder sein, ein Cousin, bei einem Wiedersehen auf einem Aristokratentreffen. Der Botschafter und Adela von Steinwald stehen an der verjüngten Seite des ovalen Konferenztisches, dort, wo normalerweise nur das Dritte Geschlecht sitzt, heute jedoch ein zweiter Sessel bereitsteht.

Adela von Steinwald zieht dem Botschafter den Sessel zurück, auf dass er sich setzen möge. Dann setzt sie sich selbst. Dann läutet sie ihre kleine Glocke.

»Fangen wir an«, sagt das Dritte Geschlecht.

Offizier der Roten Armee, denkt Merle Schwalb. Dann Studium der Internationalen Beziehungen an der Lomonossow-Universität in Moskau. Ausbildung zum Diplomaten an der Akademie des Außenministeriums. Des Außenministeriums der Sowjetunion, wohlgemerkt. Was lernt man da wohl? Noch mehr internationale Beziehungen, Etikette und Konversation, Französisch, Deutsch und Englisch. Das ist sicher. Und ein bisschen Spionage. Das ist wahrscheinlich.

Erster Posten: Mosambik.
Zweiter Posten: Kuba.
Dritter Posten: Brüssel.
Vierter Posten: Kairo.
Fünfter Posten: Vereinte Nationen.
Astreine Karriere, Exzellenz!

Merle Schwalb ist mit ihrer gedanklichen Aufzählung, die sie einer schnellen Wikipedialektüre verdankt, in genau dem Moment fertig, in dem auch das Dritte Geschlecht die Vorstellung des Botschafters beendet. Über die Beziehung des Botschafters zum Präsidenten sagt Adela von Steinwald nichts. Aber jeder weiß: Die beiden sind so etwas wie Freunde. Ist der Botschafter in Moskau, nimmt Putin ihn mit zum Angeln.

Merle Schwalb denkt an den gewaltigen Bau der russischen Botschaft Unter den Linden, nicht einmal ein Kilometer Luftlinie von hier. Sie denkt an das Klatschen auf dem Asphalt neben ihrem Stuhl im *Damascus Palace*.

Wenn russische Geheimagenten Anatoli Nowikow vom Balkon seiner Wohnung in der Hobrechtstraße geworfen haben, fragt sich Merle Schwalb, weiß der Botschafter davon? Wusste er vorher, dass es geschehen würde? Erfährt er so etwas nachher?

Wenn russische Geheimagenten in Deutschland Menschen bezahlen, um Russlands PR zu verbessern, um Lügen zu verbreiten und *Fake News* in die Welt zu tragen, wenn sie *Traudel* und Professor Raudzus und Waldemar vom Flohmarkt Geld geben, hat er das wohl abgezeichnet?

Und wenn – *falls!* – das Dritte Geschlecht auf dieser Liste steht – weiß er das dann etwa auch?

Und weiß das Dritte Geschlecht dann, dass er es weiß?

»Exzellenz, als wir vorhin noch einen Kaffee getrunken haben, da sagten Sie mir, dass Sie den *Globus* fast jede Woche lesen«, sagt Adela von Steinwald. »Das überrascht uns natürlich nicht, freut uns aber trotzdem. Wir sind sehr gespannt auf Ihre Blattkritik, bitte sehr, Sie haben das Wort!«

Der Botschafter spricht sehr gut Deutsch. Nur seine Aussprache verrät, dass er kein Muttersprachler ist. Aber er geht zugleich auf Nummer sicher, denkt Merle Schwalb. Er riskiert keine Redewendung, lässt sich keine Metaphern einfallen, verlässt sich auf einen klaren und überschaubaren Satzbau, Hauptsatz, maximal zwei Nebensätze.

Er ist klug.

»Ich habe großen Respekt vor Ihrem Magazin«, sagt der Botschafter. »Es wäre für alle gut, wenn es mehr solcher Magazine gäbe. Ihr Magazin ist eine große Hilfe für mich, um die deutsche Politik zu verstehen.«

Oder um die deutsche Politik zu beeinflussen?

Die Blattkritik durch einen externen Gast ist eine Institution, die fast jedes große Magazin und jede wichtige Zeitung pflegen. Die Erwartungen sind gering und hoch zugleich. Niemand rechnet damit, dass ein solcher Gast konstruktive Kritik an einzelnen Artikeln äußert, dass er beschreibt, was ihm aufgefallen ist und was ihn gestört hat. Gäste aus der Liga des Botschafters, egal ob Gewerkschaftsbosse, Talkshowmoderatoren oder Parteivorsitzende, ob Romanautoren, Staatssekretäre oder Ministerpräsidenten unbedeutender Bundesländer, kommen mit ihrer eigenen Agenda, das ist jedem klar. Man erwartet: ein paar lobende Worte für das eigene Blatt. So ganz genereller Natur. Schon aus Höflichkeit. Außerdem vielleicht einen scharfen Blick auf einen Leitartikel oder die Titelgeschichte. Keiner von diesen Menschen hat schließlich Zeit, ein Magazin wie den *Globus* am Vorabend von vorne bis hinten durchzulesen. Aber vor allem hofft man, dass der Gast sich in der anschließenden Diskussion mit der Redaktion, man ist ja unter sich, zu ein paar saftigen Indiskretionen hinreißen lässt. Oder sogar dazu, etwas Ehrliches über Dritte zu sagen. Über die Kanzlerin zum Beispiel. Oder darüber, wie es wirklich im Krisenstab zuging. Oder wenigstens ein paar unmissverständliche Andeutungen über schlummernde *MeToo*-Skandale im Kulturgewerbe macht.

Informationen, die man, nach Ablauf einer Anstandsfrist, mal in einen Artikel einfließen lassen kann. Oder sich zum Angeben auf der nächsten Stehparty verwenden lassen. Man ist ja unter sich.

Aber der Botschafter ist anders. Nicht nur hat er offenkundig das Blatt gelesen. Er verteilt Kopfnüsse. Höflich, aber hart.

»Ihr Syrien-Artikel hat mir gut gefallen. Ganz toll, dass auch ein deutscher Journalist in Idlib war. Und ich zweifle nicht an dem, was Ihr Kollege dort beobachtet und beschrieben hat. Sehr aufschlussreich und auch emotional. Aber darf ich ehrlich sein? Ich habe oft in der deutschen Presse das Gefühl, dass die Reporter eine vorgefasste Meinung haben. Hier war es auch so. Ich irre mich vielleicht. Ich will nicht ungerecht sein. Bestimmt sind es Kleinigkeiten. Aber es gibt in dem Artikel zum Beispiel drei oder vier Absätze über die geopolitische Lage in Syrien. Sie ist sehr kompliziert, wir alle wissen das. Da geht es um die USA, um den Iran, um die Türkei. Und auch um mein Land. Jeder will etwas. Das muss man erklären. Aber mir ist etwas aufgefallen. All die anderen Präsidenten haben Vornamen in dem Artikel! Nur mein Präsident nicht. Er hat nur einen Nachnamen. Wie ein Roboter!«

»Antoine?«, fragt das Dritte Geschlecht.

Antoine Haeberle, der Politikchef, sitzt nur drei Plätze von ihr entfernt. Er ist genervt.

»Redigierfehler«, antwortet er. »Offensichtlich.«

Dann, an den Botschafter gewandt: »Exzellenz, Sie haben einen scharfen Blick! Ich bedauere dieses Versehen.«

»Ich bedanke mich für Ihre Entschuldigung«, sagt der Botschafter gütig.

Haeberle sieht für den Bruchteil einer Sekunde so aus, als wolle er widersprechen. Doch dann winkt er ab und lächelt stattdessen gequält.

Wow, denkt Merle Schwalb.

Aber der Botschafter ist noch nicht fertig.

Es gibt einen Artikel über die AfD, der ihm nicht gefällt. Ein Bundestagsabgeordneter der Partei taucht dort auf, Baltasar Görtz. Im Text erfährt man unter anderem, dass er gerne bei *Russia Up-to-date* als Interviewgast auftaucht.

»Und dann«, sagt der Botschafter, »wird er drei Absätze später ›Kreml-Freund‹ genannt. Ist er das? Ist er ein Freund des Kreml? Was ist das überhaupt, ein Freund des Kreml? Und warum wird er so genannt? Weil er bei *Russia Up-to-date* auftaucht? Ich frage Sie: Wenn ein russischer Politiker in der *Deutschen Welle* auftaucht, ist er dann ein ›Berlin-Freund‹?«

»Görtz sieht sich selbst als Kreml-Freund, so ist das gemeint«, wirft Gesine Hummert ein, Haeberles Stellvertreterin und zuständig für Innenpolitik.

»Aber das steht da nicht«, erwidert der Botschafter ruhig. »Für mich klingt es wie eine Beschreibung. Wie ein Fakt. Aber es ist kein Fakt. Denn ich glaube, wenn ich im Kreml frage, ist der Herr Abgeordnete Görtz euer Freund, liebe Kollegen, dann würden meine Kollegen vermutlich sagen: Nein, das ist er nicht.«

»Da wäre ich mir nicht so sicher!«, wirft plötzlich jemand ein.

Im ersten Moment kann Merle Schwalb die Stimme nicht zuordnen. Wer ist der Zwischenrufer, der ausspricht, was sie gerade gedacht hat?

Es ist Kaiser. Ihr ehemaliger Büronachbar. Sie kann sich nicht erinnern, dass Kaiser in der Großen Konferenz je zuvor etwas gesagt hat.

»Kaiser, wollen Sie das erklären?«, fragt das Dritte Geschlecht.

»Na ja, ich weiß jetzt nichts Genaues über Görtz. Aber dass

die AfD Unterstützung aus Russland erfährt, ist ja nicht neu. Und man merkt es ja auch daran, dass jede Menge AfDler regelmäßig bei *Russia Up-to-date* und *Sputnik* auftauchen.«

Merle Schwalb sucht und findet Erlingers Blick, und er ist offensichtlich genau so überrascht wie sie von Kaisers Auftritt.

»Herr Kaiser, habe ich Ihren Namen richtig verstanden?«, fragt der Botschafter.

»Ja«, sagt Kaiser.

»Die beiden Sender, die Sie gerade nannten, können genauso frei berichten wie der *Globus*. Ist Ihnen das bekannt? Vielleicht darf ich empfehlen, dass Sie unsere Mediengesetze studieren? Vielleicht wäre es prinzipiell eine gute Idee, ein wenig mehr die russische Perspektive zu betrachten.«

Merle Schwalb merkt, wie ihre Handflächen feucht werden. Ihr Herzschlag sich erhöht. Es ist alles so skurril: Sie sitzt hier, neben Erlinger und Kampen, gegenüber von Henk, und niemand im Raum ahnt, dass sie vier heimlich über genau das Thema recherchieren, das hier gerade diskutiert wird. Keiner von ihnen kann etwas sagen, kann sich einmischen, ihre bisher gesammelten Indizien ins Feld führen, den Botschafter stellen. Sie sind dazu verdammt zuzuhören.

Dabei zuzuhören, wie einer nach dem anderen ausrutscht, stolpert, am Ziel vorbeischießt. Haeberle. Hummert. Jetzt Kaiser.

Und der Botschafter lächelt freundlich in die Runde, während das Dritte Geschlecht ihm frischen Kaffee einschenkt.

»Herr Botschafter«, sagt Adela von Steinwald, nachdem sie die Kaffeekanne abgesetzt hat, »aus Ihren Bemerkungen spricht eine gewisse … Verletzung. Haben Sie das Gefühl, dass Ihr Land in den deutschen Medien ungerecht behandelt wird?«

Und sie baut ihm eine Brücke!

Eine dicke, fette, stabile Brücke, über die er mit seinen polierten Schühchen laufen kann.

»Frau von Steinwald«, hebt der Botschafter an, »ich glaube, in meinem Amt sollte ich nicht deutsche Medien schelten. Das passt nicht gut zusammen.«

»Wir sind ja unter uns, Exzellenz.«

»Nun, wenn Sie schon so fragen … Ich liege oft wach, abends. Und ich frage mich manchmal: Was mache ich falsch? Was machen wir Russen falsch? Wir wollen Ihre Freunde sein. Wir waren so lange Zeit Freunde. Wir wollen wieder Freunde sein.«

»Aber?«

»Ich komme mir manchmal vor wie jemand, der eine Hand ausstreckt. Aber ich sehe keine zweite Hand.«

Jetzt ist es Haeberle, der sich einmischt. Sein Kopf ist rot. Für ihn, denkt Merke Schwalb, ist das jetzt eine Frage der Ehre.

»Mit Verlaub, Herr Botschafter, können Sie denn nicht verstehen, dass es ein gewisses Misstrauen gibt, wenn russische Agenten in Europa Morde begehen? Wenn russische Hacker den Deutschen Bundestag angreifen? Oder wenn russische Trolle in Deutschland Hetze betreiben?«

Der Botschafter fasst sich theatralisch an sein Herz.

»Mein Herr«, sagt er. »Ich kenne diese Vorwürfe. Aber glauben Sie mir: Die Welt ist voller *Fake News*. Und glauben Sie mir noch etwas: Wir sind das Opfer dieser *Fake News*, nicht die Täter. Ich bin sicher, wenn Sie als gewissenhafte Journalisten diesen Vorwürfen nachgehen, werden Sie feststellen, dass nicht alle Wege in den Kreml führen. Nicht jeder Verbrecher dieses Planeten hat einen russischen Pass. Ich habe manchmal Angst. Leben wir in einem neuem Kalten Krieg? Es fühlt sich so an. Wir können tun, was wir wollen, wir können sagen, was wir wollen – die Russen sind die Bösen! Aber war die Welt jemals so einfach, mein Herr?«

»Aber wir sind, genau wie alle wichtigen Zeitungen der westlichen Welt, diesen Vorwürfen nachgegangen. Und es gibt einen Haufen harte Indizien, dass russische Stellen ihre Finger im Spiel haben.«

»Und ich habe viele dieser Artikel gelesen. Wirklich sehr viele! Aber wissen Sie, ich habe auch eigene Quellen. Und manchmal weiß ich, wie die Dinge waren. Und darum weiß ich auch, wie sie nicht waren. Es gibt sehr findige Aktivisten da draußen. Sie bekommen Geld dafür, dass sie *Fake News* verbreiten. Das Internet ist voll davon. Aktivisten mit angeblichen Informationen. Aber sie verstecken sich. Warum verstecken sie sich? Was glauben Sie? Wer sind diese Leute? Diese angeblichen Rechercheure? All diese anonymen Quellen und Hacker? Die diese Geschichten verbreiten? Hier geht es um Interessen. Hier gibt es verdeckte Akteure. Glauben Sie mir! Aber unsere Hand bleibt ausgestreckt. Unsere Länder waren so lange Zeit Freunde. Das ist, was zählt.«

»Ich danke Ihnen, Exzellenz«, sagt das Dritte Geschlecht. »Ich glaube, das war ein sehr hilfreicher Austausch. Ich persönlich nehme hier wirklich etwas mit: Wir müssen mehr darüber nachdenken, wie wir über Russland schreiben. Wir müssen präziser werden und uns mehr Mühe geben. Unser Geschäft ist es nicht, schnelle und einfache Schlüsse zu ziehen. Deshalb danke ich Ihnen, Exzellenz, ausdrücklich auch dafür, dass Sie den Finger heute in die Wunde gelegt haben!«

»Wahnsinn«, sagt Kampen, als es vorbei ist und sie in den *Emirates*-Sesseln in ihrem Besprechungsraum sitzen.

»Ja«, sagt Erlinger.

»Glaubst du«, beginnt Kampen die Frage, »dass AvS …«

»Ich weiß es nicht!«, unterbricht ihn Erlinger, bevor er die Frage zu Ende formulieren kann. »Mann, Lars, ich weiß es doch auch nicht. Es war eine Horrorshow, so viel ist klar.«

»Ich musste die ganze Zeit an den Dänen denken. Wie er gerade an AvS herumrecherchiert. Der wäre heute sicher sehr gerne dabei gewesen. Da hätte er schön was zum Schreiben gehabt, für später. Zum Andicken. Wie das Dritte Geschlecht dem russischen Botschafter in den …«

»Der Däne *war* dabei«, sagt Erlinger müde und hält sein Handy in die Höhe.

»Du hast die ganze Konferenz aufgenommen?«, fragt Kampen ungläubig.

»Ja«, sagt Erlinger und drückt eine Taste auf seinem Display, um das Tondokument abzuschicken.

***

»Danke für die Aufnahme!«, sagte der Däne und trat Erlinger spielerisch in den Hintern, der in einer Hängematte lag, die Maja und Olli zwischen zwei imposanten Eichen aufgespannt hatten. »Interessant, mal zu hören, wie das bei den feinen Damen und Herren in der Friedrichstraße so läuft!«

»Jaja«, murmelte Erlinger und setzte sich auf.

»Ich danke Ihnen, Exzellenz«, flötete der Däne in einem Versuch, das Dritte Geschlecht nachzuahmen. »Ich habe hier *wirklich* etwas mitgenommen.«

»Krieg dich mal wieder ein«, sagte Erlinger und gähnte. Etwas übertrieben, wie Merle Schwalb fand. Aber Dirk Poggemeier verstand das Signal, ließ von Erlinger ab und wandte sich grinsend Timur, Kampen und Josefine zu, die sich ein paar Meter entfernt versammelt hatten. Nur Henk lief alleine über die Wiese und hielt sich ein Telefon ans Ohr; offenbar hörte er noch eine Nachricht ab.

Es war kurz vor sechs Uhr am Abend, aber die Hitze des Tages hatte sich noch nicht verzogen. Wenigstens war es hier draußen frischer als in der Stadt, dachte Merle Schwalb. Sie würde ganz sicher nie nach Brandenburg ziehen, sie hatte sich auch noch nie eine Datsche gewünscht. Aber in der Stadt machte die Hitze sie nervös und gereizt. In der Stadt roch es schon so nicht gut, doch die Wärme verstärkte das alles nur: den Gestank der Bratwurststände, der vor sich hin gärenden Mülleimer, der an der Ampel sinnlos röhrenden Autos, der vollgeschwitzten Anzüge. Hier draußen konnte sie riechen, wie das gestern gemähte Gras sich in Heu verwandelte. Dazu einen Hauch von Verwesung, der vom Komposthaufen herüberwehte. Eine Idee angetrocknete Hühnerkacke. Nichts davon störte sie.

Sie war auch dieses Mal ein wenig früher nach Klein-Kirschsiep gefahren und hatte direkt nach ihrer Ankunft mit Majas Hilfe einen stabilen Holztisch und zwei Bänke in den Schatten der Bäume im Garten getragen. Die Vorstellung, sich bei diesem Wetter zu siebt in den Konferenzraum zu zwängen, war ihr absurd vorgekommen. Konnte schon sein, dass sie das Whiteboard oder das Laptop benötigen würden. Aber sicher nicht sofort. Sie würden ja Zeit genug haben.

»Kollegen, wir haben viel zu besprechen am Dienstag. Vielleicht eine gute Gelegenheit, die Tatsache auszunutzen, dass wir ausreichend Schlafplätze haben?«, hatte der Däne zwei Tage zuvor in den Signal-Chat geschrieben, und sie hatten sich geeinigt, dass sie jedenfalls den Dienstagabend und den Mittwochmorgen in Klein-Kirschsiep zusammenkommen wollten. Wer mochte, würde hier übernachten. Wer das nicht wollte, müsste eben zweimal fahren.

Sie sah auf ihre Uhr und entschied, Erlinger noch zu Ende rauchen zu lassen.

»So, lasst uns mal anfangen«, sagte sie, nachdem er seine Kippe in einem leeren Blumentopf entsorgt hatte. Die Kollegen gehorchten und setzten sich an den Biertisch.

Josefine: das reine Strahlen, dachte Merle Schwalb. Jung und hübsch und aufgekratzt. Das Kleid steht ihr fantastisch, dazu die schlichten Ledersandalen mit ihren braun gebrannten Füßchen drin; sie sieht aus wie ein Surfergirl aus den Siebzigern.

Henk: der grüblerische Freund. Ausgelatschte Chucks, Jeans, weißes Leinenhemd. Etwas zu dünn. Aber wenn er ein Tier wäre, dann ein Panther oder so etwas. Immer eine kleine Falte zwischen den Augen.

Der Däne: wie ein Wikinger im Urlaub. Ausgebeulte kurze Hosen, Segelschuhe, die nicht so richtig zu ihm passen, ein kurzärmeliges Holzfällerhemd.

Kampen: der schlecht gelaunte Misanthrop. Schwarze Jeans, schwarzes T-Shirt, schwarze Turnschuhe. Blass. Hier gibt es nichts zu sehen, bitte gehen Sie weiter.

Arno Erlinger: der aufs Land entführte Edelmann. Das fliederfarbene Hemd sorgsam hochgekrempelt. Die Ray-Ban-Pilotenbrille im zurückgekämmten Haar.

»Ich setz mich mal neben dich!«, sagte Timur, sah sie mit seinen großen braunen Augen an und stupste sie in die Seite.

Sie zuckte zusammen.

»Tu, was du nicht lassen kannst«, entfuhr es ihr.

Er sah sie verwundert an.

»So, super, alle da«, begann Merle Schwalb. »Dann kann es ja losgehen. Als Erstes sollten wir uns alle gegenseitig auf Stand bringen. Bevor wir überlegen, wie es weitergeht. Wer hat an welchen Fäden gezogen? Wer hat vielleicht schon was gefunden? Wir haben jetzt unser Whiteboard nicht hier und Nowikows Liste nicht vor Augen. Aber ihr wisst ja, was ihr in der letzten Woche gemacht habt. Also, wer fängt an?«

»Ich kann anfangen«, meldete sich Josefine. »Ist das in Ordnung?«

»Na klar«, sagte Merle Schwalb.

»Also, ich habe zwei Sachen gemacht. Ich fange mal an mit dem Eintrag *Abg. WK 45.* Die Vermutung war ja, dass es sich um eine Einmischung in die Wahl im Bundestagswahlkreis 45 handeln könnte. Das wäre der Wahlkreis Gifhorn-Peine. Aber ich habe da nichts gefunden. Die Wahlergebnisse waren komplett wie zu erwarten. Im Wahlkampf gab es keine Auffälligkeiten. Es gab nirgendwo Hinweise auf irgendeine Art von russischer Einmischung. Ich habe auch die Kandidaten durchleuchtet und nichts gefunden.«

»Schade«, sagte Timur.

»Moment«, fuhr Josefine fort. »Das war natürlich frustrierend, dass in Gifhorn-Peine nichts zu finden war. Aber dann habe ich gedacht: Was, wenn es gar nicht um *den* Wahlkreis 45 ging? Also nicht um den Bundestagswahlkreis.«

»Sondern?«, fragte Kampen.

»Ich habe mir die letzten Landtagswahlen angeschaut. Und in Brandenburg gibt es auf Landesebene auch einen Wahlkreis 45, Sandheide-Trockwitz. Und da sieht die Sache gleich ganz anders aus. Da gab es nämlich richtig Stress im Wahlkampf. Und zwar um den AfD-Kandidaten, Konstantin Potzer. Der war in den letzten Jahren mehrfach als selbst ernannter Wahlbeobachter unterwegs, in der ehemaligen Sowjetunion. Das waren von prorussischen Organisationen bezahlte Pseudomissionen, wo Potzer und andere Rechte aus ganz Europa bei dubiosen und zum Teil völkerrechtswidrigen Abstimmungen dabei waren, um anschließend zu erklären, das alles super ablief. Auf der Krim zum Beispiel. Oder in anderen Regionen, die Russland sich gerne einverleiben würde.«

»Das klingt doch vielversprechend«, sagte der Däne. »Wie hast du es angepackt?«

»Ich bin hingefahren. Ich habe mich erst mit der Kollegin von der Lokalzeitung getroffen, die das damals öffentlich gemacht hat. Sie kann es nicht beweisen, aber sie sagt, Potzers Leute haben ihr anschließend die Scheiben mit Steinen eingeworfen und ihr Auto abgefackelt. Jedenfalls sagt sie, dass Potzer ohne Zweifel ein Putin-Verehrer ist. Der ist nicht so der Demokratiefreund, der glaubt nicht an ›den Westen‹, der steht auf Autokraten, auch auf Orban zum Beispiel und den philippinischen Spinner. Er hat einen kleinen Betrieb mit drei Angestellten, eine Druckerei. Ich habe mir die angesehen, ziemlich heruntergekommen von außen. Wirft vermutlich nicht allzu viel ab, weil heute jeder alle möglichen Sachen online bedrucken und liefern lassen kann. Als Nächstes bin ich zu seiner Bürgersprechstunde gegangen. Er hat es zwar nicht in den Landtag geschafft, aber er sitzt im Kreistag.«

»Hast du ihm gesagt, wer du bist?«, wollte der Däne wissen.

»Ja, ich hatte nicht das Gefühl, dass man da undercovermäßig ranmuss. Ich habe mich vorgestellt, ihm meine Karte gegeben und gesagt, ich wolle mehr über seine Wahlbeobachter-Missionen wissen und darüber, ob er persönliche Beziehungen nach Russland habe. Er war nicht sehr nett. Kurz gesagt: Ja, er hat Freunde in Russland. Und ja, er findet, Russland ist Deutschlands wahrer und natürlicher Verbündeter und nicht die ›CIA-USA‹, wie er das nennt. Ich habe ihn gefragt, ob die Russen ihm im Wahlkampf geholfen haben. Da hat er sehr abrupt gesagt, er habe jetzt keine Zeit mehr. Er hat mich mehr oder weniger rausgeworfen.«

»Hattest du das Gefühl, dass er sich ertappt gefühlt hat?«, fragte Merle Schwalb.

»Ja, das hatte ich. Aber angenommen, die Russen zahlen ihm was – wie sollen wir das beweisen? Ich habe ja nicht seine Kontoauszüge sehen können. Wenn er Kohle aus Moskau kriegt, kann es auch sein, dass die gerade dafür reicht, ihn vor dem Bankrott zu bewahren.«

»Ja, das Problem werden wir an mehreren Stellen haben. Glaubst du, da geht noch was, dass du da weiterkommen kannst?«

»Vielleicht. Ich habe vor seiner Druckerei rumgelungert, bis Feierabend war, und habe dann einen jungen Mann angesprochen, der den Laden abgeschlossen hat. Jens, der Azubi. Jens war etwas netter. Aber er hat Angst vor Potzer. Und Angst davor, dass er keinen anderen Job findet, wenn er es sich mit Potzer versaut. Er wollte nicht reden. Nicht richtig. Er hat mir aber immerhin gesagt, dass er an den meisten Tagen nichts zu tun hat, dass der Betrieb eigentlich längst pleite sein müsste. Und das öfter mal irgendwelche Russen vorbeikommen und Potzer dann mit denen säuft. Ich habe mir dann noch angeschaut, was Potzer so im

Kreistag treibt. Zwei Sachen fand ich interessant: Obwohl er bei jeder Gelegenheit über die Kanzlerin, die Systemparteien und so weiter abkotzt, stimmt er bei jeder sich bietenden Gelegenheit mit CDU oder SPD. Sodass die sich dann rechtfertigen müssen. Und die andere Sache: Er versucht seit Jahren, dass der Landkreis eine Patenschaft mit einem Landkreis auf der annektierten Krim eingeht. Keine Ahnung, ob den Russen das als Gegenleistung reichen würde. Immerhin bringt es ihm immer mal wieder Interviews ein mit den Brandenburger Zeitungen, da kann er dann ausführlich Putin loben.«

»Genauso läuft das vermutlich«, sagte Erlinger. »Sie saufen mit ihm, stecken ihm Geld zu, und er macht ihnen ein bisschen Propaganda da draußen.«

»*Hier* draußen, meinst du wohl«, sagte Merle Schwalb.

»Ja, hier draußen«, sagte Erlinger. »Wir sollten den Arsch jedenfalls auf unserer Liste lassen. Das passt alles, soweit wir sehen können.«

»Ja, gerne«, sagte Josefine. »Ich erzähl noch kurz den zweiten Fall, ja? Der war noch etwas … konkreter, würde ich sagen. Und zwar Henning Gernert. Ich habe mir den angesehen, weil ich mich erinnert habe, dass meine Mitbewohnerin, die etwas komisch ist, mir mal seinen Blog gezeigt hat. Da nennt er sich anders, *GerniGroß*, aber ich habe das damals im Impressum gesehen, wie er wirklich heißt. Dieser Blog ist reinster Verschwörungs-Schwachsinn. Von vorne bis hinten. Weil er aber mal ein paar Jahre beim Fernsehen gearbeitet hat, weiß er, wie er es machen muss, dass man ihn für seriös hält. Es ist dieselbe Masche wie bei diesen anderen Exjournalisten: dass er jetzt endlich die Wahrheit sagen kann, wo er das System verlassen hat. Dass wir alle morgens von Kanzleramt, NATO, Bill Gates und was weiß ich wem unsere Tagesbefehle kriegen. Dass die USA uns alle knechten und nur noch ein paar Aufrechte sich wehren, aber dafür bluten müssen: Nordkorea zum Beispiel, wo alles ganz anders ist als berichtet.

Und eben Russland, das wahre Land der unbegrenzten Möglichkeiten. Gernert hat nur diesen Blog, was anderes macht der nicht. Kein YouTube-Kanal oder so, wo er noch mit Werbung was verdienen würde. Auf dem Blog gibt es nur ein paar Winzanzeigen, und ich habe mir mal angesehen, was die kosten, das sind *peanuts*. Also, worauf ich hinauswill: Gernert schreibt jeden Tag das Internet voll, verdient damit aber sicher kein Geld.«

»Vielleicht hat er geerbt?«, fragte Henk.

»Vielleicht. Aber ich habe rausgefunden, dass er trotzdem Geld bekommt, und zwar monatlich. Ein Gehalt sozusagen. Ich habe einen … einen Freund, der seit ein paar Jahren bei der Journalistengewerkschaft arbeitet. Ich habe ihn angerufen, auf gut Glück, weil er mir beim Wein mal erzählt hat, dass er zuständig ist für das Ausstellen von Presseausweisen. Und dafür muss er prüfen, ob die Leute, die einen haben möchten, hauptsächlich vom Journalismus leben. Also, mein Freund hat mal nachgesehen. Und siehe da: Gernert hat einen Journalistenausweis von der Journalistengewerkschaft. Und für den Antrag hat er brav seine Abrechnungen eingereicht.«

»Und, wie viel verdient er?«, fragte Merle Schwalb.

»Das ist es ja. Er kriegt jeden Monat 5.700 Euro.«

»Wie bitte?«, fragte Kampen.

»Ja, richtig gehört. Fast sechstausend Euro. Und von wem? Von einer privaten Presseagentur mit Sitz in Sankt Petersburg.«

»Wow, Josefine, das ist super«, sagte Merle Schwalb.

Auch Erlinger richtete sich auf und sah Josefine jetzt konzentriert an.

»Danke«, sagte Josefine.

»Was ist das für eine Agentur?«, fragte Erlinger.

»Tja, da bin ich noch nicht ganz sicher. Die Agentur verbreitet kaum Meldungen, das ist mal klar, und keine ernst zu nehmenden Medien zitieren sie. Die Eigentumsverhältnisse sind total kompliziert. Sie gehört offenbar einer weiteren Firma, die irgendetwas mit Medien macht, die wiederum Teil eines Konglomerats ist, das zu einer Holding gehört. Und diese Holding gehört zu zwanzig Prozent einem Russen, von dem einige russische Magazine angedeutet haben, er sei der Vollstrecker eines Kreml-nahen Oligarchen. Wenn man das aufmalt, braucht man eine Seite, im Ernst, Leute, das ist reichlich um die Ecke.«

»Ja, aber damit kann man arbeiten«, sagte Erlinger. »Das ist gut. Gernert bleibt auch auf der Liste.«

»Gute Arbeit, Josefine!«, lobte der Däne.

Merle Schwalb sah, dass Josefine sich über das Lob von Erlinger und Poggemeier freute. Sie überlegte, ob sie neidisch war. Oder eifersüchtig. Aber das war sie nicht. Es störte sie höchstens, dass es zwei Männer waren, über deren Applaus Josefine sich so freute.

Merle Schwalb entschuldigte sich kurz, stand auf und holte ein paar Flaschen Wasser und Bier aus dem Kühlschrank im Gästehaus.

»Kleine Durchsage: Das war übrigens das letzte Mal, dass ich hier die Gastgeberin gespielt habe, ihr wisst, wo alles steht«, sagte sie in die Runde, nachdem sie alles auf den Tisch gestellt hatte. »O.K., wer macht weiter?«

»Ich«, sagte Erlinger. »Oder wir, meine ich, also Lars und ich. Wir sind Generalmajor Winfeld nachgestiegen. Sind am Samstag zu ihm rausgefahren, nette Villa am Grunewald, gleich hinter der Konsularabteilung der US-Botschaft. Wir haben die Adresse in einem Datenleak gefunden, eine Autovermietung, vielleicht erinnert ihr euch, da waren 270.000 Datensätze von Kunden drin. Na ja, er halt auch. Also, wir hin. Und haben uns ab acht Uhr morgens auf die Lauer gelegt, um mal sehen, was er an einem Samstag so macht. Um neun geht die Tür auf, und er setzt sich in sein Auto und fährt zum Baumarkt. Kauft alles mögliche Zeug, der ganze Kombi ist voll. Er fährt los und wir wieder hinterher.«

»Bis nach Steglitz«, übernahm Kampen. »Da hält er an einem

schönen frei stehenden Einfamilienhaus, Zwanzigerjahre. Die Handwerker waren schon am Machen, am Samstag, das ist nicht billig. Er lädt sein Zeug ab, die grüßen brav: Hallo Chef! Er fährt wieder zurück zum Baumarkt und dann noch mal zurück nach Steglitz. Liefert noch mehr Zeug ab. Und dann ist er wieder nach Hause.«

»Aha. Und was macht ihr euch da für einen Reim drauf?«, fragte der Däne.

»Wir waren gestern im Grundbuchamt. Das Haus in Steglitz gehört ihm.«

»Ja, und?«

»Hat er vergangenes Jahr gekauft. Für eine knappe Million. Es gehört ihm, nicht der Bank. Und die Villa, in der er lebt, ist auch abbezahlt. Winfeld hat Asche.«

»Vielleicht hat er ja geerbt?«, ahmte Henk sich selbst nach, woraufhin sogar Kampen fast lachen musste.

»Weiß ich nicht«, sagte Erlinger. »Aber als Generalmajor in Rente bekommt er knapp 7.000 Euro. Das reicht nicht. Und bei der Truppe, wo er sein Berufsleben verbracht hat, durfte er nicht einfach so nebenbei Geld verdienen.«

»Reiche Frau?«, fragte der Däne.

»Eher nicht«, sagte Erlinger. »Also keine Firmenbeteiligungen, die wir gefunden haben, oder so etwas in der Richtung. Auch keine als reich bekannte Familie. Sie ist pensionierte Lehrerin. Zwei solche Buden, das kriegst du als Bundeswehrgeneral mit Lehrerinnengattin nicht einfach so hin.«

»Auf Nowikows Liste standen bei dem Eintrag keine Beträge«, sagte Henk nachdenklich. »Aber glaubt ihr, dass er, keine Ahnung, Hunderttausende bekommen haben könnte? Ist das nicht etwas viel?«

»Na ja«, sagte Erlinger, »dank Josefine wissen wir jetzt, was dieser Aluhut-Blogger bekommt. Lass Winfeld mal zehn Jahre lang 5.000 im Monat bekommen haben, niedrig geschätzt, weil er mehr wert sein dürfte als die Kellerassel mit ihrem Laptop. Das wären … das wären 600.000 Euro. Steuerfrei.«

»Das wäre krass«, sagte Timur, der sich bislang zurückgehalten hatte. »Das wäre richtig, richtig heftig. Und außerdem Landesverrat unter Umständen. Oder?«

»Indeed«, sagte Erlinger.

»Gut«, sagte der Däne. »Winfeld bleibt auch erst mal auf der Liste.«

»Dafür können wir *Traudel* streichen«, warf Merle Schwalb ein, weil sie das Gefühl hatte, dass jetzt vielleicht ein guter Zeitpunkt wäre, ihren Misserfolg zu Protokoll zu geben. »Die E-Mail-Adresse ist tot, mehr Spuren gibt es nicht. Aus die Maus.«

»Pech«, sagte Henk.

»Pech hatten wir übrigens auch mit der zweiten E-Mail-Adresse«, sagte Timur. »Aber dafür wenigstens etwas Spaß!«

Spaß?

Wir hatten Spaß?

»Lass hören«, sagte Henk.

»Wir haben uns als Waffenhändler ausgegeben«, begann Timur seine Geschichte, womit er augenblicklich die Aufmerksamkeit aller Anwesenden sicher hatte.

Immer mit einem Erdbeben anfangen, dachte Merle Schwalb.

Und dann langsam steigern …

Als Nächstes beschrieb Timur seine Verkleidung. Schilderte den Flohmarkt. Waldemars illustren Stand. Und je länger er erzählte, desto klarer wurde Merle Schwalb, warum sie zuvor so abweisend auf Timur reagiert hatte, als er sich hatte neben sie setzen wollen. Warum sie ihn hatte auflaufen lassen. Sie war wütend auf ihn. Weil er, zuerst bei Raudzus, und dann bei Waldemar, vorgeprescht war wie ein Welpe, der sich nicht im Griff hatte. Und weil er sie, in beiden Fällen, zur Statistin degradiert hatte.

Auch in seiner Version der Geschichte, die er jetzt erzählte, spielte sie praktisch keine Rolle. Das entsprach zwar der Wahrheit, weil sie am Sonntag kaum etwas gesagt oder getan hatte. Aber Timur erzählte die Geschichte, als sei sie gar nicht dabei gewesen – und als könne sie deshalb auch nicht wissen, dass er gnadenlos übertrieb. Er ließ Waldemar als paranoiden Halbirren erscheinen. Machte ihn nach und ließ ihn dabei flüstern und zischen und sich laufend nach virtuellen Verfolgern umsehen. Timur erzählte gut, effektvoll und schnell. Jedem, der zuhörte, war klar, dass Waldemar von vornherein ein hoffnungsloser Fall gewesen war, dass man niemals etwas Hilfreiches aus ihm hätte herausholen können. Dass Timur die Geschichte nur erzählte, weil sie lustig war.

Und dass er auf ein grandioses Finale zusteuerte.

»Und dann sage ich zu ihm: Waldemar, sagen Sie, haben Sie Freunde in Russland? Und er so …« – und Timur verwandelte sich wieder in Waldemar, sprang von seinem Platz auf der Bierbank auf, rannte eine Runde um den Tisch und schrie dabei: »Verfassungsschutz, Hilfe, Verfassungsschutz! Sie kommen mich holen!«

Der Däne haute prustend auf den Tisch.

»Ich glaube, ich habe eingepinkelt«, stieß Josefine zwischen zwei Lachanfällen hervor.

»Tja, so war das mit Waldemar, dem Wirren«, beendete Timur seine Geschichte, setzte sich wieder auf seinen Platz und sah Merle Schwalb an.

Er will Beifall, dachte sie.

Er will allen Ernstes Beifall.

Von mir!

»Ja, Leute, das war wirklich verrückt«, sagte Merle Schwalb. »Aber ich glaube, das Letzte, was Timur zu Waldemar gesagt hat, war *etwas* anders. Timur hat ihn nämlich gefragt …« – und jetzt machte sie Timur nach und flüsterte verschwörerisch: »Waldemar, sagen Sie, haben Sie etwa schon an Mutter Russlands großer Titte genuckelt?«

Wieder lachten alle.

Alle, nur Timur nicht.

»Na ja, und wo wir schon dabei sind«, fuhr Merle Schwalb fort, »Professor Raudzus aus dem Saarland haben wir auch noch nachzutragen. Timur, willst du?«

»Raudzus, ja«, sagte Timur. »Wir haben ihn bei einer Veranstaltung von seinem Verein abgepasst. Haben ihn ein bisschen unter Druck gesetzt. Weil wir gesehen haben, dass er zuvor mit dem russischen Attaché gesprochen hat, der auch da war. Bis jetzt hat Raudzus aber noch nicht gezuckt.«

»Gut, wir streichen Waldemar, denke ich. Aber bleibt Raudzus auf der Liste?«, fragte der Däne.

Timur sah Merle Schwalb an.

Er ist verunsichert, dachte sie.

Gut so!

»Ja«, sagte sie. »Raudzus bleibt.«

»Schön«, sagte Henk, »dann mache ich jetzt mal schnell, weil ja danach noch ein paar echte Brummer kommen, wenn ich mich nicht täusche. Bei mir ist es total simpel. Ich war in Marzahn bei Zerbst. Der Typ, der dieses Magazin macht. *Fake News* ohne Ende. Die Redaktion ist im Parterre eines Plattenbaus, zwei Zimmer, zwei Computer, ein Billy-Regal. Zerbst war zu Hause. Das Ganze hat vier Minuten gedauert. Herr Zerbst, stimmt es, dass staatliche russische Stellen 12.000 Abonnements Ihres Magazins beziehen? Antwort Zerbst, ohne zu zögern: Ja. Die zahlt zur Hälfte das russische Außenministerium, zur anderen Hälfte das Innenministerium. Die gehen an Russlanddeutsche in Russland und anderswo auf der Welt. Zerbst sagt, er habe den Deal vor vier Jahren vorgeschlagen, und die hätten sofort Ja gesagt. Er sagt, absolut nichts daran sei illegal. Auf die Frage, ob die Ministerien inhaltlichen Einfluss nehmen, sagt er: Nein, tun sie nicht. Ende.«

»Geile Scheiße«, sagte Kampen.

»Ja«, sagte Henk. »Geil und scheiße zugleich. Passt irgendwie in die Geschichte. Passt zugleich nicht in die Geschichte. Zerbst ist aus meiner Sicht ein Beispiel für die zehn Prozent des Eisbergs, die über der Oberfläche stattfinden. Schwierig, aber vermutlich legal, jedenfalls nicht skandalös.«

»Ja, aber das gehört mit rein. Ist ein sehr gutes Beispiel«, sagte der Däne und nahm sich ein Bier.

In den Büschen in Merle Schwalbs Rücken raschelte etwas. Es war Maja, die ein großes Tablett in der Hand hielt.

»Wir hatten doch halb neun gesagt, oder?«, fragte sie.

»Perfektes Timing!«, sagte Merle Schwalb. »Arno, holst du noch Wein und Bier bitte?«

Olli hatte Flammkuchen gemacht, vegetarisch und mit Speck, in seinem selbst gebauten Holzofen, den er in einer Ecke des Grundstückes errichtet hatte. Dazu hatte Maja Salat zubereitet. Sie aßen beinahe schweigend. Der Däne sagte irgendetwas über Fußball, das Merle Schwalb nicht verstand, aber auch sonst stieg niemand darauf ein.

Die Brummer, dachte Merle Schwalb.

Alle wissen, die Brummer kommen noch.

Drei Brummer.

Was ist mit AvS?

Was wissen wir über Odermann?

Was hat der Verfassungsschutz gesagt?

Manche von uns wissen noch gar nicht, was gleich kommt.

Und keiner weiß schon alles.

***

Es ist der nächste Morgen, und Merle Schwalb hat Kopfschmerzen. Sie sitzt alleine in dem Raum mit dem Whiteboard und ist dankbar, dass sie schon vor Tagen daran gedacht hat, Aspirin zu besorgen. Vor ihr steht ein Espresso. Zwischen ihren Knöcheln streift die rot gescheckte Katze umher, die sich durch die Tür des

Gästehauses gequetscht hat, als Merle Schwalb die Tür zum Lüften geöffnet hat.

Gerade hat sie unter Aufbietung aller ihr möglichen Konzentration ihre Notizen von gestern Abend in das doppelt und dreifach gesicherte Laptop eingetragen. Zuvor schon hat sie die Einträge *traudel.privat.privat@web.de* und *germanyfirst_12587@yahoo.de* auf der Liste auf dem Whiteboard durchgestrichen. Und vor den Namen von Maik Zerbst, Magazinmacher aus Marzahn, hat sie einen grünen Haken gesetzt.

Es ist der nächste Morgen, es müsste Mittwoch sein, wenn sie sich nicht täuscht. Die Sonne brennt durch die Fenster und wärmt ihr Gesicht, und alle anderen schlafen noch.

Nein, nicht alle, korrigiert sie sich in Gedanken.

Kampen ist in der Nacht noch nach Hause gefahren. Sicher kommt er gleich mit seinem Riesen-SUV auf die Einfahrt gebogen.

»Arno, du wolltest doch wieder mit zurück nach Berlin?«, hatte Kampen gefragt, bevor er losgefahren war. Das musste so um kurz nach zwei am Morgen gewesen sein.

»Ach so, ja, nee, ich bleibe doch«, hatte Erlinger geantwortet.

»Aber du hast doch gar nichts dabei?«

»Passt schon, Lars!«

Woraufhin Kampen wortlos abgedampft war. Wortlos und etwas eingeschnappt. Hatte er etwa als Einziger nicht mitbekommen, dass Arno und Josefine da schon seit Stunden eng an eng vor dem Lagerfeuer gesessen hatten?

Merle Schwalb trinkt ihren Espresso aus, steht auf und stellt sich noch einmal vor das Whiteboard. Sie streicht die Namen von Zakariya und Jamal durch.

Ihr seid raus, Jungs.

Gut für euch.

Sie blickt auf den Eintrag Nummer zehn auf Nowikows Liste: Lenz Odermann, Wirtschaftsressortleiter der *NZ*.

Sie blickt auf Eintrag Nummer elf auf Nowikows Liste: Adela von Steinwald, Chefin des *Globus.*

Sie nimmt einen Stift in die Hand.

Aber dann legt sie ihn wieder in das Schälchen.

»Alte *NZ*-Tradition!«, hört sie den Dänen in ihrer Erinnerung stolz verkünden. In seinen großen Händen hält er drei Flaschen, die im Schein des Lagerfeuers funkeln. »Das Rezept stammt noch von den Gründern der Zeitung nach dem Krieg. Haben sie mit den britischen Besatzern ausgeheckt. Ist eigentlich geheim. Aber weil ihr jetzt quasi dazugehört, dürft ihr auch!«

Zwei Teile Aquavit, ein Teil Kümmelkorn, zwei Teile Sanddornsaft.

Lüneburg Lobotomy.

»Guter Name, oder?«, fragt der Däne und verteilt Gläser.

Ja, denkt Merle Schwalb.

Guter Name.

Nach dem Abendessen hatten sie zunächst noch weiter an dem Biertisch gesessen. Bevor sie Holz für das Lagerfeuer gesucht und angezündet hatten.

Die Brummer …

Der Däne und Erlinger hatten angefangen. Sie setzt sich wieder und liest noch einmal durch, was sie in das Geheimlaptop notiert hat:

<u>Zu LfV Berlin</u>

Erlinger und Poggemeier: gemeinsames Treffen mit Quelle des Berliner Landesamtes für Verfassungsschutz, Abteilung Spionageabwehr. Folgende Informationen können als verifiziert betrachtet werden:

1. Anatoli Nowikow war unregelmäßiger Zuträger des LfV Berlin. Er kam als sogenannter Selbstanbieter vor ca. einem Jahr zum LfV. Kleinere Geldbeträge als Entlohnung.
2. Nowikow war niedrigrangiger technischer Mitarbeiter der GRU (russischer Miltärnachrichtendienst).
3. Das LfV hat Nowikows Tod mithilfe des LKA in der Polizeimeldung verschleiern lassen, um die Gelegenheit zu bekommen, zu beobachten, ob jemand – und wenn ja, wer – ihn im Krankenhaus aufsuchen würde.
4. Tatsächlich versuchte ein mutmaßlicher GRU-Agent, Nowikow im Urban-Krankenhaus zu finden. Das LfV hat ihn anschließend observiert. Dieser Mann hat gemeinsam mit einem zweiten, ebenfalls unbekannten Mann einen Tag später Nowikows Zimmer ausgeräumt.
5. Die russische Botschaft hat Nowikows Leiche in Empfang genommen. Notwendige Papiere und Vollmachten lagen vor.

»Habt ihr eure Quelle auch gefragt, ob sie etwas von Nowikows Liste wissen?«, hatte sie wissen wollen.

»Nein, nicht so direkt«, hatte der Däne geantwortet.

»Zu *risky*«, ergänzte Erlinger. »Aber wir haben unseren Mann gefragt, wie sie Nowikow eingeschätzt haben. Und sie fanden ihn etwas instabil. Amateurhaft. Er war halt noch jung, und sie hatten gehofft, ihn eventuell langfristig anfüttern zu können, falls er mal aufsteigt oder so. Bis zu seinem Tod hatte er jedenfalls nur Zeug geliefert, das das LfV selbst schon wusste oder das niemanden dort heißgemacht hat.«

»Sie haben«, sagte der Däne, »ihn allerdings so verstanden, dass er etwas vorhatte. Hat wohl Andeutungen gemacht, er habe da etwas Größeres. Das könnte die Liste gewesen sein.«

»Und wissen die beim LfV, womit er in der Botschaft befasst war? Also hätte er in der Theorie Zugang zu Listen mit angeworbenen Deutschen gehabt?«

»Nein«, sagte Erlinger. »Also nein in dem Sinne, dass er eigentlich einen technischen Job hatte, er gehörte zu der Abteilung, die mit der Technik für Abhörmaßnahmen beschäftigt war. Da lag so was definitiv nicht auf seinem Schreibtisch. Jedenfalls dürfte es da nicht gelegen haben.«

»Aber er könnte es beschafft haben?«

»Es weiß ja keiner, wen er in der Botschaft oder in der GRU besser kannte, wer da vielleicht mit ihm gemeinsame Sache gemacht oder ihm zugeliefert hat.«

»Oder was er aufgeschnappt hat«, sagte Josefine.

»Oder was er aufgeschnappt hat«, sagte Erlinger.

»O.K., aber noch mal zusammengefasst: Eure Quelle weiß nicht, dass wir eine Liste haben, von der wir – wenn Popow die Wahrheit sagt und wenn Nowikow zuvor Popow die Wahrheit gesagt hat – wissen, dass Nowikow sie dem LfV geben wollte? So korrekt zusammengefasst?«

»Aye«, sagte Erlinger.

»Noch was«, sagte der Däne. »Das LfV ist sich nicht sicher, ob Nowikow ermordet wurde, ob es Selbstmord war oder ein Unfall. Die haben keine Ahnung.«

»Habt ihr eure Quelle abgedichtet?«, fragte Henk.

»Na ja, sagen wir mal so: Die machen von sich aus sicher keine Pressemitteilung. Aber wir haben ihm klargemacht, dass er von uns eventuell noch interessante Details erfahren kann, wenn wir dafür im Gegenzug davon ausgehen können, dass er mindestens nicht mit anderen Journalisten über den Fall spricht, falls jemand anderes noch Lunte riecht.«

Merle Schwalb geht in die Küche und macht sich noch einen Kaffee. Im ersten Stock geht die Dusche an. Das wird jetzt, denkt sie, noch eine halbe Stunde so gehen. Bis alle geduscht haben und runterkommen.

Soll ich Frühstück machen?

Soll ich zum Bäcker am Ende der Straße gehen, zwanzig Schrippen und ein Glas Leberwurst besorgen?

Das wäre nett von mir.

Aber das werde ich nicht machen.

Es gibt Müsli und Cornflakes.

Und wem das nicht gefällt, der kann mich mal.

Lüneburg Lobotomy.

Nach der dritten Runde, die Poggemeier ausgeschenkt hatte, hatte Henk sein Handy rausgeholt und irgendeine extrem angemessene und unaufdringliche Playlist angemacht. Sie konnte sich nur noch an Fetzen erinnern, Leonard Cohen war dabei, irgendetwas von Bob Dylan und dann noch … Bruce Springsteen vielleicht?

Es war gut gewesen. Gut, dort am Lagerfeuer zu sitzen, der Sonne beim Untergehen zuzusehen, dem Holz beim Glimmen, den eigenen Gedanken nachzuhängen und sie manchmal sogar mit den anderen zu teilen.

Es war friedlich gewesen.

Erstaunlich eigentlich, dachte sie. Nach dem, was Arno über Odermann berichtet hat.

Aber vorher hatte der Däne gesprochen.

»Ich hatte ja das Vergnügen, eure Chefin unter das Mikroskop zu legen«, hatte er angesetzt. »Und um es gleich vorwegzusagen: Viel habe ich nicht gefunden. Also jedenfalls keine *smoking gun*. Nicht mal annähernd. Höchstens eine Spur von einem Spürchen, die in Richtung Russland führt.«

Er berichtete, dass er sich, nachdem er AvS weder in sozialen Netzwerken noch in den Registern einschlägiger Vereine oder Verbände gefunden habe, in die Familiengeschichte derer von Steinwald vertieft hatte.

»Ich habe eine Schwester und einen Onkel gefunden«, sagte er.

»Der Onkel ist der Bruder ihres Vaters, der kurz nach ihrer Geburt verstorben ist. Ich habe die beiden getroffen unter dem Vorwand, dass ich für die *NZ* an einem Porträt über eure Chefin für die Medienseite sitze. Ich will euch jetzt nicht mit Details langweilen. Aber es gibt zwei Ansätze, die eventuell nicht vollkommen uninteressant sind. Das eine ist, dass die Familie einen ziemlich großen Gutshof besessen hat, und zwar in der Nähe von Königsberg, also heute Kaliningrad, Russland. Der Gutshof ist natürlich enteignet worden. Die Familie hätte ihn gerne wieder, ihre fünfzehn Jahre ältere Schwester und der Onkel sind zum Beispiel beide dort geboren und haben jede Menge sentimentale Kindheitserinnerungen. Bis jetzt war da nichts zu machen. Aber Adela ist so etwas wie das inoffizielle Familienoberhaupt, und beide haben mir übereinstimmend berichtet, dass sie ihnen gegenüber gesagt hat, sie arbeite daran, das Gut zurückzubekommen. Ob das bedeutet, es zu kaufen, oder was es sonst bedeuten könnte, ist unklar. Aber wenn AvS das gesagt hat und es stimmt, dann würde das bedeuten, dass sie in der Sache womöglich Kontakt mit dem russischen Staat aufgenommen hat. Oder wenigstens mit der Verwaltung in Kaliningrad. Verifizieren konnte ich das noch nicht. So, das ist das eine.«

»Das ist doch schon mal interessant«, sagte Josefine.

»Eine Spur kann man das ja wohl kaum nennen«, erwiderte Kampen.

»Ganz ruhig, Kollegen«, sagte Henk. »Wir wussten, dass es heikel wird, wenn wir über Kreuz unsere eigenen Kollegen und Chefs ausrecherchieren, jetzt müssen wir das auch aushalten, O.K.?«

Auch Poggemeier machte mit seinen Händen eine beschwichtigende Geste.

»Ich hab versucht, ganz fair und unvoreingenommen vorzugehen.«

»Ist gut«, sagte Erlinger. »Mach weiter, Dirk.«

»Also, die zweite Sache hat mit ihrem Vater zu tun. Er ist

1954 gestorben, anderthalb Jahre nachdem er aus russischer Kriegsgefangenschaft gekommen war. Es gab, das wisst ihr sicherlich, immer mal wieder Erwähnungen von Harald von Steinwald im Zusammenhang mit Widerstandsgruppen, bis hin zum 20. Juli. Dass er zweite oder dritte Reihe war, hier mal ausgeholfen hat, da mal einen Brief transportiert, jemandem mal ein Pferd ausgeborgt, solche Dinge.«

»Das Dritte Geschlecht hat ein Foto von ihm auf dem Schreibtisch«, sagte Henk. »Sorry, das ist natürlich nicht ungewöhnlich, ist mir nur gerade eingefallen.«

»Ja, also«, fuhr der Däne fort. »Es ist natürlich möglich, dass Harald von Steinwald im Geheimen ein aufrechter Widerstandskämpfer war. Aber wenn es so war, gibt es leider nicht viele Widerständler, die sich an ihn erinnern. Ich habe einen Historiker getroffen, der sich da gut auskennt. Alle diesbezüglichen Hinweise stammen letztlich aus den Aussagen zweier mittlerweile verstorbener Großgrundbesitzer, ebenfalls aus Ostpreußen, die für sich selbst geltend gemacht haben, zum Umfeld von Stauffenberg gehört zu haben, wofür es aber wiederum keine wirklich verlässlichen Quellen gibt.«

»Und wo führt uns das jetzt hin?«, fragte Kampen ungeduldig.

»Dieser Historiker sagt, wenn Harald von Steinwald in russischer Gefangenschaft war, gibt es zu ihm und seiner Rolle womöglich aussagekräftige Unterlagen in russischen Archiven. Von denen sind viele mittlerweile geöffnet für Forscher, aber nicht alle, und es fehlen auch viele Bestände, die entweder zerstört wurden oder …«

»… oder weggeschlossen oder beiseitegeschafft«, beendete Henk seinen Satz.

Der Däne nickte.

»Das ist jetzt eine totale, eine vollständige Spekulation, ja?«, fuhr er fort. »Aber angenommen, die Russen säßen auf Informationen, die Haralds Aufrichtigkeit infrage stellen – dann könnte das etwas sein, das AvS gerne nicht veröffentlicht sähe. Und die Frage ist: Würde sie eventuell bereit sein, etwas dafür zu tun, dass das nicht geschieht?«

»Puh«, sagte Henk.

Und niemand sonst sagte etwas.

Arno Erlinger hatte Poggemeier zugenickt, was man als Anerkennung deuten konnte, und war aufgestanden, um abseits des Biertisches eine Zigarette zu rauchen.

»So, und jetzt bist du dran, Arno«, sagte der Däne, nachdem Erlinger sich wieder gesetzt hatte. »Was ist mit Lenz Odermann?«

»Nichts«, sagte Erlinger. »Absolut nichts. Ich habe noch weniger als du. Ich habe mir als Erstes seine Reisekostenabrechnungen besorgt.«

»Du hast was?«

»Ich kenne jemanden in eurem Verlag«, sagte Erlinger. »Diese Abrechnungen werden erstaunlich lange aufgehoben. Wahrscheinlich, falls es mal eine Steuerprüfung gibt. Odermann war drei Mal in den letzten drei Jahren in Russland, damit habe ich angefangen. Das waren zwei Wirtschaftsgipfel in Sotschi und eine Reise einer deutschen Wirtschaftsdelegation samt Minister nach Moskau, wo er dabei war. Er hat jedes Mal drüber geschrieben, jeweils einen nachrichtlichen Bericht und einen Kommentar oder Leitartikel. Die Kommentare waren unverdächtig. Sehr vernünftig. Sehr klar Kreml-kritisch. Damit hat er die Russen sicher nicht happy gemacht.«

Merle Schwalb entscheidet sich für eine zweite Aspirin und holt ein Glas Wasser aus der Küche. Die Katze folgt ihr.

Sie schenkt sich Wasser ein und erinnert sich daran, wie sie noch gedacht hat: Wieso ist Erlinger so zurückhaltend? Wieso ist er, wenn er wirklich nichts über Odermann herausgefunden hat, so wenig schlecht gelaunt?

Aber natürlich hatte Erlinger nicht gar nichts herausbekommen.

»Mir ist nur eine Sache aufgefallen«, setzte Erlinger wieder an. »Ihr kennt das doch, wenn ihr nach Artikeln von einem bestimmten Autor sucht und dann Stichworte eingebt, in diesem Fall also zum Beispiel ›Sotschi‹ und dazu eben den Namen des Autors, also ›Odermann‹?«

»Ja, natürlich kennen wir das«, sagt der Däne. »Hallo?«

»Ich finde also die Artikel und Kommentare, die ich schon erwähnt habe. Und genau drei weitere Texte. Die sind aber gar nicht von Odermann. Er wird nur drin erwähnt.«

»Verstehe ich nicht«, sagte Josefine.

»Also, vereinfacht gesagt: Lenz Odermann hat einen Troll. Jedes Mal, wenn er einen Kommentar oder Leitartikel schreibt, in dem der Kreml kritisiert wird, schreibt ein anderer Autor namens Piet Sattelmacher einen eigenen Kommentar, der gnadenlos pro Kreml ist, und zitiert Odermann und macht ihn brutal nieder.«

»Hä? Aber das wäre doch genau das Gegenteil von dem, wonach wir suchen?«, fragte Josefine.

»Ja, das habe ich auch gedacht: Dass ich aus Versehen eine andere russische Sockenpuppe gefunden habe. Dass dieser Piet Sattelmacher Geld aus dem Kreml kriegt, um sein Spiel zu spielen.«

»Aber?«, fragte der Däne, dem allmählich ebenfalls aufzugehen schien, dass Erlinger lediglich einen extralangen und nur scheinbar harmlosen Anlauf genommen hatte.

»Erstens: Piet Sattelmacher gibt es nicht. Es gibt keine Spuren, dass dieser Vogel eine reale Person ist, ein lebender Journalist. Er hat nie etwas anderes veröffentlicht als diese drei Odermann-*Bashing*-Stücke. Und die Onlinemedien, wo seine Kommentare erschienen sind, sind reichlich dubios. So ein bisschen wie *Sputnik*, aber eine oder zwei Nummern kleiner. *Russland-Nachrichten* und so. Miese Klitschen. Allerdings wurden Sattelmachers Artikel in erstaunlich viele Sprachen übersetzt und ordentlich weiterverbreitet. Auf meine E-Mail-Anfragen, ob man einen Kontakt zu ihrem Autor Piet Sattelmacher herstellen könne, hat natürlich nie jemand auch nur geantwortet.«

»Und zweitens?«, fragte der Däne. »Denn dein erster Punkt verstärkt ja nur, dass Sattelmacher hier das Problem ist, nicht Odermann.«

»Zweitens«, sagte Erlinger langsam, »ist es so, dass einer dieser Kommentare von Piet Sattelmacher, wenn man sich die Archivdaten ganz genau ansieht, 17 Minuten vor Odermanns Kommentar, auf den er sich bezieht, veröffentlicht wurde.«

Kampen schlug triumphierend mit der Faust auf den Tisch.

»Ja, aber Moment mal, was bedeutet denn das?«, grätschte der Däne dazwischen. »Ich kapiere das nicht ganz. Willst du damit sagen, dass Odermann irgendwelchen Russen vorab seine Artikel gezeigt hat, damit die darauf reagieren können?«

»Das wäre eine Möglichkeit«, sagte Erlinger.

»Aber du glaubst nicht dran?«

»Weißt du, dass Odermann einen Hund hat?«, fragte Erlinger.

»Was? Nein, keine Ahnung. Was hat denn das jetzt damit zu tun?«

»Er hat einen Hund. Dieser Hund heißt Pit.«

»Was?«

»Und weißt du, worüber Odermann seine Diplomarbeit in Wirtschaftswissenschaften an der Uni Hamburg geschrieben hat?«

»Nein, natürlich nicht!«

»Über einen nahezu vergessenen Wirtschaftstheoretiker der Weimarer Republik. Über Karl Sattelberger.«

»Du meinst, dass Lenz …«

»Ich weiß gar nichts, O.K.! Aber es könnte sein, dass Odermann schlauer ist als die anderen. Dass er den Russen gesagt hat, ich werde ganz sicher nicht meinen Ruf für euch ruinieren. Aber hey, wie wäre es hiermit: Ich kann mich ja verdoppeln und erfinde euch einfach einen Typen, der mich niedermacht.«

Lüneburg Lobotomy.

Sie musste dem Dänen zugutehalten, dass er trotz der Indizien, die Erlinger zutage gefördert hatte, gute Miene gemacht hatte. Dass er zwar gelegentlich »Kacksack« oder »Schweinskopf« vor sich hin gemurmelt hatte, aber bis zum Ende bei ihnen am Feuer blieb und trank und redete.

Es ist fast zwölf Uhr am Mittag, bis alle geduscht und ihr Frühstück zu sich genommen, ihren ersten Kaffee getrunken und sich begrüßt haben. Sofort fällt ihr auf, wie ungewohnt es ist, Erlinger in einem zerknitterten Hemd zu sehen, es hat sogar einen Grasfleck auf dem Rücken.

»Ich hab richtig gut geschlafen«, lügt Timur sie an, obwohl es offensichtlich ist, dass das nicht stimmt. Aber sie ahnt, dass er die Stimmung zwischen ihnen beiden verbessern will. Also tut sie, als glaube sie ihm. Sie hat kein Interesse an einem fortgesetzten Drama.

»Warum bist du so angepisst?«, hatte er sie auf dem Weg zurück ins Haus gefragt, nachdem sie die Reste des Feuers mit einem Eimer Wasser gelöscht hatten. Sie hatte es ihm erklärt, er hatte genickt. Sie hatten es dabei belassen.

Es gibt einen Grund, warum sie als Erste aufgestanden ist. Warum sie am Vortag früher gekommen ist. Sie hat sich vorbereitet auf diesen Moment, und sie hat ausgedruckte Artikel für die anderen mitgebracht.

»Lasst uns heute noch ein wenig darüber sprechen, wie es weitergeht, ja? Und nicht zu lang machen. Wir sind alle im Eimer. Also, ich versuche mal, es abzukürzen.« Sie zeigt auf das Whiteboard. »Gestrichen ist gestrichen. Grüner Haken heißt: im Sack.

Bei allen anderen Fällen, die wir gestern besprochen haben, ist es so: Wir haben Informationen gesammelt, die darauf hindeuten, dass die Namen nicht ohne Grund auf Nowikows Liste stehen. Wir haben aber in keinem Fall Beweise, würde ich sagen.«

»Was ist mit Odermann?«, fragt Kampen. »Der stinkt doch bis zum Himmel.«

»Da stinkt *etwas* bis zum Himmel«, sagt Merle Schwalb. »Wie gesagt: Beweise sind das noch nicht. Nicht mal bei Josefines Blogger wären wir schon so weit, dass wir es in einem Artikel aufschreiben könnten. Das bedeutet, dass alle weitermachen an ihren Zielpersonen. Nachverdichten. Damit wir in einer Woche oder in zwei Wochen wieder weiter sind. Und hoffentlich ein paar mehr grüne Haken haben. Und meinetwegen auch ein paar mehr gestrichene Namen. Einverstanden?«

Allgemeine Zustimmung, ausgedrückt durch unterlassenen Widerspruch.

Nehme ich.

Journalisten halt.

»Gut«, fährt sie fort. »Dann noch eine andere Sache. Es gibt eine Reihe von Einträgen, um die wir uns noch gar nicht gekümmert haben. Weil sie total kryptisch sind, wie diese Zahlen-Buchstaben-Kombinationen. Wir haben eine mögliche IBAN-Nummer ohne Namen. Solche Sachen. Ich finde, wir sollten die nicht liegen lassen. Ich glaube, wir brauchen Hilfe. Unterstützung. Weitere Rechercheure.«

»Du willst mehr Leute ins Team holen?«, fragt der Däne.

»Ja, mehr Leute. Aber nicht im Team.«

Sie zeigt auf den Stapel ausgedruckter Artikel, den sie im Zentrum des Tisches platziert hat.

»Das sind die zehn oder elf interessantesten Geschichten aus der internationalen Presse aus den letzten zwei Jahren über russische Infiltrationsversuche. Nicht nur im Westen, auch zum Beispiel bei Wahlen in Afrika. Oder beim Errichten einer Trollfabrik in Südamerika. Es gibt etwas ziemlich Auffallendes, wenn man sie am Stück liest: Überall haben russische Investigativkollegen mitgearbeitet. Ich vermute, sie haben nicht wenige der Details angeschleppt. Und sie haben wahrscheinlich geholfen mit so Sachen wie Josefines Firmenkonstruktion. Das sind in der Regel ehemalige Printkollegen, die sich selbstständig gemacht und kleine Kollektive gegründet haben. Die haben Kontakte, die kennen sich aus, die machen ordentlich Wirbel. Seht's euch an. Ich fand das sehr beeindruckend. Wenn ich das richtig überreiße, dann hat allerdings keiner von uns schon mal eng mit solchen russischen Kollegen kooperiert. Trotzdem, ich halte das für einen logischen nächsten Schritt.«

»Aber wenn wir die nicht kennen?«, fragt Josefine. »Wie soll das gehen? Wieso sollten die das mit uns machen?«

»Willst du einfach so alles mit denen teilen?«, will Henk wissen.

»Wir machen das vorsichtig. Aber ich habe eines dieser Kollektive kontaktiert, weil die mal mit der *Sunday Times* etwas gemacht haben, was in unsere Richtung geht. Die *Damocles Research Group*.«

»Die *Times* ist total scheiße, seit sie Murdoch gehört!«, wirft Kampen ein.

»Der Artikel war gut«, sagt Merle Schwalb. »Wirklich, lies ihn, anscheinend kennst du ihn ja noch nicht.«

»Hast du denen gesagt, worum es geht?«, fragt der Däne.

»Nein. Habe nur gesagt, ich würde gerne etwas mit ihnen besprechen, eine heikle Recherche, bei der wir eventuell deren Unterstützung brauchen könnten. Ob sie bereit wären, darüber zu reden.«

»Und, sind sie es?«

»Ich fliege übermorgen nach Riga und treffe einen oder zwei von ihnen. Morgens hin, abends zurück.«

»Cool«, sagt Timur.

»Willst du mit?«, fragt Merle Schwalb.
»Klar.«
»O.K. Noch jemand?«
Niemand hebt den Finger.
»Gut, zwei von uns müssten auch reichen.«

»Du machst das gut, Merle«, sagt Henk zu ihr, als sie gemeinsam im Auto zurück nach Berlin fahren. »Schön straight, kein bullshit!«

Merle Schwalb lächelt.

»Erlinger und Josefine!«, sagt sie.

»Süüüüß!«, sagt Henk.

***

Am Donnerstag kippte das Wetter. Es gewitterte schon am Morgen, und der Regen fiel in schnellen fetten Tropfen. Merle Schwalb verließ trotzdem ihre Wohnung, um in einem Café zu frühstücken. Sie war ewig nicht einkaufen gewesen und hatte keine Lust, das jetzt nachzuholen. Sie lief durch die Pappelallee und ein Stück durch die Stargarder Straße. In den Pfützen schäumte es, so heftig schlugen die Tropfen ein. Trotzdem war es heiß. Eine Art Dampf hing in der Luft. Und die ganze Welt schien einen leichten Gelbstich zu haben, wie ein Super-8-Film aus den Siebzigern.

Sie rannte nicht wie die wenigen anderen Menschen, die unterwegs waren. Es machte ihr nichts aus, nass zu werden.

Im Café las sie die *NZ*, die *ZEIT* und die Geschichten aus dem *Globus*, die sie noch nicht kannte und für die sie genügend Interesse aufbringen konnte.

Sie überlegte, ob sie später in die Redaktion fahren müsste. Die Russland-Recherche nahm praktisch ihre gesamte Zeit in Beschlag, aber offiziell existierte sie gar nicht. Das Dritte Geschlecht oder andere aufmerksame Kollegen könnten irgendwann auf die Idee kommen, sie zu fragen, was sie eigentlich die ganze Zeit über tat.

»Muss ich heute reinkommen? Stellt schon jemand Fragen?«, schrieb sie an Erlinger.

»Kein Stress«, schrieb Erlinger zurück. »Lars und ich sitzen am zweiten Teil unserer Mafiaserie, wir nehmen dich mit in die Autorenzeile.«

Ein geschenkter Tag, oder vielleicht auch ein gestohlener Tag, mitten in der Woche.

Was sollte sie tun?

Was wollte sie tun?

Henk würde vermutlich drei Stunden Yoga machen. Kaiser mit seiner Tochter spielen, sobald sie aus der Schule käme. Der Däne? Ich könnte mir vorstellen, dass er eine Garage mit einem halb renovierten Boot drin hat, an dem er feilen würde. Erlinger? Sie konnte sich Erlinger nicht in seiner Freizeit vorstellen. Wir kennen uns, aber wir kennen uns nicht, dachte sie. Vielleicht spielt er seit zwanzig Jahren Bratsche und ich weiß das nicht. Oder er schreibt heimlich Gedichte. Oder er hilft in einer Suppenküche aus. Und Kampen – wenn ich mir Kampen ausmale, sehe ich ihn in Camouflageklamotten in einer *Gotcha*-Landschaft, einen orangefarbenen Klecks auf dem Visier, hinter einem Stein kauernd. Was sicher Quatsch ist.

Wir sind keine Freunde. Wir sind Kollegen.

Seltsame Spezies.

Ich weiß nicht einmal, ob Kampen eine Freundin hat. Oder einen Freund.

Henk hatte vor drei oder vier Jahren eine schwere Krise mit seiner Freundin. Damals hat er sich bei mir ausgeheult. Jetzt weiß ich nicht einmal, ob es sie noch gibt. Oder jemand anderen. Oder niemanden?

Andererseits würde ich einen geschriebenen Satz von Henk sofort erkennen. Seine Freundin, wenn es sie gibt, könnte das mit Sicherheit nicht.

Kollegen.

Und manchmal kreuzen sich die Pfade auf unvorhergesehene Weise. Was alles nur noch komplizierter macht.

Eine Nacht mit Timur.

Erlinger und Josefine.

Ich kann mir nicht vorstellen, dass die beiden ein Paar werden. Dass Erlinger zu einer Beziehung fähig ist. Nur: Warum eigentlich nicht? Wo ich doch in Wahrheit rein gar nichts über ihn weiß! Was, wenn Josefine alles ist, wovon er je geträumt hat? Andererseits: Er ist so ein Zyniker, so abgefuckt. Sie ist so jung, so unverdorben. Wie soll das gehen?

Und wenn sie es ist, die Erlinger aus seinem Zynismus rettet?

Und ich selbst?

Mich kennt auch keiner.

Ob die anderen was ahnen, wegen Timur?

Mir wäre es egal.

Ja, es wäre mir tatsächlich egal.

Und ist dir Timur auch egal?

Ein Schiff, das des Nachts vorüberfährt – sonst nichts?

Darüber will ich nicht groß nachdenken.

Aha, darüber willst du nicht groß nachdenken!

Ja, genau. Darüber will ich nicht groß nachdenken. Verliebt bin ich jedenfalls sicher nicht. Die Nacht war gut. Ich bereue es nicht. Es ist aufregend, daran zurückzudenken. Es muss meinetwegen nicht wieder passieren. Punkt.

Jeder hat etwas, das ihn antreibt, dachte sie, als sie die Zeitungen sorgfältig zusammenfaltete und in ihrer Tasche verstaute, den Milchkaffee austrank und Geld auf den Tisch legte. Das sagt man doch so, oder?

Merkwürdig, wie viele Entscheidungen man unbewusst trifft, dachte sie zwanzig Minuten später, als sie am Alex in die U8 umstieg.

Und noch einmal zwanzig Minuten später stand sie vor dem

Haus in der Hobrechtstraße, aus dem Anatoli Nowikow auf den Gehweg gestürzt war. Sie sah kurz an der Fassade hinauf, betrachtete einen Moment lang die Unterseite des Balkons im dritten Stock. Sie sah auf den Boden, aber wusste schon vorher, dass von dem Blutfleck nichts mehr zu sehen sein würde.

Nebenan, im *Damascus Palace*, saßen die ersten Gäste an den Holztischen und aßen *Kebab* und *Hummus*.

Dann trat sie einen Schritt vor und klingelte bei Frau Winkelmann.

»Ja?«

»Wie geht es Wotan, Frau Winkelmann?«

»Wer ist denn da?«

»Die Journalistin von letzter Woche.«

»Ach, sieh mal an. Wat ist denn nu schon wieder?«

»Darf ich kurz raufkommen?«

»Nenenene.«

»Nur ganz kurz. Will Ihnen nur was geben, Frau Winkelmann.«

Nach einem kurzen Moment summte es, und Merle Schwalb öffnete die Tür und ging ins Treppenhaus.

Frau Winkelmann sah aus wie die letzten beiden Male, als sie sie aufgesucht hatte. Wollsocken. Küchenkittel. Mit zusammengekniffenen Augen blickte die alte Frau sie an.

»Ick habe Ihnen doch schon gesagt, dass ich nicht mit Ihnen reden will, wa?«

»Ja, ich weiß«, sagte Merle Schwalb und entnahm ihrer Tasche die Zeitungen.

»Ich wollte Ihnen die bloß dalassen. Vielleicht haben Sie Lust, mal reinzuschauen. Sind gute Zeitungen.«

»Wat soll ick damit?«

»Na ja, lesen. Ganz ehrlich, Frau Winkelmann, ich fand das etwas ungerecht von Ihnen, was sie bei unserer letzten Begegnung über Journalisten gesagt haben. Ich arbeite immer noch an meiner Recherche über den netten Russen, in ein paar Wochen ist die

Geschichte vielleicht in der Zeitung, dann bringe ich Ihnen die auch vorbei. Ich wollte nur noch mal sagen, dass wir ordentlich arbeiten. Dass wir nicht irgendwelche krummen Nummern machen. Wir wollen die Wahrheit wissen. Und um die Wahrheit rauszukriegen, Frau Winkelmann, reicht die Polizei nicht. Das können Sie mir glauben!«

Frau Winkelmann antwortete nicht. Aber schließlich nahm sie doch die Zeitungen entgegen, die Merle Schwalb ihr während ihres Monologs hingehalten hatte.

»Tschüssi«, sagte Merle Schwalb. »Und schönen Gruß an Wotan!«

Dann fuhr sie wieder nach Hause, ging einkaufen und packte ihre Tasche.

***

Die kleine *Air-Baltic*-Propellermaschine von Berlin nach Riga war vor allem mit Geschäftsleuten gefüllt gewesen, Russen, Letten, Deutsche und Finnen, soweit Merle Schwalb es ausmachen konnte. Als sie abhoben, lag noch die Morgendämmerung über dem Flughafen Schönefeld, und die Positionslichter der Startbahn strahlten in einem fast unwirklich intensiven Blau, das sie sehr schön fand. Sie saß am Fenster, Timur neben ihr. Kaum dass sie abgehoben hatten und sie den Fernsehturm und sein blinkendes rotes Licht gesehen hatte, war sie traumlos eingeschlafen.

Der Flughafen in Riga war winzig. Auf dem Weg zur Passkontrolle kamen sie am Gepäckkarussell vorbei, an dem die Geschäftsmänner und Geschäftsfrauen, die vor ihnen ausgestiegen waren, auf ihre Rollköfferchen warteten. Sie sahen alle gleich aus, fand Merle Schwalb. Die Menschen ähnelten einander auf dieselbe Art und Weise, wie ihre Gepäckstücke einander ähnelten. Der bunte Schlips, der den einen Anzugträger vom anderen unterscheiden sollte, erfüllte dieselbe Funktion wie das rote Bastbändchen, das helfen sollte, seinen Koffer von den anderen zu unterscheiden.

Köfferchen um Köfferchen um Köfferchen. Prall gefüllt mit dem Gepäck für zwei oder drei Tage. Sie sahen aus, fand Merle Schwalb, wie kleine Schweinchen mit fetten Bäuchlein, die vier Räderchen von sich gestreckt, wie es ein Ferkel mit seinen Beinchen tun würde.

»Wo treffen wir die beiden?«, fragte Timur, als sie ins Freie traten.

»Wir müssen 40 Kilometer fahren«, sagte Merle Schwalb. »Nach Jurmala. Städtchen am Meer. Unauffälliger da, sagt Nick.«

Nick und Mick. Das waren die beiden Namen, die ihr das Damokles-Projekt übermittelt hatte.

Nikolai und Michail?

Sie wusste es nicht.

Der Taxifahrer freute sich erkennbar über die lange Fahrt, nachdem sie ihm den Zettel mit der Adresse gezeigt hatte. Nick hatte ihr mitgeteilt, dass er eine kleine Ferienwohnung für den Tag gemietet habe. Ob sie sich vorstellen könne, die Rechnung zu übernehmen?

Sure thing, Nick.

Als sie losfuhren, schickte sie ihm eine Nachricht per Signal. Sie verließen Riga gen Westen und fuhren dann auf der Autobahn Richtung Küste. Sie würden drei Stunden haben, hatte sie ausgerechnet. Dann würde es kein Problem sein, den Rückflug nach Schönefeld zu erwischen, den sie gebucht hatten. Sie wusste, dass Riga eine schöne Stadt war. Aber auch, dass sie auf diesem Trip keine Zeit für Sightseeing haben würde.

Die Ferienwohnung entpuppte sich als ein Apartment in einem zweistöckigen weiß gestrichenen Holzhaus fast unmittelbar am Strand. Rechts und links standen Dutzende, vielleicht Hunderte ganz ähnlicher Häuser im Sand, wie eine lange, lange Reihe sehr gesunder Zähne. Merle Schwalb bezahlte den Taxifahrer, sicherheitshalber bar, und verließ mit Timur das Fahrzeug. Eine leichte Brise wehte ihnen ins Gesicht, dazu der Geruch von Seetang.

»Hier sollte ich mal Urlaub machen«, sagte Timur und streckte sich.

Vom Balkon des Hauses, der zu dem Apartment im zweiten Stock gehörte, winkte ein Mann in schwarzer Lederjacke herunter. Er trug kurze dunkle Haare und eine Sonnenbrille.

»Das ist bestimmt Nick«, sagte Merle Schwalb und winkte zurück. Sie gingen die kleine Holztreppe an der rechen Seite des Hauses hinauf, und als sie gerade die Hand ausstrecken wollte, um die Klingel zu betätigen, öffnete der Mann sie von innen.

»Willkommen in Jurmala!«, sagte er. »Ich bin Mick!«

»Nicht Nick?«

»Nein, ich bin Mick«, sagte Mick. »Nick wartet drinnen auf euch, er macht Kaffee.« Micks Englisch ist sehr gut, dachte Merle Schwalb. Und ist das ein schottischer Akzent? Aber wenigstens werden wir uns ohne Schwierigkeiten unterhalten können.

Aus irgendeinem Grund war sie davon ausgegangen, dass Nick und Mick sich ähnlich sehen würden. Es stellte sich heraus, dass das nicht der Fall war. Nick war um die zwanzig Jahre älter, schätzte sie, etwa Mitte vierzig. Er trug einen schlichten blauen Anzug und ein weißes Hemd. Nur seine kurzen dunklen Haare sahen aus wie die seines Kollegen. Mick auf der anderen Seite trug eine knallenge, zerrissene Jeans und ein ausgewaschenes T-Shirt zu seiner Lederjacke.

»Du hast gesagt, ihr habt nicht allzu viel Zeit, also sollten wir sofort anfangen«, sagte Nick. »Wir sind gespannt, worum es geht.«

Er ging vor auf den Balkon, wo sie sich an einen ebenfalls weißen Holztisch setzten. Zu viel weiß, dachte Merle Schwalb unwillkürlich. Das ist ja wie in einer Raffaelo-Werbung hier.

Aber dann nahm sie einen Schluck von dem Kaffee, den Nick gemacht hatte, und begann zu erzählen.

»Wir haben eine Liste zugespielt bekommen. Darauf sind angeblich Leute vermerkt, die von Russland bezahlt werden, um heimlich PR für Russland zu machen und den russischen Einfluss in Deutschland zu mehren«, sagte Merle Schwalb. »Einige der Namen kennen wir, und wir haben angefangen zu recherchieren. Aber mit anderen Einträgen auf der Liste können wir nichts anfangen. Aber vielleicht ihr?«

»Hast du die Liste dabei?«, fragte Nick, während Mick sich eine Zigarette anzündete und sacht und rhythmisch mit dem Kopf wippte, als höre er über unsichtbare Kopfhörer Musik.

Wenn ich raten müsste, dachte sie, ist Nick hier der seriöse und erfahrene Reporter und Mick das Genie mit ADHS.

»Nein«, log Merle Schwalb. »Aber ich habe die Kombinationen mitgebracht, die für uns so aussehen, als könnten es Aktenzeichen sein.«

Sie holte ihr Handy hervor und zeigte Nick und Mick die fraglichen Einträge:

03.ZHHY.008.AA
04.ZHHY.008.AA
06.ZHHY.008.AA
09.ZHHY.008.AA
06.WWER.028.AG

Nick studierte die Liste lange, sagte aber kein Wort. Dann nahm er das Handy und reichte es Mick. Mick warf einen schnellen Blick darauf und sagte fast sofort: »Wir können helfen.«

»Ihr könnt helfen? Was heißt das? Ergeben diese Kombinationen irgendeinen Sinn, wisst ihr, was sie bedeuten?«

»Aktenzeichen«, sagte Mick. »Fallnummern. Wie ihr vermutet habt. Wir können helfen.«

»Helfen ist super«, sagte Timur. »Aber wie helfen?«

»Wir finden raus, was das für Aktenzeichen sind. Welcher Dienst. Welche Abteilung. Vielleicht mehr.«

»Wow, O.K., das wäre super. Hast du denn eine Vermutung?«

»Wir werden sehen«, sagte Mick.

»Wir kennen Leute, die so etwas wissen«, sagte Nick.

»Und wissen die auch, was in diesen Akten steht? Oder können sie es herausfinden?«

»Manchmal«, sagte Nick.

»Kommt drauf an«, sagte Mick und lachte.

»Worauf kommt das an?«, fragte Merle.

»Wer uns helfen will. Wer uns einen Gefallen schuldet. Was schon bekannt ist. Was wir selbst … entdecken können.«

»Dann schicke ich euch diese Aktenzeichen später über Signal, ja?«, fragte Merle Schwalb.

»Ja«, sagte Nick.

»Sehr gut«, sagte Merle Schwalb.

»Erzählt uns mehr über diese Liste«, sagte Nick, während er frischen Kaffee einschenkte.

Merle Schwalb sah Timur an, und er nickte sanft.

Also gut, dachte sie.

Ein bisschen mehr.

Warum denn nicht?

Wir sind ja unter uns.

»Diese Liste ist ziemlich durcheinander. Manchmal stehen ganze Namen dabei und Summen, in Euro oder Dollar. Manchmal sind die Namen abgekürzt, und es steht ein Geburtsdatum dabei. Manchmal sind es E-Mail-Adressen. Total gemischt.«

»Wer hat die Liste gemacht? Diese gemischte Liste? Das klingt ungewöhnlich«, sagte Nick. »Nicht gerade offiziell.«

Merle Schwalb zögerte. Sollte sie Nick und Mick von Anatoli Nowikow erzählen? Davon, dass ein Mann für diese Liste mutmaßlich ermordet worden war?

»Ein Mann, der vermutlich bei der GRU gearbeitet hat«, sagte sie schließlich. »Er wollte die Liste dem deutschen Nachrichtendienst übergeben, aber sie ist bei uns gelandet.«

»Aha«, sagte Nick. »Ein Doppelagent? Oder ein Überläufer?«

»So viel wissen wir nicht über ihn.«

»Und er hat diese Liste gemacht?«

»Angeblich, ja. Aber er war Techniker. Er hatte mit den Leuten auf dieser Liste nichts zu tun.«

»Und was für Leute stehen auf dieser Liste? Wen konntet ihr bereits enttarnen?«

»Enttarnen ist zu viel gesagt«, sagte Merle Schwalb. »Wir suchen noch nach Beweisen. Aber es stehen Politiker drauf. Journalisten. Ein Blogger. Ein Ex-Generalmajor. Ein Geografieprofessor.«

»Blogger?«, fragte Mick. »Journalisten?«

»Ja, ein prorussischer Blogger, ein Verschwörungstheoretiker. Aber auch zwei sehr angesehene Journalisten, keine Spinner.«

»Woher wisst ihr, dass der Überläufer bei der GRU war?«, fragte Nick.

»Vom Verfassungsschutz«, sagte Timur.

»Wie hoch sind die Beträge, die auf der Liste stehen?«

»Zwischen 5.000 und fast 70.000«, antwortete Timur.

»GRU!«, sagte Mick, lachte und schüttelte den Kopf.

»Blogger!«, sagte Nick und fiel in das Lachen seines Kollegen ein.

Die beiden sprachen einige Sätze auf Russisch miteinander.

»Entschuldigung«, sagte Nick schließlich. »Wir wollten euch nicht ausschließen und auch nicht über euch lachen. Aber ich glaube, dass wir euch etwas erklären müssen. Niemals, in tausend Jahren nicht, ist das eine GRU-Liste.«

Merle Schwalb wusste nicht, was sie sagen sollte, und Timur schien es ebenso zu gehen. In der Ferne tönte eine Schiffssirene. Aus den Augenwinkeln sah sie eine Möwe, die über den First des Nachbarhauses segelte.

»Aber wir können trotzdem helfen«, brach Mick die Stille. »Bestimmt!«

Nick stand auf und lehnte sich an das Geländer des Balkons, den Blick auf das Meer geheftet. Merle und Timur sahen einander an und gesellten sich dann zu ihm, Merle Schwalb zu seiner Rechten, Timur auf der linken Seite, während Mick sich auf die Lehne eines der Stühle kauerte und mit den Händen ein Schlagzeugsolo simulierte. Er brauchte offenbar nicht zu hören, was Nick ihnen sagen wollte.

»Russland spielt ein großes Spiel, ein sehr großes«, hob Nick an. »Aber Russland ist mehr als der Präsident, mehr als der Kreml, das ist das Erste, was ihr verstehen müsst. Das ist das Erste, was alle Journalisten aus dem Westen begreifen müssen, wenn sie solche Geschichten machen wollen. Ja, es gibt den Kreml, und es gibt den Präsidenten. Aber Russland ist nicht, wie ihr glaubt. Es ist nicht so, dass der Präsident einen Befehl erteilt, und dann machen die Geheimdienste, was er sagt! Das gibt es auch. Aber wichtiger ist, was der Präsident sich *wünscht*. Was er sich wünscht, wenn seine Freunde zuhören. Oder die Männer, die gerne seine Freunde werden wollen. Denn für diese Männer sind die Wünsche des Präsidenten wie Befehle. Und sie wetteifern darum, seine Wünsche zu erfüllen, versteht ihr?«

Er sah sie beide an, erst Merle Schwalb, dann Timur.

»Ihr kennt die Trollfabrik in Sankt Petersburg?«

»Natürlich«, sagte Merle Schwalb.

»Das war nicht der Kreml. Das war nicht der Präsident. Das war einer seiner Freunde, der ein paar Millionen investiert hat, um den Präsidenten zum Lächeln zu bringen. Natürlich teilen diese Männer die Ideen des Präsidenten, sie träumen genau wie er von einem Reich und und der Ehrfurcht der Welt, von Rache und Revanche und alter Größe. Und sie sind gegen das, was sie Verweichlichung und Schwäche nennen. Aber sie sind im Kern keine Ideologen, sie wollen nur mitspielen. Und deshalb ist in Deutschland, und überall dort, wo Russland Interessen hat, das Spielfeld übervoll von Spielern. Versteht ihr? Es ist so voll, dass es nicht mehr nur *ein* Spiel ist. Das war früher so. Im Kalten Krieg, in KGB- und Politbüro-Zeiten. Heute laufen verschiedene Spiele gleichzeitig. Und die Spieler wissen nicht immer von den anderen Spielern und kennen nicht immer deren Spielfiguren. So passieren Dinge. Aktionen werden in Gang gesetzt. Geld fließt. Firmen machen Sachen. Söldner landen in Flugzeugen, die niemand geschickt hat, in Ländern, wo sie keiner erwartet. Uniformen ändern ihre Farbe. Lügen werden erfunden und gedruckt. Manchmal schlagen die Spieler sich sogar gegenseitig ihre Spielfiguren vom Feld und merken es gar nicht. Und das alles, weil reiche, alte, mächtige Männer Freunde des Präsidenten sein wollen. Denn dann werden sie noch reicher und noch mächtiger. Nur älter werden sie von alleine, alles andere wollen sie sich erspielen. So läuft das.«

Plötzlich stand Mick hinter ihnen.

»Mit einer Harpune«, sagte Mick, »kannst du einen Wal jagen. Aber du wirst nicht einen einzigen Fisch in einem Schwarm aus tausend kleinen Fischen treffen.«

»Er ist ein Poet«, sagte Nick lächelnd. »Sehr guter Schreiber!«

»Noch besserer Programmierer«, sagte Mick.

»Das stimmt«, sagte Nick.

»Das ist alles sehr interessant«, sagte Merle Schwalb. »Aber was heißt das für unsere Liste?«

»Wir könnten euch mehr sagen«, sagte Nick, »wenn ihr die Liste mitgebracht hättet. Aber auf Grundlage dessen, was ihr uns gesagt habt, denken wir: Es kann schon sein, dass alle diese Leute auf der Liste korrumpiert wurden. Aber wahrscheinlich nicht von einer einzigen Organisation.«

»Wieso seid ihr euch so sicher?«, hakte Timur nach.

»Die Mischung. Vor allem. Jeder dieser Spieler hat seine Vorlieben. Aber kein Spieler, den wir kennen, bezahlt Blogger *und* Politiker *und* Exmilitärs *und* benutzt Aktenzeichen. Ihr sagt, alle diese Namen sind auf unterschiedliche Weise auf der Liste aufgeführt? Mal abgekürzt, mal Geburtsdatum und so weiter?«

»Ja«, sagte Merle Schwalb.

»Da habt ihr es. Eine gemischte Tüte Nüsse. Das ist unsere Vermutung.«

»Aber der Mann, der die Liste gemacht hat, war von der GRU.«

»Er arbeitet in der Botschaft, vermute ich?«

»Ja.«

»So, wie viele andere Spielfiguren auch! Auch in der Botschaft arbeiten nicht alle nur für den Kreml oder das Außenministerium oder den Präsidenten.«

»Gorlow«, sagte Mick. »Erzähl ihnen von Gorlow.«

»Kennt ihr Gorlow? Jewgeni Gorlow?«

»Nein«, sagte Timur.

»Er ist der neue Mann. Millionär, natürlich. Aber er möchte Milliardär werden, ebenso natürlich. Und der beste Freund des Präsidenten will er werden. Und vielleicht Präsident nach dem Präsidenten. Wir werden sehen. Gorlow ist seit einigen Monaten von allen Spielern der aktivste in Westeuropa. Soweit wir das erkennen können. Neue Methoden. Vielleicht hat er in eurer Liste die Hände im Spiel? Die anderen, die vor ihm, die sind schlau, aber dumm. Nicht sehr *sophisticated*. Sie haben eine Firma gegründet, die Firma in einer Firma versteckt, das Paket mit einer dritten Firma eingewickelt und eine vierte Firma als Schleife drumgewickelt, und meistens hat das schon gereicht, um nicht auf Sanktionslisten zu landen. Denn das ist natürlich das Schlimmste für diese Spieler, wenn sie nicht mehr nach London oder Barbados oder Gstaad fliegen könnten oder wenn das FBI Fragen stellen will! Gorlow ist jünger, er hat sich ein paar intelligente Burschen eingekauft. Er wildert überall. Auch in den Geheimdiensten. Er kauft auch die eigenen Leute, wenn es ihm dient.«

»Nick, ich habe die Liste nicht dabei, wie gesagt. Aber ich kann ein paar Fälle umschreiben, über die wir etwas mehr wissen. Ich würde gerne eure Meinung hören.«

»Sicher.«

»Vorsichtig, Merle«, sagte Timur leise auf Deutsch.

Sie nickte.

»Wie viel ist ein früherer Generalmajor wert?«

»Kommt drauf an, was er macht! Was macht er denn?«

»Den Präsidenten loben, im Fernsehen, in Talkshows.«

»Wenn er es gut macht, eine Menge, würde ich sagen. Gorlow, die anderen, wie gesagt, einige sind Milliardäre. Was scheren sie ein paar Tausend oder Zehntausend oder Hunderttausend Euro? Aber es muss messbar sein. Vorzeigbar. Oder zählbar. Irgendjemand muss in Moskau oder Sankt Petersburg sitzen und sagen können: *Diese* Operation habe ich gemacht! *Diese* Technik habe ich gestohlen! *Den* Mann da habe ich gekauft!«

»Ein Journalist einer angesehenen Zeitung, der noch unter einem zweiten Namen schreibt und sich selbst attackiert und den Kreml lobt?«

Mick lachte amüsiert auf.

»Das gefällt mir, das ist neu!«

»Ein Professor, der russische Außenpolitik promotet?«

»Sehr geläufig«, sagte Mick. »Sehen wir ständig.«

»Ein kleiner Lokalpolitiker, der die deutsch-russische Freundschaft besingt und Wahlbeobachtung in Transnistrien und auf der Krim macht?«

»Nützlich. Die meisten Leute leben in Deutschland nicht in der Stadt. Man muss auch das Land bespielen.«

»Wie läuft das mit dem Geld? Wie bezahlen sie?«

»Tausend Wege. Das sind alles Geschäftsleute, die schon so an jedem Tag kriminell sind. Keiner von denen zahlt irgendwo ernsthaft Steuern. Hält sich an Verträge. Bezahlt seine Schulden. Es gibt genug Tricks, das Geld unbemerkt an den Mann zu bekommen, bar, auf ein Nummernkonto, in Gold, alles denkbar.«

»Geldflüsse nachzuweisen könnte also schwierig werden?«

»Schwierig ja, unmöglich nein. Ist uns schon gelungen.«

»Wie gefährlich ist es, diese Recherche zu verfolgen?«

»Was für Deutsche gefährlich ist, ist für Russen vielleicht ja normal«, sagte Mick kryptisch und gluckste.

Für eine Millisekunde schien so etwas wie Ärger über seinen Kollegen in Nicks Augen aufzublitzen. Aber dann antwortete er so ruhig, wie er die gesamte Zeit über gesprochen hatte.

»Es kann gefährlich sein. Es kommt auf den Spieler an. Die Oligarchen werden, wenn ihr sie direkt kontaktiert oder sie merken, dass ihr an ihnen dran seid, ihre Anwälte vorschicken. Das sind Londoner Anwälte, die teuersten der Welt. Sie werden euch drohen. Unter Druck setzen. Eure Chefs unter Druck setzen. Aber das ist nicht das, was du meinst.«

»Nein.«

»Die Wahrheit ist, wir wissen es nicht. Nicht genau. Es kommt drauf an, wie sehr ihr sie nervt. Wie peinlich eure Enthüllung ist. Ob man eure Recherche weglachen kann, weil das hier niemanden interessiert, oder ob etwas hängen zu bleiben droht, weil es internationale Anklagen nach sich ziehen könnte. Es ist alles denkbar, dass sie euch bestechen, dass sie euch zusammenschlagen lassen. Weniger als das. Mehr als das.«

»Und für euch? Wie ist das Risiko für euch?«

»Mick hat es schon gesagt.«

»Darf ich fragen, Nick, wie groß ist euer Projekt, wie viele seid ihr?«

»Wir sind sechs. Manchmal sieben. Aber auch das müsst ihr verstehen: Projekte wie unseres, und einige sind größer als wir und bekannter, ihr wisst, welche ich meine, und andere sind kleiner und gerade erst am Anfang – wir kennen einander. Wir sind nicht alle Freunde, aber viele von uns kennen sich lange, und wir helfen uns aus. Es ist genug für alle zu tun, und wir wollen alle dasselbe.«

»Oder zumindest etwas Ähnliches«, korrigierte Mick.

»Ja«, sagte Nick.

»Wie finanziert ihr euch?«, fragte Timur.

»Sie haben Oligarchen, wir haben viele kleine Freunde«, sagte Mick. »Und ein paar größere. Sie sind nicht ganz so reich. Aber ein bisschen reich.«

»Unser wahres Kapital«, sagte Nick, »sind unsere Kontakte. Wir kosten nicht viel. Aber wir können liefern, weil wir die richtigen Leute kennen.«

»Und wie läuft das, wenn ihr mit anderen Medien kooperiert, also zum Beispiel mit uns?«

»Wenn wir mit euch bei einer Recherche zusammenarbeiten«, ergänzte Nick, »und es kommt etwas dabei heraus, dann wollen wir es auch veröffentlichen. Auf Russisch. Auf unserer Website. Und eure Medien nennen, weil uns das schützt. Wenn nichts dabei herumkommt, schuldet ihr uns nichts. Und wir euch auch nichts.«

»Das klingt gut«, sagte Merle.

»Dann melden wir uns, wenn wir diese Aktenzeichen geprüft haben«, sagte Nick.

»Wir werden noch mehr Fragen haben.«

»Damit rechne ich fest.«

Nick brachte sie hinunter zur Straße und wartete, bis das Taxi, das er gerufen hatte, angekommen war. Dann sah er ihnen, Hände in den Taschen, hinterher, während Mick, wie schon zur Begrüßung, vom Balkon herunterwinkte.

Als sie im Taxi saß, merke Merle Schwalb, wie müde sie war. Auch Timur hatte seinen Kopf an das Fenster gelehnt und schien kurz davor, einzudösen. Sie hatte das schon oft erlebt: dass man nach einem wichtigen gemeinsamen Termin erst einmal gar nicht mit dem Kollegen über das Erlebte sprach. Dass stattdessen die Spannung, die vorher bestanden hatte, komplett und von einer Sekunde auf die nächste abfiel. Sie war froh, dass es Timur offenkundig ähnlich ging. Sie hatten dasselbe erlebt, sie würden es beide verdauen und durchdenken und morgen reden. Jedenfalls später. Hauptsache, nicht jetzt. Sie fuhren zum Flughafen, checkten ein und setzten sich auf ihre Plätze, ohne noch mehr als zwei oder drei Sätze zu wechseln.

Das Chaos begann zwei Stunden nach ihrer Landung.

Merle Schwalb war schon wieder zu Hause in der Pappelallee. Sie saß mit ihrem Laptop und einem Glas Weißwein im Garten, als eine Nachricht aus der Signal-Chatgruppe auf ihrem Handydisplay aufleuchtete.

»Liebe Kollegen, Achtung, das ist wichtig: Bitte ändert SOFORT alle (ALLE) eure Passwörter für alles, was halbwegs wichtig ist! JETZT!! Später mehr, Dirk.«

»Was ist passiert?«, antwortete sie.

»Tue es! Tut es alle, SOFORT!«, schrieb Dirk augenblicklich zurück.

Zehn Sekunden später schickte Erlinger ihr, ebenfalls über Signal, eine persönliche Nachricht: »Tu, was Dirk sagt! Josefine wurde gedoxxt.«

»Gedoxxt?«, schrieb sie an Erlinger zurück.

Anstelle einer Antwort schickte er einen Twitter-Screenshot. Ein Account mit dem Handle @ztr769hooligAAAn hatte offenbar eine Viertelstunde zuvor einen Tweet abgesetzt, in dem es um Josefine ging: »Wer will sehen, was diese kleine Lügenpresse-Hure verdient? Und was sie sonst so treibt, die kleine dirty BIIIIIITCH!«

Scheiße.

Scheiße, Scheiße, Scheiße!!

So schnell sie konnte, änderte Merle Schwalb das Generalpasswort ihres Laptops und die Passwörter ihrer E-Mail-Accounts. Außerdem die Passwörter von Twitter, Facebook und Instagram.

Dann das für Signal. Das musste reichen, das waren jedenfalls die wichtigsten Passwörter.

Dann schrieb sie eine Signal-Nachricht an Josefine.

»Josefine, bist du O.K.?«

Aber es kam keine Antwort, jedenfalls nicht sofort.

Es dauerte zehn Minuten, bis Josefine sich meldete.

»Merle – bitte schau dir das Zeug nicht an! Dieses Schwein …«

»Natürlich nicht«, antwortete Merle Schwalb.

Aber da war es schon zu spät. Da hatte sie längst den Link geöffnet, den das Schwein auf Twitter veröffentlicht hatte. Der zu einer billig und schnell gemachten Seite führte, auf der, auf schwarzem Hintergrund, ein großes Porträt von Josefine zu sehen war. Neben dem kleine *thumbnails* angeordnet waren, die sich öffnen ließen. Die dann wiederum in voller Größe auf dem Bildschirm sichtbar wurden.

Ihr Arbeitsvertrag mit der *NZ:* 3.500 Euro brutto und 13 Monatsgehälter.

Nacktfotos von Josefine: in der Badewanne, im Bett, auf einem Teppich, im Wald, im Auto.

Ein Beleg über die Kosten für eine ambulante Abtreibung, vor sechs Monaten.

»Josefine, du musst jetzt *tough* sein!«, schrieb Merle Schwalb ihr. »Zieh alle deine Geräte raus, geh zu einem Freund oder einer Freundin. Ich kann auch sehr gerne zu dir kommen, wenn du möchtest. Dieses Schwein kann dir gar nichts, hörst du!«

Diesmal kam die Antwort schneller.

»Ich bin raus, Merle. Bitte kontaktier mich nicht mehr.«

KAPITEL 6

Das Wochenende über hatte Merle Schwalb immer wieder an Josefine denken müssen. Daran, was das Schwein ihr angetan hatte. Und darüber, wer das Schwein sein könnte. Nachrichten aus dem Inneren des *Globus* hatte sie nur überflogen oder gar nicht erst angesehen. Nicht einmal die E-Mail von Adela von Steinwald, in der die Chefin mitteilte, dass die Große Konferenz an diesem Montag »aus gegebenem Anlass« eine halbe Stunde früher beginnen würde. Hätte Henk sie nicht am Morgen angerufen, um sie darauf hinzuweisen, wäre sie zu spät gekommen. Und hätte eine Konferenz verpasst, die schon ab der Mittagspause in typischer *Globus*-Manier nur noch als »Waltherloo« bezeichnet wurde.

»Lies Walthers Kolumne«, hatte Henk ihr aufgetragen. »Die aus dem neuen Heft. Seite 124. Lies sie einfach!«

Merle Schwalb war in Gedanken immer noch bei Josefine gewesen, aber Henk hatte aufgebracht geklungen, also hatte sie Walthers Kolumne gelesen. Danach hatte sie gewusst, dass es an diesem Tag voll werden würde im Konferenzraum, und den Fahrstuhl in das oberste Stockwerk sicherheitshalber etwas früher genommen.

Als das Dritte Geschlecht ihre Glocke läutete, um die Konferenz zu eröffnen, saß Merle Schwalb auf dem Stuhl, auf dem sie in den vergangenen beiden Wochen schon gesessen hatte und den sie mehr und mehr als ihren eigenen betrachtete.

Sie fragte sich, wie Adela von Steinwald die Diskussion wohl eröffnen würde. Sie sah sich um und stellte fest, dass Walther nicht da war.

»Walther ist nicht da«, raunte Kampen ihr zu, der neben ihr saß.

»Oh, ist mir gar nicht aufgefallen«, antwortete Merle Schwalb.

»Guten Morgen«, sagte Adela von Steinwald. »Ich habe Sie heute alle etwas früher als gewöhnlich hergebeten, weil unser Magazin unter Angriff steht. Ich wusste in der Theorie, was ein sogenannter *Shitstorm* ist, aber nun erleben wir alle und ich persönlich es am eigenen Leib. Wir müssen darüber reden, was das für uns bedeutet und wie wir damit umgehen«, fuhr sie fort.

»Reden wir auch darüber, was den *Shitstorm* ausgelöst hat?«, fiel Gustav Frantzen aus dem Politikressort der Chefin ins Wort.

Adela von Steinwald zwang sich zu einem Lächeln.

»Selbstverständlich, Frantzen«, sagte sie.

»Gut«, sagte Frantzen, »denn das ist mir wichtiger, als hier einen auf kollektive Verteidigung zu machen. Unser wahres Problem ist nämlich nicht der *Shitstorm*, unser Problem ist der Text, um den es hier geht!«

Seite 124 von ingesamt 128, die der *Globus* jede Woche druckte, direkt vor den Nachrufen und dem Impressum: Das war der angestammte Platz der wöchentlichen Restaurantkritik von Patrick F. Walther. Merle Schwalb las die Kolumne nur selten. Manchmal aus Langeweile, im Zug oder in der Badewanne. Walther war schon ewig beim *Globus* und schrieb nichts anderes als diese 120 Zeilen in jeder Ausgabe. Sie wusste, dass Walther, bevor er Journalist geworden war, eine Ausbildung zum Koch absolviert hatte und deswegen erhöhte Glaubwürdigkeit genoss. Ab und an gewann er einen Preis für Gastrokritik, ab und an beschwerte sich ein Sternekoch über Walthers strenge Wertungen. Walther machte kein Geheimnis daraus, dass er konservativ war. Sie erinnerte sich daran, wie pikiert und ratlos er in seiner Kolumne reagiert hatte, als auf einmal die ersten indischen und chinesischen Restaurants Michelin-Sterne erhielten. Doch im Großen und Ganzen galt Patrick F. Walther als verhaltensunauffällig.

Davon konnte jetzt keine Rede mehr sein.

Denn in seinem aktuellen Text hatte er das besternte Restaurant eines schwarzen Kochs in Hamburg bewertet. Dass der Koch gebürtig aus Namibia stammte, hatte Walther gleich zu Beginn erwähnt. Gut, hatte Merle Schwalb beim Lesen gedacht, das kann man machen, das weiß vielleicht nicht jeder, das geht in Ordnung. Aber dann hatte Walther zwei Absätze darauf verwandt, ein Blumenkohlsteak zu besprechen, das ihm serviert worden war. Und zu diesem Blumenkohlsteak hatte es eine Soße gegeben, eine Art abgewandelte *Sauce Vierge* aus Olivenöl, Tomaten, Basilikum und Zitrone – das waren die klassischen Bestandteile –, aber zusätzlich mit einem Gel aus grünen Oliven, eine Neuerung. Grundsätzlich sogar eine interessante Neuerung, wie Walther befand. Allerdings kritisierte er in seinem Text, dass der Koch sich für grüne Oliven entschieden hatte, wo seiner Meinung nach zwingend schwarze Oliven angebracht gewesen wären: »Hier hat Theodor Benjamin einen Geschmacksakkord grandios verpfuscht.« Am Ende der Kolumne stand wie immer Walthers Wertung. Für Theodor Benjamins Essen verteilte er sieben von zehn Kochhauben – und beendete den Artikel mit dem Satz: »Ich hätte gerne eine Haube mehr gegeben, aber, und auch das sollte man ruhig mal auf Plakate schreiben: *Black olives matter.*«

»Ich möchte, bevor wir hier zusammen diskutieren, gerne eingangs etwas klarstellen«, sagte das Dritte Geschlecht. »Auch wenn das nicht nötig sein sollte. Aber anscheinend ist es das. Der *Globus* ist nicht rassistisch. Das war er nie, das wird er niemals sein. Dafür stehe ich, nicht zuletzt mit meinem Namen, und mit dem Namen meines Vaters, der in den dunkelsten Stunden dieses Landes ein Widerstandskämpfer war. Ich bin empört, dass dieser Vorwurf des Rassismus jetzt erhoben wird, er ist bösartig und lächerlich.«

Das Dritte Geschlecht nahm einen Schluck Kaffee aus der Tasse, die Malte Zumbrügge ihr, während sie gesprochen hatte, eingeschenkt und zurechtgeschoben hatte. Dann klatschte sie nahezu lautlos in die Hände. »Bitte«, sagte sie. »Wer hat etwas zu sagen?«

»Popcorn«, flüsterte Kampen und grinste.

Merle Schwalb reagierte nicht.

Der Erste, der sich meldete, war Funke aus dem Feuilleton. Wie immer ließ er seine graue Mähne wogen, während er sprach.

»Ich verfolge ja die sozialen Medien nicht«, hob Funke an, »deshalb kann ich nicht einschätzen, was da vor sich geht. Das scheint mir aber auch nicht entscheidend, liebes Kollegium. Im Gegenteil, man sollte sich von so etwas nicht irremachen lassen. Nicht einmal ignorieren, lautet hier mein Rat! Denn sehen Sie, bei der inkriminierten Passage handelt es sich doch recht eindeutig um ein harmloses Wortspiel. Ein ganz passables Wortspiel sogar, rein sprachlich betrachtet, und das ist ja unser eigentliches Metier: Es ist überraschend, elegant und dadurch geradezu raffiniert. Und es sagt doch etwas ganz anderes als das, was jetzt als Vorwurf lanciert wird: nicht etwa, dass die Rassenunruhen unwichtig seien! Sondern das genaue Gegenteil: dass die Gastrokritik sich selbst nicht allzu ernst nimmt. Das ist doch hier die Aussage, liebe Kollegen! Diese, ja ich möchte sagen, augenzwinkernde Bezugnahme auf ein aktuelles weltpolitisches Thema im Kontext von – Entschuldigung! – Blumenkohl: Das kann man doch gar nicht rassistisch deuten, das ist doch getränkt von einer tiefen Ironie!«

»Haben Sie gerade allen Ernstes *Rassenunruhen* gesagt?«, warf Gustav Frantzen ein, ohne sich darum zu scheren, dass sich zwischenzeitlich etliche andere per Handzeichen zu Wort gemeldet hatten. »Ich fasse es nicht, Funke! Können Sie das bitte zurücknehmen?«

Funke schnaubte zornig. »*Mon Dieu*, Kollege Frantzen, ist ja gut, ja ich nehme dieses böse Wort zurück. Ich habe da wohl etwas zu wörtlich aus dem Amerikanischen übersetzt, *bitte* verzeihen Sie mir. Aber sagen Sie mir doch: Bin ich jetzt auch ein Rassist? Oder wollen Sie vielleicht auch etwas zu meinen Argumenten sagen?«

»Ich sage sehr gerne etwas zu Ihren …«, setzte Frantzen neuerlich an, aber das Dritte Geschlecht würgte ihn ab.

»Nein, Frantzen, erst kommen jetzt mal andere dran. Kaiser, bitte sehr.«

Überrascht blickte Merle Schwalb zu Kaiser herüber, ihrem ehemaligen Zellennachbarn aus dem 15. Stock.

»Danke«, sagte Kaiser. »Ich wollte nur kurz mitteilen, dass der Redaktionsausschuss sich heute Morgen bereits zu einer Krisensitzung getroffen hat. Unsere Einschätzung ist eindeutig. Wir halten die Formulierung *Black olives matter* für geschmacklos und unangebracht, für eine Entgleisung. Wir glauben, dass sicher nicht der *Globus* als Medium rassistisch ist, aber diese Formulierung durchaus.«

Dunkel erinnerte sich Merle Schwalb daran, dass sie vor ein paar Wochen per Hauspost einen Umschlag mit einem Stimmzettel erhalten und, ohne groß nachzudenken, Kaisers Namen angekreuzt hatte. Sie hätte nicht sagen können, was die Aufgaben des Redaktionsausschusses waren. Aber offensichtlich war Kaiser dort eine Nummer. Und offensichtlich hatte sie keine Ahnung, dass Kaisers Interessen sich auf mehr als seine Kinder und frische Croissants erstreckten. Sie fühlte sich ertappt.

Eine ganze Reihe Redakteurinnen und Redakteure klopften zum Zeichen ihrer Zustimmung mit ihren Knöcheln auf die Tischplatte. Aber nicht alle, wie Merle Schwalb feststellte, vielleicht die Hälfte. Als sie selbst einsetzte, war sie fast zu spät dran.

»Wir glauben außerdem«, fuhr Kaiser mit fester Stimme fort, »dass der *Globus* das nach außen deutlich machen muss. Es wäre angemessen, dass wir uns entschuldigen.«

»Entschuldigen?«, fragte Adela von Steinwald.

»Ja«, sagte Kaiser. »der Redaktionsausschuss ist der Ansicht, dass wir uns entschuldigen müssen.«

Wir.

Eine Redaktion, dachte Merle Schwalb, ist wie ein Lebewesen, ein großes atmendes Tier. Manchmal gespannt wie eine Raubkatze vor dem Sprung, das sind die guten Tage. Manchmal schlaff und selbstzufrieden wie ein Hund, der sich in der Mittagssonne seine Geschlechtsteile leckt, das sind die schlechten Tage. Meistens ist es irgendwo dazwischen. Aber heute ist es anders. Heute geht es um die Redaktion selbst. Nicht um die Draußenwelt. Nicht um die nächste Wahl, Katastrophe, Pandemie oder Terrorlage. Sondern um uns.

Uns.

Wir.

Denke ich überhaupt so? Fühle ich mich hier als Teil von etwas Größerem? Ich habe keine Espressogläser mit *Globus*-Logo anfertigen lassen wie Erlinger. Ich würde nie auf die Idee kommen, mich in ein Gremium wählen zu lassen wie Kaiser. Sicher, ich wollte unbedingt zum *Globus*. Jeder will schließlich gelesen werden. Bei einem *Qualitätsblatt* arbeiten. Einen vernünftigen Etat haben. Aber deshalb muss ich doch nicht gleich in eine Redaktionsfamilie einheiraten, oder?

Nein, natürlich nicht. So bin ich halt nicht. Ich mache mein Ding. Das reicht mir.

Außer …

Ja?

Geht es mich denn wirklich nichts an, was hier vor sich geht?

Per Fingerzeig nahm das Dritte Geschlecht eine Kollegin aus dem Gesellschaftsressort dran, deren Namen Merle nicht wusste.

»Ich kenne Patrick Walther seit vielen Jahren persönlich«, sagte die Kollegin, die sichtlich angefasst war. »Ich möchte darauf hinweisen, dass er das Gegenteil eines Rassisten ist. Insofern kann sein *Bonmot* auch nicht rassistisch sein.«

»Kann es eben doch!«, grätschte wieder Frantzen dazwischen. »Es kommt auf die Sprecherposition an, nicht auf die Absicht, und Walther ist der weißeste Mann auf der Welt. So jemand kann nicht einfach auf Kosten einer Bewegung von *People of Colour* einen herablassenden Witz reißen.«

»Na, das sagt dann ja genau der Richtige!«, rief Funke dazwischen. »Denn Sie sind natürlich farblos, Herr Kollege, habe ich recht?«

»Als Nächste bitte Angela Jorgens«, las das Dritte Geschlecht ungerührt von ihrer Rednerliste ab.

»Liebe Leute, ich finde, man muss die Dinge hier mal in Relation setzen«, sagte die Bundeswehr-Berichterstatterin. »Ja, Walthers Schlusspointe war kreuzdämlich. Das kann man ja wissen, dass man sich mit so etwas den Vorwurf einhandelt, rassistisch zu sein. Aber was da draußen im Netz los ist, das ist krass, wirklich krank. Da werden wir als Naziblatt bezeichnet. Da läuft eine Kampagne gegen uns, und zwar gegen uns alle!« Angela Jorgens setzte kurz ab und scrollte auf ihrem Handy hoch und runter. »Hier, nur mal so ein Beispiel«, fuhr sie fort und las vor: »Alle *Almans*, die bei diesem Kartoffel-Stürmer arbeiten und nicht heute noch kündigen, unterstützen diesen Rassismus – Leute, wenn ich so etwas lese, hundert- und tausendfach weitergeleitet, dann frage ich mich: Sind wir hier wirklich die, die sich entschuldigen sollten?«

»Also ich habe mich als Kind mehrere Jahre an Karneval als Indianer verkleidet, ich möchte mich dafür gerne in aller Form entschuldigen!«, trötete von der Seite Bert Küfner hinein, der Wirtschaftschef.

»Als Nächstes bitte … Sie dahinten, auf der Heizung, ich weiß Ihren Namen leider nicht«, sagte das Dritte Geschlecht in das allgemeine Gelächter hinein, das Küfner ausgelöst hatte. »Sie melden sich schon die ganze Zeit.«

Die Kollegin, die das Dritte Geschlecht meinte, war die afrodeutsche Hospitantin, die sich schon in der *PoC*-Debatte vor zwei Wochen zu Wort gemeldet hatte.

»Mein Name«, sagte sie, »ist Aminata Kabore. Und ganz ehrlich: Ich weiß nicht mal, wo ich anfangen soll. Ich sehe, wie hier weiße Leute mit weißen Leuten darüber diskutieren, was sie für Rassismus halten. Über den Text von Herrn Walther wird gesprochen, als hätte er ein falsches Komma gesetzt, irgendwie blöd. Aber die Frage ist doch, wieso hat er das geschrieben, wie ist er auf diese Idee gekommen? Und wer hat den Text eigentlich redigiert? Alles, was ich hier schreibe, wird von zwei Leuten redigiert.«

Für einen kurzen Moment war es still.

»Ich glaube«, sagte schließlich das Dritte Geschlecht, »es bringt nichts, wenn wir jetzt unsere technischen Abläufe hier in allen Details diskutieren. Aber Sie bringen mich auf eine andere Idee. Sagen Sie, mögen Sie Ihre Gedanken zu der Kolumne nicht mal auf 80 Zeilen aufschreiben und mir schicken? Wir könnten das neben Walthers nächste Kolumne stellen, mit einem kleinen Foto von Ihnen darüber, Kaiser, das wäre doch sicher auch im Sinne des Redaktionsausschusses, oder? Das ist doch viel origineller als eine schnöde Entschuldigung!«

Aminata Kabore antwortete nicht sofort.

»Gut«, sagte Adela von Steinwald. »Dann jetzt bitte Titeloptionen für nächste Woche!«

***

Direkt nach der Konferenz lieh Merle Schwalb sich einen Share-Now-Mini aus und fuhr nach Grünheide. Sie war froh darüber, das Redaktionsgebäude im Rückspiegel zu sehen, obwohl das, was sie sich vorgenommen hatte, vermutlich auch kein Spaß werden würde. Die Fahrt dauerte fast anderthalb Stunden, Ausfallstraße, Autobahnring, Landstraße, Nebenstraße. Der Kletterpark von Grünheide lag tief im Wald verborgen. Und kaum dass sie auf den Parkplatz einbog, sah sie auch schon das Blau eines typischen Brandenburger Sees durch die hohen Bäume schimmern. Sie schloss den Wagen ab und lief einen sandigen Pfad entlang, der zum Ufer des Sees führte. Auf halbem Wege stand auf der rechten Seite eine offene Holzhütte, die anscheinend als Kassenhäuschen für den Kletterwald diente. Als Merle Schwalb den Kopf hob, erkannte sie Stahlseile, die zwischen den dahinterliegenden Bäumen gespannt waren. In den Wipfeln blitzten die Helme der wenigen Kunden als rote Punkte auf. Sie hörte das metallische Klicken von Gurten und Haken, das Surren von Seilbahnen, das helle *Klonk-klonk* von Holz, das auf Holz traf. Vom anderen Ende des Waldes trug der laue Wind ein leises Lachen herüber.

»Ein Mal, eine Erwachsene?«, fragte die junge Frau in der Holzhütte und legte das Fitnessmagazin zur Seite, in dem sie gelesen hatte. Sie war vielleicht 19 oder 20 Jahre alt und trug ein orangefarbenes T-Shirt mit dem Logo des Kletterparks. Ihr Namensschild wies sie als Anett aus.

»Ja«, sagte Merle Schwalb.

Anett nickte, suchte ihr einen Helm und Handschuhe aus und einen passenden Gurt. Dann erklärte sie Merle Schwalb geduldig und freundlich, aber in auswendig gelernten Sätzen, wie sie sich beim Klettern ein- und aushaken musste, wie sie sich für die Seilbahnfahrten einklinken musste und wo sich welcher der insgesamt sechs Parcours befand. Anschließend ließ sie Merle Schwalb einen kleinen Trainingsparcours absolvieren, wo sie ihr neu erworbenes Wissen vorführen musste.

»Anett?«, fragte Merle Schwalb, nachdem Anett ihr versichert hatte, sie dürfte nun losklettern.

»Ja?«

»Ich suche jemanden. Josefine. Vielleicht kennst du sie?«

»Ja klar! Die ist auf dem Sechser, dem schweren Parcours, dahinten, den roten Weg entlang. Ist vor einer Stunde gekommen.«

»Alles klar, danke.«

»Den Parcours solltest du aber als Anfängerin nicht als Erstes klettern«, warnte Anett.

»O.K.«, antwortete Merle Schwalb.

Jeder Parcours hatte einen Start- und einen Zielbaum, das hatte Anett ihr erklärt. Also lief Merle Schwalb im Wald umher, bis sie den Baum fand, an dem das Schild angebracht war, das sie gesucht hatte, nämlich dass der Totenkopf-Parcours hier endete. Sie setzte sich auf einen Baumstumpf in der Nähe, sah den Waldameisen zu, die irgendwelche Nadeln über den Weg trugen, und wartete. Zehn Minuten später stieg Josefine die Holzleiter hinunter, die an dem Baum befestigt war.

»Josefine!«, sagte Merle Schwalb.

Josefine drehte sich zu ihr um, wischte sich den Schweiß aus der Stirn und sah sie nachdenklich an. Dann nickte sie langsam.

»Der Däne hat dir gesagt, dass ich hier bin!«

Es war eine Feststellung, keine Frage.

»Er hat mir erzählt, dass du als Studentin hier gejobbt hast«, sagte Merle Schwalb. »Und dass er, wenn er wetten müsste, tippen würde, dass du heute hier kletterst.«

Josefine nahm ihren Helm ab. Ihre Haare waren schweißnass und klebten ihr in der Stirn und auf den geröteten Wangen.

»Sieht anstrengend aus«, sagte Merle Schwalb.

»Drei Mal in einer Stunde«, sagte Josefine.

»Den Totenkopf-Parcours?«

»Ja.«

»Krass.«

»Merle, ich habe dir gesagt, dass du mich nicht kontaktieren sollst.«

»Ich weiß. Aber das war vor drei Tagen.«

»Ich habe keine Zeit. Ich will noch weiterklettern, und ich will nicht auskühlen.«

»Ich habe mir Sorgen gemacht.«
»Das ist nicht nötig.«
»Josefine, wir müssen darüber reden, was passiert ist.«
»Finde ich nicht«, sagte Josefine und setzte ihren Helm wieder auf. »Außer du hast herausgefunden, wer es war.«
»Bitte«, sagte Merle Schwalb.
»Eine Runde«, sagte Josefine.
»Was meinst du?«
»Du kannst eine Runde mit mir zusammen klettern. Diesen Parcours. Dann gehst du.«
»In Ordnung.«

Sie liefen zusammen den roten Pfad zurück bis zum Anfangspunkt des Parcours. Auch hier stand eine Holzleiter an dem Baum, nur dass diese hier dem Aufstieg diente.
»Ich gehe besser voraus«, sagte Josefine und stieg behände die Leiter hinauf, wobei sie sich mit fließenden Bewegungen immer abwechselnd mit einem ihrer zwei Karabiner ein- und aushakte. Die Leiter führte zu einem Holzpodest, das in zehn Metern Höhe an dem Baum befestigt war. Josefine hatte für den Aufstieg vielleicht dreißig Sekunden gebraucht, schätzte Merle Schwalb. Bevor sie selbst auf dem Podest ankam, vergingen mindestens drei Minuten.
»Scheiße, ist das hoch«, sagte sie.
»Findest du?«, fragte Josefine.

Zwischen dem Podest, auf dem sie nun standen, und dem nächsten Podest waren zwei Drahtseile gespannt, eines in Fußhöhe und eines in Brusthöhe, in das sie sich einhakten. Theoretisch hätte man auf dem Drahtseil hinüberlaufen können. Aber auf der Mitte der Strecke zwischen den beiden Podesten stand ein Hindernis, das sie überwinden mussten: eine Holzwand mit einigen wenigen angeschraubten Keilen zum Festhalten und Abstützen. Die

Holzwand war quer zwischen den beiden Drahtseilen angebracht, und zwar so, dass sie sich, je nachdem, wie die Drahtseile schwangen, bedrohlich nach rechts und links neigte. Josefine bezwang das Hindernis mit der Anmut einer Katze. Die Drahtseile hatten sich kaum bewegt, die Wand hatte kaum gewackelt, während sie hinübergelaufen war. Merle Schwalb trippelte in ängstlichen Schritten auf die Wand zu, und als sie sich dort festzuhalten versuchte, wäre sie, wenn sie nicht eingehakt gewesen wäre, in die Tiefe gestürzt, so heftig hatte ihre Gewichtsverlagerung die Wand zur Neigung gebracht. Sie brauchte alle Kraft in ihren Armen, um überhaupt wieder sicher auf das Fußseil zu gelangen. Josefine stand auf dem nächsten Podest und wartete auf sie, ohne ein Wort zu sagen.

»Wie geht es dir?«, fragte Merle Schwalb, als sie endlich neben Josefine stand.

»Was denkst du denn, wie es mir geht?«

»Ich denke, dass es dir beschissen geht.«

»Beim nächsten Hindernis musst du aufpassen, dass du nicht danebentrittst«, sagte Josefine.

Dieses Mal gab es nur ein Seil auf Brusthöhe zum Einhaken. Anstelle eines Seils für die Füße hingen an eigenen Drahtseilen fünfzehn Holzscheiben aus der Höhe herab. Sie waren in unregelmäßigen Abständen, aber wie eine ansteigende Treppe angeordnet und führten zum nächsten Podest. Merle Schwalb sah zu, wie Josefine leichtfüßig auf die andere Seite tanzte. Als sie selbst an der Reihe war, trat sie dreimal in die Luft, verfehlte die Scheiben ganz oder rutschte ab und sackte jeweils einen halben Meter nach unten, bevor der Sicherheitsgurt griff, woraufhin sie sich wieder mit aller Kraft nach oben arbeiten musste.

»Hast du dich beim ersten Mal auch so dämlich angestellt wie ich?«, fragte sie, als sie wieder neben Josefine stand.

»Ja, es geht mir beschissen. Nein, ich habe mit niemandem über die Sache geredet. Außer mit meinen Eltern. Die übrigens nichts von der Abtreibung wussten.«

»Scheiße … Josefine, das tut mir so leid.«

»Ja«, sagte Josefine.

Merle Schwalb war froh, dass Josefine offensichtlich bereit war, ihr einen kleinen Moment zum Ausruhen zu gönnen, und sah sich um. Es war überraschend schön, auf Höhe der Baumwipfel zu stehen, den See unter sich glitzern zu sehen, den leichten Wind zu spüren, der die Blätter rings um sie herum bewegte. Auch wenn es sie schwindelte, sobald sie herabsah.

»Der Däne sagte, er habe dich nicht erreichen können«, sagte sie schließlich.

»Würdest du mit Arno über deine Nacktfotos reden wollen?«

»Nein.«

»Oder vielleicht über eine Abtreibung?«

»Nein.«

»Dachte ich mir.«

»Trotzdem, Josefine.«

»Trotzdem was?«

»Wir brauchen dich.«

»Was für ein Quatsch. Du weißt ja jetzt, wie wenig ich verdiene. Jeder, der mehr verdient, kann mich ersetzen.«

»Josefine, ich will aber dich dabeihaben. Du bist gut.«

Aber Merle Schwalb war nicht sicher, ob Josefine ihren letzten Satz gehört hatte. Sie hatte sich längst umgedreht und nahm bereits das nächste Hindernis in den Blick. Diesmal ging es darum, sich allein mithilfe von Schlaufen, die auf Höhe ihrer Köpfe hingen, zum nächsten Baum zu hangeln. In mittlerweile 17 Metern Höhe, wie ein kleines Schild verkündete. Es gab kein Seil, auf dem man seine Füße hätte abstellen können, und Merle Schwalb fluchte leise.

»Josefine, du kannst wegen so etwas nicht einfach aufgeben, auch wenn es wirklich, wirklich schlimm ist, was die dir angetan haben«, sagte sie, vollkommen außer Atem, als sie auf dem nächsten Podest ankam.

»Du meinst, es ist wie mit dem Reiten? Wenn man vom Pferd fällt, soll man ja auch gleich wieder aufsteigen, oder? Irgend so eine Glückskeks-Scheiße, die soll es jetzt richten, ja?«

»Nein, so primitiv bin ich auch wieder nicht.«

»Dann verstehe ich nicht, wieso du mich nicht in Ruhe lässt.«

Aber bevor Merle Schwalb antworten konnte, hakte Josefine ihren Karabiner in die Seilbahn ein und schoss, Beine voraus, die Hände auf der Schiene über ihrem Kopf, in rasender Geschwindigkeit auf das nächste Podest zu.

Merle Schwalb tat es ihr nach und beschloss dann, eine Zeit lang gar nichts mehr zu sagen. Die nächsten drei Hindernisse über schwieg sie, abgesehen von einem leisen Schmerzensschrei, den sie ausstieß, als sich ihr rechter Zeigefinger in einem dicken grünen Netz verhakte, in dem sie, kopfüber, in 18 Metern Höhe hing wie eine besoffene Spinne, während Josefine sich auf dem nächsten Podest langweilte und auf sie wartete.

Als Merle endlich auch dort ankam und das nächste Hindernis suchte, sah sie Josefine fragend an, denn sie sah keines. Lediglich das Sicherungsseil in Kopfhöhe führte zum nächsten Podest herüber.

»Du musst von hier aus springen«, sagte Josefine.

»Ins Leere? Bin ich Spiderman, oder was?«

»Ja, ins Leere. Du nimmst etwas Anlauf und springst, es sind höchstens drei Meter.«

»Das kann ich nicht.«

»Du bist gesichert, Merle. Mehr als danebenspringen kannst du nicht.«

»Na toll.«

»Spring, Merle!«

»Ich … ich habe Angst.«

Josefine schob sie sanft ein Stück zur Seite, trat drei Schritte zurück, bis an den hinteren Rand des Podestes, nahm Anlauf und sprang. Sicher landete sie auf der Gegenseite. Sie musste sich nicht einmal am Baumstamm festhalten.

»Scheiße«, schrie Merle Schwalb in den Wald hinein, nahm Anlauf, sprang und landete schließlich neben Josefine auf dem Podest.

Ihr Herz pochte. Ihr linkes Handgelenk schmerzte, weil sie damit gegen den Baum geprallt war.

»*Ich* habe Angst«, sagte Josefine. »Verstehst du? Wer sagt mir, dass das nicht nur eine erste Warnung war?«

Merle Schwalb nickte.

»Josefine, aber du musst bedenken, wir wissen nicht, wer das Schwein ist«, sagte sie schließlich. »Wir wissen gar nicht, ob es etwas mit unserer Recherche zu tun hat.«

»Ich gehe mal davon aus«, sagte Josefine. »Wäre schon ein ziemlicher Zufall, oder?«

»Wenn es kein Zufall war, dann würde das bedeuten …«

»… glaubst du, darüber habe ich nicht nachgedacht? Ich weiß genau, was das bedeuten würde. Es würde bedeuten, dass einer von denen, die wissen, dass ich überhaupt hier mitrecherchiere, das weitergemeldet hat. Einer, mit dem ich gesprochen habe. An den russischen Geheimdienst? An irgendwelche russischen Vollstrecker? Klingt für mich wie 'ne ziemlich gefährliche Sache.«

»Ja«, sagte Merle Schwalb. »Aber wenn es Zufall war, wenn es nichts mit unserer Recherche zu tun hatte, dann gäbe es keinen Grund für dich auszusteigen.«

»Und wenn es etwas mit unserer Recherche zu tun hat?«

»Dann sollte es ein Grund sein, weiterzumachen. Oder?«

Josefine sah sie wütend an. Ihre grünen Augen blitzten.

»Willst du mir Druck machen? Bist du hierhergekommen, um mich unter Druck zu setzen? Na vielen Dank auch. Das ist genau das, was ich gebraucht habe!«

»Josefine, wir kennen uns noch nicht so lange. Aber sag mir, wenn du das, was ich zuletzt gesagt habe, nicht selbst gedacht hast! Denn so wie ich dich einschätze, willst du gar nicht aufhören. Jetzt erst recht nicht. Sag mir, wenn ich mich irre!«

»Und was ist, wenn wir uns tatsächlich mit Leuten angelegt haben, die eine Nummer zu groß für uns sind?«, fauchte Josefine sie an. »Hast du da mal drüber nachgedacht? Wenn du oder Arno oder der Däne als Nächstes drankommt? Wenn noch einer vom Balkon fällt? Etwas in die Luft fliegt? Wenn unser kleines Recherche-Abenteuer im Grünen nicht gut ausgeht?«

Wenn etwas in die Luft fliegt …

Wenn es nicht gut ausgeht …

Merle Schwalb musste an ihren Block denken. An den karierten Block, den sie in der Hand gehalten hatte, als wenige Meter von ihr entfernt eine Bombe explodiert war, in einem Fernsehstudio mitten in Berlin, in dem direkt neben ihr Scheinwerfer von der Decke gestürzt waren, während Verletzte sich in ihrem Blut auf dem Boden gewunden hatten.

Wenn es nicht gut ausgeht …

Jahre waren seit dem Anschlag vergangen, aber sie dachte oft an diesen Tag. Ohne es zu wollen. Und sie hatte seither nie wieder einen karierten Block benutzen können.

»Du hast recht«, sagte sie. »Vielleicht ist es gefährlich, was wir hier machen. Wir kennen die Gegenseite überhaupt nicht. Nicht gut genug jedenfalls, das ist mal sicher. Aber ich will dich nicht unter Druck setzen, Josefine. Wenn du aussteigen willst, steigst du aus. Ich werde es dir nicht vorhalten, niemals. Auch die anderen nicht. Da bin ich sicher. Aber du bist gut, und ich hätte dich gerne dabei. Das ist alles, was ich dir sagen wollte. Morgen Abend ist das nächste Treffen in Klein-Kirschsiep. Wenn du kommst, freue ich mich. Wenn nicht, ist es total O.K.«

»Ja«, sagte Josefine. »O.K.«

»Und jetzt sag mir, wie ich hier verdammt noch mal runterkomme. Ich kann nicht mehr.«

»Du rufst einfach so laut um Hilfe, bis Anett dich hört«, antwortete Josefine, drehte sich um und kletterte weiter.

***

Am nächsten Morgen war Merle Schwalb froh, dass sie ohne Muskelkater erwachte, weil das entweder bedeutete, dass sie besser trainiert war, als sie angenommen hatte, oder dass der Joint vom Abend zuvor tatsächlich prophylaktische Wirkung entfaltet hatte. Ihr war beides recht. Wobei es noch einen zweiten Grund dafür gab, dass sie sich nach Einbruch der Dunkelheit auf den Rasen vor ihrer Terrasse gelegt und gekifft hatte. Vielleicht sogar nur einen Grund. Denn nicht nur das Gespräch mit Josefine hatte in ihrem Kopf nachgehallt, auch die Erinnerungen an den Anschlag auf den Bundestagsabgeordneten Lutfi Latif. Dagegen hatte das Gras ganz sicher geholfen. Es hatte ihr einen wilden Traum beschert, der zwar in dem Fernsehstudio in der Siegfried-Passage begann, wo die Bombe explodiert war, sie dann jedoch zuverlässig an andere, weniger traumatische Orte geführt hatte, in ein dichtes Baumwipfelmeer, in einen türkisfarbenen See und wieder hinaus, an den weißen Strand von Jurmala, wo eine Reggaeband gespielt hatte – oder hatte sie in der Band gespielt? –, auf ein Hausboot aus Holz, das fliegen konnte und auf dem sie mit Hanteln getanzt hatte. An mehr konnte sie sich nicht erinnern, als sie schließlich aufstand, ihre Schuhe auf dem Rasen einsammelte, hineinging und sich einen Kaffee machte.

Sie setzte sich an den großen steinernen Tisch in ihrem Esszimmer und klappte ihr Laptop auf.

Ein Hausboot aus Holz …

Hanteln …

Richtig, da war doch noch etwas gewesen.

Das Magazincover.

Das Cover des Fitnessmagazins, das neben Anett auf dem Tresen der Holzhütte am Kletterwald gelegen hatte: *Fit, Fitter, Fun.*

Merle Schwalb öffnete die Website des Magazins und stellte fest, dass Anett die aktuelle Ausgabe gelesen hatte. Und sie hatte sich nicht getäuscht: Der Mann auf der Titelseite war tatsächlich Javier Hederich.

Hederich war eine Art Fitness-Celebrity aus Köln, der vor einigen Jahren eine obskure Work-out-Methode erfunden hatte, mit der er über Nacht berühmt geworden war, weil eine Schlagersängerin und eine Schauspielerin, die jeder außer Merle Schwalb kannte, sie für genial und magisch erklärt hatten. Gemeinsam verfügten die beiden über ausreichend Follower-Power, um Hederich zum Star zu machen. Die Folgen waren so spektakulär wie absehbar: ein auf Plakaten in ganz Deutschland promotetes Fitnessbuch, eine dazugehörige Videoreihe, jede Menge Talkshowauftritte. Hederichs Ehe mit einer Angestellten der Kölner Finanzverwaltung fand unterdessen ein abruptes Ende. Es folgten ein veganes Fitnesskochbuch, ein Engagement als Fitnesscoach beim 1. FC Köln und Gastauftritte als unverdorben machoesker Modeljuror. Schließlich jedoch der letzte Akt, der unvermeidliche Absturz: Enthüllungen über Koks- und Sexpartys in der *Bild*-Zeitung, gigantische Schulden, Maden-Wettessen im *Dschungelcamp*. Und das alles innerhalb von nur zwei Jahren, soweit Merle Schwalb sich erinnern konnte und wie eine schnelle Google-Recherche es ihr bestätigte.

Nur dass das *Dschungelcamp* erstaunlicherweise nicht die Endstation gewesen war.

Denn Hederich, der mit seinen zotteligen Haaren, seinen fast schwarzen Augen, seinen absurden Muskeln und seinen mächtigen Schädelknochen aussah wie ein freundlicher Hunne, der zum Frühstück gerne einen Ochsen erwürgte, hatte im vergangenen Jahr ein erstaunliches Comeback hingelegt. Er hatte, nach einem kurzen Aufenthalt in einer Entzugsklinik, demütig und öffentlichkeitswirksam mehrere Pilgerreisen in Polen und Ungarn absolviert. Daraufhin hatten natürlich die Talkshows wieder angeklingelt, um die Geschichte seiner Läuterung zu hören. Das war selbst an Merle Schwalb nicht vorbeigegangen. Allerdings ging Javier Hederichs Wiederauferstehung mit einem politischen Erwachen einher. Einem etwas unappetitlichen Erwachen, wie viele fanden, was freilich nur zur Folge hatte, dass er noch öfter im Fernsehen zu sehen war. Und plötzlich auch auf Pegida-Demonstrationen. Und auf anderen Veranstaltungen selbst erklärter »Querdenker«, die sich nichts mehr »vormachen lassen« wollten von »denen da oben«, von der EU, den Echsenmenschen, der NATO, der schwul-jüdischen Weltverschwörung und Bill Gates.

»Wie irre ist Oberturnführer Hederich?«, hatte sogar *Bild* schon gefragt.

Hederich wiederum nutzte seine zahlreichen Gelegenheiten, sich zu äußern, vor allem um die Beschneidung seiner Meinungsfreiheit anzuprangern.

Aha, Herr Hederich, interessant, und wo darf man seine Meinung noch sagen?

Tja, wo wohl?

In Venezuela zum Beispiel, fand der freundliche Hunne und berief sich auf exklusives Expertenwissen, weil er schließlich Verwandte in Caracas habe.

Und: in Putins Reich, selbstverständlich. Nirgendwo habe er sich freier gefühlt als bei seinen Auftritten in Moskau!

Das Cover auf dem Tresen des Kletterparks, der Traum von den Hanteln … irgendwie hatte ihr Unterbewusstsein wohl eine Verbindung hergestellt, mutmaßte Merle Schwalb. Eine Verbindung wozu? Zu der Liste von Anatoli Nowikow natürlich. Zu einem der rätselhaften Einträge, den zu dechiffrieren sie sich vorgenommen hatte.

Zu Eintrag Nummer 15, um genau zu sein.

J. H. 21. 4. 1988

So hatte Nowikow es notiert.

Merle Schwalb öffnete die Wikipedia-Seite über den Hunnen. Und tatsächlich: »Javier Hederich wurde am 21. April 1988 in Leverkusen geboren.«

Ihr erster Impuls war es, zum Telefon zu greifen, um Henk anzurufen. Oder Erlinger. Oder wenigstens Timur.

»Hey, ich habe noch einen von der Liste geknackt, glaube ich! Das fasst du nicht! Javier Hederich, die alte Hupe!«

Aber sie unterdrückte den Drang. Sie hatte sich schließlich vorgenommen, ihre Neuigkeiten nicht mehr zu apportieren wie ein abgerichtetes Hündchen. Sie würde bis zum Abend warten, bis zum Treffen in Klein-Kirschsiep, um den anderen die Neuigkeit mitzuteilen. Zumal sie bislang sowieso nur einen Verdacht hatte, keine Gewissheit.

Stattdessen schrieb sie eine weitere, die mittlerweile vierte, Signal-Nachricht an Mick und Nick und bat eindringlich um ein Update. Sie hatte noch nicht eine einzige Rückmeldung von den beiden erhalten, und seit ihrem Besuch in Jurmala waren immerhin schon vier Tage vergangen. Kurz entschlossen fügte sie noch eine zweite Bitte an Nick und Mick hinzu: »Könnt ihr euch diesen Link einmal ansehen, dieses Doxxing? Josefine Gerstenberg ist eine Kollegin von uns, sie arbeitet in unserem Team. Danke!«

Sie bereitete sich einen zweiten Kaffee zu und sah auf die Uhr. Es war noch nicht einmal zehn Uhr. Noch einigermaßen kühl, jedenfalls in ihrer Wohnung. Zeit genug, sich noch etwas intensiver in Leben und Werk von Javier Hederich zu vertiefen, bevor sie nach Brandenburg fahren musste. Vielleicht konnte sie den Verdacht gegen den Oberturnführer bis dahin ja noch etwas anreichern.

***

Vier Stunden später ist plötzlich kein Gedanke abseitiger als der an Javier Hederich.

Merle Schwalbs Herz hämmert.

Sie klammert sich mit beiden Händen an den Anschnallgurt über ihrer Brust, während Timur das Auto in halsbrecherischer Geschwindigkeit über eine Bremsschwelle steuert, die sie auf der Hinfahrt noch in Schrittgeschwindigkeit überwunden haben, so hoch ist sie. Diesmal ist sie nicht sicher, ob der Wagen das Manöver überstehen wird, sie hört Metall auf Stein, dann Metall auf Metall, keine guten Geräusche, aber Timur fährt weiter, dem dunkelblauen VW-Bus hinterher, der schon eine Schwelle weiter ist und ebenfalls nicht abbremst, Merle Schwalb sieht, wie erst die beiden Vorderräder abheben, dann alle vier Räder, der Bulli schließlich wieder landet, in die Knie geht, aber weiterfährt. Seine Reifen hinterlassen schwarze Streifen auf dem Asphalt.

Vor dem Bulli fährt ein Motorrad.

»Fahr schneller«, ruft Erlinger von der Rückbank. »Wir verlieren ihn!«

Timur antwortet nicht.

Was, wenn es nicht gut geht?

Das Motorrad scheint kurz stehen zu bleiben, aber der Eindruck täuscht, er ist einem schnellen Wendemanöver geschuldet, das Bike biegt scharf links ab, also nicht nach rechts auf die Hauptverkehrsstraße, sondern weiter hinein in die Innereien des Gewerbegebietes von 12683 Berlin-Biesdorf, tief im Osten der Stadt, ein Labyrinth aus Beton und nummerierten Straßen.

»Warum fährt er nicht auf die große Straße, warum fährt er nicht hier raus? Spinnt der?«, fragt Erlinger.

»Woher soll ich das wissen?«, antwortet Timur gereizt. »Merle, hol dein Handy raus und film den Bulli!«

Vor Ihnen liegt das Unfallkrankenhaus, ein großer grauer Klotz, aber jetzt biegt auch Timur scharf links ab, so wie vor ihnen der Motorradfahrer und der Bulli.

Auf beiden Seiten der schmalen Straße dieselben elefantengrauen Hallen, an denen Firmenschilder kleben.

Mossadegh Import-Export

Nguyen Nail Studio Equipment

Kayak-Rudern-SUP

Merle Schwalb liest die Schilder, um sich zu beruhigen, um nicht zu kotzen, um die Angst zu unterdrücken, dass ihr Fahrzeug aus der Kurve fliegt, gegen eine Betonmauer knallt, während sie das Handy an ihren ausgestreckten Armen aus dem Fenster hält und filmt, wobei ihre Ellbogen immer wieder an den Fensterrahmen knallen.

Theater-Technik und Bühnenbedarf en gros

Heavy Metal Bikerstore

Der VW Bulli rammt eine Öltonne, die neben dem Kayak-Laden steht, die Tonne fliegt in hohem Bogen gegen eine Grasböschung, hinter der die Ambulanzwagen des Krankenhauses geparkt sind, und rollt in Zeitlupe wieder hinunter. Der Bulli schlingert kurz, aber fängt sich wieder.

Timur weicht fluchend der Tonne aus.

Nächste Ecke, nächste Wende.

Sie hört das Röhren des Motorrads bis hierher, das gequälte Aufjaulen der Maschine.

Dann das Kreischen des VW Bullis.

»Der Scheißbulli ist doch *getunt*«, sagt Timur.

»Ach was!«, ätzt Erlinger.

Die nächste Schwelle kommt unvermittelt. Merle Schwalb knallt hart mit dem Kopf gegen die Decke des Autos. Hat sie ihr Handy verloren? Nein, da ist es noch, zwischen ihren Fingern, in denen sie kein Gespür mehr hat.

KfZ-Gutachten Schröter

Reifen-Rudi's Restelager

Pietät Sargschreinerei und Handel

»Wenn du kannst, schließ auf!«, ruft Erlinger von hinten.

»Willst du fahren, Arschloch?«, schreit Timur zurück.

»Wir müssen wissen, wer das ist«, brüllt Erlinger.

Aber Timur antwortet nicht, er schaltet hektisch, tritt das Gas durch. Er folgt dem Motorrad und dem Bulli und nimmt die nächste Kurve, die in eine weitere nicht einsehbare Straße führt.

***

Zwei Stunden zuvor hatte Timur bei ihr angerufen. Sie hatte an ihrem Tisch gesessen, in ihrem Esszimmer. Hatte die Sonne hinter den Vorhängen ausgesperrt, die Klimaanlage angestellt und war versunken in ihre Recherche über Javier Hederich, als ihr Telefon klingelte.

»Popow hat sich gemeldet«, hatte Timur gesagt. »Ich hole dich ab. Wo bist du?«

»Ich bin zu Hause.«

»Wo ist das?«

»Pappelallee.«

»Nett!«

»Popow hat sich also gemeldet? Einfach so, nach zwei Wochen? Und er will uns sehen?«

»Genau genommen will er mich sehen, aber ja.«

»Gut.«

»Ja, sehr gut.«

»Was ist mit Erlinger? Wir müssen ihn mitnehmen. Das können wir auf keinen Fall zu zweit durchziehen, dann rastet Arno aus.«

Einen Moment lang hatte sie daraufhin nur merkwürdige Geräusche gehört, ein Knistern und Rauschen, aber dann kapiert, dass Timur bloß sein Handy weitergereicht hatte. Denn plötzlich war da Erlingers Stimme in ihrem Ohr gewesen: »Wir sind in zehn Minuten da, Schwälbchen.«

Merle Schwalb stand schon draußen auf der Pappelallee, als Timur und Erlinger ankamen. Sie hatten exakt neun Minuten gebraucht. Timur fuhr einen dunkelgrünen Ford Kombi, und als sie sich auf den rechten Rücksitz setzte, bemerkte sie, dass auf dem linken Rücksitz ein Kindersitz montiert war. Im Rückspiegel fing Timur ihren Blick auf.

»Lange Geschichte«, sagte er.

»Ich hab nicht gefragt«, antwortete sie. »Wo fahren wir hin?«

»Biesdorf«, sagte Timur. »Ein Gewerbegebiet. Da gibt es anscheinend eine Spedition, wo er jemanden kennt, der uns dort ungestört treffen lässt.«

»Wo zur Hölle ist Biesdorf?«

»Habe ich mich auch gefragt. Irgendwo hinter Lichtenberg. Treffpunkt ist in einer halben Stunde, ich hoffe, wir schaffen das.«

Timur bog rechts in die Raumerstraße ein, folgte ihr bis zur Prenzlauer Allee, bog dann auf die Danziger Straße ein und fuhr schließlich nach links Richtung Friedrichshain ab. Draußen zogen Erzieherinnen Kitakinder in Bollerwagen durch den Kiez, verpeilte Studenten erholten sich im Schatten der Bäume neben den Tischtennisplatten am Helmholtzplatz von ihren Tinder-Dates, Medienleute und Werber führten Businessmeetings bei Eiskaffee und Croissants auf. Die geballte Sommerhitze ließ die Stadt flimmern, aber im Inneren des Wagens war es eiskalt, weil Erlinger die Klimaanlage bis zum Anschlag aufgedreht hatte. Sie ließen das Winsviertel hinter sich, dann das Bötzowviertel und den Volkspark Friedrichshain. Der Verkehr stockte, aber nicht mehr als gewöhnlich. Am Kreisel am Frankfurter Tor bog Timur in die Frankfurter Allee ein. Als sie den U-Bahnhof Samariterstraße erreichten, musste Merle Schwalb an einen Exfreund denken, der hier in der Nähe gewohnt hatte, aber als sie eine Minute später auf Höhe der Magdalenenstraße angekommen waren, wurde ihr merkwürdigerweise klar, dass sie noch nie weiter als bis genau hierher gekommen war. Jedenfalls nicht in Richtung Osten.

Meine ganz persönliche Stadtgrenze, dachte sie, und sah den Fernsehturm im Rückspiegel vor sich kleiner werden, während die Plattenbauten rechts und links sie an Sofia und Bukarest denken ließen.

Terra incognita.

There be dragons!

Tierpark Friedrichsfelde, las sie als Nächstes. Hier war schon nichts mehr hip. Sie sah Eckkneipen, die »Jägerklause« und »Alt-Berlin« hießen, eine Tischlerei, einen Sanitär-Fachhandel, die Zentrale einer mobilen Altenpflege.

»In fünfzehn Minuten müssten wir da sein«, sagte Timur. »Passt gerade so.«

»Erzähl alles, was du über Popow weißt«, sagte Erlinger. »Auch wenn du es schon mal erzählt hast.«

Danke, dachte Merle Schwalb.

Dann muss ich nicht fragen.

»Ein Kongress in Hamburg, vor zwei Jahren, es ging um Cyber-Policing. Ich hatte mein Namensschild auf dem Weg zum Aufzug verloren, er hat es aufgehoben und mir nachgerufen. Er spricht gut Deutsch, aber erkennbarer Akzent. Anfang 30, würde ich schätzen, braune, leicht lockige Haare, nicht dick und nicht dünn, gepflegt, aber kein teurer Anzug oder so.«

»Zufallsbegegnung also?«, fragte Erlinger.

»Bin mir ziemlich sicher. Das hätte er kaum planen können. Natürlich hätte er mich auch so ansprechen können, aber das mit dem Schild war ein Zufall.«

»Wie hat er sich vorgestellt?«

»Mit seinem Namen.«

»Haha. Wie noch?«

»Russische Botschaft Berlin. Genug, um mein Interesse zu wecken. Ich habe ihn gefragt, ob er dienstlich hier ist. Er hat es bejaht: großes Thema, man muss auf dem Laufenden bleiben. Wir haben Kaffee zusammen getrunken, ein bisschen gefachsimpelt. Mir wurde relativ schnell klar, dass er mehr technischen Sachverstand hat als ich.«

»Hat er angegeben?«

»Nein, habe ich nicht so empfunden. Eher so, dass er immer noch ein anderes gutes Beispiel parat hatte. Oder noch eine technische Nuance weiter gegangen ist im Gespräch.«

»Und dann? Nach dem Kaffee?«

»Der Kongress ging zwei Tage, und es waren vielleicht 80 Leute da, da läuft man sich über den Weg. Wir haben über Fortschritte in der Bekämpfung von Kinderpornografie mithilfe von künstlicher Intelligenz gesprochen, weil wir beide in dem Workshop gewesen waren. Aber auch über Syrien, weil das ein gutes Beispiel dafür ist, dass private Rechercheure mit ganz normale Methoden und einfacher Technik wahnsinnig viele neue Informationen herausfinden können, über Giftgaseinsätze und so.«

»Hat er dir geschmeichelt? Sich an dich rangewanzt?«

»Wir waren uns sympathisch, würde ich sagen.«

»Mit anderen Worten, du hättest es nicht gemerkt, weil du keine Freunde hast?«

»Idiot.«

»Und dann?«

»Haben uns nach der Abschlussvorlesung am zweiten Tag verabschiedet. Ich hab ihm meine Karte gegeben. Er hat mir seine Handynummer gegeben, weil er angeblich keine Karten mehr hatte. Und hat mir gesagt, er würde sich sehr freuen, wenn wir uns in Berlin mal treffen könnten, er habe den Austausch sehr interessant gefunden.«

»Also doch rangewanzt.«

»Arno, wenn das so weitergeht …«

»… ist schon O. K., Timur, ist doch super, wenn sich Leute von sich aus an uns heranwanzen! Man darf ihnen halt nur nichts erzählen. Wir nehmen nur, wir geben nichts. Oder handhabt ihr das in Lüneburg anders?«

»Er hat mich dann tatsächlich angerufen. Eine Woche später. Ich hatte erst nicht richtig Lust, aber man weiß ja nie. Also ein Feierabendbier in einer ziemlich öden Kneipe in Lichtenberg. Erst haben wir unser Gespräch aus Hamburg fortgesetzt, dann ist er etwas aufgetaut. Sein Leben sei sehr geregelt, etwas zu geregelt für seinen Geschmack. Zu viele Russen in der Stadt, die sich alle übereinander das Maul zerreißen …«

»In Klein-Kirschsiep hast du gesagt, er sei eine Quelle«, mischte Merle Schwalb sich ein. »Was hast du damit gemeint?«

»Ich hab vielleicht etwas übertrieben.«

»Timur, *tell it like it is*, O.K.?«, sagte Erlinger.

»Es fing damit an, dass er mir ab und zu etwas erklärt hat. Und dadurch manchmal irgendwie auch was bestätigt. Also zum Beispiel hat er mir relativ klar zu verstehen gegeben, dass Mobiltelefone im Regierungsviertel für die Lauscher in der russischen Botschaft kein Problem sind. Übrigens auch nicht für die Chinesen, falls es euch interessiert. Er hatte sein Handy nie dabei, wenn wir uns getroffen haben. Hat er jedenfalls gesagt. Und mich hat er gebeten, meines in eine kleine Metallkiste zu packen, die er immer in seinem Rucksack hatte. Habe ich auch gemacht.«

»O.K., was noch?«

»Skripal. Ich habe ihn auf Skripal angesprochen. Und auf Nawalny natürlich.«

»Du hast ihn gefragt, ob seine Kollegen die beiden vergiftet haben?«

»Nein, Mann, bist du bescheuert? Ich habe ihn gefragt, ob die Fälle in der Botschaft ein großes Thema waren. Also so um die Ecke. Um zu sehen, wie er reagiert.«

»Und, wie hat er reagiert?«

»Er hat nichts Konkretes gesagt. Aber er hat auch nicht direkt abgeblockt. Ich kann das nicht so gut erklären, solche Gespräche kann man nicht einfach nacherzählen. Im Grunde ist bei mir angekommen: Ich würde gerne mit dir über das reden, was ich weiß oder denke oder wenigstens glaube, aber es ist mir zu gefährlich.«

»Ist ja eine Traumquelle!«

»Danke, Arno. Und wie viele russische Agenten hast du noch mal auf deiner Lunchliste?«

»Könntet ihr mal mit dem Pimmelfechten aufhören?«, sagte Merle Schwalb. »Das nervt.«

Sie sah aus dem Fenster und stellte fest, dass es auf einmal Lücken zwischen den Gebäuden gab. Kleine Brachen. Sie sah die ersten Doppelhäuser, was ihr merkwürdig vorkam, so dicht an einer vierspurigen Straße, auf der sich eine Auto- und Lkw-Lawine wälzte.

Aber wahrscheinlich gibt es Menschen, dachte sie, die lieber hier ihre eigenen vier Wände haben, als in einer Mietwohnung irgendwo in der Stadt zu leben.

Vermutlich gibt es sogar Menschen, die schon immer hier gelebt haben.

Und die Friedrichsfelde oder Kaulsdorf oder Biesdorf oder Mahlsdorf als ihre Heimat betrachten. Oder einen der anderen zahllosen Bezirke und Kieze, in denen niemand, absolut niemand, lebt, den ich kenne: Rudow, Reinickendorf, Adlershof, Hellersdorf, Marienfelde, Hennigsdorf …

Nicht einen davon würde ich auf einer Karte finden, dachte sie.

Es war eine von Erlingers Gaben, dass er so wirken konnte, als sei er nicht nachtragend oder wütend. Dass er einfach weitermachen konnte, als sei nichts vorgefallen.

»Habt ihr euch im Laufe der Zeit angefreundet?«, fragte er Timur freundlich.

Timur wartete eine Sekunde länger, als normal gewesen wäre, bevor er ebenso freundlich antwortete.

»Angefreundet geht vielleicht etwas weit, aber irgendwann haben wir festgestellt, dass wir beide gerne Snooker spielen. Und er kannte eine ganz gute Billardhalle in Lichtenberg, also haben wir unser Bier immer öfter dorthin verlegt und drei oder fünf *frames* gespielt. Das kann ein paar Stunden dauern. Also auch ein paar Biere. Man muss beim Snookern nicht reden, es geht auch gut ohne, aber ab und zu haben wir das getan, und nach und nach wurde es etwas persönlicher. Einmal hat er absagen müssen und beim nächsten Mal erklärt, dass seine Großmutter zu Besuch in Berlin war und er sie rumführen musste. Und er hat fallen lassen, dass sie keine Ahnung hat, was sein Job ist. Solche Sachen. Ich habe meistens abstrakt gefragt, nicht so auf die Zwölf, weil ich immer noch erst mal ein Gefühl für ihn bekommen wollte. Ob er auch Freunde in der Botschaft habe, ob das überhaupt möglich sei, zum Beispiel. Da bekam ich dann wieder das Gefühl, dass er ziemlich einsam war. Oder darunter litt, das alles so eng war. Oder jedenfalls nicht gerade nett, nicht … harmonisch. So irgendwie.«

»Wenn du ihn auf Skripal und Nawalny angehauen hast, dann vermutlich auch auf den Mord im Kleinen Tiergarten, oder?«

»Ja. Habe ich. Und da hat er noch sehr viel deutlicher und schneller signalisiert: Sorry, ich sage nichts.«

»Hat er dir jemals was gegeben? Also vor dieser Liste?«

»Dokumente? Nein. Er ist etwas zutraulicher geworden, was seine Andeutungen anging. Einmal hat er gesagt: Als ich hier in Berlin anfing, da kannte ich alle in meiner Abteilung, auf meinem Flur, aber es werden immer mehr. Ein anderes Mal hat er anklingen lassen, dass es ihn frustriert, das große Bild nicht zu kennen. Lauter kleine Rädchen, wir sind alle lauter kleine Rädchen, und manchmal frage ich mich: Wer sind die großen Räder? So was in der Art. Ich fand das interessant, aber es war praktisch nie etwas, was man hätte aufschreiben oder auch nur in eine Geschichte einfließen lassen können.«

»Praktisch?«

»Ich hab mal was Größeres geschrieben darüber, dass durch Cyberangriffe und Cyberspionage auch die Nachrichtendienste kleinerer Staaten eine ernsthafte Herausforderung geworden sind. Katar oder Vietnam, das waren ja früher keine ernsthaften Player, aber das hat sich geändert. Da habe ich mal ein anonymes Quote von ihm eingebaut. Dass die Russen das sehr gut im Blick haben, was hier und anderswo vor sich gehe, was diese Staaten betrifft. Und dass die Russen diese Staaten als ›große Zwerge‹ bezeichnen.«

»Und wie kam es dazu, dass er dir diese Liste übergeben hat?«, fragte Merle Schwalb.

»An dem Abend hat er richtig viel getrunken«, sagte Timur. »Und er hat richtig scheiße gespielt. Eigentlich ist er besser als ich. Ich habe fast immer verloren. Was ist los?, habe ich ihn gefragt. Alles O.K.? Nein, hat er gesagt. Dann ist er zu dem Brett gegangen, auf dem der Spielstand festgehalten wird. Er hat alles auf null gestellt. Das war das Zeichen, dass er nicht mehr spielen wollte. Hat sich an den Stehtisch gestellt, eine Zigarette rausgeholt. Ich hatte ihn vorher noch nie rauchen gesehen. Und dann hat er mir erzählt, dass ein Freund von ihm, auch ein Russe, tot ist.«

»Hat er Freund gesagt?«, fragte Erlinger.

»So erinnere ich mich, ja. Vielleicht auch Bekannter? Keine Ahnung. Wie ist er gestorben, habe ich gefragt. Ist vom Balkon gestürzt. Vor ein paar Tagen. Aha. Ist ja schlimm ... was man halt so sagt. Ja, schlimm, hat er gesagt. Er hat auch in der Botschaft gearbeitet, wenn du verstehst, was ich meine.«

»Das hat Popow gesagt? ›Wenn du versteht, was ich meine‹?«

»Ja. Ich erinnere mich genau dran, weil ich dachte, jetzt gibt er mir zum ersten Mal zu verstehen, dass er tatsächlich beim Geheimdienst arbeitet.«

»O.K. Und dann?«

Merle Schwalb suchte Timurs Blick im Rückspiegel, aber fand ihn nicht. Er blickte starr geradeaus auf die Straße. Keine Falte, keine Miene verriet, was er dachte oder fühlte, während er erzählte. Während er sein Gespräch mit Popow in verteilten Rollen für sie nachsprach.

»Dein Freund war also auch ein Spion?«

»Ja. Aber er war entweder doppelt so gut wie ich oder doppelt so schlecht!«

»Wie meinst du das, Alexander?«

»Er hat nicht nur für seinen Dienst gearbeitet, sondern auch für die Deutschen.«

»Ein Doppelagent?«

»Ja, genau. Er hat dem Verfassungsschutz Sachen verraten.«

»Und das hat er dir anvertraut?«

»Er wollte den Deutschen sogar noch mehr geben, hat er mir gesagt.«

»Aber was denn für Sachen?«

»Und dann hat er dir die Liste gegeben?«, fragte Merle Schwalb.

»Er war ziemlich voll. Ich weiß noch, dass ich in dem Moment gedacht habe, dass er wohl schon früher mit dem Saufen angefangen hatte an dem Tag. Er hat die Liste aus seiner Hosentasche gezogen und aufgefaltet und vor mir auf den Tisch gelegt.«

»Und was hat er dazu gesagt?«, wollte Erlinger wissen.

»Das hier wollte mein Freund den Deutschen geben. Das hier … Schau es dir an! Und er ist jetzt tot.«

»Und hast du danach noch weitergefragt?«

»Ich habe ihn gefragt, was das für eine Liste ist. Natürlich. Da hat er bloß so gelacht, abschätzig, dachte ich. Oder wütend. Gekaufte Deutsche, hat er gesagt. *Gekaufte Deutsche.* Zwei Mal hat er das gesagt.«

»Und dann?«

»Ich habe ihn gefragt, ob er glaubt, dass sein Freund ermordet wurde.«

»Und?«

»Da hat er noch mal so gelacht. Dann hat er sich verabschiedet und hat mich mehr oder weniger einfach stehen lassen. Für mich klang das ziemlich eindeutig so, dass er glaubte, dass sein Freund …«

»… nicht freiwillig aus dem Leben geschieden ist«, vollendete Erlinger Timurs Satz.

»In drei Minuten haben Sie Ihr Ziel erreicht«, vermeldete in diesem Moment das Navigationssystem.

***

Sie hatten das Gewerbegebiet gerade noch pünktlich erreicht. Es begann direkt hinter dem Unfallkrankenhaus: Halle neben Halle neben Halle. Vereinzelt standen Kleinlaster oder Pkw herum. Ein Gabelstapler, der ein paar leere Europaletten geladen hatte, kreuzte ihren Weg gleich hinter der Einfahrt, die von einer offenen Schranke und der ersten von zahlreichen Bremsschwellen markiert wurde. Die Straße führte geradeaus weiter; eine weitere zweigte nach rechts ab.

»Halle 5, Straße 13«, sagte Timur, während sie den Gabelstapler passieren ließen.

Erlinger tippte auf seinem Mobiltelefon herum.

»Erst rechts, dann die Zweite links«, sagte er. »Glaube ich jedenfalls. Ist etwas unübersichtlich das Ganze.«

»O.K.«, sagte Timur, schaltete wieder in den ersten Gang und bog nach rechts ab. Er ließ die erste Abzweigung nach links liegen. Die zweite Abzweigung nach links lag etwa fünfzig Meter vor ihnen, am Straßenrand stand ein blauer VW Bulli. Timur fuhr an dem Bulli vorbei und langsam weiter, aufs Ende der Straße zu, wo neben dem Eingang zu einer der Hallen ein Motorrad stand. Der Fahrer stand daneben. Er trug eine helle Cargohose, eine schwarze Lederjacke und einen blau-weiß gestreiften Motorradhelm.

»Das ist Alexander«, sagte Timur. Er parkte den Ford und stellte den Motor aus.

»Ich gehe erst mal alleine zu ihm, ja?«, sagte er.

»O. K.«, sagte Erlinger.

Timur stieg aus und ging auf Popow zu. Die beiden begrüßten einander mit Handschlag. Aber schon nach wenigen Sekunden sahen sie, wie Popow wild zu gestikulieren begann und auf sein Motorrad sprang. Timur drehte sich um und rannte auf sie zu, riss die Tür auf, sprang auf den Fahrersitz und drehte den Zündschlüssel um.

»Was ist los?«, fragte Merle Schwalb.

»In dem Bulli hinter uns«, sagte Timur, »sitzt ein Typ mit einem Fernglas. Er hat Popow observiert.«

Während sie sprachen, hörten sie das Jaulen von Popows Motorrad. Im nächsten Moment schoss es an ihnen vorbei.

»Was machen wir jetzt?«, fragte Merle Schwalb. Sie hatte sich auf ihrem Sitz umgedreht und blickte durch die Heckscheibe nach draußen. »Der Bulli fährt auch los, er verfolgt Popow.«

Timur legte entschieden den Gang ein, kurbelte das Lenkrad bis zum Anschlag herum und trat das Gaspedal durch. Mit quietschenden Reifen wendete er den Ford.

»Wir fahren hinterher«, sagte er.

***

Garagentortechnik Schnittke

Holzpellets en gros

Spedition Transeuropa

Die Sackgasse, auf deren Ende sie schauen, denkt Merle Schwalb, sieht aus wie das Endspielszenario in einem Computerspiel. Drei direkt aneinander angrenzende Betonhallen, eine rechts, eine links, eine direkt voraus. Dazwischen: nichts.

Dann erst begreift sie, dass dies derselbe Ort ist, an dem die Verfolgungsjagd begann.

Spedition Transeuropa.

Sie sieht, wie Alexander Popow sein Motorrad anhält und absteigt, aufreizend langsam. Der Bulli wird gleich bei ihm sein. Popow sitzt in der Falle.

»Fuck!«, schreit Erlinger.

Aber Timur – Timur lacht plötzlich.

Denn in der Sekunde wird die Tür neben dem Firmenschild der Spedition Transeuropa von innen geöffnet, ein Mann winkt Popow herein, und sofort wird die Tür wieder geschlossen.

Der Bulli kommt mit quietschenden Reifen zum Stehen, der Beifahrer reißt die Autotür auf, rennt zu der Tür, hinter der Popow verschwunden ist, aber sie öffnet sich nicht. Nicht für ihn. Es ist eine stabile Tür, Stahl. Er tritt dagegen. Dann rennt er zurück zu dem blauen VW Bulli und steigt ein.

»Hau ab, Timur!«, brüllt Erlinger plötzlich. »Nicht, dass diese Typen jetzt uns jagen!«

Timur wendet den Wagen, so schnell er kann, sie haben einen guten Vorsprung, sie schaffen es um zwei Ecken, drei Ecken, vier Ecken, schließlich bis auf die Hauptstraße. Gott sei Dank ist grüne Welle, sie lassen das Unfallkrankenhaus linker Hand liegen, und sie können den VW Bulli nicht im Rückspiegel sehen. Timur entscheidet sich, an der Kreuzung nicht rechts Richtung Lichtenberg abzubiegen, wo sie hergekommen sind; auch nicht nach links Richtung Mahlsdorf. Stattdessen brettert er geradeaus über die Kreuzung hinweg, *Köpenick* steht auf dem Schild, das kann Merle Schwalb gerade noch sehen, dann verlässt Timur die Hauptstraße auch schon wieder, biegt nach links auf eine Nebenstraße ein, dann nach rechts auf eine noch kleinere Nebenstraße, sie fahren jetzt an idyllischen Einfamilienhäusern vorbei, und in jedem einzelnen Garten steht ein Rasensprenger, und im Vorbeifahren spritzen die Rasensprenger ihnen kleine Tropfenmuster auf die Windschutzscheibe, jeder Rasensprenger ein bisschen, quietschend springt der automatisch gesteuerte Scheibenwischer an, quält sich über die Scheibe und zieht Schlieren, während niemand von ihnen ein Wort sagt und Merle Schwalb mit einem Taschentuch den Blutfleck wegzuwischen versucht, den die Platzwunde auf ihrem Hinterkopf auf dem beigefarbenen Innenbezug von Timurs Auto eine Handbreit über dem hinteren, rechten Fenster hinterlassen hat.

***

Merle Schwalb lag in der Hängematte zwischen den zwei dicken Eichen und dachte an ihren Onkel Johann. Daran, wie sie mit ihren Eltern und Onkel Johann und Tante Grete Urlaub auf Kreta gemacht hatte, als sie zwölf oder dreizehn Jahre alt gewesen war. Sie war eine gute Schwimmerin gewesen, und die Erwachsenen hatten deshalb nichts dagegen, wenn sie mit ihrer Taucherbrille, dem Plastikschnorchel und dem blau-weißen Schlauchboot alleine in die kleine Bucht hinauspaddelte, um sich die Makrelenschwärme anzusehen, jedenfalls solange sie in Sichtweite blieb. Manchmal blieb sie eine oder zwei Stunden da draußen, ließ sich abwechselnd von der Sonne wärmen oder unter Wasser die Fische durch die Hände gleiten. Die Erwachsenen lagen währenddessen auf ihren Liegestühlen am Strand oder saßen in der kleinen, etwas nach hinten versetzten Strandbar und tranken kalten Weißwein.

Das Schlauchboot hatte an seiner Spitze eine dicke Gummiöse, an der ein weißes Seil befestigt war. Merle steuerte stets dieselbe Boje an und vertäute ihr Schlauchboot mit dem Seil, an dem die Boje festgemacht war. An einem Nachmittag aber ging alles schief. Beim Schnorcheln war sie einem großen schwarzweiß gestreiften Fisch hinterhergeschwommen, der sie so faszinierte, dass sie nicht nach rechts und nicht nach links sah, um ihn ja nicht aus den Augen zu verlieren. Plötzlich ein stechender Schmerz, der sie unter Wasser aufschreien ließ, sodass ihr das Mundstück des Schnorchels aus dem Mund rutschte und sie auch noch Salzwasser schluckte. Sie hatte einen kleinen, scharfen Felsen übersehen und war mit der rechten Seite ihres Kopfes dagegengedonnert. Sie tauchte auf, kletterte weinend in ihr Boot und versuchte, das Seil von der Boje zu lösen, während sie zusah, wie sich helle Tropfen Blutes mit dem Wasser in den Rillen auf dem Boden des Schlauchbootes vermischten. Aber sie bekam das Seil nicht los. Es hatte sich hoffnungslos verheddert, das Boot hatte sich anscheinend mehrmals um die Boje gedreht, es war nichts zu machen.

Schluchzend stand sie auf und suchte den Strand nach ihren Eltern ab. Sie sah, dass die vier Erwachsenen an der Bar saßen, aber die Erwachsenen sahen sie nicht. Obwohl sie winkte, mit beiden Armen winkte. Sie schöpfte sich kaltes Meerwasser auf die Wunde, um sie zu kühlen, und winkte dann weiter.

Irgendwann stand einer der vier Erwachsenen auf und legte sich eine Hand über die Augen, um besser gegen die Sonne sehen zu können. Es war Onkel Johann.

Merle zerrte demonstrativ an dem Seil, um zu zeigen, warum sie nicht wegkonnte. Dass sie festsaß.

Dann sah sie, wie Onkel Johann zum Tresen ging und mit der Bedienung sprach.

Hat er mich denn nicht verstanden?

Doch dann drehte sich Onkel Johann wieder um, sie sah kurz etwas in der Sonne blitzen, und dann, wie er sich sein Hemd auszog und ins Meer lief. Er schwamm ihr entgegen, der kleine schwarze Punkt, der sein Kopf gewesen war, wurde größer und größer, und zwischendurch blitzte es immer wieder in der Sonne, aber erst kurz bevor er bei ihr und ihrem Schlauchboot ankam, erkannte sie, was da die ganze Zeit geblitzt hatte: Onkel Johann hatte sich ein gewaltiges Brotmesser zwischen die Zähne geklemmt.

Nachdem er das Seil durchtrennt und sie befreit hatte, paddelte er mit ihr zurück zum Strand. Den Rest dieses Tages hatte sie nicht mehr von seiner Seite weichen wollen. Und in ihrer

Erinnerung war sie spät am Abend, nach dem Essen in der Taverne, auch in seinen Armen eingeschlafen.

Merle Schwalb öffnete die Augen, wedelte einen Schmetterling von ihrer Bluse und sah auf die Uhr. Fast 18 Uhr, die anderen würden gleich kommen. Sie war froh, dass sie noch eine halbe Stunde für sich gehabt hatte. Dass Majas Gehöft sich auch heute wieder wie ein sicherer, entrückter Ort anfühlte, mit Hummeln, die wie kleine Hubschrauber über dem Klee herumbrummten, und mit fettem Gras unter ihren Füßen, das ihre Schritte federn ließ wie ein dicker Teppich.

Gerade heute.

Und ja, na gut, einmal spiele ich heute noch die Herbergsmutter.

Sie stand auf, holte Gläser, Wasser, Bier und Salzstangen aus der Küche des Nebengebäudes und stellte alles auf den schweren Holztisch im Garten. Sie zog ihr Laptop aus der Tasche und lud das Handyvideo der Verfolgungsjagd vom Nachmittag hoch, weil sicher alle es würden ansehen wollen. Dann checkte sie, ob der WLAN-Empfang hier draußen gut genug war, um Mick und Nick später über Signal zuzuschalten.

»Wir haben etwas gefunden«, hatte Nick ihr geschrieben. »Etwas viel. Also nicht sooo viel. Aber auch nicht wenig. Vielleicht reden wir?«

Zuletzt machte sie sich eine Flasche Bier auf und wartete.

Wenn sich zwei Leute treffen, dachte sie etliche Stunden später, als längst wieder das Lagerfeuer brannte und der Däne die zweite Runde *Lüneburg Lobotomy* ausschenkte, gibt es genau eine Beziehung: A zu B. Wenn es drei Menschen sind, sind es schon drei Beziehungen: A zu B, A zu C, und B zu C.

Wir sind sieben. Und jeder hat mit jedem eine Beziehung, irgendeine Art von Beziehung. Das sind … das sind 21 bilaterale Beziehungen.

Josefine und Arno: Sie sind heute zu zweit angekommen, in ihrem kleinen Auto. Klar, Arno hat ja auch keinen Führerschein. Trotzdem, er ist nicht mit Kampen gekommen, wie sonst. Sondern mit ihr. Keine Geheimnisse mehr, wie es aussieht. So wie sie jetzt ganz offen, ganz unverdruckst seine Hand hält. Und wie beide ihre Taschen ganz selbstverständlich in dasselbe Zimmer gebracht haben. Und dass Josefine überhaupt gekommen ist, dass sie wieder dabei ist!

Der Däne und Henk: zwei Jedi-Meister, angegraut und weise.

Josefine und ich: interessant.

Timur und ich: kompliziert.

Kampen und der Däne: sehr kompliziert.

Und dieser Streit ist noch nicht vorbei.

Nachdem alle angekommen waren und rings um den Holztisch herum Platz genommen hatten, ergriff Merle Schwalb das Wort. Nicht nur, weil alle sie ansahen. Sondern auch, weil sie das Gefühl hatte, ohne ein wenig Disziplin würden sie unmöglich abarbeiten können, was sie auf ihren verschiedenen Listen notiert hatte. Niemand hatte sie dazu auserkoren, es gab keinen Beschluss, keine Absprache, dass sie die Anführerin, die Schrittmacherin sein sollte. Aber das kannte sie schon von anderen Rudelrecherchen: dass Journalisten eine Tendenz haben, sich nicht selbst als Anführer zur Verfügung zu stellen, sondern lieber den Anführer zu allen sich bietenden Anlässen zu kritisieren.

Leading from behind.

»Lasst uns als Erstes unsere Neuigkeiten zusammenkehren«, schlug sie vor. »Dann machen wir eine kleine Schalte mit unseren russischen Kollegen Nick und Mick, die uns etwas mitteilen wollen, was genau, das weiß ich auch noch nicht. Zuletzt sollten wir, glaube ich, einmal in Ruhe darüber reden, ob wir genug haben, um mit Sicherheit zu sagen: Wir haben eine Geschichte, und so und so könnte sie aussehen. Einverstanden?«

Niemand widersprach.

»Gut. Aber bevor wir anfangen: Josefine, ich finde es super, dass du dich entschieden hast, zu kommen und dabeizubleiben!«

»Natürlich bin ich dabei«, sagte Josefine. »Wieso denn nicht?«

Sie begannen mit dem gescheiterten Versuch, Alexander Popow zu treffen, und schauten sich gemeinsam Merle Schwalbs verwackeltes Video an.

»Wahnsinn«, sagte der Däne, nachdem er gesehen hatte, wie Popow hinter der Stahltür der Spedition verschwunden war. »Glaubt ihr, er ist in Sicherheit? Hat er sich wieder gemeldet?«

»Nein«, sagte Timur. »Er geht auch nicht ran, wenn ich ihn anrufe. Ich nehme an, er ist wieder untergetaucht.«

»Was scheiße ist, weil wir ihn brauchen«, sagte Erlinger. »Wir wissen immer noch zu wenig über Nowikow, über seine Liste und wie er überhaupt an die Liste gekommen sein könnte. Wir brauchen jemanden, der uns erzählt, wie das in der Botschaft Unter den Linden aussieht, wie die Abläufe sind. Ohne das wird es schwierig.«

»Wer hat ihn denn observiert und verfolgt, was glaubt ihr?«, fragte der Däne.

»Ich dachte erst, der Verfassungsschutz, aber ich bezweifle stark, dass die ihn gejagt hätten«, sagte Erlinger. »Nicht ihre Art.«

»Also was, Russen?«

»Vielleicht.«

»Und wie kriegen wir das raus?«

»Merle, spiel das Video noch mal ab, bitte«, bat Erlinger.

Merle Schwalb begann die Aufzeichnung von vorne.

»Hier«, sagte Erlinger nach etwa anderthalb Minuten und hieb auf die Pausetaste. »Könnt ihr das Nummernschild des Bullis entziffern?«

Sie beugten sich über den Monitor, bis auf den Dänen, der erklärte, dafür seien seine Augen zu schlecht, und versuchten sich zu einigen, was sie dechiffrieren konnten. Ein Berliner Kennzeichen, das war sicher. Aber dann, waren das ein U und ein F oder O und ein E? Und war die vierte Ziffer eine 8 oder eine 3? Es dauerte einige Minuten, bis sie sich sicher waren.

»Gebt mir mal einen Moment«, sagte Erlinger, griff sich sein Handy und eine Zigarette und verschwand in Richtung der Hängematte, wo niemand würde mithören können.

»Bundespolizei«, sagte Kampen. »Er kennt da wen, der so was kann.«

Erlinger kehrte nach zwei Minuten zurück.

»Es ist kein normal vergebenes ziviles Kennzeichen. Und es ist kein Tarnkennzeichen einer deutschen Sicherheitsbehörde.«

»Das heißt?«, fragte Timur.

»Sie kennen das Kennzeichen nicht. Aber wenn ich raten müsste, würde ich sagen: Das war der russische Geheimdienst.«

»Aber Alexander arbeitet für den russischen Geheimdienst«, sagte Timur.

»Vielleicht nicht mehr«, sagte Erlinger. »Oder er hat etwas angestellt. Sie sind ihm gefolgt, das wissen wir sicher. Sie wollten etwas von ihm, das wissen wir auch sicher. Und sie wollten ihn nicht morgen bei der Arbeit sprechen, das wissen wir auch sicher. Also kann man, denke ich, schlussfolgern, dass dein Kumpel möglicherweise ein Problem mit seinem Arbeitgeber hat.«

»Fuck«, sagte Timur.

»Muss ja nicht schlecht sein für uns«, sagte Erlinger.

»Ja, wenn er es überlebt«, sagte Timur. »Es gibt da ein Muster, weißt du?«

»Gut, es hilft nichts«, sagte Merle Schwalb und klappte das Laptop zu, »wir müssen warten und hoffen, dass er sich wieder bei Timur meldet. Tut mir leid, wenn wir das hier so abhaken, aber es gibt viel zu besprechen. Deshalb bitte als Nächstes: Wer hat bei seinen Recherchen irgendetwas Neues herausbekommen?«

»Ich hab etwas Neues«, meldete sich Josefine.

»Du?«, fragte Merle Schwalb. »Ich dachte, du …«

»Was dachtest du, Merle?«

»Nichts, sorry, Josefine. Leg los!«

»Also, wenn wir jetzt nebenan in unserem Besprechungsraum an unserem Whiteboard säßen«, begann Josefine, »dann könnten wir Konstantin Potzer auf Grün setzen.«

»Den AfD-Heini in Brandenburg?«, fragte Henk.

»Ja, genau«, fuhr Josefine lässig fort. »Ich habe ihn. Bei den Eiern. Bei beiden.«

Scheint, als habe Arno den größeren Therapieerfolg bei ihr gehabt als ich, dachte Merle Schwalb. Aber sofort schalt sie sich selbst für ihren Gedanken. Ist ihre Sache, wie sie damit umgeht, dachte sie. Das geht mich nichts an. Hauptsache, sie ist wieder dabei.

Josefine berichtete, dass sie am Vortag noch einmal in das Dorf gefahren war, in dem Potzer lebt.

»Potzer ist dumm. Ich habe bei ihm geklingelt, er war da. Ich habe ihm gesagt: Herr Potzer, ich habe Informationen vom Verfassungsschutz, dass Sie über 100.000 Euro von russischen Geheimdienstlern erhalten haben.«

»Wie bitte?«, fragte Henk ungläubig.

»Wart's ab«, sagte Josefine. »Er hat natürlich alles abgestritten und wollte die Tür zumachen und mich rausschmeißen, aber ich habe behauptet, der Verfassungsschutz habe Fotos, die ich auch gesehen hätte, leugnen sei zwecklos. Da hat er gezuckt.«

»Was heißt das?«, wollte Henk wissen.

»Na ja, gezuckt. Ich habe gemerkt, dass ich ihn kriege. Also habe ich gesagt, Herr Potzer, schauen Sie, es gibt ja eine Bagatellgrenze. Alles unter 60.000 Euro ist ja rechtlich überhaupt kein Problem. Deshalb geht der Verfassungsschutz ja so hoch ran, die wollen Sie drankriegen! Wenn Sie allerdings nachweisen könnten, dass es weniger war … Tja, und dann hat der Idiot mich reingebeten und in seinem Scheiß-Hitlerwohnzimmer eine Diele neben seinem Scheiß-Hitlerkachelofen abgehoben und so ein blaues Quittungsheft rausgeholt.«

Josefine zog drei kopierte DIN-A4-Seiten aus ihrer Tasche und breitete sie auf dem Holztisch aus.

»Steht alles drin. Hier: 4.500 Euro am 17. März letzten Jahres. 1.800 Euro im vergangenen Monat. Und so weiter und so fort. Ich komme auf insgesamt 38.000 Euro. Von ›Wassili‹ und von ›Sergej‹.«

»Geil, oder?«, fragte Erlinger und hieb mit der Faust auf den Tisch.

»Geil?«, fragte Henk. »Du hast Potzer komplett angelogen, Josefine. Das kann uns auf die Füße fallen.«

Henk wandte sich an den Dänen. »Wusstest du von dem Plan, Dirk? Findest du das in Ordnung?«

Aber bevor der Däne antworten konnte, sprang Josefine dazwischen.

»Henk, ich brauche nicht alles von meinem Chef absegnen zu lassen, danke sehr, wir denken bei der *NZ* gerne selbst. Habe ich ihn angelogen? Ja, klar habe ich das! Aber erstens wird keiner Potzer glauben, wenn er das behauptet. Und zweitens, wenn ich euch mal dran erinnern darf, besteht eine nicht ganz geringe Chance, dass dieser Wichser dafür mitverantwortlich ist, dass ihr jetzt wisst, warum ich gerade nicht in *fucking* Elternzeit bin. Also können wir den Hitlerjünger jetzt bitte auf Grün stellen, ja?«

»O. K«, sagte Henk. »Ist gut.«

»Ich hab es notiert«, sagte Merle Schwalb so geschäftsmäßig wie möglich. »Potzer ist grün. Gute Arbeit! Wer hat noch Fortschritte?«

»Nicht so krass wie Josefine«, meldete sich Lars Kampen zu Wort. »Aber ich hatte mir ja vorgenommen, German Jobst anzusehen, weil da bei mir was geklingelt hatte. Laut der Liste hat er 12.300 bekommen, Stichwort dazu war ›Büro‹. Ich habe einen

Typen mit diesem Namen mal in einer Ermittlungsakte gesehen, da ging es um deutsche Rechtsradikale, die sich in Russland in einem privaten Trainingslager an Waffen haben ausbilden lassen. Und das könnte tatsächlich passen. Denn dieser German Jobst aus der Akte hat in Sankt Petersburg einen zweiwöchigen Kurs in Guerillataktiken absolviert, vor anderthalb Jahren. Die Bude, bei der er das gemacht hat, gehört einem Russen, der wiederum Beziehungen zur Russischen Reichsbewegung hat. Die stehen in den USA mittlerweile auf der Terrorliste, in Russland gelten die aber als so was wie bewaffnete Patrioten. Etwas zwiespältiges Verhältnis zum Kreml, weil ihnen der Präsident zu soft ist. Aber diese Truppe knüpft seit Jahren ein internationales Netzwerk, in die USA, nach Skandinavien, nach Deutschland eben auch, und es gibt handfeste Hinweise, dass der Kreml das wiederum ziemlich gut findet, weil es hilft, diese Länder zu destabilisieren. Jobst ist dabei womöglich so etwas wie der Knotenpunkt hier. Im Grunde ist er arbeitslos. Aber er hat sich letztes Jahr selbstständig gemacht. Verkauft Messer und Reizgas und so Zeug. Vielleicht greifen ihm die Russen dabei ja unter die Arme?«

»Wo sitzt der Mann denn?«, fragte der Däne.

»In Cottbus. Ich fahre die Tage mal hin, mir das aus der Nähe ansehen.«

»O.K., bleibt auf Liste«, entschied Merle Schwalb und sah fragend in die Runde, um zu sehen, wer sich als Nächstes melden würde.

»Nur Kleinkram«, sagte Timur schließlich. »Professor Raudzus aus dem Saarland hat vor drei Tagen den Vorsitz des *Academic Forum on Geopolitics of the East* niedergelegt.«

»Könnte was mit deiner Aktion zu tun haben«, sagte der Däne.

»Könnte was mit meiner Aktion zu tun haben«, bestätigte Timur. »Weiß ich aber noch nicht. Ich rufe ihn morgen an. Vielleicht will er ja jetzt reden. Wenn da was war, ist er jetzt womöglich bereit auszupacken, wenn ich ihm Anonymität zusichere. Wäre das für euch O.K.?«

»Für mich ja«, sagte der Däne.

»Nicht ideal«, sagte Erlinger.

»Ach komm«, sagte der Däne. »Deutscher Professor erzählt, wie die Russen ihn korrumpiert haben? Das ist doch heiß genug, auch wenn man nicht weiß, wer es ist, oder?«

»Weißt du was, Dirk?«, antwortete Erlinger. »Mich kotzt das an, wenn diese Typen am Ende auf diese Weise davonkommen. Wenn Raudzus wirklich für die Russen gearbeitet hat, warum soll er denn nicht, was weiß ich, seine Professur verlieren oder wenigstens seine Pension?«

»Aber wenn wir es anders gar nicht berichten können?«

»Dann müssen wir es halt besser machen, Mann. So wie Josefine! Die hat die Beweise schwarz auf weiß.«

Der Däne legte die Salzstangen zurück, die er gerade aus der Schale genommen hatte, und sah Erlinger lange an.

»Ich weiß nicht, ob ich es besser finde, wenn wir stattdessen mit solchen Gonzo-Methoden anfangen, Arno!«, sagte er schließlich. »Wir sind nicht die Antifa oder irgendwelche Privatdetektive. Für das, was wir machen, gibt es Regeln, verdammt noch mal!«

»Ich soll mich an die Regeln halten, aber dass die Wichser meinen Ruf ruinieren, ist O.K.?«, entgegnete Josefine augenblicklich.

»Nein, Josefine, ist es nicht. Das hat damit doch nichts zu tun.«

»Es hat alles damit zu tun«, schoss Josefine zurück. »Alles!«

»Lasst uns solche grundsätzlichen Fragen später besprechen, ja?«, ging Merle Schwalb dazwischen. Sie kam sich blöd vor, hilflos, wie die überforderte Moderatorin in einer ARD-Talkshow am Abend. Aber das ganze Treffen würde wenig bringen, wenn sie sich jetzt verhakten und nicht einmal den aktuellen Stand ihrer Recherchen festhielten. Zumal, wie sie mit einem Blick auf ihre Uhr feststellte, Nick und Mick schon seit einer halben Stunde darauf warteten, dass sie sich meldeten. Sie schickte den beiden eine

Nachricht, dass es noch eine Stunde dauern würde, und sah nicht nach, ob sie antworteten.

»So, Leute, weitere Updates?«

Aufreizend langsam beugte sich Erlinger, der sich wie immer weit zurückgelehnt hatte, nach vorne.

»Ich habe noch was zu Odermann«, verkündete er.

»Ach ja?«, sagte der Däne.

»Nur was Kleines. Verdichtet nur die Motivlage sozusagen. Er hat ja zwei Töchter. Ich weiß jetzt, dass sie beide in den USA studieren, die eine in Yale, die andere in Princeton.«

»Entzückende Mädchen«, sagte der Däne. »Kenne die beiden, seit die klein sind.«

»Kann sein«, sagte Erlinger.

»Wie hast du das rausgefunden? Dass Carola und Cäcilia in den USA studieren?«

»Ich habe es herausgefunden«, sagte Josefine. »Ich habe ein bisschen mit ihm geplaudert. Gestern, in der Redaktion.«

»Aha«, sagte der Däne und sah von Josefine zu Erlinger und wieder zurück. »Teamarbeit.«

»Entzückend oder nicht«, fuhr Erlinger ungerührt fort, »für Stipendien hat es jedenfalls nicht gereicht. Odermann zahlt die vollen Gebühren. Inklusive Unterkunft auf dem Campus.«

»Ja und?«, fragte der Däne.

»Schätz mal, was das pro Jahr zusammen kostet.«

»Das kann ich nicht.«

»Ich sag's dir: exakt 68.800 Dollar.«

»Und das ist …?«

»Das ist lustigerweise fast genau der Betrag, der auf Nowikows Liste steht.«

»Bam!«, sagte Kampen und machte sich sein drittes Bier auf.

***

Der Streit kam nach dem Essen.

Er kam, nachdem Merle Schwalb den anderen kurz berichtet hatte, warum sie Javier Hederich ebenfalls für einen Verdächtigen von der Liste hielt und dass sie sich ihn in den kommenden Tagen vornehmen werde.

Und nachdem sie mit Nick und Mick konferiert hatten.

Er war kurz und heftig. Aber irgendwie bekamen sie es hin, zu siebt, mit fast vereinten Kräften, den Streit wieder einzufangen. Und später, am Lagerfeuer, beim Trinken, als die Marmeladenfarben des Himmels sich nach und nach verdunkelten und die Mücken herauskamen, stellte sich tatsächlich wieder das Gefühl ein, das Merle schon am Anfang des Abends gehabt hatte, als sie noch alleine in der Hängematte gelegen hatte: dass Klein-Kirschsiep ein sicherer entrückter Ort war. Vielleicht jedenfalls. Hoffentlich.

Nachdem sie von dem Verdacht gegen Hederich erzählt hatte, schickte Merle Schwalb kurz entschlossen Timur ins Haupthaus, um Ollis Wirsingeintopf und das selbst gebackene Brot zu holen. Timur war kurz irritiert, fügte sich aber.

Beim Essen sprachen sie über alles Mögliche, nur nicht über ihre Recherche. Stattdessen über den neuen Chefredakteur der *Bild*-Zeitung, der überraschenderweise kein Ekelpaket sein sollte, wie Timur beteuerte. Über Kollegen in England, die immer noch verzweifelt versuchten, an EU-Pässe zu kommen. Kampen erzählte, wie er in Katar mal einen Tag im Knast verbracht hatte, weil er im Ramadan auf der Straße Wasser getrunken hatte.

»Dirk«, sagte Henk und reichte dem Dänen dabei ein Bier, »darf ich dich mal was fragen?«

»Klar«, antwortete der Däne und verscheuchte eine Biene von seinem Teller.

»Die Geschichte von deiner Abiturprüfung, ist die wahr?«

»Was ist das für eine Geschichte?«, fragte Josefine.

»Kann sein«, sagte der Däne.

»Jetzt sag schon«, insistierte Henk. »True Story?«

»Vielleicht«, sagte der Däne und lächelte.

»Willst du sie erzählen oder soll ich?«, fragte Henk.

»Na, dann mach du mal, ich korrigiere«, sagte der Däne.

»Also, liebe Leute, wenn diese Geschichte stimmt, dann ist dieser Mann hier ein absoluter Held. Die Geschichte geht so: Als Dirk Poggemeier, der damals noch nicht der Däne hieß, sein Abitur ablegen sollte, hatte er eine Prüfung in Latein zu bestehen. Schriftlich. Leistungskurs. Eine Übersetzung. So weit richtig, Dirk?«

»Ich frage mich, wo du das herhast«, sagte der Däne.

»Dirk und seine Mitschüler sitzen also in diesem Raum und bekommen ihre Aufgaben. Wie gesagt, eine Übersetzung, also ein langer lateinischer Text. Und Dirk Poggemeier, der damals noch nicht der Däne heißt, merkt etwas. Nämlich Folgendes: Der Text, den sie bekommen haben, ist kopiert. Aus einem Buch, das er schon mal in der Hand hatte, in der Schulbibliothek. Keine Ahnung, Dirk, was war es, Seneca? Horaz?«

»Weiß ich nicht«, sagte der Däne lachend.

»Sagen wir Seneca. Dirk erkennt also: Heilige Scheiße, ich weiß genau, aus welchem Buch das kopiert wurde. Und ich weiß, dass in diesem Buch die Texte auch in der deutschen Übersetzung abgedruckt sind. Und die Schulbibliothek ist ganz in der Nähe von diesem Prüfungsraum hier. Richtig, Dirk?«

»Direkt gegenüber«, sagte der Däne.

»Direkt gegenüber!«, fuhr Henk fort. »Also denkt sich Dirk, der 18 Jahre alte Dirk, hmmm, wenn ich jetzt sage, ich muss mal aufs Klo, und dann schnell in die Bibliothek gehe, dann könnte ich …«

»… die Übersetzung durchlesen!«, ergänzte Josefine, die mit großen Augen auf den Dänen blickte.

»Genau«, sagte Henk. »Und das macht der kleine Dirk auch. Er sagt, er muss aufs Klo, und der Lehrer lässt ihn.«

»Lehrerin!«, sagte der Däne.

»Und die Lehrerin lässt ihn«, sagte Henk. »Und Dirk geht in die Bibliothek, findet das Buch und macht dann was?«

»Schreibt 15 Punkte«, schlug Josefine vor.

»Nein«, sagte der Däne.

»Nein«, sagte Henk. »Der Däne ist nämlich nicht so einer. Der Däne ist ein sozialer Mensch. Und in der Bibliothek steht ein Kopierer. Und in seinem Latein-Leistungskurs sitzen ja noch sechs andere, die leiden. Also macht der Däne flugs mal eben sieben Kopien von den zwei Seiten mit der Übersetzung.«

»Drei Seiten«, sagte der Däne.

»Von den drei Seiten mit der Übersetzung«, sagte Henk. »Stopft sich alles ins Hemd …«

»Wenn du damals schon solche Holzfällerhemden getragen hast, war das vermutlich kein Problem«, sagte Timur.

»… und verteilt, als die Lehrerin nicht hinguckt, die Übersetzung an alle anderen.«

»Das ist nicht wahr, oder?«, kreischte Josefine.

Selbst Erlinger grinste.

Selbst Kampen grinste.

»Wir haben leider alle zu gut abgeschnitten«, sagte der Däne. »Kam alles raus. War keine gute Idee.«

»Und was ist passiert?«, fragte Josefine.

»Von der Schule geflogen, kein Abitur, kein Studium«, sagte der Däne.

»Ein Held«, sagte Henk.

»Na ja«, sagte der Däne.

Die Übertragung zu Nick und Mick war etwas wackelig, aber nur zu Beginn. Merle Schwalb hatte das Laptop in die Mitte des Holztisches gestellt und bei den beiden angerufen. Es war immer noch sehr warm. Ein Marienkäfer krabbelte am Rande des Bildschirms entlang, und sie schnippte ihn mit dem Zeigefinger in eine Erdbeerstaude.

»Hey, nice to see you all!«, sagte Nick, der einen hellen Anzug trug. Im Hintergrund konnte Merle Schwalb das Meer sehen, außerdem einen Teil des Balkons, auf dem die beiden saßen. Offensichtlich waren sie immer noch in Jurmala. Oder wieder.

Mick saß schräg hinter Nick und balancierte auf der Lehne eines Stuhls. Es sah aus, als würde er jeden Moment herunterfallen.

»Hi, geht uns genauso«, sagte Merle Schwalb. »Ich stelle jetzt nicht jeden einzeln vor, O.K.? Lasst uns lieber darüber reden, was ihr an Neuigkeiten habt, wir sind sehr gespannt.«

»In Ordnung«, sagte Nick. »Fangen wir dem Einfachen an. Merle, du hast mir Aktenzeichen geschickt, die auf eurer Liste stehen.«

»Ja, genau.«

»Sie sind vom GRU. Militärgeheimdienst.«

»Seid ihr sicher?«

»Ja. So sicher, wie man sein kann.«

»Und was heißt das?«

»Sicher. Also so sicher, wie man sein kann. Man kann nie ganz sicher sein.«

»Nein, das meine ich nicht. Ich meine, was bedeutet es, dass es GRU-Aktenzeichen sind?«

»Alles. Nichts.«

»Wie bitte?«

»Ich muss präzisieren. Die GRU vergibt genau solche Aktenzeichen.«

»Genau solche? Oder diese? Hat er diese Aktenzeichen vergeben?«

»Vielleicht.«

»Vielleicht?«

»Vermutlich.«

»Was heißt das?«

»Die GRU vergibt genau solche Aktenzeichen.«

»Nick?«

»Ja?«

»Sind die Aktenzeichen, die ich dir gegeben habe, Aktenzeichen, die für Akten stehen, die die GRU angelegt hat?«

»Vermutlich. Merle, es ist so: Wir haben das System angeschaut, nach dem die GRU Aktenzeichen vergibt. Es passt. Die Art und Weise, wie dieses Aktenzeichen aufgebaut ist. Sie ist richtig.«

»Das heißt, es ist keine Fälschung?«

»Es ist keine Fälschung. Außer jemand hat es gefälscht, der weiß, wie die GRU ihre Aktenzeichen aufbaut.«

»Ich verstehe nicht?«

»Die Aktenzeichen, die du mir gegeben hast. Darin kommt vor ZHHY, ja? ZHHY ist Ausland/Destabilisierung, ja?«

»O.K., verstehe.«

»Ja. Und noch mehr. 008 ist Berlin.«

»O.K., verstehe.«

»Wisst ihr denn«, fragte Merle Schwalb, »ob es *diese* Akten gibt? Also zu den Aktenzeichen, die wir euch geschickt haben?«

Mick begann auf seiner Stuhllehne zu kichern.

»Haben wir Zugriff auf die GRU-Registratur?«, fragte er.

»Ich dachte, vielleicht …«, sagte Merle Schwalb.

»Es sind GRU-Aktenzeichen«, sagte Nick. »Glaub mir.«

»O.K. Danke. Das hilft uns sehr!«

»Gut. Noch etwas.«

»Ja?«

»Gorlow. Wir haben dir von Gorlow erzählt.«

»Ja, dieser Milliardär, richtig?«

»Genau. Der neue Mann. Wir haben viel gefragt, viele Leute, die wir kennen, wegen Berlin, wegen eurer Recherche. Viele sagen: Berlin? Gorlow!«

»Was heißt das?«

»Na wie ich gesagt habe: Berlin? Gorlow!«

»Ich verstehe nicht?«

»Er ist da. Also seine Leute. Verstehst du jetzt?«

»Ich weiß nicht. Er ist hier aktiv, in Berlin?«

»Ja. Berlin? Gorlow! Wie ich gesagt habe.«

»O.K.«

»O.K., noch etwas.«

»Ja?«

Nick machte eine kleine Pause, und sie konnte erahnen, dass er das Bild, das er auf seinem Monitor sah, genau studierte.

»Du«, sagte er plötzlich. »Du bist Josefine, ja?«

»Ja«, antwortete Josefine.

»Ja«, sagte Nick. »Mick hat sich das angeschaut. Das Doxxing. Mick?«

Josefine warf Merle Schwalb einen wütenden Blick zu.

»Josefine«, sagte Mick. »Hallo!«

»Hallo«, sagte Josefine.

»Es war eine Übung«, sagte Mick.

»Eine Übung?«

»Es gibt viele Hacker in Russland. In der Ukraine. In Lettland. Litauen. Viele Hacker, sie wollen Geld verdienen.«

»Was hat das mit mir zu tun?«

»Ich bin auch Hacker. Ich kenne andere Hacker, viele Hacker. Wir arbeiten zusammen. Wir kennen uns.«

»Manchmal arbeiten wir auch gegeneinander«, sagte Nick.

»Ja, stimmt«, sagte Mick.

»Was heißt das, Übung?«, fragte Josefine erneut.

»Du hast Fragen gestellt, in Berlin. Jemand war wütend und hat deinen Namen herumgeworfen. Jemand wollte zeigen, dass er helfen kann. Jemand hat dich gehackt.«

»Jemand? Wer ist jemand?«

»Kennst du Fancy Bear?«, fragte Mick.

»GRU-Hacker«, flüsterte Timur. »Bundestags-Hack.«

»GRU?«, sagte Josefine.

»GRU. Und nicht GRU«, sagte Mick. »Fancy Bear ist meistens GRU. Viel GRU. Sehr GRU. Aber Fancy Bear hat Freunde. Diese

Freunde wollen auch mitmachen. Und nicht nur die GRU sucht Hacker. Dein Hacker ist jung, neu. Er sucht Arbeit. Wir glauben, er will zu Fancy Bear gehören. Ich war auch mal so.«

»Also hat die GRU mich gehackt?«

»Aber nein«, mischte sich nun wieder Nick ein. »Nur jemand, der nah dran ist. Aber jeder kann ihn mieten. Gemietet haben. Jeder. Gorlow. Der Kreml. Jeder.«

»Aber woher hatte er meinen Namen?«

»Jemand war böse auf dich und hat deinen Namen herumgeworfen. Hacker kennen sich.«

»Moment, Sekunde«, sagte Arno Erlinger. »Ich will das richtig verstehen. Es war definitiv ein russischer Hacker. Aber es ist überhaupt nicht sicher, ob es ein Hacker war, den die GRU beauftragt hat. Oder ob jemand ganz anderes den Hacker beauftragt hat?«

»Ja. Jemand war böse auf ... auf Josefine. Ein Russe war böse auf Josefine. Ein Russe«, sagte Mick.

»Könnt ihr das Arschloch finden? Habt ihr einen Namen?«

»Können wir das Arschloch finden?«, fragte Mick Nick. »Sag du es ihnen, Nick!«

»Nein«, sagte Nick. »Wir wissen, dass es ihn gibt, aber nicht, wer er ist.«

»Was soll das heißen?«, hakte Erlinger nach.

»Wir können ihn nicht finden, wir haben keine Adresse und keinen echten Namen«, sagte Nick sehr langsam. »Es tut mir leid, mehr haben wir nicht.«

»O.K., vielen Dank! Wir melden uns«, sagte Merle Schwalb und beendete die Verbindung.

***

»O.K., Leute, das war das. Jetzt sind wir alle auf demselben Stand«, sagte Merle Schwalb, nachdem sich alle wieder rings um den Tisch verteilt hatten. »Die Frage ist: Wo stehen wir? Haben wir genug, dass wir jetzt schon sagen können: noch ein paar Wochen, dann haben wir eine Geschichte?«

»Wer ist grün, fass mal zusammen, bitte«, bat Henk.

»Grün sind: Konstantin Potzer, der AfD-Politiker aus Brandenburg, aka Nummer 7 von Nowikows Liste. Und Maik Zerbst, der Magazinherausgeber aus Marzahn, aka Nummer 18.«

»Mehr nicht?«

»Na ja, das genau müssen wir ja jetzt entscheiden. Ich persönlich würde sagen, Henning Gernert, der Blogger mit dem Gehalt aus Sankt Petersburg, aka Nummer 3, ist *ziemlich* grün.«

»Das sind gerade mal drei«, sagte Josefine.

»Raudzus, der Professor, ist in der Schwebe«, referierte Merle Schwalb. »Ebenso Generalmajor Winfeld. Das Dritte Geschlecht ist noch im Spiel, aber da haben wir sehr wenig. German Jobst, der Nazi mit den Russland-Connections, ist vielversprechend, aber noch offen. Genauso offen ist Javier Hederich.«

»Wir haben Odermann«, sagte Erlinger. »Das wären immerhin vier klare Fälle.«

»Moment«, sagte der Däne, »Odermann ist alles andere als klar.«

»Dein Ernst?«, erwiderte Erlinger. »Der ist doch versenkt! Den würde ich sofort aufschreiben, da habe ich absolut keine Zweifel.«

»Ach ja? Den schreibst du gleich auf? Einen Scheiß wissen wir! Wir haben Indizien, ja, aber nicht mehr als bei eurer Chefin.«

»Wir haben bei Odermann viel mehr als bei Adela, Dirk, und das weißt du auch, sorry!«

»Nein, das weiß ich nicht! Mit dem, was du bis jetzt über Odermann hast, lacht unser Justiziar dich aus dem Raum. Ich habe keinen Kontoauszug. Ich habe kein Geständnis. Ich habe nicht mal eine Ermittlungsakte, in der Lenz Odermann auftaucht!«

»Alter, wenn du solche hochheiligen Maßstäbe ansetzt, dann haben wir hier ein bisschen viel Aufwand betrieben für ein AfD-Arschloch, das in der Provinz in einem verfickten Kreistag sitzt, und einen Blogger, dessen Ergüsse eh kein Mensch liest!«

»Tja, so geht es eben manchmal, ich habe von Anfang an gesagt, wir drucken sicher keine halb gare Scheiße.«

»Halb gare Scheiße? Dein Kollege Odermann steckt bis über beide Ohren in der Scheiße, der stinkt von Lüneburg bis hierher.«

»Man kann es sich natürlich leicht machen, Arno. Klar. Aber wir nicht. Da machen wir nicht mit. Ich brauche Beweise.«

»Wenn es quakt wie eine Ente, wenn es schwimmt wie eine Ente, wenn es aussieht wie eine Ente und wenn es scheißt wie eine Drecksente, Dirk, was soll das dann sonst sein, hm? Ein Schwan? Willst du, dass die anderen Enten sagen: Ja, er ist auch eine Ente? Dass er selbst sagt: Quak, quak, ich bin eine Ente? Was willst du, Mann?!«

»Ganz ehrlich, Arno, wir sind noch lange nicht am Ziel.«

»Wir haben eine Leiche, wir wissen, dass Nowikow für den Verfassungsschutz geliefert hat, wir haben seine Liste, von der wir dank der russischen Kollegen sogar wissen, dass sie echt ist, wir haben vier glasklare Fälle, wo Geld geflossen ist und die Russen im Gegenzug was bekommen haben, wir haben russische Hacker, die Josefine gedoxxt haben. Alter, Dirk, das ist eine Titelgeschichte, was denn sonst?«

»Arno, vielleicht ist es besser, wir reden morgen in Ruhe weiter, aber ich widerspreche dir in fast allem. Ja, Nowikow ist tot und war ein Zuträger. Aber wir wissen überhaupt nicht, dass seine Liste echt ist, um damit mal anzufangen.«

»Hast du gerade nicht zugehört? Das sind GRU-Aktenzeichen!«

»Sagen Mick und Nick! Weißt du, wie die beiden mit Nachnamen heißen? Weißt du, ob sie das beweisen können? Ich hatte nicht das Gefühl. Schreibst du dann in deine Titelgeschichte, Nick und Mick haben das aber gesagt? Und was Josefine angeht: Da gilt doch genau dasselbe. Wir haben viel, viel, viel zu wenig.«

»Ich habe nicht gesagt, dass wir schon fertig sind, O.K.?!«

»Wir sind noch lange nicht fertig, Arno! Wenn wir überhaupt jemals fertig werden!«

»Schisser.«

»Arrogantes Arschloch.«

»Hey, hey, hey«, mischte sich Henk ein. Er saß zwischen dem Dänen und Arno Erlinger und legte beiden jeweils eine Hand auf den Arm. »Wir wollen alle dasselbe, O.K.?«

»Ich will vor allem einen Drink«, sagte Josefine.

»Drinks habe ich im Kofferraum«, sagte der Däne. »Aber die gibt es erst, wenn das Feuer an ist!«

Erlinger stand auf, legte ein paar der Holzscheite in die Feuerstelle und zündete sie mit seinem Feuerzeug an.

»Dirk, du bist echt saudämlich«, sagte er, als schließlich die ersten Flammen emporzüngelten. »Sechs Kopien für alle anderen zu ziehen, anstatt einfach selbst mit einer Eins da rauszugehen, das ist ganz ehrlich das Bekloppteste, was ich je gehört habe.«

***

Am nächsten Morgen um neun Uhr stand Merle Schwalb als Erste in der Küche und bereitete sich an der Kaffeemaschine einen Espresso. Ihr Kopf dröhnte. Aber nicht, weil sie verkatert war. Und auch nicht wegen der Platzwunde an ihrem Hinterkopf. Sondern wegen der Sprachnachricht, die Adela von Steinwald ihr auf ihrem Handy hinterlassen hatte.

Scheiße.

Scheiße, Scheiße, Scheiße.

Nachdem sie ihren Espresso getrunken hatte, stieg sie langsam die quietschende Treppe hinauf und lief bis zu dem Zimmer, in dem Henk sich schlafen gelegt hatte. Er war der Einzige, mit dem sie darüber reden konnte. Und sie musste sofort mit ihm darüber reden.

Sie klopfte leise an, wartete einen kurzen Moment und trat

dann ein. Henk war schon wach und stand auf einer blauen Yogamatte, die er vor dem Bett ausgerollt hatte, die Hände einen halben Meter vor seinen Füßen auf dem Boden. Auf dem Nachtisch stand ein iPad, auf dem eine Yogalehrerin zu sehen war, die mit geschlossenen Augen auf einer Blumenwiese dieselbe Übung absolvierte wie Henk.

»Was ist los?«, fragte er und richtete sich auf.

»Hör dir das hier an«, sagte sie und spielte die Nachricht ab.

Guten Morgen, Frau Schwalb. Ich wollte Ihnen kurz etwas zurufen. Eine mögliche Geschichte, Sie sollten sich das unbedingt ansehen. Das könnte ein Hammer sein, wenn es stimmt. Ich erzähle es nur Ihnen und verlasse mich auf Ihre Diskretion, weil das sehr heikel ist. Also, ich habe einen Informanten, der mir Folgendes gesagt hat: Der Kollege Lenz Odermann von der Norddeutschen Zeitung steht offenbar in Diensten des russischen Geheimdienstes und verdingt sich gegen Geld heimlich als deren Sprachrohr. Bitte, das bleibt jetzt erst einmal unter uns. Aber melden Sie sich, sobald Sie etwas in Erfahrung gebracht haben. Wenn da etwas dran ist, dann will ich das im Globus lesen, klar?! Ich verlasse mich auf Sie.

»Henk, was soll ich machen? Soll ich das den anderen sagen?«

»Holy Shit.«

»Ja!«

»Merle, du musst es ihnen sagen. Allerdings ist dann unter Umständen unsere Recherche tot. Auf jeden Fall gibt es Ärger.«

»Oder?«

»Oder du sagst es ihnen nicht.«

»Lass es einen fröhlichen Hund sein!«, hauchte die Yogalehrerin in dem Video auf Henks iPad und steckte sich lächelnd eine Blüte in ihr gewelltes Haar.

Henk beugte sich vor und drückte die Pause-Taste. Von weit her war das Muhen einer Kuh zu hören.

»Also, was wirst du tun?«, fragte er Merle Schwalb und setzte sich auf den Boden.

Merle Schwalb setzte sich neben ihn auf die Yogamatte, den Rücken an den Bettkasten gelehnt, die Beine ausgestreckt.

»Weißt du, worüber wir nie gesprochen haben, Henk?«

»Was meinst du?«

»Was das *endgame* bei dieser Geschichte ist!«

Sie breitete ihre Arme vor sich aus.

»Dieser ganze Zirkus hier! Unser geheimes Hauptquartier in der Pampa. Dass Kampen und Erlinger seit Wochen eine Recherche aus dem Balkan, die eigentlich auf einer Seite auserzählt wäre, in eine fünfteilige Serie zersägen, damit ja keiner Lunte riecht. Wir recherchieren gegen das Dritte Geschlecht an, seit Wochen, heimlich. Gegen unsere eigene Chefin. Niemand weiß, was wir hier tun. Außer – *tadaaa!* – unserer ärgsten Konkurrenz, die sich mit uns zusammengetan hat. Henk, sind wir eigentlich wahnsinnig? Was ist das *fucking endgame?*«

Henk Lauter zuckte mit den Schultern. »Ein Typ ist vom Balkon gefallen«, sagte er. »Du bist den Brotkrumen gefolgt. Das ist dein Job.«

»Ach komm schon, stell dich nicht dumm. Du weißt genau, was ich meine.«

»Nein, weiß ich nicht, Merle. Wir recherchieren. Wir gehen jedem Verdacht nach.«

»Ich bitte dich, sei mal ehrlich jetzt. Ich bin ein großes Mädchen, du brauchst mich nicht zu beschützen, O.K.?«

»Was willst du hören, Merle? Du bist doch das Dritte Fragezeichen, nicht ich. Aber ich habe gelernt, dass man eine Recherche nicht von hinten denkt. Man kommt irgendwo an, ja, aber man beginnt die Recherche nicht mit einem Ergebnis im Kopf.«

»*Bla, bla, bla*. Heb dir das für die Nannen-Schüler auf, wenn du in Hamburg dein nächstes Seminar gibst. Ich meine es ernst. Wir haben nie darüber geredet, was es bedeutet, dass wir gegen AvS recherchieren. Was, bitte sehr, wenn wir etwas finden?«

»Dann ist es gute Arbeit.«

»Ja, ganz tolle Arbeit. Glückwunsch! Und hast du dir das mal ausgemalt, wie das dann ablaufen würde? Hast du dir das vielleicht so vorgestellt, dass das Dritte Geschlecht, wenn wir sie mit unseren Ergebnissen konfrontieren, einen Schluck Kaffee nimmt und sagt: ›Mensch, Lauter, Schwalb, Kampen, Erlinger: Das haben Sie richtig toll gemacht! Einfach fantastisch, wie Sie mir drauf gekommen sind! Bitte sehr: Benutzen Sie ruhig mein eigenes Magazin, um mich abzuschießen! Kann ich Ihnen sonst noch irgendwie behilflich sein?‹«

»Na ja, wenn wir was finden, wenn wir was Hartes finden, gegen AvS …«

»Ja, Henk, was dann?«

»Ich weiß es doch auch nicht. Dann wird sie wohl gehen müssen, oder?«

»Es ist *ihr* verdammtes Magazin! Glaubst du, diese Geschichte würde überhaupt jemals erscheinen? An ihr vorbei? Wie soll das gehen? Die liest alles, bevor es in die Druckerei geht. Hast du dir das so vorgestellt, dass wir, keine Ahnung, in der Konferenz irgendetwas anderes ankündigen und eine zehnseitige Tarngeschichte schreiben, um dann alles auszutauschen, in letzter Minute? Und am nächsten Morgen wacht AvS auf, liest überrascht ihr eigenes Magazin und macht was … kündigt ihren Rücktritt an?«

»Nee. So jetzt nicht.«

»Wie denn, Henk? Oder hast du dir das so vorgestellt, dass wir den AvS-Part, wenn wir etwas finden, an die Kollegen von der *NZ* outsourcen? Wir schreiben kein Wort zu Adela, aber die *Norddeutsche* richtet sie für uns hin? Am selben Tag, an dem wir dafür Odermann auffliegen lassen? Wie heißt das, *Mexican Standoff* – nur mit Abdrücken?«

»Ich weiß nicht, ja, vielleicht wäre das eine Möglichkeit.«

»Ja, ganz toll. Ganz tolle Möglichkeit, Henk! Gibt da allerdings den kleinen Schönheitsfehler, dass wir wochenlang mit der *NZ* zusammen recherchiert haben. Was spätestens dann herauskäme!«

»Dann ist es eben so.«

»Ja, das wäre dann so, Henk. Und außer Adela wären auch du, ich, Kampen und Erlinger arbeitslos, oder?«

Langsam stand Henk Lauter auf und ging auf das Fenster zu. Merle Schwalb tat es ihm gleich und stellte sich neben ihn. Ihr Blick fiel auf das rot geklinkerte Haupthaus, vor dessen Eingang Maja und ihr Sohn mit einem kleinen gelben Küchenmesser Kräuter ernteten. Vor den beiden tollte die rot gescheckte Katze herum und hieb mit ihrer Tatze nach dem Messer. Durch das halb geöffnete Fenster konnten sie das fröhliche Glucksen des Kindes hören.

»Merle, willst du mir sagen, dass du *jetzt* kalte Füße kriegst?«, fragte Henk. »Dass es dir plötzlich zu heiß wird? Dass du Angst kriegst vor deiner eigenen Courage?«

»Nein«, antwortete Merle Schwalb. »Ich will nur nicht die Einzige sein.«

KAPITEL 7

Merle Schwalb war lange genug Hauptstadtjournalistin, um zu wissen, warum man sich mit wem wo traf. Wenn es darum ging, zu sehen und gesehen zu werden, gab es eigentlich nur zwei Adressen: Das Café Einstein Unter den Linden und das Borchardt in der Französischen Straße. Das Einstein lag perfekt zwischen den Hauptstadtbüros der wichtigsten Redaktionen, den Abgeordnetenbüros, dem Kanzleramt und dem Parlament. Der Kaffee war stark, das Frühstück gut, das Mittagessen solide. Vorne, an den Tischen gleich hinter dem roten Vorhang, verfingen sich die Touristen. Und wenn sie sich dort nicht von alleine verfingen, sorgte eine der diskreten Bedienungen dafür, dass sie die anderen in Ruhe ließen. Hinter dem Tresen begann der interessantere Teil des Cafés. Hier hielten Chefredakteure Hof, versicherten sich Großkolumnisten der wichtigen Blätter ihrer Bekanntheit, indem sie huldvoll zurücknickten, wenn man sie anlächelte, verschlangen Bundestagsabgeordnete ihr Wiener Saftgulasch und ließen lästige Reporter abtropfen, die die undankbare Aufgabe hatten, sie zu porträtieren und ihnen irgendetwas abzulauschen, was sie von den anderen Abgeordneten unterschied.

Im Borchardt lag die Sache etwas anders. Hier fühlten sich jene wohler, die unabweisbar prominent waren, vor allem Fernsehgesichter. Sie schienen sich still darauf geeinigt zu haben, dass es besser wäre, sie säßen alle im selben Lokal, sodass sich die ungewollte Aufmerksamkeit, die ihnen zuteilwurde, gewissermaßen verdünnte. Das Borchardt war kostspieliger als das Einstein. Wobei man für die Spesenabrechnung in der Regel problemlos den Gast verantwortlich machen konnte, weil niemand je Nein sagte, wenn man das Borchardt vorschlug, und sich deshalb immer behaupten ließ: Aber er wollte sich dort treffen!

Wenn man nicht unbedingt andere beobachten wollte und auch nicht darauf erpicht war, selbst gesehen zu werden, dann konnte man auf den zweiten Ring einschlägiger Restaurants und Cafés in der Nähe ausweichen. Am S-Bahnhof Friedrichstraße, fast gegenüber dem *Globus* und unter den S-Bahn-Bogen versteckt, gab es zum Beispiel ein Hipstercafé, das ihr einige etwas zurückhaltendere Gesprächspartner in den letzten Jahren immer mal wieder als Treffpunkt vorgeschlagen hatten. Es war sauber, die Tische standen einigermaßen weit auseinander, und es wurde vor allem von Studentinnen und Studenten frequentiert, die eh keine Zeitungen lasen.

Einen Ort in der Nähe des Regierungsviertels zu finden, an dem man *garantiert* weder beobachtet noch erkannt wurde, war indes schwieriger.

Viel schwieriger.

Nahezu unmöglich.

Merle Schwalb vermutete, dass sie auf dem Weg zu genau so einem Ort war. Ein wenig war es allerdings wie eine Schnitzeljagd, denn Erlinger hatte ihr allen Ernstes eine SMS mit Geokoordinaten gesendet.

Sie fuhr mit dem Fahrstuhl vom 17. Stock bis ins Erdgeschoss, verließ das gut gekühlte *Globus*-Gebäude und trat in die gleißende Vormittagshitze hinaus. Dann bog sie nach rechts ab und lief die Friedrichstraße entlang, bis sie zur Kreuzung Unter den Linden gelangte, wo sie wiederum nach rechts abbog. Vor dem Café Einstein rekelte sich ein Abteilungsleiter aus dem Innenministerium in der Sonne und trank eine Wiener Melange; aber sie war weder seinetwegen hier noch, um ins Einstein zu gehen, also grüßte sie nicht, sondern sah absichtsvoll an ihm vorbei und lief weiter.

Ein trockener Wind wehte vom Brandenburger Tor die Straße herunter.

Sie fühlte sich schlecht; sie war nervös, und wackelig auf den Beinen. Als ob sie unterzuckert wäre. Aber sie wusste, dass es dafür keine körperliche Ursache gab, sondern dass es daran lag, dass sie sich noch niemandem außer Henk offenbart hatte. Es fühlte sich an, als liefe sie mit einer Handgranate herum, deren Sicherungshebel sie mit aller Gewalt festhielt.

Ich erzähle es nur Ihnen und verlasse mich auf Sie …

Unwillkürlich ließ sie ihren Blick über die Bäume, die Rikschataxis und Radfahrer hinweg auf die gegenüberliegende Straßenseite fallen, wo sich ein kolossaler, streng symmetrischer Bau befand, der etwas Festungsähnliches hatte. Es war eines dieser Gebäude, von dem man sofort intuitiv erfasste: Es gehört zu Berlin, aber es *ist* nicht Berlin. Nicht preußisch, nicht Nazi, nicht DDR und auch nicht Wiedervereinigungsstil. Sondern irgendetwas anderes, Eigenes, Drittes. Hier, aber nicht *von* hier. Wie ein Raumschiff, das sich an seine Umgebung anzupassen versucht. Und nur, wenn man genau hinsieht, erkennt man die Unterschiede: die Steine etwas zu hell; die Schmuckfugen der Fassade einen Hauch zu exotisch; die Säulen vor dem Haupteingang in ungewohnten Proportionen; der Zaun davor mit zu viel Goldlack obendrauf. Von der Straße aus sah man, dass der Haupttrakt des Baus vornehm zurückgesetzt war. Links und rechts davon standen zwei identische Flügel. Was dahinterlag, was sonst noch zu dem Ensemble gehören mochte, ließ sich von hier aus nicht erfassen. Über der Mitte des Haupttrakts schwang sich eine Art Turm in die Höhe. Eher ein Türmchen. Es war eckig, jedoch nicht massiv, sondern aus kantigen weißen Säulen zusammengesetzt, wie ein Gefängnis für einen Unsichtbaren. Das ganze Gebäude strahlte eine tiefe Ruhe aus, eine Art steinernes Schweigen. Und Merle Schwalb hätte die weiß-blau-rote Trikolore, die auf der Spitze des Turms befestigt war, nicht gebraucht, um zu wissen, dass es sich um die Botschaft der Russischen Föderation handelte.

Hier, dachte sie, gerade mal 700 Schritte von meinem Büro entfernt, hat Nowikow gearbeitet.

Hier hat er über Wochen, vielleicht Monate seine Liste zusammengestellt.

Und Popow arbeitet hier auch. Oder wäre richtiger: hat hier gearbeitet?

Und die unbekannten Männer, die Nowikows Leiche im Urban-Krankenhaus abgeholt haben, sitzen vielleicht in diesem Moment in diesem Gebäude an ihren Schreibtischen.

Und vielleicht ja auch die Männer, die Popow in dem VW Bulli gefolgt sind.

Dann natürlich der Botschafter, den das Dritte Geschlecht eingeladen hat.

Hier, in diesem Gebäude …

Was für ein Wahnsinn, dachte Merle Schwalb und beschleunigte ihre Schritte, wie um einem sonderbaren Kraftfeld zu entkommen.

Sie zog ihr Handy aus der Tasche und nahm den roten Punkt auf dem digitalen Stadtplan auf ihrem Display in Visier, ging weiter bis zum Hotel Adlon, bog in die Wilhelmstraße ein, in die Hannah-Arendt-Straße, dann in die Ebertstraße.

Erst der Potsdamer Platz riss sie aus ihren Gedanken, dieser Legoland-artige Versuch, ein Schrumpf-Manhattan in Deutschland nachzubauen.

Und erst jetzt, als der blaue Punkt, der auf der Karte der Navigations-App ihren eigenen Standort markierte, und der rote Punkt, der für die von Erlinger verschickten Koordinaten stand, nach einigem Hin- und Herlaufen auf dem Platz fast genau übereinanderlagen, begriff sie, warum sie hier war – und dass die Wahl des Treffpunktes für das bevorstehende Gespräch wirklich brillant war, wenn man nicht gesehen und nicht erkannt werden wollte. Auch wenn sie 35,50 Euro Eintritt bezahlen musste, um in das Restaurant im Inneren des *Sea-Life*-Aquariums zu gelangen, wo sie sich, um Punkt elf Uhr, an den Tisch in dem kleinen Restaurant setzte, an dem die anderen drei schon auf sie warteten.

Erlinger und der Däne hatten je eine Tasse Kaffee vor sich stehen, und sie sah, dass die beiden für sie auch schon eine Tasse organisiert hatten. Rita Althaus trank ebenfalls Kaffee. Nur hatte sie zusätzlich einen Donut bestellt.

»Das beste Versteck, wenn man dem König die Krone geklaut hat, ist unter seinem Bett«, sagte Merle Schwalb.

Arno Erlinger sah sie irritiert an.

»Sorry, das ist aus irgendeinem Märchen, ist mir gerade irgendwie eingefallen«, sagte sie. »Ich bin auf dem Weg hierher an der russischen Botschaft vorbeigelaufen. Haben Sie gar keine Sorge wegen der russischen Abhöranlagen?«

»Das Märchen kenne ich nicht«, sagte Rita Althaus, »aber gegen die russischen Antennen hilft das Wasser.« Sie klopfte lässig und ohne sich umzudrehen an die dicke Glaswand des Aquariums direkt hinter sich und tunkte ein Stück von ihrem Donut in ihren Kaffee. »Kleines Betriebsgeheimnis.«

Ein frühstückstellergroßer Rochen, blass wie ein Geist, schwebte an der Stelle vorbei, an dem Rita Althaus' Knöchel die Scheibe berührt hatte, und vollendete seine Runde.

»Gut zu wissen! Ich bin Merle Schwalb. Vom *Globus*. Freut mich sehr.«

Rita Althaus nickte. Merle Schwalb schätzte sie auf Anfang fünfzig. Sie war groß, fast so groß wie sie selbst, und kompakt. Ihre halblangen braunen Haare standen etwas störrisch ab, und in ihrem Gesicht meinte Merle Schwalb noch die Bräune eines Sommerurlaubs finden zu können. Bergwanderin in Südtirol. Irgend so etwas bestimmt, dachte sie. Ihr Blick war aufmerksam, wobei sie, wie Merle Schwalb fasziniert feststellte, zu den Menschen zu gehören schien, die zwar ihre Augen, dabei aber kaum den Kopf bewegten. Sie trug eine Jeans, dazu Korksandalen mit mittelhohen Absätzen und eine hellblaue Bluse. Keinen Lippenstift, kein Make-up.

»Super, dass das geklappt hat!«, sagte der Däne an Rita Althaus gerichtet. »Dass wir uns so kurzfristig treffen können.«

»Na ja, wenn der *Globus* und die *Norddeutsche* gemeinsam anfragen, werde ich neugierig«, antwortete Rita Althaus. »Aber bevor wir anfangen: Wir sind uns einig, dass dieses Treffen nie stattgefunden hat, ja?«

Ihre Stimme war tiefer, als Merle Schwalb erwartet hatte.

Erlinger und der Däne nickten. Merle Schwalb tat es ihnen nach.

Bis vor einer Stunde hatte Merle Schwalb keine Ahnung gehabt, wer Rita Althaus war. Sie hatte in der Redaktion in ihrem Büro im 17. Stock gesessen, lustlos zu Javier Hederich recherchiert und in Wahrheit über die Handgranate in ihren Händen gebrütet, als plötzlich Erlinger eingetreten war. Er habe gerade mit dem Dänen telefoniert, hatte er erklärt. Sie hätten sich gestern Abend in Klein-Kirschsiep tief in die Augen geschaut, offen miteinander geredet und festgestellt, dass sie beim Bundesamt für Verfassungsschutz denselben Kontakt hatten. Der Däne habe nun ein Treffen arrangiert, in einer Stunde, mit der stellvertretenden Chefin der Spionageabwehr. Das BfV habe ja noch auf der Liste gestanden. Ob sie mitkommen wolle.

»Na klar!«, hatte sie geantwortet.

Was auch sonst?

»Gut, ich gehe vor und treffe den Dänen. Sowieso besser, wir kommen nicht zu dritt an. Ich schicke dir eine Nachricht, wo genau wir uns treffen.«

»Ich habe leider nur eine halbe Stunde Zeit«, sagte Rita Althaus, nachdem sie ihr kollektives Nicken zur Kenntnis genommen hatte. »Mehr kann ich heute nicht anbieten.«

»Kein Problem«, sagte Erlinger. »Also, die Kollegen von der *NZ* und wir sitzen tatsächlich gemeinsam an etwas Größerem.«

»Eine echte Premiere!«, warf der Däne ein.

»Es geht um Russland«, fuhr Erlinger fort, ohne auf den Dänen einzugehen. »Um deutsche Staatsbürger, die von den Russen gekauft wurden, um ihnen hier als Sockenpuppen behilflich zu sein.«

»Aha«, sagte Rita Althaus. »Gekauft?«

»Bezahlt, gekauft, keine Ahnung«, sagte Erlinger.

»Wir haben eine Liste …«, sagte der Däne.

Aber Erlinger unterbrach ihn, bevor der Däne den Satz beenden konnte: »… eine Liste zusammengestellt mit Leuten, bei denen uns so einiges verdächtig vorkommt.«

»Verstehe«, sagte Rita Althaus.

»Wir würden gerne mal bei Ihnen gegenlaufen lassen, ob das, was wir vermuten, zu dem passt, was Sie und Ihre Leute so beobachten.«

»Aha.«

»Deshalb vielleicht gleich mal als Erstes: Sehen Ihre Leute das manchmal? Dass die Russen sich hier Meinungsverstärker organisieren?«, fragte Erlinger.

»Ja«, antwortete Rita Althaus.

»Und wie läuft das?«

»Sie möchten jetzt, dass ich Ihnen Beispiele liefere, richtig?«

Interessant, dachte Merle Schwalb. Kaum lässt sie Arno und Dirk spüren, dass sie sich ein bisschen mehr anstrengen müssen, versuchen die beiden sofort, sie für sich einzunehmen. Arno packt sein strahlendstes Lächeln aus – Übersetzung: Mir können Sie doch nichts abschlagen! Und der Däne wirft seine Stirn in Falten wie ein trauriger Welpe und schaut ihr tief in die Augen – Übersetzung: Das ist eine sehr wichtige Sache, für uns alle, wir sitzen da doch im selben Boot! Und Rita Althaus? Freut sie sich über ihre Wirkung, ihre Macht? Schwer zu sagen. Ich glaube, sie wusste vorher schon ganz genau, was sie bereit sein würde, uns zu erzählen. Aber sie will sichergehen, dass die beiden es nicht für selbstverständlich halten.

»Gut«, sagte Rita Althaus, »ein wenig kann ich Ihnen erzählen. Das Ganze ist ja auch alarmierend. Sie wollen wissen, wie die Russen an deutsche Helferchen kommen? Da gibt es einmal den Klassiker, der ist gar nicht so selten: Die Russen nähern sich über eine Firma, die angeblich in Privatbesitz ist, in Wahrheit aber nicht. Sie laden einen deutschen Geschäftsmann nach Moskau ein, zu einer Messe, einer Konferenz oder zu einem Anbahnungsgespräch für ein *Joint Venture*, tja, und dann landet er besoffen im Bordell, Fotos werden gemacht, ein Kompromat wird produziert, er wird erpresst, das sehen wir ganz häufig.«

»Aber ist das nicht eher bei Industriespionage der Fall?«, fragte der Däne.

»Ja«, sagte Rita Althaus. »Stimmt.«

»Uns interessiert eher … die Beeinflussung der öffentlichen Meinung«, fuhrt er fort. »Hier in Deutschland.«

»Das ist komplexer«, sagte Rita Althaus. »Vorweg: Wir sind absolut sicher, dass so etwas passiert. Und dabei können solche Kompromate natürlich auch eine Rolle spielen.«

»Sie sagen, Sie seien sich sicher. Kennen Sie denn konkrete Fälle?«, fragte Merle Schwalb. »Also beobachten Sie vielleicht ein paar Leute, von denen Sie glauben, dass es sich mit denen so verhält?«

»Wir beobachten viel, und damit meine ich: mehr als früher. Viel mehr als früher. Die Russen sind aggressiver geworden. Und wir sind dabei, auch aggressiver zu werden.«

»Und was heißt das?«

Rita Althaus dachte einen Moment nach. Mit ihrem linken Zeigefinger zog sie eine Schneise durch einen kleinen Haufen Zuckerkrümel, die vor ihrer Tasse auf dem Tisch gelandet waren.

»Früher haben wir eigentlich nur beobachtet«, fuhr sie fort. »Wir wollten wissen, was die so treiben. Heute lassen wir die Russen auch mal spüren, dass wir sie sehen, wenn sie sich hier ungebührlich aufführen. Wir zeigen ihnen schon mal ein Observationsfoto, das wir gemacht haben. Sie sollen ruhig kapieren, wir kennen ihren allerneuesten Neuzugang. Oder dass wir ihre Leute dabei beobachtet haben, wie sie hier irgendwo jemanden konspirativ getroffen haben, den sie besser nicht treffen sollten.«

»Politiker?«, fragte Erlinger.

Rita Althaus tat, als habe sie die Frage nicht gehört.

So läuft das also, dachte Merle Schwalb.

Und tatsächlich konnte sie beobachten, wie Erlinger und Poggemeier einen schnellen Blick austauschten. Sie versichern sich gegenseitig, dass sie Rita Althaus' Schweigen als ein Ja werten, dachte sie.

»Wir kennen da einen AfD-Politiker in Brandenburg …«, sagte der Däne vorsichtig.

Wieder sagte Rita Althaus nichts und folgte stattdessen mit ihren Augen einem Clownfisch in einem bodentiefen Aquarium auf der anderen Seite des Restaurants auf seinem Weg durch die Korallen.

»Ganz kleine Lampe, der Typ«, tastete sich Erlinger weiter vor. »Sitzt im Kreistag, hat die Landtagswahl vermasselt, macht aber ständig komische Wahlbeobachtermissionen in Ländern der früheren Sowjetunion …«

Das Schweigen hielt an, während nun die Zuckerkörner neu sortiert wurden, dieses Mal mit der flachen Seite ihres linken kleinen Fingers.

»Wir kennen auch einen Blogger«, sagte Merle Schwalb.

Rita Althaus sah sie an und lachte leise. »Blogger, da fällt mir was ein! Sagen Sie es nicht weiter. Aber wir haben neulich erst einem Blogger klargemacht, dass wir genau wissen, mit wem er sich ins Bett gelegt hat, und dass er besser aufpassen sollte.«

»Und wie?«, fragte der Däne.

»Na ja, auch Beamte müssen mal lachen!«, sagte Rita Althaus. »Neben seinem Büro war noch ein Büro frei. Da haben wir einfach einen Zettel an die Tür geklebt. Mit unserem Logo drauf und allem Drum und Dran. Und dann ganz groß: ›Bewerber für die höhere Laufbahn im Bundesamt für Verfassungsschutz bitte zweimal klopfen, dann eintreten!‹ Er ist direkt einen Tag später umgezogen.«

»Das ist ja irre«, sagte der Däne.

»Henning Gernert«, sagte Merle Schwalb gleichzeitig.

Rita Althaus lächelte den Dänen lange und intensiv an und tat so, als habe sie Merle Schwalb nicht gehört.

Grün, dachte Merle Schwalb. Grüner Haken.

»Wie läuft das mit dem Geld?«, fragte Arno Erlinger. »Wir haben etwas Probleme, die Spuren zu finden.«

»Na, dann sind wir ja wenigstens nicht die Einzigen«, sagte Rita Althaus. »Andererseits stellen wir jetzt auch nicht alles auf den Kopf, um Beweise zu finden. Ich brauche Ihnen das ja nicht zu erklären, aber für uns bedeutet sich sicher sein etwas anderes als für einen Polizisten oder Staatsanwalt. Wenn wir gerichtsverwertbare Beweise finden, freuen wir uns natürlich und geben sie an die Strafverfolgungsbehörden weiter. Aber wir operieren intern eher mit Wahrscheinlichkeiten. Das reicht für unsere Zwecke.«

»Wir brauchen immer Beweise für das, was wir schreiben«, sagte der Däne.

»Gehen Sie ruhig davon aus, dass oft Bargeld im Spiel ist, ganz simpel«, antwortete Rita Althaus. »Aber wir haben auch Hinweise auf etwas raffiniertere Methoden.«

»Zum Beispiel?«

»Da gibt es eine sehr interessante, relativ neue Masche: billige Häuser. Also Häuser, die deutlich unter Wert den Besitzer wechseln. Der Verkäufer kriegt von den Russen den realen Preis, verkauft dafür aber offiziell unter Wert an denjenigen, den die Russen ihm nennen.«

»Nice«, sagte Erlinger, und wieder konnte Merle Schwalb beobachten, dass er Poggemeiers Blick suchte und fand. Auch Rita Althaus war der Blickkontakt aufgefallen.

Generalmajor Winfeld, dachte Merle Schwalb.

»Konnte ich helfen?«, fragte Rita Althaus und lächelte amüsiert.

»Ich denke schon«, sagte der Däne mit neuerlichem Welpenblick.

»Schön, das freut mich«, sagte die Verfassungsschützerin und trank ihren Kaffee mit einem Schluck aus, »vor allem, weil ich in ein paar Minuten leider losmuss. Tut mir wirklich leid. Wann kann ich denn mit Ihrer Veröffentlichung rechnen?«

»So weit sind wir noch nicht«, sagte Erlinger. »But I will let you know.«

»Bin gespannt«, sagte Rita Althaus.

»Was ist mit Journalisten?«, fragte Merle Schwalb.

Erlinger sah sie mit aufgerissenen Augen an.

Leck mich, dachte sie.

Was weißt du schon!

»Aha«, sagte Rita Althaus. »Sie nehmen sich also Ihrer eigenen Branche an?«

Sie ließ einen fragenden Blick langsam von Merle Schwalb zu Arno Erlinger und schließlich zum Dänen wandern. Dieses Mal waren sie es, die kein Wort sagten. Rita Althaus ließ das Schweigen im Raum hängen und nickte schließlich kaum merklich.

Dann fuhr sie, etwas leiser als zuvor, fort.

»Gut, ich habe verstanden. Ich will, weil es um Ihre eigene Branche geht, jetzt mal ganz besonders präzise sein, ja? Wir vermuten durchaus, dass auch deutsche Journalisten korrumpiert wurden. Vermuten! Aber hier kommt jetzt noch eine andere Dimension ins Spiel, die es uns nicht gerade leichter macht: Wir sind uns überhaupt nicht sicher, insbesondere bei Medienleuten und bei allem, was mit Beeinflussung der öffentlichen Meinung, mit *Fake News* und Destabilisierungskampagnen zu tun hat, mit wem wir es auf der Gegenseite eigentlich zu tun haben.«

»Ich verstehe nicht ganz«, sagte Merle Schwalb.

»Wer sind denn *die Russen*, von denen wir hier reden, was denken Sie?«

»GRU«, sagte Erlinger. Und fügte eilig hinzu: »Vor allem.«

»Ja«, antwortete Rita Althaus, »GRU, sicherlich, die sind hier aktiv. Vor allem – genau, wie Sie sagen. Aber eben nicht nur.«

»Entschuldigung, aber können Sie das etwas genauer erklären«, bat der Däne.

Rita Althaus sah auf ihre Uhr und seufzte, blieb jedoch sitzen.

»Ich habe mich mal, vor ein paar Jahren, bevor ich diesen Posten angetreten habe, mit meinem Vorvorvorgänger getroffen. Aus Spaß. Und weil ich einfach ein paar Tipps wollte. Ist ein toller Typ, ein echter Gentleman, mittlerweile ist er fast 85. Sollten Sie mal interviewen, den Mann, das würde ich gerne lesen! Der hat zu den Hoch-Zeiten des Kalten Krieges russische Agenten und Spione gejagt. Für mich ist das heute unvorstellbar, aber in der deutschen Spionageabwehr kannte damals jeder seine *opposite number*, und zwar in der Botschaft hier und in Moskau. Das müssen Sie sich mal vorstellen! Die wussten so viel übereinander, dass sie bei bestimmten Operationen sagen konnten: Das war Oleg! Eindeutig seine Handschrift!«

»Und heute?«, fragte Merle Schwalb.

Die Verfassungsschützerin schüttelte den Kopf.

»Ich sage es mal so: Die bewerfen uns hier mit Spionen und Agenten und Helfern und Helfershelfern, dass es schon schwer wäre, durchzublicken, wenn es nur GRU-Operationen wären. Aber es gibt eben nicht nur die GRU.«

In der GRU, dem militärischen Nachrichtendienst Russlands, erklärte sie, taten vor allem sogenannte Speznas Dienst, Spezialverbände, zu KGB-Zeiten oft noch abfällig »die Stiefel« genannt. Bis heute sei die GRU eine Welt für sich. Einerseits sei der Dienst in den Generalstab und die Kreml-Administration eingebettet, andererseits habe er eine ganz eigene Kultur und Mentalität.

»Die GRU-Leute fühlen sich da am wohlsten, wo es schmutzig und unübersichtlich ist«, sagte sie. »Sie tummeln sich überall auf der Welt, in Syrien, im Donbass, sie trainieren Rebellen, hacken, belauschen, sabotieren, und ja, sie töten auch missliebige Personen. Und weil in der Wahrnehmung der Speznas zwischen Russland und dem Westen ein politischer Krieg herrscht, sind sie eben auch hier anzutreffen. Sehen Sie, in diesem politischen Krieg sind für die GRU Desinformation und *Fake News* Waffen. Und Gerüchte und Lügen sind wie ... wie Rauchbomben, die das Schlachtfeld einnebeln sollen.«

»Ziemliches Portfolio für einen einzigen Dienst«, sagte Erlinger.

»In der Tat«, sagte Rita Althaus. »Und dazu unberechenbar. Zur GRU-Kultur gehört es, Risiken einzugehen, viel mehr, als die anderen russischen Dienste dazu bereit sind. Eine Mission wird immer zu Ende geführt. Auch um den Preis, dass es anschließend diplomatische oder juristische Konsequenzen gibt. Das ist denen egal.«

»Der Anschlag auf Skripal in London«, warf der Däne ein.

»Zum Beispiel, genau«, sagte die Verfassungsschützerin. »Aber wie gesagt, die GRU ist nicht der einzige Dienst. Die Vergiftung mit Polonium ein paar Jahre davor, auch in England – das war der FSB, der Inlandsnachrichtendienst, der manchmal auch ins Ausland reitet. Genau wie der SWR, der zivile Auslandsdienst. Und es gibt noch mehr.«

»Noch mehr Dienste?«, fragte Merle Schwalb.

»Akteure würde ich sie nennen«, sagte Rita Althaus. »Keine Dienste im traditionellen Sinne, eher so etwas wie Seilschaften. Innerhalb der Institutionen, aber teilweise außerhalb der Hierarchie.

Wir sehen vielleicht mal einen *Cluster*, eine Verbindung, aber das ist wie … tauchen Sie zufällig? Das ist wie, wenn Sie unter Wasser zwei oder drei Glieder einer Ankerkette sehen, aber weder den Anker noch das Boot. Und auch nicht den Grund oder die Wasseroberfläche. Wie viele Glieder gibt es noch? Keine Ahnung! Anfang und Ende der Kette? Keine Ahnung! Und dann sehen wir plötzlich, dass einige Spuren gar nicht nach Moskau zurückzuführen scheinen. Sondern vielleicht nach Sankt Petersburg. Oder wir finden heraus, dass da einer seine Befehle von einem Russen in – sagen wir: Rom bekommt. Der ist vielleicht Teil der offiziellen Hierarchie, hat einen Posten in der Botschaft oder in einem Konsulat. Aber wir wissen nicht, in wessen Auftrag er handelt.«

»Also Chaos? *Black Box?*«, fragte der Däne.

Merle Schwalb wünschte, er hätte Rita Althaus nicht unterbrochen. Aber die Verfassungsschützerin ließ sich glücklicherweise nicht ablenken und integrierte die Bemerkung des Dänen wie einen ihrer eigenen Gedanken.

»Ich glaube, *Black Box*, das ist zu eindimensional gedacht. Und das ist ja auch nur unsere Perspektive, weil wir eben nicht alles verstehen. Chaos ist auch nicht der passende Begriff. Es wirkt vielleicht so. Aber am Ende muss man aufpassen, dass man die russische Führung da nicht fälschlicherweise aus der Verantwortung entlässt. Die wissen schon das meiste, was passiert. Vielleicht nicht in jedem Detail, aber sicher in den Grundzügen. Für Putin lohnt sich das. Er kriegt von allem das Beste, ohne dass man alles auf ihn persönlich zurückführen könnte. Manches klappt, manches nicht, aber er verliert dabei nicht. Man könnte sagen, dass der Kreml einen Markt geschaffen hat. Einen Markt für Operationen, auch tödliche. Einen Markt für Narrative, auch falsche, also Lügen. Einen Markt für Medien, um diese Narrative zu verbreiten. Und auf diesem Markt kann man mit dem passenden Produkt reich werden und Ansehen gewinnen. Wir wissen ja, zum Beispiel durch die Trollfabriken, dass der Kreml sich inoffizieller, reicher und mächtiger Helfer bedient. Wir sehen allerdings auch, dass einige dieser, ich nenne sie jetzt mal *Player* manchmal auf eigene Faust agieren, ihre eigene Agenda verfolgen. Sie arrangieren sich mit dem Kreml, und der Kreml arrangiert sich mit ihnen. Wir wissen nicht immer, wer genau welches Ziel oder Nebenziel verfolgt, aber es gibt da einige neue *Player*, die uns Sorgen bereiten, nicht zuletzt hier in Berlin, und gerade mit Blick auf Destabilisierung und die öffentliche Meinung. Was ja anscheinend Ihr Thema ist, wenn ich das richtig deute.«

»Gorlow«, sagte Merle Schwalb leise.

»Aha, den Namen kennen Sie also«, sagte Rita Althaus. »Gut.«

»Wir wissen nicht allzu viel über ihn«, sagte Merle Schwalb.

»Wir auch nicht! Aber da sind immerhin Fingerabdrücke, die wir manchmal zuordnen können. Gorlow ist intelligent, schnell und effizient. Und wenn ich Gorlow sage, meine ich natürlich Gorlow und seine Leute. Die wir wiederum nicht alle kennen. Aber er hat trotzdem so etwas wie eine Handschrift: Er mag Profis. Und er weiß, wo er sie finden kann.«

»Er wildert in den offiziellen russischen Diensten«, sagte Merle Schwalb.

»Sie haben gut recherchiert«, sagte Rita Althaus und nickte erneut. »Schauen Sie, aus meiner Perspektive ist es so: Ich kann sehen, und meine Leute können sehen, ob jemand geheimdienstlich geschult wurde. Aber wir können nicht immer sehen, wer ihn gemietet hat.«

Erlinger und Poggemeier nickten.

»Ich hätte noch eine etwas heikle Frage«, sagte Merle Schwalb.

»Ha! Wie gut, dass bisher nichts Heikles besprochen wurde! Schießen Sie los. Aber dann muss ich wirklich gehen.«

»Es ist eine hypothetische Frage. Aber mal angenommen, wir würden Ihnen die Namen von exponierten deutschen Journalisten nennen, die wir für verdächtig halten, gegen Geld aus Moskau im Sinne Russlands Einfluss zu nehmen – wären Sie unter Umständen dazu in der Lage, diese Namen zu bestätigen?«

Arno Erlinger und der Däne sahen Merle Schwalb alarmiert an. Aber sie schritten nicht ein.

Rita Althaus drehte sich um und angelte nach ihrer Handtasche, die sie um die Lehne ihres Stuhls gehängt hatte. Dann stand sie langsam vom Tisch auf und sah Merle Schwalb direkt an.

»Nein«, sagte sie sehr leise und eindringlich.

»Warum nicht?«

»Weil wir nicht Journalisten auf Journalisten hetzen.«

***

Die Handgranate explodierte wenig später.

Ich werde es ihnen hier erzählen, hier in diesem Aquarium.

Das hatte Merle Schwalb schon während des Gesprächs mit Rita Althaus beschlossen, und zwar, als der Rochen ein zweites Mal an ihnen vorbeigeschwommen war, aufrecht dieses Mal, wobei er erst recht wie ein Gespenst ausgesehen hatte, wie ein schwebendes Bettlaken mit zwei ausgeschnittenen Augenlöchern, geisterhaft ausgeleuchtet durch die Unterwasser-Scheinwerfer hinter sich und sonderbar fleischig.

Weil Arno und Dirk es wissen müssen, ich kann das nicht für mich behalten.

Weil wir keine Zeit haben, dafür nach Klein-Kirschsiep rauszufahren.

Weil es hier sicher genug ist, wenn es für Rita Althaus sicher genug ist.

Weil Arno und Dirk hier drinnen nicht rumschreien können.

Und weil ich jetzt eine wichtige Information mehr habe.

Rita Althaus hob zum Abschied kurz ihre linke Hand, lächelte und war eine Sekunde später im Strom der Aquariumbesucher verschwunden, die auf dem Weg zur nächsten Attraktion, einem Becken mit Oktopussen, an ihnen vorbeiflanierten.

Kaum dass sie außer Sichtweite war, ballte Erlinger seine Hände zu Fäusten, presste sie gegen seine Schläfen und sah Merle Schwalb wütend an.

»Hast du sie noch alle? Bist du irre?«, fauchte er sie an. »Wolltest du der Althaus die Kronjuwelen geben oder was? Was ist das denn das für ein Scheißplan gewesen?«

»Fertig, Arno?«, fragte Merle Schwalb, die spürte, dass sie auf einmal vollkommen gelassen war. Nun, da sie entschieden hatte, den Sicherungshebel loszulassen. In Gang zu setzen, was sich sowieso nicht vermeiden ließ. Auch wenn sie nicht wusste, wie es ausgehen würde. Denn das lag nicht in ihrer Hand.

»Nein, ich bin noch lange nicht fertig«, zischte Erlinger. »Ich dachte, man kann dich zu solchen Terminen mitnehmen, aber das war das letzte Mal, ich schwöre.«

»Wir werden sehen«, sagte Merle Schwalb.

»Ich habe mich ehrlich gesagt auch über dich gewundert«, sagte der Däne. »Das war wirklich knapp, und wie es aussieht, können wir froh sein, dass die Althaus nicht mehr Zeit hatte!«

»Schon interessant, was ihr mir so zutraut«, sagte Merle Schwalb. »Aber ich musste diese Frage stellen, und gleich werdet ihr auch verstehen, warum.«

»Was soll das heißen?«, fragte Erlinger.

Merle Schwalb zog ihre Kopfhörer aus ihrer Hosentasche und begann, die Kabel zu entwirren.

»Geht das vielleicht noch ein bisschen langsamer?«, fragte Erlinger.

»Ich habe eine Sprachnachricht vom Dritten Geschlecht bekommen«, antwortete Merle Schwalb, stöpselte die Kopfhörer in ihr Handy und reichte sie Erlinger. Nachdem er sie aufgesetzt hatte, spielte sie die Nachricht ab.

Erlinger sagte kein Wort, während er die Nachricht abhörte. Als er fertig war, nahm er die Kopfhörer mit versteinerter Miene ab und reichte sie dem Dänen. Merle Schwalb drückte ein zweites Mal auf Play.

»Krass!«, sagte der Däne, als er fertig war, allerdings viel lauter, als er vermutlich beabsichtigt hatte, weil er die Kopfhörer noch aufhatte. Arno Erlinger riss sie ihm mit einem schnellen Griff vom Kopf.

»Darf ich Ihnen noch etwas bringen?«, fragte eine Kellnerin, die erschrocken an ihren Tisch geeilt war.

»Wir nehmen noch mal drei Kaffee«, sagte Merle Schwalb schnell und nahm Handy und Kopfhörer wieder an sich.

»Hast du Adela gefragt, wer ihre Quelle ist?«, fragte Arno Erlinger, sichtlich um Fassung bemüht.

»Ja.«

»Und?«

»Will sie mir nicht sagen.«

»Na toll.«

»Na ja«, sagte der Däne, nunmehr flüsternd, wie um seinen Ausbruch wiedergutzumachen, »ich hätte da schon eine Theorie …«

»Ach ja?«, flüsterte Erlinger zurück.

»Ja, schau mal. Wenn in dieser Phase der Recherche, wo wir allmählich einige Dinge klarer sehen, eure Chefin aus heiterem Himmel so einen Hinweis bekommt, dann ist das ja vermutlich kein Zufall, oder?«

»Ich weiß gar nix«, sagte Erlinger düster.

Der Däne lachte.

»Habe ich was Lustiges gesagt?«, fragte Erlinger.

»Na ja, Arno, etwas mehr als gar nix wissen wir schon. Erst Josefines Doxxing. Jetzt das hier. Ich glaube, die Gegenseite wird nervös. Ich bin nur überrascht, dass sie bereit sind, eure Chefin dafür hinzuhängen.«

»Wie bitte, was?«, fragte Erlinger.

Der Däne wollte gerade antworten, aber Merle Schwalb legte ihm eine Hand auf den Unterarm, um ihn zu unterbrechen.

»So, dreimal Kaffee, bitte schön«, sagte die Bedienung, stellte die Becher auf ihren Tisch, nahm die leeren Becher mit und zog wieder weiter.

»Arno, was bedeutet diese Nachricht denn deiner Meinung nach?«, fuhr der Däne fort. »Ich glaube, sie könnte der Beweis sein, den wir noch gebraucht habe.«

»Du meinst dafür, dass Odermann Dreck am Stecken hat?«, sagte Erlinger.

»Nein, Arno.«

»Then what the fuck are you trying to tell me?«

»Könnt ihr bitte etwas leiser sein?«, fragte Merle Schwalb, die gesehen hatte, wie ein dicker Junge am Nebentisch zu ihnen herübergelinst hatte und nun seinem Vater etwas ins Ohr flüsterte.

»Ich versuche dir zu erklären, Arno, dass diese Nachricht dafür spricht, dass eure Chefin zu Recht auf Nowikows Liste steht. Und damit wären wir übrigens einen riesigen Schritt weiter!«

»Du drehst das gegen Adela?«, fragte Erlinger ungläubig.

»Na ja, für mich sieht es so aus, als würden sie eure Chefin vorschicken. Denn wer auch immer Adela von Steinwald führt, hat ihr offenbar gesagt, sie soll Odermann bei Merle anschwärzen. Alles andere ergibt ja gar keinen Sinn.«

»Dirk, hast du Lack gesoffen? Wer auch immer Adela *führt?* Wenn überhaupt, dann wissen wir jetzt noch sicherer, dass Odermann korrupt ist. Nicht, dass wir dafür noch eine zweite Quelle gebraucht hätten, die Gewissheit hatten wir auch so schon.«

Merle Schwalb sah den Dänen an und war sich sicher, dass er nicht schauspielerte. Sondern wirklich nicht verstand, wie Erlinger dachte. Er schüttelte ungläubig seinen massiven Kopf, und in seinen Augen standen Wut und Hilflosigkeit.

»Arno, bitte, bitte, ich bitte dich – tritt mal einen halben Schritt zurück, ja?!«

»Dirk, ich verstehe ja, dass das hart ist mit Odermann.«

»Darum geht es nicht, Arno!«

»Leiser!«, zischte Merle Schwalb.

»Doch, genau darum geht's anscheinend!«, sagte Arno Erlinger, der zwar tat, als habe er Merle Schwalb nicht gehört, aber trotzdem seine Lautstärke senkte. »Dirk, du siehst doch nur, dass wir einen von euren Leuten versenken können, versenken *müssen*, und jetzt drehst du das hier gegen AvS, weil du dafür auch gerne einen von uns versenken würdest. Kosmisches Gleichgewicht oder was weiß ich. Aber diese Nachricht sagt das leider nicht, auch wenn du dir das wünschst.«

»Entschuldige bitte, Arno, ich respektiere dich. Aber so können wir das nicht machen. Das so einfach wegbürsten, wie es euch in den Kram passt. Arno, diese Nachricht belastet Adela von Steinwald!«

»Nein, im Gegenteil! Denn wenn AvS auf der Payroll der Russen stünde, dann wäre diese Nachricht gerade *nicht* an uns gelangt! Wenn überhaupt, ist diese Nachricht der Beweis dafür, dass Adela zu Unrecht auf Nowikows Liste steht.«

Der Däne lachte auf und raufte sich die Haare. Dann schloss er kurz seine Augen, atmete tief ein und aus und versuchte es ein weiteres Mal.

»Arno, hör mir zu. Bitte! Wir haben bisher keine Beweise gehabt, dass Adela von Steinwald von den Russen gekauft wurde, nur Indizien, das gebe ich zu. Aber jetzt wissen wir – übrigens auch dank Merles Nachfragen bei der Althaus, danke dafür, Merle! –, dass eure Chefin den angeblichen Hinweis auf Odermann mit ziemlicher Sicherheit von den Russen bekommen hat. Denn die Althaus hat klargemacht, das BfV würde so etwas nicht weitergeben. Und sie klang nun wirklich nicht so, als wüsste sie, dass eure Chefin unter Verdacht steht. Also ist glasklar: Die Russen haben einen Draht zu eurer Chefin. Und die einzig sinnvolle Schlussfolgerung ist, sie haben sich entschieden, wenigstens AvS aus dem Schussfeld zu nehmen, indem sie sie zur vermeintlichen Zeugin der Anklage machen. Arno, sie *wollen*, dass wir denken, was du jetzt gerade denkst: Dass Adela ja nicht verdächtig sein *kann*, wenn sie uns hilft, die vermeintlich wahren Bösen zu finden. Aber das ist doch genau der Trick!«

»Nein«, sagte Arno Erlinger. »Denn *wenn* Adela von den Russen Geld bekäme, dann würde selbst ein lernbehinderter Viertklässler auf den Gedanken kommen, den du gerade zusammengeschraubt hast.«

»Arno, manchmal denke ich echt, du bist ein …«

»… Arschloch?«

»Das hast du gesagt! Für mich ist eure Chefin auf der Liste der Verdächtigen jedenfalls gerade ein gutes Stück nach oben gerutscht. Und ich für meinen Teil werde meine Recherchen deshalb jetzt forcieren, weil ich überzeugt bin, dass da was ist.«

»Oh, hast du gehört, Schwälbchen? Dirk will seine Recherchen *forcieren!* Ich zittere schon!«

»Arno, es gibt keinen Grund, ausfallend zu werden.«

»Mach was du willst, *forcier* du mal schön.«

»Das werde ich auch.«

»Ja, viel Glück auch!«

»Ich dachte eigentlich, wir sitzen hier im selben Boot.«

»Sehe ich anders.«

»Siehst du anders?«

»Also in meinem Boot« – Erlinger sah sich theatralisch um – »sitzt du nicht.«

»Aha. Unter diesen Umständen ist es vielleicht besser, Arno, die *NZ* macht alleine weiter.«

»Wie gesagt: Ich zittere schon!«

»Wenn es das ist, was du willst …?«

»Bring it on«, sagte Erlinger und lehnte sich zurück. »Möge der Bessere gewinnen.«

Der Däne griff in die Tasche seines Holzfällerhemds, nahm ein Bündel Scheine heraus, zählte fünfundzwanzig Euro ab und legte sie auf den Tisch.

»Schade«, sagte er an Merle Schwalb gerichtet.

»Schade?«, sagte Merle Schwalb. »Schade? Ihr seid zwei nutzlose Vollidioten.«

Der dicke Junge am Nebentisch kicherte.

***

Am nächsten Morgen stand Merle Schwalb wie verabredet um sieben Uhr im Hauptbahnhof an Gleis 1, Abschnitt D. Der Bahnsteig lag im Untergeschoss, zwei Rolltreppen unter der Erdoberfläche. Draußen, auf dem Weg hierher, den sie mit dem Fahrrad zurückgelegt hatte, war es bereits warm gewesen. Hier unten jedoch fröstelte sie. Der Zug, ein EuroCity, stand schon bereit. Es war ein tschechischer Zug. Durch die Scheibe konnte sie die bequemen mit braun-orangem Stoff bezogenen Sessel in den Sechserabteilen erkennen.

Timur war nirgendwo zu sehen.

Merle Schwalb seufzte, spazierte langsam, um sich ein wenig Zeit zu vertreiben, bis zu einem Automaten, den sie bei Abschnitt B gesehen hatte, kaufte sich eine Flasche Mineralwasser und schlenderte wieder zurück zu Abschnitt D.

Es war jetzt 7.05 Uhr.

Immer noch keine Spur von Timur.

Ein paar Schritte neben ihr stand ein Backpacker-Pärchen, beide in kurzen Hosen, Ledersandalen und T-Shirts. Sie hielt eine prall gefüllte Bäckertüte in der Hand, offensichtlich der Reiseproviant; er ein Buch, das aussah wie ein Reiseführer. Studenten, vermutete sie. Ein Wochenende Wandern in der Sächsischen Schweiz. Dann sah sie, dass es gar kein Reiseführer war, sondern eine englische Kafka-Ausgabe; *The Metamorphosis* stand auf dem Cover. Aha, korrigierte sie sich, amerikanische Studenten. Verliebte amerikanische Studenten auf dem Weg nach Prag: das große europäische Abenteuer …

Die Uhren am Gleis zeigten an, dass es mittlerweile 7.12 Uhr war. Durch die scheppernden Lautsprecher wurde ihr Zug angesagt, erst auf Deutsch, dann auf Englisch und Tschechisch. Ein pneumatisches Schnaufen wanderte von Tür zu Tür und zeigte an, dass der Zug abfahrtbereit war. Die Amerikaner stiegen ein.

Merle Schwalb checkte ihr Handy, aber Timur hatte sich nicht gemeldet. Sie wählte seine Nummer. Keine Antwort, nur die Ansage auf seiner Mailbox.

Na super, dachte sie und legte auf.

Hat der Däne dir verboten, mit mir zu spielen, ja? Dürfen wir uns jetzt nicht mehr sehen? Die Pest auf eure beiden Häuser und so?

Sie stieg ein und fand die beiden Plätze, die sie für sich selbst und Timur reserviert hatte. Die Sessel waren tatsächlich so bequem, wie sie von außen ausgesehen hatten. Der Zug war fast leer, die übrigen Plätze in ihrem Sechserabteil frei. Und wenn die Zettelchen, die die Reservierungen anzeigten, aktuell waren, dann würde das bis Prag auch so bleiben. Ein Hauch von Schnitzelgeruch hing in der Luft. Die beiden Amerikaner hatten sich in einem Abteil direkt nebenan niedergelassen; Merle Schwalb zog zuerst die Schiebetür zu, dann den innen liegenden, ebenfalls braun-orangenen Vorhang. Sie legte ihre Füße auf dem Sitz gegenüber ab, auf dem eigentlich Timur hätte sitzen sollen, lehnte ihren Kopf an die Scheibe und sah aus dem Fenster zu ihrer Rechten.

Fällt jetzt wirklich alles auseinander?

Die halbe Nacht hatte sie darüber nachgegrübelt, ob sie bei dem Showdown zwischen Erlinger und Poggemeier im Aquarium am Vortag hätte eingreifen müssen. Nur hatte sie ja selbst nicht gewusst, wie Adela von Steinwalds Sprachnachricht einzuschätzen war. Sie fand beide Lesarten nachvollziehbar. Allerdings hatte sie nicht damit gerechnet, dass Erlinger und der Däne sich derart entzweien würden. Mit Streit ja, das schon. Nicht damit, dass ihre Allianz plötzlich infrage stand.

Lagen die Nerven bei den beiden so blank?

Oder wollten sie vielleicht sogar, dass die Recherche scheiterte, dass ihre Kooperation zerbrach, weil ihnen der potenzielle Preis zu hoch war?

Auf dem Weg zum Bahnhof, auf dem Fahrrad, hatte sie sich noch vorgestellt, die Wogen während der Fahrt nach Prag zu glätten, in einem vernünftigen Gespräch mit Timur.

Den aber hatte der Däne nun offenbar zurückgepfiffen.

Kontaktsperre.

Nichts war klar bei dieser Recherche, dachte Merle Schwalb, während der Zug am Bahnhof Südkreuz ein- und wieder ausfuhr und draußen allmählich die Stadt in Landschaft überging, sich die ersten Brachen wie Zahnlücken zwischen den Gebäuden auftaten, Autobahnen und Industriegebiete an ihr vorbeiflogen, Kuhweiden in Sicht kamen und grüne Hügelkuppen, über denen sich gerade der letzte Rest Morgennebel verzog.

Nichts war eindeutig.

Nichts einfach.

Henk hat schon recht, dachte sie: Ein Mann ist vom Balkon gefallen, und ich bin den Brotkrumen gefolgt. So weit, so gut. Aber wo bin ich gelandet? Wo haben die Brotkrumen mich hingeführt? Ich stolpere von einem Rätsel ins nächste. Wir wissen viel, aber wissen wir genug?

Und was heißt das überhaupt: wissen?

Besteht der Unterschied zwischen Vermuten und Wissen darin, dass Rita Althaus nichts sagt?

Und wer ist überhaupt wir?

Unter diesen Umständen ist es vielleicht besser, Arno, und ich bedauere das zutiefst, die *NZ* macht alleine weiter.

Auf dem Weg zurück vom Aquarium in die Redaktion hatte sie versucht, mit Arno Erlinger darüber zu sprechen, wie ernst der

Däne seine Ankündigungen gemeint habe. Aber Erlinger hatte sie abperlen lassen; hatte schlicht nicht geantwortet und lediglich vor sich hin gegrummelt. Und nachdem sie wieder im 17. Stock angekommen und zusammen in ihren Bürotrakt eingebogen waren, war Erlinger wortlos in sein Büro gegangen und hatte die Tür zugedonnert. Wahrscheinlich war er sauer, weil sie ihn und den Dänen nutzlose Vollidioten genannt hatte.

Sie ging trotzdem vom Schlimmsten aus.

Der Zug erreichte Dresden-Neustadt, und wenig später Dresden Hauptbahnhof. Der tschechische Zugchef ließ es wie *Dräasdn* klingen, weich und mit gerolltem R. Hinter Dresden türmten sich die Hügel draußen vor dem Fenster allmählich zu Bergen. Die Berge verabredeten sich zu einem Gebirge, dessen Gipfel tiefe Schatten warfen, durch die der Zug fuhr, sodass sie jedes Mal blinzeln musste, sobald die Schatten zu Ende waren und sie wieder in die Sonne blickte. Links floss die Elbe mit kleinen weißen Strudeln in der Mitte, rechts standen die Berge. Die Trasse, auf der die Schienen verliefen, wurde enger und enger, und die Sächsische Schweiz ließ sie an die Landschaft denken, durch die vor vielen Jahren die Märklin-Modelleisenbahn in Onkel Johanns Keller gefahren war.

Ich bin müde, dachte sie, und ich bin enttäuscht, weil ich alleine zu dem Treffen mit Nick und Mick fahren muss, die aus irgendeinem Grund, den ich nicht kenne, heute in Prag sind statt in Riga. Aber vor allem bin ich wütend.

Ich für meinen Teil werde meine Recherchen jetzt forcieren!

Sie hätte es dem Dänen nicht zugetraut, aber das war eine Drohung gewesen. Eine Warnung, dass die *NZ* nicht nur alleine weiterrecherchieren würde, sondern auch vor ihnen mit der Geschichte herauskommen könnte. An jedem einzelnen Tag, genau genommen.

Vielleicht sitze ich hier in diesem pornofarbenen Tschechen-

Express, während Timur, Josefine und der Däne sich gerade überlegen, wann sie ihre Veröffentlichung machen sollen. Am nächsten Wochenende, wenn die *NZ* immer gute Auflage am Kiosk macht? Oder nehmen sie sich lieber noch etwas mehr Zeit? Oder soll es noch schneller gehen? Um ganz sicher zu sein, dass sie uns zuvorkommen?

Das Rattenrennen ist eröffnet, dachte Merle Schwalb.

»Kannst du kommen? Wir sollten uns treffen.«

Das hatte Nick ihr geschrieben. Vor zwei Tagen, als die Welt noch in Ordnung gewesen war.

»Wieder nach Riga?«, hatte sie zurückgeschrieben.

»Nein«, hatte er geantwortet. »Wahrscheinlich Skopje. Vielleicht Prag.«

»O.K., kein Problem.«

»Gut. Komm nach Prag. Am Freitag.«

»Ich komme gerne. Aber warum?«

»Wir sollten uns treffen.«

»Gibt es Neuigkeiten?«

»Jemand hat jemanden getroffen. Ich weiß mehr, als du mir gesagt hast. Du weißt mehr, als du mir gesagt hast. Ich muss mehr wissen, wenn du mehr wissen willst.«

»Wo in Prag? Ich kann um 11 Uhr 36 am Hauptbahnhof sein.«

»Wir treffen uns im Marriott, um 12.«

»Ich bringe Timur mit.«

»Und ich Mick.«

Zwinkersmiley.

Als der Zug Usti Nad Labem verließ, einen kleinen, an eine Bergflanke gequetschten Bahnsteig in der Mitte von nirgendwo, eine gute Stunde vor Prag, schrieb sie Nick eine weitere Nachricht. »Der Zug ist pünktlich. Aber ich komme doch alleine.«

»Willkommen in Tschechien!«, schrieb Nick zurück.

Um vom Hauptbahnhof in die V Celnici zu gelangen, musste sie lediglich ein paar Haken durch die Altstadt schlagen. Sie überholte das amerikanische Studentenpärchen, das vor einem Stadtplan stehen geblieben war, durchquerte zügig den kleinen Park vor dem Bahnhof und ließ sich von Google Maps an einem alten Tor und einem mittelalterlichen Turm vorbei und über ein paar Tramschienen lotsen. Es war heiß, und sie schwitzte. Sie betrat das Marriott Hotel um fünf vor zwölf und war froh, als sie am Ende der Lobby ein diskretes Schild fand, das die Toiletten auswies. Sie sah nicht nach rechts und links, weil sie Nick und Mick erst begrüßen wollte, nachdem sie sich frisch gemacht hatte. Aber als sie fünf Minuten später die Lobby und die Bar nach den beiden durchsuchte, fand sie sie nicht. Sollte sie sich hinsetzen und einen Kaffee trinken, bis die beiden kämen?

»Ich bin jetzt da«, schrieb sie Nick über Signal.

»Wir sind im Hilton direkt gegenüber«, schrieb er zurück.

Merle Schwalb stand wieder auf, froh, dass sie den Kaffee noch nicht bestellt hatte, und verließ das Marriott wieder. Sie überquerte die Straße und betrat das Hilton. Rechts des Eingangs befand sich die Bar, davor standen lose verstreut schwarze Ledersessel an dunklen Holztischen in der gut gekühlten Lobby, die so düster war, dass man nicht hätte sagen können, ob es Tag oder Nacht war. Nick und Mick hatten sich einen Tisch am hinteren Ende des Raumes ausgesucht. Sie wollte gerade auf die beiden zugehen, als sie sah, dass die beiden aufstanden und stattdessen auf sie zuliefen.

»Hi Merle«, sagte Mick und grinste. Er trug, wie anscheinend immer, ein weißes T-Shirt, eine Lederjacke und schwarze Jeans.

»Guten Tag«, sagte Nick und streckte ihr seine Hand entgegen. »Bitte entschuldige, wir gehen woandershin, ja?«

»Wie ihr meint«, sagte Merle.

»Es ist nicht weit«, sagte Nick.

Sie verließen das Hotel und bogen nach rechts ab, bis sie an einen weitläufigen Platz vor einer alten Kirche gelangten, der gesäumt war von Restaurants und Cafés. In der Mitte standen kleine Kioske. Alles war voller Touristen. Es roch nach Baumkuchen.

»Hier«, sagte Mick und deutete in eine weniger belebte Seitenstraße. Vor dem dritten Haus machte er halt. Eine kleine Treppe führte in eine Art Souterrain, wo hinter einem ganz und gar unnötigen Windfang ein winziges Café verborgen lag, in dem nur drei kleine Bistrotische standen. Hinter einem abgewetzten dunklen Holztresen stand ein junges Mädchen und polierte Gläser. Niemand sonst war da.

»Etwas ruhiger hier«, sagte Nick.

»Sehr ruhig«, sagte Mick und kicherte.

Sie setzten sich an einen der Tische, und Nick bestellte drei Bier. Merle Schwalb widersprach nicht. Nachdem das Mädchen die Getränke gebracht hatte, stießen sie an. Das Bier war eiskalt, und die Gläser hatten vorher im Eisfach gelegen.

»Werdet ihr observiert oder so?«, fragte Merle Schwalb.

»Wenn man es weiß, ist es zu spät«, sagte Nick.

»Verstehe«, sagte Merle Schwalb.

»Ja?«, fragte Mick und kicherte erneut. Merle Schwalb kam sich blöd vor. Aber dann musste sie an Popow denken, an die Verfolgungsjagd in Biesdorf. An Josefine.

»Ja«, sagte sie.

»War die Fahrt gut?«, fragte Nick. »Oder war etwas merkwürdig? Auffällig?«

»Nur amerikanische Touristen«, antwortete sie.

»Gut«, sagte Nick. »Timur geht es gut?«

»Ich glaube schon.«

»Aber er ist nicht hier?«

»Nein, er hat einen anderen wichtigen Termin«, log sie. »Wir müssen bald fertig werden mit unserer Recherche. Wir haben nicht mehr so viel Zeit. Deshalb bin ich auch sofort gekommen, als du dich gemeldet hast, Nick.«

»Ja, das ist gut«, sagte Nick.

»Ja, und jetzt bin ich natürlich sehr gespannt, was es Neues gibt«, sagte sie.

»Es gibt etwas Altes«, sagte Nick.

»Ah, du fängst mit dem Alten an«, sagte Mick.

»Gibt es jetzt etwas Neues oder nicht?«, sagte Merle Schwalb und versuchte, dabei amüsiert zu wirken. »*Guys*, ihr verwirrt mich!«

»Manchmal ist das Alte eben neu«, sagte Nick. »Du erinnerst dich an die Aktenzeichen, die du uns in Jurmala gezeigt hat?«

»Natürlich. Ihr habt uns gesagt, sie seien entweder echte GRU-Aktenzeichen oder sehr gut gefälscht und dass Teile der Kombinationen für Berlin und für Desinformation stehen.«

»Richtig.«

»Ja. Genau, so erinnere ich mich auch.«

»Merle, es ist so: Wir wissen jetzt, dass sie nicht neu sind.«

»Ich verstehe nicht?«

»Sie sind echt, aber nicht neu.«

»Was heißt das?«

»Sie sind echt, aber alt.«

»Echt?«

»Ja, es sind echte Aktenzeichen von echten Operationen. Aber eben von alten.«

»Wie alt?«

»Sag es ihr!«, sagte Mick. »Oder nein, warte, ich will es ihr sagen!«

»Sag du es ihr«, sagte Nick und bestellte mit einer einfachen Geste eine weitere Runde Bier.

»Ich sag es dir, Merle: Es sind Operationen aus den Jahren 1976 und 1977.«

»Wie bitte?«

»Die GRU hat die Registraturmethode des KGB übernommen, O.K.? Aber diese Aktenzeichen sind aus der KGB-Zeit.« Feierlich fuhr er fort: »Das haben Leute, die wir kennen, für uns und für euch geprüft.«

»Moment, Moment, nicht so schnell. Es sind reale Aktenzeichen zu realen Operationen des KGB aus den Siebzigern?«

»Korrekt einhundert Prozent.«

»Aber wie kommen sie auf die Liste? Auf diese Liste, die wir haben, die von … die aktuell ist, nicht alt?«

Nick, der bei dem jungen Mädchen am Tresen das Bier abgeholt hatte, übernahm nun wieder.

»Das wissen die Leute, die wir gefragt haben, nicht. Woher sollen sie das auch wissen?«

»Und ihr?«

»Woher sollen wir das wissen?«

»Kann es sein … ist es möglich, dass die GRU alte Aktenzeichen nochmals verwendet?«

»Aber das haben sie ja, Merle.«

»Sorry, jetzt bin ich schon wieder verwirrt.«

»Die Aktenzeichen stehen auf eurer Liste. Also hat jemand sie wiederverwendet.«

»Aber heißt das, diese alten Aktenzeichen des KGB stehen heute für neue Operationen der GRU?«

»Nein.«

»Aber du hast doch gerade gesagt, sie wurden wiederverwendet?«

»Ja, weil sie auf eurer Liste stehen. Jemand hat alte Aktenzeichen auf eure neue Liste getan.«

»Jemand hat alte Aktenzeichen auf unsere neue Liste … ist das vielleicht ein Fehler?«

»Mick, macht die GRU Fehler?«

»Viele Fehler!«

»Solche Fehler?«

»Nein.«

»Was bedeutet das?«, fragte Merle Schwalb.

»Wir haben absolut keine Ahnung.«

»Aha. O. K. Danke. Auch wenn ich nicht weiß, was ich damit anfangen soll.«

»Gern geschehen!«, sagte Mick und strahlte sie an.

»Darf ich fragen, die Leute, die ihr gefragt habt, was sind das für Leute?«

»Die richtigen Leute für diese Frage.«

»Aber sind es Journalisten wie wir?«

Wieder kicherte Nick.

»Nein? Keine Journalisten?«, fragte Merle Schwalb.

»Journalisten wissen so etwas nicht«, sagte Nick.

»O. K. Wissen wir denn, was für Fälle aus den Siebzigern das waren?«

»Ja«, sagte Nick. »Es muss sich um Desinformationsoperationen in Berlin gehandelt haben. Das geht ja aus den Aktenzeichen hervor.«

»O. K.«, sagte Merle Schwalb. »Got it.«

Sie hatte ihr erstes Bier erst zur Hälfte getrunken und nahm einen tiefen Schluck, weil es ihr unhöflich erschien, das zweite Bier, das Nick besorgt hatte, warm werden zu lassen. In dem Moment wurde der Windfang zur Seite geschoben, und ein mittelalter Mann mit Bierbauch und Kamera um den Hals steckte seinen Kopf in das Café. Das junge Mädchen sah zu ihnen herüber, und sie sah, wie Nick mit dem Kopf schüttelte. Das Mädchen schüttelte seinerseits den Kopf und schickte den Mann wieder auf die Straße zurück. »We are closed, sorry.«

Als der Windfang wieder geschlossen war, wandte sich Nick an Mick. »Hol den Umschlag«, sagte er.

Merle Schwalb sah ihn fragend an.

»Merle«, sagte er, »wir haben euch von Gorlow erzählt. Dass er in Berlin ist. Ihr habt nicht noch einmal nachgefragt. Obwohl wir euch gesagt haben, dass er in Berlin ist. Aber wir. Wir haben dafür nachgefragt. Wir dachten, vielleicht finden wir etwas, das euch hilft. Wir machen ja eine Kooperation, richtig?«

»Sure«, sagte Merle Schwalb. »Danke sehr, das ist toll. Ihr kennt euch da ja auch viel besser aus als wir.«

Mick legte einen braunen Umschlag auf den Tisch. Er hat ein seltsames Format, dachte Merle Schwalb. Kein DIN-Format. Nicht ganz DIN-A4. Etwas breiter. Etwas kürzer. Dass einem das überhaupt auffällt ...

»Merle, du darfst nicht denken, wir haben wegen dir gefragt!«

»Du redest mal wieder in Rätseln, Nick!«

Nick lächelte leise und klopfte sich mit der rechten Hand zweimal kurz auf sein Herz, genauer gesagt auf das blütenweiße Ansecktuch an seinem Jackett. Sie wertete es als Geste der Zuneigung.

»Wir haben etwas gefunden, von dem ihr vielleicht nichts wisst. Wir wissen nicht, was es bedeutet! Wir sind darauf gestoßen, weil wir Gorlow gefolgt sind.«

»Ihr seid ihm gefolgt?«

»Wenn wir jemandem folgen, meinen wir ... Mick?«

»Wir meinen, wir schauen, was er macht. Wir sehen seine Spuren an.«

»Genau. Was macht er? Was machen seine Leute, die wir kennen? Wo tauchen sie auf? Wen treffen sie? Manchmal ist das interessant. Jetzt vielleicht. Für euch.«

»Was denn? Was ist vielleicht interessant?«

»Adela von Steinwald«, sagte Mick betont langsam, offenbar in dem Bestreben, den Namen möglichst fehlerfrei anzusprechen. »Sie war vor zwei Monaten in Kaliningrad.«

»Aha«, sagte Merle Schwalb. »Spioniert ihr uns und unseren Chefs jetzt etwa hinterher? Was soll das?«

»Nein, Merle! Ich habe es doch schon gesagt«, sagte Nick sanft. »Wir haben das nicht wegen dir getan! Wir sind Gorlow und seinen Leuten gefolgt. Nach Kaliningrad. Gorlow, du musst das wissen, stammt aus Kaliningrad. Seine erste Firma hat er dort aufgebaut. Der Gouverneur des Oblast … ja, man könnte sagen, er gehört ihm. Gorlow hat ihn groß gemacht. Also könnte man sagen, Kaliningrad gehört Gorlow. Es ist seine … seine Basis, ja? So wie Petersburg die Basis ist von Prigoschin, ja?«

»Ja, Basis«, bestätigte Mick.

»Wenn wir sagen, wir verfolgen Gorlow eine Weile, dann meinen wir: seine Reisen. Seine eigenen. Oder die seiner Leute. Wir fragen Leute, die wir kennen: Wo waren Gorlows Leute zuletzt? Habt ihr etwas mitbekommen? Ist in irgendeinem Netz etwas hängen geblieben? Eine Flugbuchung vielleicht, die ihr sehen konntet? Eine Handyrechnung, aus der ihr etwas erfahren habt? Wen haben diese Männer getroffen, was haben sie gemacht? Manchmal erfahren wir etwas, manchmal nicht.«

»Und was hat das mit Adela von Steinwald zu tun?«

Nick öffnete den Umschlag und zog ein Foto heraus. Es war kein besonders gutes Foto, eher ein Schnappschuss. Es sah keinesfalls aus wie ein Foto aus einer professionellen Observation. Auf dem Bild waren ein halbes Dutzend Männer zu sehen. Und eine Frau. Sie standen im Halbkreis vor einem Gebäude, das ein Rathaus sein mochte, eine große Schule oder vielleicht ein Gericht. Die Frau war Adela von Steinwald.

»Sie ist deine Chefin, ja?«

»Ja.«

Nick zog einen dicken schwarzen Stift aus der Innentasche seines Jacketts. Er machte einen Kreis um das Gesicht von Adela von Steinwald.

»Das ist sie, ja?«

»Ja«, bestätigte Merle Schwalb.

Mick machte einen zweiten Kreis um den Kopf eines vielleicht 35 Jahre alten Mannes, zwischen dem und Adela von Steinwald zwei weitere Männer standen.

»Weißt du, wer das ist?«, fragte Mick.

»Nein«, sagte Merle Schwalb.

»Das ist einer von Gorlows Männern. Seine zweite oder dritte rechte Hand.«

»Aha.«

»Das Foto hat einer von den anderen Idioten auf VKontakte gestellt.«

»Wieso ist Gorlows Mann da?«

»Wieso ist deine Chefin da?«

»Hat einer von euch eine Zigarette?«, fragte Merle Schwalb.

Nick stand auf, ging zu dem jungen Mädchen hinter dem Tresen und kam mit einer Packung roter Marlboros und einer Schachtel Streichhölzer wieder.

»Ich bin gleich zurück«, sagte Merle Schwalb und trat durch den Windfang nach draußen.

Auf der Straße war es hell und heiß. Eine Kirchturmuhr schlug. Eine Katze drückte sich in dem schmalen Schattenstreifen an der Hauswand entlang. Merle Schwalb zündete sich eine Zigarette an und schloss die Augen.

Ich erzähle es nur Ihnen und verlasse mich auf Ihre Diskretion!

Sie sitzen jetzt an der Kanone …

Ich für meinen Teil werde meine Recherchen jetzt forcieren!

Ihr Kopf schwirrte, und es dauerte einen Moment, die Stimmen in ihrem Kopf zu sortieren. Aber als sie fünf Minuten später ihre Zigarette auf dem Kopfsteinpflaster austrat und durch den Windfang wieder ins Innere ging, war sie sicher, was sie tun würde.

Dass sie es tun würde.

»Nick, Mick«, sagte sie, nachdem sie sich wieder gesetzt hatte. »Ich weiß, warum Adela von Steinwald in Kaliningrad war. Sie versucht, das alte Gutshaus ihrer Familie zu kaufen. Das wird der Grund sein, da bin ich sicher. Warum Gorlows Mann da war, das weiß ich nicht. Aber es gibt etwas, das Timur und ich euch in Jurmala nicht gesagt haben.«

»Habe ich es doch richtig gewusst«, sagte Nick und lächelte.

»Ich habe es auch gesagt!«, sagte Mick und tat so, als sei er beleidigt.

»Wir waren sehr vorsichtig und haben euch in Riga nur die GRU-Aktenzeichen gezeigt. Aber auf der Liste stehen nicht nur die Aktenzeichen. Es stehen auch Namen darauf. Unter anderem der Name von Adela von Steinwald.«

Mick trommelte mit seinen Zeigefingern einen kurzen Tusch auf der Tischkante.

»Aha!«, sagte Nick. »Kompliziert.«

»Kann ich euch vertrauen?«, fragte Merle Schwalb.

»Wir sagen Ja zum Vertrauen«, sagte Mick und legte seine rechte Hand an die rechte Schläfe wie zu einem militärischen Gruß.

»Ja«, sagte Nick.

»Aber ihr müsst schnell arbeiten«, sagte Merle Schwalb, holte ihr Notizbuch aus ihrer Handtasche und riss eine Seite heraus. »So schnell wie irgend möglich. Wir haben nicht mehr viel Zeit.«

Um 21 Uhr 54 kam sie wieder am Hauptbahnhof in Berlin an. Das Bier hatte sie müde gemacht, deshalb hatte sie den größten Teil der Fahrt über gedöst und nur gelegentlich das goldene Nachmittagslicht und später die einsetzende Dämmerung über Brandenburg wahrgenommen. Als sie eine halbe Stunde später zu Hause ankam, war es immer noch warm. Sie öffnete eine Flasche Weißwein und setzte sich auf den Rasen vor ihrer Terrasse. Sie könnte Henk anrufen und ihm sagen, was sie in Prag über das Dritte Geschlecht in Erfahrung gebracht hatte. Oder Arno. Aber sie tat es nicht. Denn dann hätte sie ihnen auch erzählen müssen, dass sie Nick und Mick die Liste von Anatoli Nowikow gegeben hatte.

***

Merle Schwalb erwachte in dem Liegestuhl auf ihrer Terrasse und war sofort hellwach. Aber nicht wegen ihrer Nachbarn oder weil die Sonne sie geweckt oder ein Wecker geklingelt hätte. Sondern wegen einer Erinnerung. Wegen eines Bildes, das sie gestern Abend gesehen hatte, das ihr gerade im Halbschlaf wieder in den Sinn gekommen war und von dem ihr Gehirn sofort kapiert hatte, dass etwas damit nicht stimmen konnte.

Oder?

»The Metamorphosis«: das Buch, das der Mann, den sie für einen amerikanischen Studenten gehalten hatte, mit nach Prag genommen hatte. Sie hatte es noch einmal gesehen. Ein zweites Mal. Und zwar auf der Rückfahrt aus Prag, als sie, müde vom Bier, kurz vor der deutschen Grenze auf die Zugtoilette gegangen war. Sie sah die Szene genau vor sich. Wie sie den Vorhang und die Schiebetür ihres Abteils aufgezogen hatte, auf den Gang getreten war und an dem amerikanischen Pärchen vorbei zum Ende des Waggons gegangen war. Wieder hatten die beiden in dem Abteil nebenan gesessen, und das Buch hatte an der Scheibe gelehnt. Am Vorabend war es ihr nicht aufgefallen, dass sie den beiden ein drittes Mal begegnet war, aber jetzt hatte ihr Unterbewusstes das Bild offenbar nach oben gespült. Wie etwas Unverdauliches, Kantiges, Widerborstiges.

Sie war sich absolut sicher, dass ihre Erinnerung sie nicht trog und sie das Bild nicht mit einem Bild von der Hinfahrt verwechselte. Sie hatte auf der Rückfahrt in einem anderen Zug gesessen, dessen Vorhänge und Sessel dunkelblau gewesen waren. Und hatte entgegen der Fahrtrichtung gesessen, anders als auf der Hinfahrt.

Die Rucksäcke. Das war es, was nicht passte. Wieso sollten die beiden zwei riesige Rucksäcke für einen Tagesausflug mitschleppen? Für gerade einmal sieben Stunden Aufenthalt in Prag?

Das ergab keinen Sinn.

War sie observiert worden?

Und wenn ja, wenn sie auf dem Weg nach Prag observiert worden war, dann auch hier?

Merle Schwalb stand auf, ging in ihre Wohnung und lief von Zimmer zu Zimmer, aber sie fand nichts Auffälliges. Alles schien an seinem Platz zu sein, die Bücher auf dem Esstisch, die Kaffeetasse vom Vortag neben der Spüle, ihre Wäsche in dem Korb neben der Waschmaschine im Bad.

Aber das heißt ja nichts, dachte sie.

Sie machte sich einen doppelten Espresso, trank ihn im Stehen in der Küche, ging ins Bad und duschte. Dann zog sie sich an. In einem Sideboard im Flur fand sie eine Schachtel Streichhölzer. Sie nahm ein Streichholz heraus und klemmte es beim Herausgehen mit der Wohnungstür im Türrahmen ein.

Erst jetzt sah sie auf ihre Uhr. Es war kurz vor acht. Sie lief die Pappelallee hinunter bis zum U-Bahnhof Eberswalder Straße. Außer ihr war fast niemand unterwegs, und sie hatte nicht das Gefühl, dass sie verfolgt wurde. Sie lief weiter in die Knaackstraße und an der Kulturbrauerei vorbei, bis sie schließlich zum Kollwitzplatz kam, wo der Wochenmarkt gerade öffnete.

Unter Menschen zu sein beruhigte sie. An einem ausladenden Gemüsestand sah sie zu, wie eine Frau, die trotz der Hitze einen braunen Pullover trug, mit einem kleinen scharfen Messer die äußeren Blätter von einem erdigen Blumenkohl abhieb. In einem Wagen gegenüber sortierte ein Bäcker seine portugiesischen Puddingteilchen. In dem Stand daneben gab es Kaffee aus einer gewaltigen und glitzernden italienischen Kaffeemaschine, und eine kleine Schlange hatte sich gebildet.

Alles normal, dachte sie. Kein Grund zur Panik. Auch für dich nicht. Es gibt tausend Gründe, warum das Pärchen in dem Zug zurück nach Berlin saß. Oder wenigstens zehn. Zehn Gründe, die wirklich plausibel sind.

Sie schlenderte weiter über den Markt und versuchte, auf zehn plausible Gründe zu kommen.

Sie haben sich gestritten, dachte sie. So heftig, dass klar war, das mit dem Urlaub, das können wir vergessen. Lass uns zurückfahren!

Aber hätten sie dann wirklich wieder in einem Abteil gesessen? Wäre es dann nicht wahrscheinlicher, dass sie sich aus dem Weg gehen?

Sie war am Ende des ersten Ganges angekommen und drehte sich um, um zu prüfen, ob ihr jemand folgte. Aber wieder sah sie nichts, das sie beunruhigt hätte.

Gemüse, Käse, getrocknete Pasta.

Sie haben einen Anruf bekommen, etwas ist geschehen, seine Mutter ist gestürzt und ist im Krankenhaus. Ihr Vater hatte einen Herzinfarkt. Kommt bitte, so schnell ihr könnt!

An der nächsten Ecke gab es Champagner und frische Austern, und tatsächlich stand auch dort bereits eine kleine Schlange von Menschen und wartete darauf, an die Reihe zu kommen.

Du bist nicht observiert worden, dachte sie. Du bildest dir da etwas ein, diese ganze Recherche hat dich wuschig gemacht. Sie erinnerte sich daran, wie sie die beiden auf dem Vorplatz des Bahnhofes in Prag gesehen hatte, wo sie auf einen Stadtplan gestarrt hatten. Das hätten die doch nicht gemacht, wenn sie mich verfolgen wollten!

Schwarze Trüffeln auf Reis in Gläsern. Ketchup und Senf aus Privatmanufaktur. Wildschweinsalami.

Oder hätten sie es gerade so gemacht? Um einen Grund zu haben, mich vorgehen zu lassen? Und wieso hatten Nick und Mick sie in Prag erst in ein falsches Hotel bestellt und dann noch einmal den Ort für ihre Besprechung geändert? Doch nicht, weil sie Amateure waren …

Olivenöle aus Portugal. Bio-Manchego aus Andalusien. Quittengelee.

Nach einer knappen Stunde hatte sie den Markt abgelaufen. An einem Stand, der einem älteren Mann in Cordanzug gehörte, der offenbar nur Italienisch sprach, bestellte sie einen Cappuccino und ein Schinkenbrot. Dann lief sie zurück zur U2 und bestieg die Bahn Richtung Alexanderplatz.

Am Rosa-Luxemburg-Platz, eine Station vor dem Alex, fiel ihr der Kommentar von Nick wieder ein, als sie ihn gefragt hatte, ob er und Mick observiert würden: »Wenn du es weißt, ist es zu spät.« Sie stieg aus und achtete darauf, ob noch jemand ausstieg. Ein Mann, Mitte zwanzig, sportlich, verließ den Wagen hinter ihrem. Sie blieb am Gleis stehen. Auch der Mann verließ den Bahnhof nicht, stattdessen holte er ein Handy aus der Hosentasche und tippte auf dem Display herum.

Als der Gegenzug Richtung Ruhleben kam, stieg sie ein. Der Mann blieb am Gleis zurück. Am Senefelder Platz stieg sie wieder aus und fuhr erneut zurück, diesmal bis zum Alexanderplatz.

Das ist albern, dachte sie. Du bist albern. Was bist du, eine Geheimagentin für Arme? Hier noch mehr Gründe: Die beiden wollten von Prag aus eigentlich weiter nach Budapest fahren und sind aus Versehen wieder in den Zug nach Berlin eingestiegen. Es sind Amis, so etwas passiert laufend. Oder Grund Nummer fünf: Das befreundete Amipärchen, das sie in Prag treffen wollten, kommt erst verspätet an, also wollten sie lieber noch zwei weitere Tage Berlin einschieben, weil es ihnen so gut gefallen hat. Interrail, kostet doch nichts, und sind ja nur ein paar Stunden Zugfahrt!

Trotzdem tat sie, was sie sich vorgenommen hatte, und kaufte im CineStar eine Karte für die Elf-Uhr-Vorstellung. Sie wechselte sogar nach zehn Minuten den Kinosaal, um zu sehen, ob ihr jemand folgte.

Niemand folgte ihr.

Um 13 Uhr fuhr sie wieder zurück in den Prenzlauer Berg und aß Ramen in einem kleinen Restaurant in der Stargarder Straße. Um 14 Uhr schloss sie ihre Wohnungstür auf. Das Streichholz fiel ihr entgegen, als sie die Tür öffnete. Sie war beruhigt, niemand war in ihrer Abwesenheit hier eingedrungen.

Sie ging ins Esszimmer und legte ihre Handtasche auf den steinernen Tisch. Irritiert sah sie, wie sich der Vorhang vor der Terrassentür im Wind blähte. Sie war sicher, dass sie die Tür zugemacht hatte, bevor sie die Wohnung am Morgen verlassen hatte.

Oder?

Fuck.

Sie verließ ihre Wohnung erneut, fuhr zurück zum Alexanderplatz und kaufte im MediaMarkt zwei Überwachungskameras. Es dauerte bis 16 Uhr, die Kameras über den beiden Türen anzubringen und sicherzustellen, dass sie zuverlässig Bilder auf ihr Handy lieferten. Sie hatte gerade ihr Werkzeug weggeräumt und angefangen, auf der Terrasse ein paar Artikel über russische Desinformationskampagnen zu lesen, die sie sich schon vor Tagen in der Redaktion ausgedruckt hatte, als Timur anrief. Sie ging nicht ran. Auch beim zweiten Anruf, eine Minute später, reagierte sie nicht.

Die Pest auf eure beiden Häuser …

Erst beim dritten Mal nahm sie ab.

»Na, sollst du für den Dänen ausspionieren, was ich in Prag rausgefunden habe?«, fauchte sie ihn an.

»Merle, du musst sofort nach Klein-Kirschsiep kommen.«

»Was redest du da?«

»Es geht um Popow. Du musst kommen.«

»Ist das eine Verarsche oder so?«

»Nein, ich meine das ernst. Wirklich, die anderen kommen auch. Alle anderen. Ich weiß von dem Streit zwischen Arno und Dirk, aber die beiden kommen trotzdem, es ist wichtig. Besorg dir ein Auto und fahr los. Ich habe allen gesagt, sie sollen bis um sechs hier sein.«

»Hier?«

»Ich bin schon hier.«

»Warum bist du schon da?«

»Das erzähle ich dir, sobald du auch hier bist. Euch allen. Kommst du?«

***

Zwei Stunden später saß Merle Schwalb mit den anderen wieder an dem Holztisch im Schatten der Bäume in Majas und Ollis Garten, an dem sie schon so oft gesessen hatten. Sie hatte gedacht, dass sie hier nie wieder zusammenkommen würden. Nun waren sie doch wieder hier. Der Wind ließ die Eichen rascheln, es war warm, es duftete, eine Grille zirpte, als seien sie in Italien.

Alles war wie immer, aber nur auf den ersten Blick.

Ihr gegenüber saß der Däne, der skurrilerweise eine Torwartkluft trug, ein langärmeliges schwarzes Trikot mit Polstern an den Ellbogen, eine schwarze kurze Hose mit Polstern über den Knien, schwarze Stutzen, sogar die Fußballschuhe hatte er noch an. Neben ihr saß Arno Erlinger, makellos wie immer im fliederfarbenen Hemd, die Ärmel halb hochgekrempelt, Sonnenbrille im Haar, Segelschuhe an den bloßen Füßen. Neben Arno saß Kampen. Er verscheuchte eine Mücke und stieß dabei aus Versehen seine Bierflasche um. Henk, der neben ihm saß, kriegte die Bierflasche gerade noch rechtzeitig zu fassen und stellte sie Kampen wieder hin.

»Danke«, sagte Kampen.

Henk nickte, sagte aber nichts. Er kaute nervös auf seiner Unterlippe herum.

Neben den Dänen hatte sich Josefine gesetzt. Sie trug ein rotes Blumenkleid, ihre Haare waren feucht. Man konnte auch sehen, an welchen Stellen ihr Bikini noch feucht war, den sie unter dem Kleid trug.

»Wir waren paddeln«, sagte Josefine. »Gott sei Dank nicht allzu weit von hier.«

»Schön«, sagte der Däne.

»Wo ist Timur?«, fragte Kampen.

»Wird schon kommen«, sagte Henk.

»Weiß jemand, warum wir hier sind?«, legte Kampen nach.

»Irgendetwas mit Popow«, antwortete Merle Schwalb.

»It better be good«, sagte Erlinger. »Aber falls Timur hier eine Familienaufstellung vorhat oder einen Versöhnungstanz ums Lagerfeuer, bin ich gleich wieder weg.«

In dem Moment öffnete sich die Tür des Nebengebäudes, und Timur trat heraus. Er lächelte und winkte ihnen zu.

»Cool, ihr seid alle da!«, sagte er, als er an dem Tisch ankam und am Kopfende auf einem Holzschemel Platz nahm. Er griff sich eine Flasche Bier aus der Kiste, die er offensichtlich vor ihrer Ankunft neben den Tisch gestellt hatte, und öffnete sie mit Erlingers Feuerzeug, das auf dem Tisch lag.

»Sorry, falls ich eure Pläne fürs Wochenende durchkreuzt habe, aber ich bin zu dem Schluss gekommen, dass es nicht anders geht. Was ich euch zu sagen habe, geht uns alle an, auch wenn« – er sah den Dänen und Erlinger an – »ich weiß, dass es eine Überlegung gibt, wieder getrennte Wege gehen. Ich persönlich halte das für einen Fehler, vor allem wegen dem, was ich euch jetzt gleich sage, aber das entscheiden wir später, würde ich sagen.«

»Amigo, kannst du mal zum Punkt kommen?«, sagte Erlinger. »Weshalb sind wir hier?«

»Ja, erzähle ich euch jetzt. Sehr gerne sogar. Also, ihr erinnert euch alle, dass Popow sich mit uns treffen wollte. Arno, Merle und ich sind nach Biesdorf rausgefahren, um mit ihm zu reden. Aber dann gab es diese Observation oder besser gesagt Verfolgungsjagd, und danach war er nicht mehr zu erreichen.«

»Ja, das wissen wir alles«, sagte Kampen.

»Ja, also, Popow ist wieder aufgetaucht. Er hat sich bei mir gemeldet.«

»Timur, das ist natürlich super«, hob der Däne an. »Nur …«

»… du willst jetzt fragen, Dirk, warum ich das nicht nur dir und

Josefine gesagt habe, sondern auch die Kollegen vom *Globus* dazugebeten habe, richtig?«

»Na ja, das habe ich nicht gesagt«, sagte der Däne.

»Aber gedacht«, sagte Erlinger.

»Weil es zu wichtig ist«, sagte Timur laut. »Jetzt hört mir doch erst mal zu, Mensch, ich bin ja auch kein Idiot.«

»In Ordnung, erzähl erst mal«, sagte der Däne.

»Also, Popow hat sich gemeldet, gestern. Am Telefon. Er hatte Angst. Hat geheult. Er sagte, dass sie ihn suchen würden. Dass er verschwinden müsse und niemanden kenne, der ihm helfen könne, außer vielleicht mir. Oder uns, sollte ich vielleicht sagen.«

»Wer sind *sie?*«, fragte Josefine.

»Russen. Russischer Geheimdienst. GRU. Das sind nicht irgendwelche Himbeer-Tonis, die haben Killer, die könnten ihn entführen, alles Mögliche.«

»Sagt er das, oder vermutest du das?«, fragte Erlinger.

»Er sagt das. Ich glaube das. Du warst doch dabei in Biesdorf. Glaubst du, dass die Typen in dem Bulli ihn zum Teetrinken abholen wollten?«

»Weiter«, sagte Erlinger.

»Ich habe ihn gefragt: Was meinst du mit Hilfe? Er sagte, ich brauche drei Sachen, Timur, bei zweien kannst du mir helfen. Ich brauche Geld. Ich brauche ein Versteck. Und ich muss so schnell wie möglich fliehen, ins Ausland, weit weg.«

»Was hast du ihm geantwortet?«, fragte der Däne.

»Ich habe ihm gesagt: Ich kann dir Geld geben. Aber im Gegenzug musst du mit mir reden, weil ich vermute, dass du mehr weißt, als du uns bisher gesagt hast. Über Nowikow, die Liste, alles.«

»Und er?«, fragte Josefine.

»Er sagte, Geld allein reicht nicht. Ich darauf: Weißt du mehr, als du mir gesagt hast? Er: Ja. Ja, ich weiß mehr. Ich erzähle es dir, aber nur, wenn du mir hilfst.«

»Also ich finde es nicht so leicht, zu rechtfertigen, warum wir ihm Geld geben sollten«, sagte Henk. »Ich nehme an, wir sind hier, um darüber zu beratschlagen, ob wir dazu bereit sind. Und ich muss sagen, ich habe da jedenfalls im ersten Moment echte Bauchschmerzen. Das wirft wirklich Fragen auf. Das ist schon ziemlich weit weg von jeder journalistischen Neutralität, wenn wir einem Informanten Geld geben, damit er sich vor den Behörden seines Heimatlandes verstecken kann, oder?«

»Henk«, sagte Timur und deutete mit dem Daumen seiner rechten Hand über seine Schulter hinweg auf das hinter ihm liegende Nebengebäude.

»Ja?«

»Popow ist längst hier. Schon seit gestern Abend.«

***

Anfang dreißig, nicht dick und nicht dünn, gelockte braune Haare: Alexander Popow sah genau so aus, wie Timur ihn im Auto auf dem Weg nach Biesdorf beschrieben hatte. Er trug eine graue Anzughose mit Bügelfalte und ein ordentliches Polohemd, darüber eine dünne gelbe Sommerjacke. Seine Augen waren braun, seine Wimpern lang, seine Finger lang und dünn. Was vielleicht gefehlt hatte in Timurs Beschreibung: dass Popow allem Anschein nach ein schüchterner Mensch ist, dachte Merle Schwalb.

»Guten Abend, guten Abend«, sagte er in die Runde und nickte dazu, seine Hände vor sich auf Bauchnabelhöhe gefaltet. Timur deutete auf den leeren Platz neben Josefine, und Popow nahm langsam und vorsichtig Platz, so weit von Josefine entfernt wie nur irgend möglich.

»Alexander«, sagte Timur, »das sind meine Kollegen, ich stelle sie jetzt nicht einzeln vor, du lernst ihre Namen sicher noch. Sie sind alle hier, weil sie hören wollen, was du mir schon in Ansätzen erzählt hast. Es wird sicher viele Fragen geben, aber wir haben Zeit, also bitte, ganz in Ruhe, ja?«

»Ja, sehr gerne«, sagte Popow. »Und danke, dass ich hier sein kann. Ich hoffe, Sie können mir helfen. Werden mir helfen.«

»Alexander, das entscheiden wir später, in Ordnung? Vielleicht fängst du erst mal mit dem Tag an, an dem du bei Nowikow warst.«

»Ja, das kann ich machen. Danke, Timur. Es war so, ich … aber ich glaube, ich muss mit etwas anderem anfangen, ja? Mein Name ist Alexander Popow, und ich bin Mitglied der GRU. Speznas. Ich arbeite in der Botschaft in Berlin, ja? Das muss ich als Erstes sagen. Sonst verstehen Sie nichts.«

»Kannst du das beweisen?«, fragte Erlinger.

»Ja, das kann ich.« Popow zog mit seinen schmalen Fingern ein schwarzes Lederportemonnaie aus der Innentasche der Sommerjacke und entnahm ihm ein kleines Plastikkärtchen. Er legte es vor ihnen auf den Tisch. Darauf war ein kleines Fotos von ihm zu sehen, der Rest war in kyrillischer Schrift.

»Merle?«, sagte Erlinger.

Merle Schwalb nickte, stand auf und fotografierte das Kärtchen mit ihrem Handy. Dann schickte sie es per Signal an Nick und Mick.

Popow sah sie erschrocken an, aber sie sagte nichts. Ihr war nicht danach, ihm zu erklären, was sie gerade getan hatte. Sie war zu misstrauisch, sie hatte noch nicht genug gehört. Noch lange nicht.

»Anatoli Nowikow hat auch in der Botschaft gearbeitet. Er war auch GRU. Wir kannten uns. Wir waren nicht Freunde, aber wir kannten uns, in Ordnung?«

»Ja, in Ordnung«, sagte der Däne.

»Ich muss noch etwas anderes sagen, bevor ich zu dem Tag komme, an dem ich bei Anatoli zu Hause war.«

»Ja, wir hören«, sagte Henk. »Nur zu.«

»Die Kollegen wissen, wer Gorlow ist«, sagte Timur.

Popow nickte dankbar.

»Soll ich es ihnen sagen?«, fragte er Timur.

»Du sollst ihnen alles sagen«, antwortete Timur.

»Ich bin GRU. Ich war GRU. Aber nicht nur, ja? Ich habe auch für Gorlows Leute gearbeitet. Sie sind überall, es ist nichts Besonderes, es ist Geld. Ein bisschen Geld dazu. Du machst dies, du machst das. Manchmal ist dein Chef GRU und Gorlow. Also du denkst dir nicht viel dabei. Manchmal kommt jemand, den du nicht kennst, aber er weiß, dass du schon für Gorlows Leute gearbeitet hast, er kennt dich. Also machst du dies, machst du das, etwas Geld dazu. Ja? In Ordnung? Wirklich, viele machen das, ganz normal.«

»Ja«, sagte Merle Schwalb. »Wir verstehen.«

»Ja, gut«, sagte Alexander Popow. »Kann ich vielleicht … Entschuldigung, aber … ein Bier, ja?«

Josefine fischte hinter seinem Rücken eine Flasche aus der Kiste und öffnete sie für ihn.

»Danke«, sagte Popow. »Das ist wirklich sehr nett.«

»Weiter«, sagte Erlinger.

»Ja, Entschuldigung, natürlich«, sagte Popow. »Es ist etwas durcheinander, aber ich hoffe sehr, dass Sie wirklich verstehen. Es ist so gewesen. Alle in der Botschaft wussten, dass Anatoli nicht zufrieden war, nicht glücklich, ja? Aber die GRU-Leute in der Botschaft wussten auch, dass er für die Deutschen gearbeitet hat. Anatoli war ein guter Junge, ich mochte ihn, aber er war nicht so klug. Sie wussten es. Sie hatten ihn beobachtet. Und es hat sie nicht gestört. Er war nicht so wichtig. Aber sie dachten sich: Warum nutzen wir es nicht? Für uns? Alter Trick. Der älteste von allen.«

»Du meinst, die GRU wusste, dass Nowikow ein Verräter war?«

»Ja, und sie haben ihm dabei geholfen! Er wusste das natürlich nicht. Aber sie haben bestimmte Sachen gesagt, wenn er in der Nähe war. Und sie haben Akten liegen lassen, wenn er in der Nähe war. Sie haben sogar gesehen, wenn er es gesehen hat, so wussten sie, was er wusste. Was er dachte, dass er weiß.«

»Sie haben ihn also gezielt angefüttert?«, fragte Erlinger.

»Angefüttert?«

»Ja«, sagte Timur. »Haben sie.«

»Manchmal habe ich gehört, wie sie heimlich gelacht haben über Anatoli und seine Liste. Sie wussten, dass er diese Liste führte, dass sie immer länger wurde. Weil sie ihn ... ernährt haben.«

»Gefüttert«, sagte Josefine.

»Gefüttert haben«, sagte Popow.

»Warum?«, fragte Henk. »Warum wollten sie, dass er diese Liste führte?«

»Er sollte die Liste den Deutschen geben, das war das Ziel«, sagte Popow. »Das wird die Deutschen verwirren, haben sie gesagt, sie werden ihren eigenen Schwanz jagen!«

»Aber würde dann nicht nur Blödsinn auf der Liste stehen?«, fragte Merle Schwalb.

»Das ist zu simpel, nur falsche Sachen zu verschenken. Sie haben gemischt«, sagte Popow und verschränkte seine langen Finger, wie um zu illustrieren, was er meinte. »Gemischt. Ein paar Dinge, die jeder weiß. Auch die Deutschen. Ein paar Dinge, die falsch sind, aber wo es die Deutschen nicht wissen. Ein paar Dinge, die die Deutschen beschäftigen werden, weil es keinen Sinn ergibt. Gemischt eben. Einmal haben sie mich auch gebeten, mir etwas auszudenken und Anatoli als Geheimnis zu verraten.«

»Das Ziel war es«, sagte Timur, »dass der Berliner Verfassungsschutz, wenn Nowikow ihnen irgendwann seine Liste geben würde, in die Irre geführt würde. Die GRU ist offensichtlich davon ausgegangen, dass die Informationen, die richtig sind, dort schon längst bekannt sind. Sie würden also helfen, die Liste glaubwürdig aussehen zu lassen. Während die Informationen, die falsch sind, Energien binden und das LfV so ablenken würden. Genauso wie die offensichtlich nicht zu knackenden Fantasiechiffren auf der Liste. Die ganze Idee war es, das LfV lahmzulegen. Oder wenigstens die Spionageabwehr im LfV.«

»Erinnert ihr euch daran, dass auf der Liste Aktenzeichen auftauchen?«, fragte Merle Schwalb. »Ich war gestern bei Nick und Mick. Diese Aktenzeichen sind echt. Aber sie stammen von Operationen des KGB aus den Siebzigern.«

»Ja!«, lachte Popow hell auf. »Genau so etwas! Das ist sehr lustig, oder?«

»Ich weiß nicht, ob lustig das richtige Wort ist«, sagte der Däne.

»Entschuldigung«, sagte Popow. »Es tut mir leid.«

»Kein Problem«, sagte der Däne.

Timur nickte Popow zu, um ihn zu ermuntern, weiterzureden.

»Ja, das waren die GRU-Leute. Aber da waren auch Gorlows Leute«, fuhr er fort. Er nahm einen Schluck Bier und wischte sich seinen Mund mit dem Handrücken ab. »Und sie haben etwas anderes gewollt.«

»Was denn?«, fragte Henk.

»Ich bekam einen Auftrag. Einer von Gorlows Männern in der Botschaft, ich kannte ihn vorher nicht. Er kam zu mir. Er sagte: Alexander Gregorewitsch, Sie werden Anatoli Sergejewitsch besuchen gehen. Und Sie werden seine Liste an sich nehmen. Und diese Liste werden Sie« – Popow sah Timur an und senkte seinen Blick –, »und diese Liste werden Sie einem deutschen Journalisten geben.«

»Erzähl genau, wie es war«, sagte Timur.

Popow nickte, atmete tief ein und aus und sprach plötzlich mit viel tieferer Stimme, viel fester als zuvor, als durchlebe er den Dialog ein zweites Mal, als versuche er ihn wie ein Schauspieler für sie nachzuspielen.

»Denn diese GRU-Stiefel, Alexander Gregorewitsch, die verstehen das Spiel nicht! Die Liste ist eine gute Idee. Aber in den Händen der Berliner Spionageabwehr legt sie zwei oder drei Leute lahm, und das ist es dann. Aber in der Hand von Journalisten, Alexander Gregorewitsch, in der Hand von Journalisten wird sie viel mehr bewirken. Chaos! Streit! Einen Skandal. Die Journalisten werden sich zerfleischen, junger Freund, in aller Öffentlichkeit, sie werden Leute beschuldigen, die nie etwas mit uns zu tun hatten, und das nicht in einem heimlichen Amt, wo es keiner mitbekommt, und das ist es, was wir wollen!«

»Wow«, sagte Josefine leise.

»Und dann?«, fragte Henk.

Popow sprach nun wieder so sanft und vorsichtig tastend wie zuvor.

»Ich fuhr nach der Arbeit zu Anatolis Haus, um ihn zu besuchen. Um die Liste heimlich zu nehmen. Ich wusste noch nicht, wie ich es tun würde. Ob ich ihn überreden würde, sie mir zu zeigen. Oder ob sie vielleicht irgendwo in seinem Zimmer herumliegen würde? Aber ich fuhr hin. Als ich ankam, stand ein Krankenwagen vor dem Haus. Ich habe nicht gedacht, dass das besonders ist. Große Häuser. Kommt vor. Jemand hat einen Herzinfarkt. Die Haustür war auf, ich ging hinein. Ich ging die Treppen hoch zu seiner Wohnung. Die Wohnungstür war auf. Ich ging in die Wohnung, ich rief nach seinem Namen, aber er war nicht da. Auch die beiden Araber waren nicht da. Niemand war da. Ich ging in sein Zimmer. Auch diese Tür war auf. Ich ging hinein, Anatoli war nicht da. Aber die Liste war da. Sie lag in einer Schublade von seinem Schreibtisch. Ich nahm sie. Ich habe sie genommen und bin rausgerannt. Raus aus dem Haus. Erst als ich unten war, habe ich gesehen, dass der Krankenwagen wegen Anatoli da war.«

»Und dann hast du mir die Liste gegeben, ein paar Tage später.«

»So wie Gorlows Leute es befohlen haben.«

»Du hast keine Ahnung, warum Nowikow vom Balkon gestürzt ist?«, fragte Merle Schwalb.

»Nein!«, sagte Popow. »Nein! Vielleicht war es ein Unfall. Vielleicht Streit mit den Arabern?«

»Selbstmord?«, fragte Josefine.

»Ich hoffe nicht«, sagte Popow leise. »Aber ich weiß es nicht.«

»Und warum musst du dich verstecken? Warum brauchst du Geld und willst ins Ausland verschwinden?«, fragte Arno.

Popow nahm einen gierigen Schluck aus seiner Bierflasche.

»Ist ganz einfach«, antwortete er. »Weil die GRU-Leute herausgefunden haben, dass ich für Gorlow arbeite und euch die Liste gegeben habe.«

Nachdem Popow geendet hatte, sagte niemand ein Wort. Sein letzter Satz blieb in der Luft hängen, und Popow, der offenkundig nicht wusste, was er mit sich anfangen sollte, stand auf und lief langsam ein paar Schritte um den Tisch herum.

Schließlich blickte der Däne Timur an, und Timur nickte kaum merklich.

»Alexander, gehst du bitte ins Haus für einen Moment? Wir müssen reden.«

»Ja, ja, gewiss«, sagte Popow und machte sich auf den Weg, wobei er halb lief und halb rannte, so wie Kinder es manchmal tun.

KAPITEL 8

Das Läuten der Kirchturmglocken, das aus dem Nachbardorf herüberwehte, erinnerte Merle Schwalb daran, dass es Sonntag war. Zum ersten Mal, seit sie in Klein-Kirschsiep ihr Hauptquartier aufgeschlagen hatten, saßen sie nicht in einer Besprechung zusammen. Stattdessen arbeitete jeder von ihnen allein. Hatte zu tun.

Sie saß im Besprechungsraum an dem Laptop, vor sich eine Tasse Kaffee, und hörte durch das geöffnete Fenster, wie Timur am Handy einen Flug nach Saarbrücken buchte. Sie sah, dass Henk sich einen Schemel organisiert hatte und auf der kleinen Wiese zwischen dem Haupthaus und dem Nebengebäude in sein iPad tippte, das er auf den derben Holzblock gestellt hatte, auf dem der Däne gestern Abend Holz für das Lagerfeuer gespalten hatte; die Axt steckte noch in der Wiese zwischen den Gänseblümchen, drei Fuß breit von Henks weißen Chucks entfernt.

Josefine konnte sie sehen, wenn sie durch das Fenster an der anderen schmalen Seite des Raumes blickte. Sie lief barfuß und mit einem Handy am Ohr zwischen den Eichen und um die Hängematte herum. Kampen und Erlinger saßen nicht weit von Josefine entfernt an dem großen Holztisch, vor sich einen Stoß Papiere, darunter die Artikel, die sie vor Wochen ausgedruckt und für die anderen zur Lektüre hinterlegt hatte.

Nur Popow saß, ganz am Ende der Wiese, im Schneidersitz im Gras, ohne irgendetwas zu tun. In seiner gelben Sommerjacke, die er trotz der Hitze trug, sah er aus wie eine genetisch manipulierte Riesen-Butterblume. Dass er sich als Einziger nicht rührte und nichts zu tun hatte, war natürlich ironisch, weil die Geschäftigkeit aller anderen auf ihn zurückging. Auf ihn und seine eindringliche Warnung, dass nicht viel Zeit bleiben würde und sie sich beeilen mussten.

»Warum ist es so eilig, Alexander?«, hatte Timur ihn gefragt. »Weil sie dich suchen?«

»Nicht nur. Das auch. Aber nicht nur. Es ist eilig, weil sie zurückschlagen werden, gegen euch. Ich bin für Sie ein Verräter. Aber ihr seid ein Problem. Weil ihr verkünden wollt, was ihr Plan war. Sie werden versuchen, euch zu stoppen.«

»Was glaubst du, wie lange wir noch haben?«

»Das kann ich nicht sagen. Wie schnell könnt ihr sein?«

Sie hatten, nachdem sie Popow am Vorabend ins Haus zurückgeschickt hatten, noch lange zusammengesessen. Erst an dem Holztisch und später, nach Einbruch der Dämmerung, am Lagerfeuer, nur diesmal ohne *Lüneburg Lobotomy*.

Der Däne hatte sich als Erster zu Wort gemeldet.

»Timur, mal ganz abgesehen davon, dass das alles sehr riskant ist und dass du im schlimmsten Fall Maja und Olli und ihr Kind gefährdest mit dieser Aktion, hast du …«

»… hast du alles richtig gemacht!«, hatte Erlinger den Satz vollendet.

Was auch immer der Däne eigentlich hatte sagen wollen, blieb ungesagt. »Und wir glauben ihm, ja? Wir glauben diesem Popow?«, fragte er stattdessen.

»Ich glaube ihm«, antwortete Timur.

Niemand widersprach.

»Ist euch jemand gefolgt auf dem Weg hierher? Wurdet ihr beobachtet?«

»Ziemlich sicher nicht«, sagte Timur.

»Ziemlich sicher nicht«, wiederholte der Däne grummelnd und schüttelte langsam den Kopf. »Ich brauche Erdnüsse«, sagte er schließlich. »Haben wir irgendwo noch Erdnüsse? Irgendetwas in der Art?«

Sie erinnerte sich, wie Josefine in eine kleine Kiste neben dem Bierkasten langte und eine Dose mit Salzmandeln auf den Tisch stellte. Der Däne riss sie auf, stopfte sich eine Handvoll Mandeln in den Mund und zermalmte sie mit mahlenden Kiefern.

»Was glotzt ihr so?«, sagte er mit vollem Mund. »Jaja, ihr seid ja vielleicht solche supercoolen Typen, denen nichts etwas anhaben kann, aber mich nimmt das hier ganz schön mit! Und das ist mir auch nicht peinlich, kapiert?!«

»Alles gut, Dirk!«, hatte Henk lächelnd gesagt. »Geht uns allen so.«

Von diesem Moment an war, unausgesprochen, klar gewesen, dass die Kooperation zwischen *NZ* und *Globus* wiederhergestellt war. Und nach und nach begriffen sie, was Popows Geständnis bedeutete. Was für ein Geschenk es darstellte.

Sie hatten jetzt eine Geschichte. Ohne jeden Zweifel. Sie würden erzählen können, wie die GRU versucht hatte, einen Doppelagenten aus ihren eigenen Reihen mit einer Mischung aus wahren, falschen und absichtlich rätselhaften Informationen an den Berliner Verfassungsschutz zurückzuspielen. Und wie eine informelle Seilschaft von Gorlow-Anhängern diesen Schachzug zu manipulieren versucht hatte, weil sie es für effektiver hielten, statt der Verfassungsschützer lieber Journalisten in die Irre zu führen.

»Stabil«, hatte Kampen gejubelt. »Absolut stabile Geschichte. Die nimmt uns jetzt keiner mehr.«

»Das ist so irre«, sagte Henk. »Dass wir die ganze Zeit zwei Gegenspieler hatten, ohne es zu ahnen.«

»Ja«, sagte Josefine mit funkelndem Blick. »Aber das Beste ist, das Allerbeste, dass wir jetzt diese Wichser bloßstellen werden und nicht andersherum.«

Sie blieben am Lagerfeuer sitzen, bis das Bier und der Wein fast alle waren. Henks Playlist spielte wieder, die rot gescheckte Katze strich um sie herum, Josefine saß auf Erlingers Schoß, der ihren Nacken streichelte. Und es hatte nicht viel gefehlt, und Merle wäre auf Timurs schüchterne Avancen in Form einer vorsichtig tastenden Hand eingegangen.

Am Morgen hatte sie alle um acht Uhr geweckt, weil sie keine Zeit zu verlieren hatten. Sie frühstückten draußen, Cornflakes und Müsli, und fassten Beschlüsse.

Die Geschichte würde in der nächsten Ausgabe des *Globus* erscheinen und am selben Tag in der *NZ*.

Jedes Team würde seine eigene Geschichte schreiben.

Was Lenz Odermann und das Dritte Geschlecht anging, so würden sie die Variante wählen, die sie und Henk »Mexican Standoff mit Abdrücken« getauft hatten: Lenz Odermann würde im *Globus* enttarnt werden; das Dritte Geschlecht dagegen nur in der *NZ*-Geschichte voll ausgeleuchtet.

Und sie würden alle Verdächtigen so schnell wie möglich mit den Vorwürfen konfrontieren – mit Ausnahme von Odermann und Adela von Steinwald. Bei den beiden wollten sie bis zur letzten Sekunde warten.

Um Viertel nach zehn hörte die Kirchturmuhr auf zu schlagen, und Merle Schwalb machte sich bereit, Alexander Popow zu wecken. Sie würde ihn noch in Ruhe vernehmen müssen, um so viele Details wie möglich aus ihm herauszubringen, über ihn selbst, über Nowikow, über die GRU und Gorlows Leute, darüber, wie es im Inneren der Botschaft aussah und zuging. Sie würde vielleicht nicht alles benötigen, um ihre Geschichte aufzuschreiben. Aber es war immer gut, eine Auswahl zu haben. Und sie wollte sichergehen, dass er sich nicht in fragwürdige Widersprüche verwickelte, wenn sie dieselbe Frage zwei- oder dreimal stellte.

»Ich fliege morgen nach Kaliningrad«, sagte der Däne und steckte seinen Kopf aus der Küche in den Besprechungsraum, als sie gerade aufstehen wollte. »Ich hab mich gefragt, ob eigentlich jemand von uns hier bei Popow bleiben muss?«

»Gute Frage. Ich glaube nicht zwingend. Er hat kein Geld, und das hier ist das beste Versteck, das er hat. Aber vielleicht wäre es besser, oder?«

»Ich frage Josefine«, sagte der Däne.

Am frühen Nachmittag war sie mit Popow fürs Erste fertig. Sie packte ihre Blöcke ein und lief mit Henk zu dem Mietwagen, mit dem sie gekommen war.

»Jetzt läuft's endlich«, sagte Henk fröhlich, während er sich auf dem Beifahrersitz anschnallte und sie den Wagen durch das Eisentor zurück auf die Hauptstraße setzte. »Richtig gut.«

Merle Schwalb nickte. »Ja, richtig gut!«, sagte sie.

***

Es fühlte sich merkwürdig an, in genau dem Moment auf eine Audienz beim Dritten Geschlecht zu warten, in dem der Däne ein paar Dutzend Kilometer entfernt in Schönefeld ein Flugzeug nach Kaliningrad bestieg, um Adela von Steinwalds möglicher Verstrickung in ein GRU-Komplott nachzuspüren.

Merkwürdig, das ja.

Aber nicht wie ein Verrat, wie sie zuerst befürchtet hatte.

Nicht nach der Signal-Botschaft, die sie von Nick erhalten hatte. Zwei Dokumente hatte er ihr geschickt. Das erste hatte sie dem Dänen heute Morgen noch rechtzeitig weitergeleitet. Das zweite nicht. Das zweite Dokument würde sie für sich behalten. Für den Moment jedenfalls. Für alle Fälle.

Sie saß auf dem nachtblauen Sofa neben dem Schreibtisch von Adela von Steinwalds leise vor sich hin tippender Assistentin und wartete, dass die Chefin sie hineinbitten lassen würde.

Wie viel das Dritte Geschlecht wohl verdiente, fragte sie sich. Wie groß wohl ihr Vermögen war? Adela von Steinwald war reich, daran bestand kein Zweifel. Sie besaß eine Segeljacht, die im Mittelmeer lag, und ein Chalet in der Schweiz. Sie sammelte Kunst, wie ihr eine Feuilletonredakteurin einmal verraten hatte. Und der *Globus* hatte zwar wie alle Magazine und Zeitungen schon profitablere Zeiten erlebt, machte aber immer noch Gewinn, wenn nicht alle veröffentlichten Zahlen zu Abonnements und Auflage gefälscht waren, wovon sie nicht ausging.

Also wie viel? Zehn Millionen auf dem Konto? Fünfzig? Mehr? Etwas weniger? Alles investiert in Aktien und Immobilien? Oder hat sie einen Sack voll Gold unter der Matratze, weil man ja nie weiß?

Mit Sicherheit hat sie genug, um das Gutshaus ihrer Familie in Kaliningrad zu kaufen, dachte Merle Schwalb. Und trotzdem hat sie es nicht gekauft. Sie hat es sich stattdessen schenken lassen. De facto. So stand es jedenfalls auf der Kopie des Dokuments, das Nick ihr geschickt hatte: Der Oblast Kaliningrad hatte Adela von Steinwald das Gutshaus ihrer Familie für 100 Rubel überlassen, und zwar, ausweislich des Stempels, vor genau zwei Wochen. 100 Rubel, das entsprach fast genau einem Euro.

»Donnerwetter«, hatte der Däne ihr zurückgeschrieben, nachdem er das Dokument von ihr erhalten hatte. »Althaus!«

Auch sie hatte schon an die Verfassungsschützerin denken müssen und daran, was sie im Aquarium gesagt hatte: »Da gibt es eine sehr interessante, relativ neue Masche: billige Häuser.«

»Sie können jetzt hineingehen«, hauchte die Assistentin und legte den Hörer wieder auf.

Das Dritte Geschlecht trug einen brombeerfarbenen Hosenanzug mit Nadelstreifen und eine orangefarbene Bluse. Dazu eine Kette mit dicken weißen Perlen.

»Wird auch mal Zeit, dass Sie sich blicken lassen«, begrüßte sie Merle Schwalb, erhob sich von ihrem Schreibtischstuhl und lief auf die beiden Sessel zu, auf denen sie schon beim letzten Mal gesessen hatten.

»Ich wollte nicht grundlos Ihre Zeit verplempern und habe lieber gewartet, bis es etwas zu erzählen gibt«, antwortete Merle Schwalb.

Adela von Steinwald setze sich und sah Merle Schwalb überrascht und amüsiert zugleich an.

»Na dann bin ich ja richtig froh, dass ich Sie heute reingelassen habe. Was gibt's?«

»Ich brauche in der nächsten Ausgabe fünf Seiten«, sagte Merle Schwalb.

»Tja, wer nicht?«, sagte das Dritte Geschlecht.

»Lenz Odermann«, sagte Merle Schwalb. »Sie hatten recht, wir haben die Geschichte, kalt und hart.«

»Mehr bitte.«

»Odermann hat sich offensichtlich die Studiengebühren seiner beiden Töchter vom russischen Geheimdienst erstatten lassen, fast 70.000 Dollar.«

»Wo studieren die beiden denn?«

»Yale und Princeton.«

»Ich war in den Siebzigern ein Semester in Harvard. Herrlich.«

»Aber Sie haben selbst bezahlt.«

»Stipendium.«

»Cäcilia und Carola haben keine Stipendien.«

»Was studieren sie denn?«

»Politikwissenschaften und Medizin.«

»Kalt und hart?«

»Vielleicht müssen wir irgendwo ein ›mutmaßlich‹ reinschreiben, aber ja, kalt und hart. Wir haben ihn noch nicht konfrontiert, vielleicht gibt er ja auch alles zu.«

»Und was hat Odermann im Gegenzug gemacht?«

»Hat ein Alter Ego erfunden und es gegen sich selbst anschreiben lassen.«

»Ha! Fuchs.«

»Na ja, jetzt hat sich's ausgefuchst.«

»Und das haben Sie so schnell recherchiert? Erst melden Sie sich praktisch gar nicht bei mir, und dann wollen sie mein halbes Heft, weil Sie alles zusammenhaben?«

»Teamarbeit«, sagte Merle Schwalb. »Erlinger, Kampen, Lauter und Schwalb.«

»Sind fünf Seiten nicht etwas viel für einen einzigen Fall?«

»Es gibt mehr Fälle. Odermann war Teil einer ganzen Operation der Russen, von der wir ziemlich viel offenlegen können.«

»Und wieso, wenn ich fragen darf, erzählen Sie mir das jetzt, zwei Stunden nach der Großen Konferenz, wo es eigentlich hingehört hätte?«

»Ich will nicht, dass zu viele Leute davon wissen, sonst macht das die Runde, auch außerhalb des *Globus*.«

»Und es muss nächste Woche sein?«

»Ja.«

»Warum?«

»Es sind auch andere Journalisten dran«, sagte Merle Schwalb. »Wir wollen die ersten sein.«

»Verstehe. Fünf Seiten netto?«

»Wenn möglich.«

»Also sechseinhalb inklusive Anzeigen«, sagte das Dritte Geschlecht, nachdem sie kurz im Kopf nachgerechnet hatte. »In der Politik, nehme ich an?«

»Ja, das gehört es hin.«

»Da wird Haeberle schön Theater machen, seine Leute haben

Akten aus dem U-Boot-Untersuchungsausschuss, dafür braucht er Platz, sagt er, und die Politik hat nur 14 Seiten insgesamt.«

Adela von Steinwald stand auf, lief zu ihrem Schreibtisch zurück, nahm den Hörer vom Telefon und wählte eine dreistellige Durchwahl.

»Haeberle? Sie müssen die U-Boote leider kleiner fahren ... Warum? Weil Frau Schwalb und die Investigativen vier Seiten netto in der Politik kriegen, darum! ... Ja, ich weiß ... Bitte, machen Sie es trotzdem möglich. Danke, Antoine!«

Die Chefin legte den Hörer wieder auf, wandte sich zu Merle Schwalb um, ging aber nicht wieder auf sie zu, sondern blieb, rücklings an ihren Schreibtisch gelehnt, stehen.

»Merle, wollen Sie denn gar nicht mehr wissen, wer mein Tippgeber war? Sie haben mich nur ein Mal danach gefragt. Kann mir gar nicht vorstellen, dass Sie sonst so schnell aufgeben.«

Nein, ich weiß ja, wer Ihr Tippgeber ist. Der dritte Mann links von ihnen auf dieser Aufnahme aus Kaliningrad. Der Mann, der die zweite oder dritte rechte Hand von Jewgeni Gorlow ist.

Das hätte sie beinahe gesagt. Sagen wollen.

»Sie würden es mir sowieso nicht verraten«, sagte sie stattdessen.

Das Dritte Geschlecht nickte zufrieden.

»Gut, dann überraschen Sie mich mal mit Ihrer Geschichte.«

»Das werde ich«, antwortete Merle Schwalb. »Versprochen.«

Ein wenig, dachte sie, als sie das Büro verließ, fühlte es sich doch wie Verrat an.

***

Am Dienstag war es schon vormittags so schwül, dass Merle Schwalb direkt nach dem Aufstehen ihre Wetter-App checkte, um in Erfahrung zu bringen, wann es gewittern würde. Aber anscheinend würde das frühestens am Mittwoch der Fall sein. Um im Garten zu arbeiten, war es zu heiß. Um das festzustellen, hatte sie nur einen Fuß auf die Terrasse setzen müssen. Also ließ sie die Jalousien vor der Glasfront zur Terrasse herunter und stellte die Klimaanlage an.

Vielleicht besser so, dachte sie, hier habe ich den großen Tisch. Wahrscheinlich werde ich ihn brauchen.

»Nein Arno, diesmal nicht!«

Im Vergleich zu dem, was sie heute vorhatte, war das kurze Ringen mit Erlinger am Nachmittag des Vortages läppisch gewesen. Kurz nach ihrem Gespräch mit dem Dritten Geschlecht war er in ihr Büro gekommen, Zigarette im Mundwinkel, Kaffeeglas in der Hand, und hatte, wie nebenbei, erklärt: »Ich denke mal, Schwälbchen, es ist wohl das Beste, wenn ich die Geschichte aufschreibe.«

»Nein Arno, diesmal nicht. Ich werde das machen.«

»Aha?«

»Ja. Ich habe die ganze Sache angeschleppt. Ich habe die Kooperation mit der *NZ* angeleiert. Ich habe bei Adela die Seiten organisiert und ihr dabei ins Gesicht gelogen. Ich denke seit Tagen darüber nach, wie man das Ganze am besten aufschreibt. Ich werde euch sagen, was ich von euch brauche.«

»Merle, vier Seiten sind eine echt lange Strecke, und so lange bist du noch nicht in unserem Ressort. Lars und ich haben mehr Übung als du. Wir haben schließlich Zeitdruck, wir können uns keine Schreibblockaden oder sonstiges Drama erlauben.«

»Bin ich dafür bekannt, dass ich Schreibblockaden habe und Drama veranstalte?«

»Nein.«

»Und was soll dann dieser blöde Spruch?«

»Ich meine ja nur.«

»Du meinst gar nichts. Du willst die Geschichte schreiben, das ist alles. Aber ich werde sie schreiben. Punkt.«

»Hui, sieht aus, als hätte ich ein Monster erschaffen.«

»Jaja. Jetzt lass mich in Ruhe. Kannst dich sehr gerne schon mal an deine Zulieferungen setzen oder den Faktencheck vorbereiten.«

Die Wahrheit war, dass sie natürlich Angst vor dem Aufschreiben der Geschichte hatte. Zunächst einmal, weil Erlinger recht hatte: Vier Seiten waren Langstrecke, rund 24.000 Zeichen, das war nicht die Art von Geschichte, bei der man einfach drauflosschrieb. Hinzu kam, dass sie mit lauter Unbekannten planen musste. Sie hatte zwar in Klein-Kirschsiep bei allen Kollegen Zulieferungen bestellt, aus denen sie sich am Ende bedienen würde, um den Artikel zusammenzuschreiben. Aber sie wusste ja noch gar nicht in jedem Fall, was drinstehen würde.

Timur war in Saarbrücken, um Professor Raudzus in dessen Studentensprechstunde aufzulauern. Weder wusste sie, ob er ihn angetroffen hatte, noch, was Raudzus gesagt hatte. Ob er überhaupt etwas gesagt hatte. Der Däne war in Kaliningrad unterwegs. Sie ging davon aus, dass er das Gutshaus derer von Steinwald finden würde; aber würde er mehr liefern können als das, was sie beim *Globus* gemeinhin »Haus von außen« nannten? Der Däne würde versuchen, Gorlows Mann aufzutreiben. Den Mann auf dem Foto. Aber es war natürlich vollkommen unklar, ob er es schaffen würde.

Josefine würde den Fall Potzer zuliefern, das war gut, der war in sich abgeschlossen. Den konnte sie einplanen. Sie hoffte nur, dass Josefine halbwegs geradeaus schreiben konnte, sie hatte noch nicht einen einzigen Text von ihr gelesen. Henk hingegen konnte schreiben, viel besser als sie selbst, aber von ihm würden lediglich zwei oder drei Absätze zu dem unspektakulären, weil komplett legalen Fall des Magazins von Maik Zerbst in Marzahn kommen.

Und dann war da noch all das Material, das sie selbst bündeln und zusammenfassen musste. Der gesamte Überbau der Geschichte, das übergeordnete Thema: russische Einflussversuche im

Westen unter besonderer Berücksichtigung Deutschlands. Dazu gehörten mindestens eine Chronologie und vermutlich eine Beschreibung der einzelnen Nachrichtendienste. Außerdem eine politische Einordnung.

Schließlich noch die Konfrontationen, die sie selbst angehen musste: Sie hatte Josefine angeboten, Gernert, den Blogger, anzumailen. Sie musste, auch wenn sie nicht mit einer Antwort rechnete, wenigstens der Form halber Gorlow mailen und ihm Fragen schicken. Die russische Botschaft um einen Kommentar bitten, der zweifellos nichtssagend ausfallen würde. Und Hederich? Auch ihn würde sie um Stellungnahme bitten müssen.

Und zuletzt der Drahtseilakt schlechthin: der Fall Odermann. Heikel, hier die richtigen Worte zu finden.

Sie seufzte, ging in ihr Arbeitszimmer und kehrte mit verschiedenfarbigen Stiften und Karteikarten ins Esszimmer zurück, außerdem mit einem Stoß DIN-A4-Blätter und ihren Notizbüchern. Sie stöpselte ihr Laptop an das Ladegerät. Dann verteilte sie alles auf dem steinernen Esstisch.

Wo sollte sie anfangen?

Sie würde einen Einstieg brauchen, am besten eine Szene, etwas, das jemand beobachtet hatte, etwas, das sofort in die Geschichte hineinführte und ihr Zentrum berührte. Sie erinnerte sich an das dumpfe Klatschen, mit dem Anatoli Nowikow neben ihr auf dem Asphalt der Hobrechtstraße aufgekommen war, an sein eingedrücktes Auge und die Blutpfütze neben seinem Kopf. Zu heftig? Oder gerade gut genug?

Sie dachte an Alexander Popow in seiner gelben Sommerjacke. Vielleicht könnte Timur ihr einen schönen Einstieg aus dem Snookerabend basteln, an dem Popow ihm, schwer angetrunken, die Liste gegeben hatte?

Denn drehte sich nicht die gesamte Geschichte letzten Endes vor allem um diese Liste?

Ihr fiel eine Party ein, auf der sie vor zwei oder drei Jahren mit einem Drehbuchautor geflirtet hatte. Er war jung und frisch von der Filmhochschule und erfolglos gewesen, aber umso enthusiastischer hatte er ihr den ganzen Abend von der Branche erzählt, zu der er noch gar nicht richtig gehörte. Zum Beispiel von sogenannten MacGuffins: irgendwelche Gegenstände, die in einem Film immer wieder auftauchen, um die Handlung voranzutreiben. So wie der Malteser Falke. War Nowikows Liste nicht ein Paradebeispiel dafür?

Sie würde sich später entscheiden. Aber sie beschriftete eine Karteikarte mit dem Wort Einstieg und legte sie ganz links auf die Tischplatte.

Auf den Einstieg, das war ein ehernes Gesetz, folgte die Aufblase. Drei, maximal vier Absätze, in denen das Thema vermessen wurde: Wie brisant war es? Wie politisch aufgeladen? Dazu Zahlen, Daten, Fakten zur Einordnung. Die Aufblase sollte Orientierung bieten und zugleich die Fallhöhe markieren, so hatte sie es auf der Journalistenschule gelernt. Und so wurde es, seit jeher, in jeder Magazingeschichte gemacht.

Also beschriftete sie eine zweite Karteikarte, schrieb Aufblase auf den oberen Rand und notierte darunter ein paar Stichpunkte, die ihr spontan einfielen: neuer Kalter Krieg; aggressive russische Dienste; von Desinformation über Spionage und Sabotage bis Mord alles dabei; GRU; ein Expertenzitat; Zitat aus dem Verfassungsschutzbericht; Berlin – Hauptstadt der Spione; dies ist eine Geschichte über ….

Der Einstieg, so hatte Henk es ihr einmal zu erklären versucht, ist ein Gruß aus der Küche: Schau, was wir können! Wie gut wir sind! Wie nah dran! Aber auf die Aufblase, hatte er ihr erklärt, als sie gerade erst beim *Globus* angefangen hatte, muss dann ein zweiter Einstieg folgen. Weil die Geschichte jetzt erst richtig losgehe: »Der Leser ist angefixt, und du hast ihm mit der Aufblase die Speisekarte gezeigt. Jetzt hat er Hunger, jetzt muss das Menü serviert werden!«

Also: zweiter Einstieg, idealerweise wieder eine Szene. Aber eine, die in einen Aspekt des Themas führt, den man dann gut weitererzählen kann.

Merle Schwalb schwitzte trotz der Klimaanlage und der Tatsache, dass sie immer noch nur ihr Nachthemd trug. Sie lief um den Tisch herum, beschriftete und verschob eine immer weiter anwachsende Zahl an Karteikarten. Sah zwischendurch etwas in ihren Blöcken nach. Setzte sich ans Laptop, um schnell etwas zu googeln. Suchte in einem Stapel von ausgedruckten Studien und Aufsätzen, Artikeln und Interviews auf dem Boden nach brauchbaren Zitaten, von denen sie hoffte, dass sie sie beim ersten Lesen wirklich angestrichen hatte und sich das nicht nur einbildete.

Sie würde Leitplanken für ihren Artikel brauchen: wertende und einordnende Sätze, die den Leser an die Hand nahmen und ihm sagten, wie er etwas zu verstehen hatte. Also notierte sie eine ganze Reihe solcher Sätze, von denen sie glaubte, dass sie – zumindest vorläufig – den Standard von Schlussfolgerungen erfüllten. Von Ergebnissen oder gar Erkenntnissen.

Die GRU spielt in Deutschland ein offensives Spiel und schert sich nicht um die üblichen Gepflogenheiten.

Es gibt keinen Experten, auch keinen Verfassungsschützer, der das Neben- und Gegeneinander der russischen Geheimdienste wirklich durchdringt.

Nichts und niemand ist den russischen Agenten zu klein oder zu unwichtig – selbst in Kreistagsabgeordneten in Brandenburg oder Bloggern sehen sie nützliche Werkzeuge.

Fake News und Desinformation lohnen sich für den Kreml, denn alles, was Streit in die Demokratien des Westens trägt, ist gut.

Es geht nicht darum, auf plumpe Weise Putins Loblied zu singen, sondern darum, Zwietracht und Chaos zu säen.

Nach drei oder vier Stunden, sie dachte gerade darüber nach, welche Orte in der Geschichte eine Rolle spielen könnten und welche, wie das Aquarium, leider nicht auftauchen durften, klingelte ihr Telefon. Allerdings war es nicht der gewöhnliche Klingelton, den hatte sie schon mehrfach ignoriert, sondern das etwas schiefe Geräusch, das einen Anruf via Signal ankündigte.

Auf ihrem Display leuchtete »Nick und Mick« auf.

»Hi, wie geht's?«, fragte sie.

»Es geht gut«, sagte Nick. »Oder nicht schlecht.«

»Das freut mich zu hören«, sagte Merle Schwalb. »Danke für die beiden Dokumente, die ihr mir gestern geschickt habt. Superhilfreich!«

»Ein schönes Geschenk, das fanden wir auch.«

»Wie hast du das gefunden?«

»Wie gesagt, ein schönes Geschenk.«

»Ach so. Ich dachte, du meintest, es wäre ein gutes Geschenk für uns.«

»Ja. Für euch, für uns.«

»Sehr schön jedenfalls. Und sag mal, weißt du schon, ob Popows Dienstausweis von der GRU echt ist?«

»Ist echt.«

»Oh, perfekt. Auch das hilft.«

»Ja, wir konnten das sicher herausfinden. Jemand hat das für uns erledigt.«

»Noch ein Geschenk, hm?«

»Na ja, manchmal sind es Geschenke, und manchmal … wie heißt es, wenn sich zwei Leute etwas schenken? Ich schenke dir dies, du schenkst mir das?«

»Tausch?«

»Ja, genau.«

»Aha.«

»Ja, aber ich rufe nicht deswegen an.«

»O.K., weswegen rufst du an?«

»Etwas nicht Schönes. Also vielleicht ist es unwichtig, aber es ist kein Geschenk. Oder vielleicht war es ein Geschenk, aber nicht für euch und nicht für uns. Sondern für jemand anderen.«

»Nick, worum geht es?«

»Ich schicke dir gleich zwei Links von zwei Twitter-Accounts. Sie schreiben über den *Globus* und die *NZ*. Wir finden es merkwürdig. Es sind Bots.«

»Was meinst du damit, es sind Bots?«

»Die beiden Accounts sind Bots, keine Menschen. Oder menschliche Bots. Das gibt es auch. Aber es sind Accounts, die auch gegen gegen das Impfen twittern und für Orban und früher für Trump und den Brexit. Es sind alte Bots, und wir kennen sie, sie gehören zum Kreml, und jetzt twittern sie über den *Globus* und die *NZ*. Nicht viel, nur ein kleines bisschen. Ein Mal. Aber ich dachte, wir sagen es.«

»Viele Leute twittern jeden Tag über unsere Zeitungen.«

»Schau selbst, der Link ist jetzt bei dir.«

»Danke!«

»Nur zu.«

»Nick?«

»Ja?«

»Wenn ihr tauscht … also … du würdest mir sagen, wenn ihr zum Beispiel die Liste von Nowikow tauschen würdet, oder?«

»Natürlich nicht!«, sagte Nick.

»Also du würdest das nicht tun?«

»Nein.«

»Tauschen?«

»Doch. Wie ich gesagt habe. Ich schenke dies, du schenkst das. Ciao, Merle!«

Merle Schwalb legte auf und ließ das Handy auf einen Stuhl neben sich fallen. Ich habe keine Zeit, mich jetzt um so etwas zu kümmern, dachte sie. Zwei Tweets. Wie wichtig können die sein?

Wichtiger ist, dass ich die Geschichte in den Griff kriege. Ich kann den Tag heute mit den Karteikarten verbringen, das ist kein Problem, und hoffentlich hilft es. Aber morgen muss ich anfangen zu schreiben, und Freitag muss ich abgeben. Ich habe keine Zeit für zwei Tweets und zwei Bots, menschlich oder nicht, und für Nicks komplizierte Telefonate.

Aber natürlich wusste sie, dass das Problem nicht die Zeit war, sondern dass Nick ihr gegenüber gerade angedeutet hatte, dass er mindestens einen Teil der Informationen, die sie ihm gezeigt hatte, mit Dritten tauschte. Oder Vierten. Oder Fünften. Menschen, die sie nicht kannte. Und wer sagte, dass die Informationen nicht irgendwann bei Menschen landeten, die auch Nick und Mick nicht kannten? Hatte sie Nick und Mick zu viel verraten? Gab es ein Leck? Warum sonst sollte Nick sie auf diese Tweets hingewiesen haben? Seufzend griff sie doch wieder nach ihrem Handy, folgte den Links, die Nick ihr geschickt hatte, und warf einen Blick auf die beiden Tweets.

Beide Tweets hatten den identischen Inhalt.

»Ihr habt es hier zuerst gelesen: Bald erscheint eine neue #Lügenpresse-Geschichte von @globus_magazin und @Norddeutsche_Zeitung. Mal wieder nichts als Hetze gegen Russland. Verdammte NATO-Nutten! #Systemmedien #Lügenallianz.«

Die Namen der beiden Accounts bestanden aus nichtssagenden Buchstabenkombinationen. Beide hatten den Tweet des jeweils anderen Accounts gelikt und retweeted. Ansonsten war nichts geschehen. Aber irgendjemand auf der anderen Seite wusste offensichtlich, dass sie kurz vor der Veröffentlichung standen.

Merle Schwalb schüttelte den Kopf, wie um den Gedanken wieder zu vertreiben, stellte ihr Handy auf lautlos, legte es zurück auf den Stuhl und vertiefte sich erneut in die Notizen aus ihrem Gespräch mit Alexander Popow. Er hatte ihr einen kleinen Plan des Inneren der Botschaft gemalt, die braunen Schreibtische beschrieben, die schweren Türen. Die Botschaft, beschloss sie, würde einer der Orte sein, der in ihrer Geschichte auf jeden Fall eine Rolle spielte.

Sie arbeitete bis um kurz vor acht Uhr am Abend. Bis sie zum ersten Mal das Gefühl hatte, dass sie eine vorsichtige Ahnung hatte, wie die Geschichte aufgebaut sein könnte, was an welche Stelle gehörte.

Ihr tat der Rücken weh.

Sie ging in die Küche, nahm eine Flasche Riesling aus dem Kühlschrank und ein Glas aus dem Regal, drehte sich einen dünnen Joint und wagte sich auf die Terrasse hinaus. Es war immer noch schwül. Nicht mehr ganz so unerträglich, aber nach wie vor unangenehm und drückend.

Sie zündete sich den Joint an, nahm einen Zug und beschloss dann, sicherheitshalber noch einmal kurz nach den beiden Twitter-Accounts zu sehen, bevor das Gras seine Wirkung tun würde. Mittlerweile, stellte sie fest, hatten 18 weitere Accounts den Tweet gelikt und retweeted.

Es wird schon nichts passieren, beschloss sie.

***

Am Mittwoch erwachte Merle Schwalb von Donnergrollen. Es war tief und lang anhaltend, wie das Magenknurren einer urzeitlichen Echse. Sie warf ihre Bettdecke zurück und zog den Vorhang auf. Der Himmel über Berlin sah aus, als habe ein wütendes Kind ihn mit grauen und schwarzen Bleistiften ausgemalt.

Noch regnete es nicht, aber als sie mit Duschen und Anziehen fertig war, entschied sie trotzdem, für den Weg in die Redaktion sicherheitshalber ein Carsharingauto zu nehmen.

Sie musste heute weiter an ihrer Geschichte arbeiten. Außerdem hatte Erlinger sie gebeten, ihm und Kampen den geplanten

Ablauf der Geschichte wenigstens einmal vorzustellen. Sie hatte keinen vernünftigen Grund finden können, ihm das auszuschlagen. Dass sie lieber zu Hause weitergearbeitet hätte, reichte wohl kaum.

Als sie im 17. Stock ankam, war außer ihr noch niemand da. Also ging sie in ihr Büro und entwarf als Erstes die Konfrontationsmail an den Blogger Henning Gernert.

Sehr geehrter Herr Gernert,

mein Name ist Merle Schwalb, ich bin Redakteurin des Globus in Berlin. Ich schreibe Ihnen heute, weil ich Ihnen Gelegenheit geben möchte, zu einigen unserer Recherche-Ergebnissen Stellung zu nehmen. In unserem geplanten Artikel geht es um Versuche staatlicher und staatsnaher russischer Institutionen, Einfluss auf die öffentliche Meinung in Deutschland zu nehmen. In diesem Zusammenhang sind wir auch auf Ihren Blog gestoßen.
Nach uns vorliegenden Informationen beziehen Sie ein monatliches Gehalt von der Presseagentur Meteor mit Sitz in Sankt Petersburg in Höhe von mindestens 5.700 Euro monatlich.
Dazu haben wir folgende Fragen:

1. Beziehen Sie ein monatliches Gehalt von der Presseagentur Meteor mit Sitz in Sankt Petersburg?
2. Welche Höhe hat dieses Gehalt?
3. Seit wann arbeiten Sie für die Meteor-Agentur?
4. Welcher Art und welchen Umfangs ist Ihre diesbezügliche Tätigkeit?
5. Die Meteor-Agentur ist eine Tochter der InterMediaKomet S.A., die wiederum zur Bogbogbizz-Holding gehört,

an welcher der bekannte Kreml-nahe Oligarch Wlad Dassajew 20 Prozent der Anteile hält. Ist Ihnen diese Verflechtung bekannt? Wenn ja, was sagen Sie dazu?

6. Betrachten Sie Ihre publizistische Tätigkeit als in erster Linie journalistisch, aktivistisch oder politisch?
7. Stehen Sie in regelmäßigem Kontakt mit staatlichen russischen Stellen? Wenn ja, zählen dazu auch Geheimdienste?

Haben Sie vielen Dank für Ihre Mühe! Wegen unserer internen Produktionsabläufe benötigen wir Ihre Antworten bitte bis zum Freitag dieser Woche (übermorgen), 14 Uhr.

Freundliche Grüße
Merle Schwalb

Merle Schwalb öffnete den Blog von Gernert und überflog die drei aktuellen Aufmacher.

Arabische Mafiaclans jetzt auch in Brandenburg und Sachsen aktiv!

EU will ›Made in Germany‹ verbieten!

Belarus: Was Sie in deutschen Zeitungen niemals lesen werden!

Dann scrollte sie bis zum Impressum der Seite hinunter, kopierte die E-Mail-Adresse und schickte ihre Mail ab.

Javier Hederich, der freundliche Hunne, hatte natürlich ebenfalls eine eigene Website, allerdings führte das Impressum lediglich zu seiner Agentur. Die E-Mail war in seinem Fall weniger umfangreich. Aber weil es ihrer Erfahrung zufolge manchmal etwas nützte, gab sie sich Mühe, ihre Frage so klingen zu lassen, als hätten mindestens zwei Justiziare des *Globus* sie formuliert, und erkundigte sich bei ihm, ob er »irgendeine Art von vertraglicher oder sonstiger Abmachung mit staatlichen oder halbstaatlichen russischen Stellen« geschlossen habe, »in deren Rahmen er gegen

Geld oder sonstige Bezahlung publizistisch oder werblich in ihrem Sinne oder im Sinne Dritter tätig« sei.

Über eine seiner Firmen fand sie nach kurzer Suche auch eine E-Mail-Adresse, die offenbar dem Büroleiter von Jewgeni Gorlow gehörte. Sie formulierte eine lange englische Mail, speicherte sie aber zunächst im Entwurfsordner. Sie wollte sich gerne mit jemandem beraten, bevor sie sie abschickte. Wenn die Besprechung gut laufen würde, dann mit Arno Erlinger. Ansonsten mit Henk, der eigentlich im 15. Stock in seinem Büro sitzen müsste.

Mittlerweile hatte es angefangen zu regnen, heftig und hart. Als sie in den Besprechungsraum trat, knallten die Tropfen gegen die Scheiben der Fensterfront wie Tausende kleiner Wasserbomben, und das Wasser rann in Strömen hinunter. Draußen lag so viel Dunst in der Luft, dass sie die Friedrichstraße von hier oben kaum noch erkennen konnte. Ein Blitz zuckte durch den Himmel und erleuchtete die Kuppel der Synagoge in der Oranienburger Straße, der Donner folgte auf dem Fuße. Nicht als Knall. Eher, als zerbräche langsam ein Berg.

Als sie sich schließlich von der Fensterwand löste und sich umdrehte, sah sie, dass Erlinger und Kampen schon in ihren *Emirates*-Sesseln saßen. Sie hatte die beiden nicht kommen hören.

»Findet ihr diese Stühle eigentlich bequem?«, fragte sie und setzte sich ihrerseits.

»Die sind super«, sagte Kampen. »Erste Klasse, steht doch dran. Was kann man mehr wollen?«

»Wie geht's voran?«, fragte Erlinger. Aber in dem Moment klingelte sein Telefon. »Sekunde«, sagte er entschuldigend. Er nickte zweimal, sagte schließlich »Soll hochkommen!« und legte auf.

»Ein Herr von Lüneburg steht am Empfang und will mich sehen«, sagte er.

»Der Däne«, sagte Merle Schwalb. »Was will der denn hier? Der ist doch gerade erst aus Kaliningrad zurück?«

»Vielleicht hat er was gefunden?«, bot Kampen an.

»Lass uns erst sehen, was Dirk will, dann machen wir unser Ding«, sagte Erlinger.

Eine Minute später hörten sie die schweren Schritte des Dänen den Flur entlangstapfen. Erlinger stand auf, um ihm die Tür zu öffnen.

Doch kaum dass Erlinger das getan hatte, stürzte der Däne in den Raum, schleuderte seinen tropfnassen Rollkoffer achtlos in die Ecke und stieß Erlinger umstandslos mit beiden ausgestreckten Armen gegen die Brust, sodass er taumelte und beinahe rücklings umkippte.

»Du Schwein«, brüllte der Däne. »Du mieses Schwein!«

Immer weiter stieß er Erlinger durch den Raum, bis er ihn mit dem Rücken gegen die Fensterfront drückte und mit seiner rechten Hand seinen Jackettkragen fasste.

»Ich sollte dir eine reinschlagen, du elende Sau!«

»Hast du sie noch alle?«, brüllte Kampen, schnellte aus seinem Sitz und versuchte den Dänen von Erlinger wegzuzerren, aber Kampen war zu schwach, und der Däne konnte ihn mühelos mit seinem anderen Arm auf Abstand halten.

Merle Schwalb wusste nicht, was sie tun sollte. Sollte sie auf den Flur rennen und Hilfe rufen? Irgendwo anrufen?

Kampen startete einen neuen Anlauf, den Dänen aus dem Gleichgewicht zu bringen. Aber der blieb einfach nur stehen und drückte Erlinger mit seiner riesigen Hand weiter gegen die Scheibe.

Er schlug aber auch nicht zu.

Merle Schwalb stand auf und trat näher.

Der Däne weinte.

Kampen sah es nun auch und ließ von ihm ab.

»Was ist los, Dirk?«, fragte Erlinger.

Der Däne näherte sich Erlingers Gesicht, bis seine regennassen Haare Erlingers Stirn berührten.

»Was hast du Odermann geschrieben?«

»Ich habe ihm gar nichts geschrieben.«

»Du hast ihn nicht heute schon konfrontiert?«

»Nein.«

»Angerufen? Unter Druck gesetzt?«

»Nein.«

Der Däne ließ Erlingers Jackett los und schubste ihn ein letztes Mal, deutlich weniger hart, ein Stück zur Seite. Dann drehte er sich um und setzte sich in Merle Schwalbs Sessel. Sein Blick war leer.

»Dirk«, hob Erlinger nochmals an, »was ist passiert?«

»Odermann hat heute Morgen versucht, sich das Leben zu nehmen. Hat sich einen Strick genommen. In der Garage. Seine Frau hat ihn gefunden, er ist im Krankenhaus. Koma.«

»Scheiße«, sagte Erlinger. »Hat er …?«

»Ja, er hat einen Abschiedsbrief hinterlassen. Und bevor du fragst: Er gibt alles zu. Der Mann hat 25 Jahre für meine Zeitung gearbeitet, Arno. Ein Vierteljahrhundert. Was für eine Scheiße.«

»Kanntest du ihn sehr gut?«, fragte Merle Schwalb.

»Ja, sicher. Wir haben uns zusammen um die Volontäre gekümmert. Wir saßen in Lüneburg zehn Jahre auf demselben Flur, bevor ich nach Berlin gewechselt bin. Ich war auf seinen Geburtstagen, er auf meinen.«

»Wieso hast du gedacht, dass Arno was damit zu tun hat?«, fragte Kampen.

»Wieso wohl? Woher sollte Lenz denn sonst wissen, dass wir an ihm dran waren?«

»Das ist jetzt allerdings tatsächlich die Frage«, sagte Erlinger.

»Nein«, sagte Merle Schwalb, die in der Zwischenzeit ihr Laptop geholt und aufgeklappt hatte. »Ich weiß die Antwort. Ich weiß, warum er geahnt hat, dass er auffliegen könnte.«

Es ist eilig, weil sie zurückschlagen werden, gegen euch, hatte Popow gesagt.

Sie hatte in ihrem Twitter-Feed nach allen Tweets gesucht, in denen #Lügenallianz und @globus-magazin und @Norddeutsche_Zeitung vorkamen. Nun drehte sie den Bildschirm so, dass auch die anderen erkennen konnte, was sie sah: Die beiden Accounts, auf die Nick sie aufmerksam gemacht hatte, hatten sich vermehrt wie Fruchtfliegen.

»Ihr habt es hier zuerst gelesen: Bald erscheint eine neue #Lügenpresse-Geschichte von @globus_magazin und @Norddeutsche_Zeitung. Mal wieder nichts als Hetze gegen Russland. Verdammte NATO-Nutten! #Systemmedien #Lügenallianz.«

Im Rhythmus der gegen die Scheiben klatschenden Regentropfen rollten immer neue und neue Tweets herein.

Es waren Tausende.

***

Einen Tag später regnet es immer noch, nein, es regnet sogar noch mehr. Noch viel heftiger. Es sind keine einzelnen Tropfen mehr, die vom Himmel fallen, es sind Wände von Wasser, die herunterklatschen, auf sie, auf die Straße, die Bäume, auf alles. Die Gullys laufen über und drücken das Wasser, das hineinlaufen will, wieder heraus. Sie steht bis zu den Knöcheln in einer tiefen Pfütze inmitten des Boulevards Unter den Linden, zwischen den Fahrbahnen, zwischen den Bäumen, direkt gegenüber der russischen Botschaft.

Sie ist nass bis auf die Haut, aber es ist ihr egal.

Die Straße ist menschenleer bis auf ein einzelnes Taxi, das langsam an ihr vorbeischleicht, Richtung Alexanderplatz, die Scheinwerfer im Regen nur trübe Funzeln, die flappenden Scheibenwischer eine nutzlose Geste.

Es blitzt noch einmal, dann ist es wieder dunkel. Sieben Fenster zählt sie, sieben Fenster sind erleuchtet in der russischen Botschaft.

Odermann ist tot. Er hat es nicht überlebt. Aber nicht deswegen steht sie hier.

Popow ist nervös, Josefine musste ihn aufhalten, er wollte schon auf eigene Faust abhauen. Aber auch deswegen steht sie nicht hier.

Sie steht hier, weil sie geflohen ist. Vor dem Dritten Geschlecht.

Ein weiterer Blitz. In den Donner hinein flüstert sie: »Was wollt ihr von mir?«

Dann sieht sie, wie eines der sieben Lichter in der Botschaft gegenüber ausgeht. Als wäre es als Antwort gemeint.

Strippenzieherin im Hintergrund ist die als überehrgeizig bekannte Merlind Schwab.

Als sie am Morgen in die Redaktion gekommen war, waren Erlinger und Kampen schon da gewesen.

»Hast du ein paar Minuten?«, wollte Erlinger wissen.

Sie nickte, und er folgte ihr in ihr Büro.

»Dirk hat mich angerufen«, sagte er, stellte sein Kaffeeglas auf ihrer Fensterbank ab und blickte nach draußen in den Innenhof. »Hat sich entschuldigt, dass er so ausgerastet ist.«

»Angemessen.«

»Dass er ausgerastet ist?«

»Haha. Ich meinte die Entschuldigung.«

»Ja. Ich habe ihm gesagt, kein Problem.«

»O.K.«

»Aber in der *NZ* ist die Hölle los. Wegen Odermann. Dirk sagt, er weiß das mit dem Abschiedsbrief von Odermanns Frau, noch weiß das keiner in der Redaktion dort. Aber sie stehen unter Schock.«

»Verständlicherweise«, sagte Merle Schwalb.

»Er hat gefragt, ob wir Odermann aus der Geschichte rauslassen können. Aus Pietätsgründen.«

»Wie bitte?«

»Die *NZ* wird einen halbseitigen Nachruf auf Odermann bringen, ihn als Vorzeigejournalisten ehren. Wie sieht das aus, wenn wir ihn parallel als russische Marionette outen?«

»Das sieht scheiße aus, aber wir müssen es trotzdem tun.«

»Habe ich Dirk auch gesagt.«

»Und?«

»Er hat gewusst, dass wir das sagen würden. Er hat nur gebeten, dass du es nicht extrabrutal schreibst.«

»Weil ich ja für meine journalistischen Hinrichtungen bekannt bin!«

»Ich habe ihm gesagt, dass du den Text schreibst.«

»Danke.«

»O.K., das war das.«

»Ich hatte heute noch nicht mal einen Kaffee, Arno.«

»Ich hole dir einen.«

»Deine Freundlichkeit verunsichert mich etwas.«

»Schwälbchen, ich bin Teamplayer durch und durch. Jedenfalls auf der Zielgeraden.«

Während Erlinger Kaffee brühte, zwang sie sich dazu, sich einen neuerlichen Überblick über die Twitter-Kampagne zu verschaffen. Wie sie schon befürchtet hatte, waren viele weitere Accounts dazugestoßen. Und neue Tweets.

»Unsere Quellen sagen uns, dass die neue #Lügenallianz aus @globus_magazin und @Norddeutsche_Zeitung schon bald mit einer riesigen Volksverdummungsaktion herauskommen wird. Glaubt ihnen kein Wort! #Lügenpresse #Systemmedien #MakeRussiaGreatAgain.«

Die Soros-Muschis von der »Qualitätspresse« haben ein neues Märchen für euch geschrieben! In ein paar Tagen in @Norddeutsche_Zeitung und @globus_magazin. :) :) :)

Selbst vereinzelte englische Tweets kursierten mittlerweile. Und ein russischer, den sie mithilfe von Google Translate zu übersetzen versuchte, um wenigstens die Stoßrichtung zu erahnen. »Deutsche Medien Norddeutsche und Globus suchen russische Agenten in Deutschland, es ist zum Lachen!«, warf das Übersetzungsprogramm aus. »Was werden sie wohl gefunden haben??? Die Clowns von Damocles Research Group waren dabei!!!«

»Noch mehr Twitter-Scheiß?«, fragte Erlinger und stellte ihr ein Glas mit Kaffee auf den Schreibtisch.

»Ohne Ende. Ich fühle mich wie in einem Zimmer, das sich mit immer mehr Kakerlaken füllt.«

Sie klappte ihr Laptop zu, als sei es ein stinkender Mülleiner.

»Also, was gibt's noch zu bereden?«, fragte sie. »Ich hab zu tun.«

»Die Bild-Redaktion will wissen, was wir brauchen. Ich habe sie erst mal bis morgen vertröstet. Wäre keine gute Idee, jetzt schon ein Foto von Odermann besorgen zu lassen.«

»Ja, sehe ich auch so.«

»Und wir kriegen vier Seiten netto, dabei bleibt es?«

»Ja, ist im Redaktionssystem schon angelegt. Die Strecke hat insgesamt sechs Seiten, unsere vier plus eine ganzseitige und zwei halbseitige Anzeigen.«

»Die Anzeigen …«

»Ja, habe ich auch schon dran gedacht. Wir müssen mit der Anzeigenabteilung sprechen, was auf keinen Fall geht. Keine Gazprom-Anzeige, würde mir als Erstes einfallen.«

»Ja, und keine Werbung für eine Kreuzfahrt nach Sankt Petersburg, die haben wir auch manchmal im Blatt.«

»Ah, ja. Gut! Sagst du es ihnen, dass sie darauf achten sollen?«

»Ich schicke Lars«, sagte Erlinger mit größter Selbstverständlichkeit und machte sich auf, ihr Büro wieder zu verlassen.

»Hey, willst du noch was Lustiges hören?«, fragte sie ihn.

»Sure.«

»Javier Hederich hat auf meine Konfrontationsmail geantwortet. Er sagt, er habe bedauerlicherweise noch nie ein Angebot von staatlichen russischen Stellen bekommen, für sie Werbung oder Propaganda zu machen, sei aber sehr gerne dazu bereit.«

»Im Ernst?«

»Ja.«

»Drucken!«

»Ja klar!«

Die nächsten Stunden hatte sie damit verbracht, weiter an der Geschichte zu arbeiten und die ersten Zulieferungen zu sichten. Henk hatte bereits geliefert, Kampen immerhin einen ersten Teil. Sie wusste, dass sie hinter ihrem Zeitplan zurücklag. Aber noch gab es keinen Grund, panisch zu sein. Zumal sie noch keinen guten ersten Satz gefunden hatte. Und ohne einen guten ersten Satz fiel es ihr schwer, mit dem eigentlichen Schreiben anzufangen. Das war schon immer so gewesen. Also sortierte und sammelte sie weiter, kürzte Zulieferungen und recherchierte, wo es noch kleinere Lücken gab, in der Hoffnung auf eine Erleuchtung. Draußen war es wegen des Regens so düster, dass sie ihre Schreibtischlampe anmachen musste. Das Donnergrollen war mal leiser, dann wieder lauter, aber fast durchgehend zu hören.

Um halb zwei klopfte es an ihre Tür, und Kampen steckte seinen Kopf herein.

»Arno und ich gehen in die Kantine, willst du mit?«

»Ihr geht in die Kantine?«

»Hast du mal nach draußen geguckt?«

»O.K., bin dabei.«

Dann sah sie, dass in diesem Moment eine E-Mail von Henning Gernert, dem Blogger, eingetroffen war.

»Gib mir eine Minute, ich komme sofort«, sagte sie und öffnete die Mail.

Sehr geehrte Frau Schwalb,

vielen Dank für Ihre Nachricht. Ich habe mich schon seit Tagen gefragt, wann Sie sich endlich bei mir melden!

Ich mache es kurz: Unsere Antwort kommt heute um 15 Uhr.

Obwohl ja SIE es sind, die Fragen beantworten müssen!

H.G.

Unsere Antwort? Was meinte Gernert damit?

»Hallo?«, rief Kampen von draußen.

»Ich komme!«, rief sie zurück.

In der Kantine wählte sie den Grünkernbratling mit Paprikagemüse und Kräuterquark, Kampen nahm die gefüllte Paprika mit Chorizo, und Erlinger bestellte und bekam einen Antipastiteller, der nicht auf der Karte stand. Erlinger und Kampen bestritten das Gespräch am Tisch, sie war in Gedanken und hörte kaum hin.

Als sie um 14 Uhr 30 wieder zurück im Büro waren, setzte sie sich an ihr Laptop und öffnete im Minutentakt immer abwechselnd Henning Gernerts »GerniGroß«-Blog und ihr Mailprogramm. Was hatte Gernert gemeint?

Um 15 Uhr 02 sah sie auf seinem Blog plötzlich ihr eigenes Bild.

**Neuer Medienskandal:
Globus und NZ beim Lügen erwischt!**

Merle Schwalb überflog den Artikel. Dann klemmte sich ihr Laptop unter den Arm und rannte in den Besprechungsraum.

»Lars! Arno!«, brüllte sie. »Kommt sofort her, bringt eure Laptops mit!«

Dann rief sie Henk an und bestellte ihn ebenfalls in den 17.

Stock. Zuletzt tippte sie eine Nachricht in die Signal-Gruppe und las weiter.

»Gernerts Blog«, sagte sie, nachdem Erlinger und Kampen angekommen waren. »Und *Russia Up-to-date*. Und was weiß ich noch alles. Hier, *Sputnik* auch. Scheiße, die feuern aus allen Rohren!«

»Es ist wieder so weit, liebe GerniGroß-Gemeinde, ihr habt es sicher schon erwartet, es war ja klar, dass die Mainstreammedien nur wegen Arndt Kurzweg nicht mit dem Lügen aufhören werden!«, las Kampen hektisch vor. »Heute präsentieren wir euch exklusive Neuigkeiten, die den ach so seriösen Globus betreffen und die Lügner von der Waterkant, auch bekannt als Norddeutsche Zeitung! Schaut gerne gleich noch bei den großartigen Kollegen von *Russia Up-to-date* vorbei, die haben noch mehr saftige Details. Aber was ich euch schon verraten kann: Dieses Mal haben die ›Reporter‹ sich vorgenommen, unliebsame Kollegen IN IHREN EIGENEN REIHEN zu diskreditieren. Richtig gelesen! Seit Wochen schon ›recherchiert‹ eine Bande von ›Reportern‹ der beiden Blätter gegen ihre eigenen Chefs. Wahrscheinlich sind sie bei der letzten Gehaltsrunde zu kurz gekommen und wollen sich jetzt rächen. Und was macht man, wenn man seine Chefs loswerden will? Na logo: sie als russische Agenten diffamieren! Denn das funktioniert immer in unserer kleinen Bundesdiktatur: Wer Moskau nicht mit Mordor gleichsetzt, ist erledigt. Dumm nur, dass nichts von den Vorwürfen stimmt, wie mir meine Quellen sagen. Und die wissen es genau, glaubt mir!«

»*Russia Up-to-date* ist schlimmer«, sagte Merle Schwalb. »Viel schlimmer.«

Auch hier prangte ein Foto von ihr auf der Website. Daneben eines von Adela von Steinwald.

»Exklusiv: *Globus* recherchiert seit Wochen gegen eigene Herausgeberin« lautete die Überschrift.

Während sie las, spürte Merle Schwalb, wie ihr Herz pochte und es ihr den Hals zuzog. Der Text bestand aus einer Mischung von Lügen, wahren Informationen, Halbwahrheiten und Häme. Eine Gruppe von *Globus*-Reportern habe im vergangenen Monat von einem CIA-Zuträger gehört, dass Adela von Steinwald eine russische Agentin sei, hieß es. Und habe daraufhin mit der Hilfe krimineller Hacker aus der Ukraine die Telekommunikation des Dritten Geschlechts überwacht, um Beweise zu sichern. »Für diesen Auftrag allein dürften Zehntausende Euros verschwendet worden sein«, schrieb *Russia Up-to-date.* »Er erinnert an die finstersten Zeiten des britischen Boulevard-Journalismus und zugleich an den Kurzweg-Skandal, der vor einigen Jahren schon einmal die angeblich so seriöse deutsche Presselandschaft erschüttert hat.«

Sie war gerade bei der Passage angelangt, in der die *Norddeutsche Zeitung* erwähnt wurde, als Henk in ihren Besprechungsraum gestürzt kam.

»Unglaublich«, sagte er. Aber keiner von ihnen antwortete, niemand blickte auch nur auf, alle lasen auf ihren Geräten.

Die *NZ*-Kollegen, schrieb *Russia Up-to-date* weiter, hätten sich von der Hexenjagd des *Globus* anstecken lassen und ihrerseits nach einem vermeintlichen russischen Agenten in ihrem Haus zu suchen begonnen, »mit ähnlichen Methoden«.

Als Nächstes behauptete *Russia Up-to-date*, mit allen maßgeblichen russischen Stellen gesprochen zu haben: »Die Reaktion war einhelliges Gelächter. An dieser Geschichte ist absolut nichts dran, so viel scheint klar.« Einige der befragten »Diplomaten« hätten allerdings die Möglichkeit in den Raum gestellt, dass die betreffenden Reporter »wissentlich oder unwissentlich auf eine US-amerikanische Desinformationskampagne hereingefallen sind«. Diese, so die »Diplomaten«, würden in letzter Zeit stetig aggressiver und richteten sich standardmäßig gegen das Image Russlands im Westen.

Der Skandal werde den *Globus* schwer treffen, prophezeite der Artikel. »Gerade erst hat das Blatt einen Rassismus-Skandal hinter sich, jetzt folgt Russland-Gate. Peinlich.«

Unter den »aus dem Ruder gelaufenen Reportern«, hieß es weiter, seien preisgekrönte Redakteure: »Wieder einmal zeigt sich, dass Journalistenpreise das Metall nicht wert sind, aus dem sie geschmiedet sind.« Die betreffenden Jurys würden sich in den kom menden Wochen die prämierten Texte sicher noch einmal vornehmen müssen.

»Strippenzieherin im Hintergrund aber ist die als überehrgeizig bekannte Merlind Schwab«, schloss der Artikel. »Uns liegen Auszüge von E-Mails vor, die Merlind Schwab mit anderen aus der Gruppe ausgetauscht hat und in denen sie Adela von Steinwald als ›Hexe‹ tituliert. In einer Mail heißt es ›die adelige Schlampe muss weg‹. Hass als Ersatz für Recherche? Im *Globus* dürften die Zeichen nun auf Sturm stehen.«

»Ganz Twitter dreht durch«, sagte Kampen. »Und die ersten Kollegen von anderen Zeitungen fragen sich, was hier los ist.«

Es war 15 Uhr 28, als Merle Schwalbs Telefon klingelte. Es war die Nummer des Vorzimmers von Adela von Steinwald. Sie ging nicht ran.

»Dass die sich das trauen«, sagte Henk kopfschüttelnd. »Hier, auf *Sputnik* schreiben sie, du hättest Adela eine Hexe genannt, Merle.«

»Ja, das hat *Russia Up-to-date* auch«, sagte Kampen. »Und morgen steht es in *Bild*, weil es gibt ja zwei Quellen.«

»Merle, ist alles in Ordnung? Du siehst nicht gut aus«, sagte Henk.

Merle Schwalb reagierte nicht.

Es war 15 Uhr 29, als Erlingers Telefon klingelte.

»Ja«, sagte er, schnipste dann mit den Fingern, bis Merle Schwalb ihn ansah, hielt den Lautsprecher des Handys zu und flüsterte: »Adela will dich sehen.«

»Auf keinen Fall«, flüsterte sie zurück. »Nicht jetzt.«

Erlinger presste wieder sein Ohr ans Telefon, sagte »O. K.« und legte auf.

»Sie ist unterwegs hierher«, sagte er.

»Ich kann nicht«, sagte sie. »Nicht jetzt. Ich kann nicht.«

Sie steht im strömenden Regen vor der russischen Botschaft Unter den Linden, und sie weiß nicht, warum. Sie hat das *Globus*-Gebäude verlassen, auf der Flucht vor Adela von Steinwald, und ihre Füße haben sie hierhergetragen, 700 Schritte weit, aus einem Grund, den sie nicht kennt. Wie lange steht sie schon hier, zehn Minuten? Fünfzehn?

Strippenzieherin im Hintergrund ist die als überehrgeizig bekannte Merlind Schwab.

Sie ist klatschnass, kein Quadratzentimeter ihrer Kleidung oder ihrer Haut ist noch trocken.

Vielleicht bleibe ich einfach hier stehen, denkt sie, bis irgendetwas passiert.

Dann tippt jemand vorsichtig an ihre Schulter.

Es ist Henk. Er nimmt sie in den Arm, dann geht er vor, sie folgt ihm. Sie weiß nicht, wohin sie gehen. Aber an jeder Straßenecke, die sie passieren, kommt jemand dazu. An der Ecke Unter den Linden und Friedrichstraße treffen sie auf Kampen, der aus Richtung Alexanderplatz kommt. An der Ecke Friedrichstraße und Georgenstraße steht Erlinger, der vom S-Bahnhof her kommt.

Sie haben mich gesucht, denkt Merle Schwalb.

Sie laufen zusammen durch den Regen bis zum Parkhaus in der Dorotheenstraße, wo sie in Kampens riesenhaftes SUV steigen.

»Wohin fahren wir?«, fragt Merle Schwalb.

»Nach Klein-Kirschsiep«, sagt Henk. »Die anderen kommen auch. Krisensitzung.«

»Was ist mit dem Dritten Geschlecht?«

»Wir sind direkt nach dir gegangen. Sieben Anrufversuche seither.«

»Irgendwann müssen wir mit ihr reden.«

»Nicht jetzt.«

»Es ist alles vorbei.«

»Nein, Merle. Noch nicht.«

***

Als sie in Klein-Kirschsiep eintrafen, hatte es aufgehört zu regnen. Die Wolken waren noch da, aber nicht mehr schwarz, sondern hellgrau. Vom Giebel des Haupthauses tropfte es, die Regenwassertonne neben der kleinen Treppe, die zum Eingang führte, war randvoll, der Boden über der Wiese dampfte. Die Farben der Blumen und der Blätter erschienen Merle Schwalb wie abgetönt, als hätten sie sich von dem Gewitter noch nicht erholt.

Kaum dass sie aus Kampens SUV ausgestiegen waren, stieß Maja die Tür ihres Hauses auf und kam ihr entgegen. Sie umarmte sie.

»Merle, das ist ja der Horror.«

»Danke, Maja. Ja, ist es wirklich.«

»Ist irgendetwas von dem Quatsch wahr?«

»Etwas«, antwortete sie. »Sehr wenig.«

Der Däne, Timur und Josefine waren schon da, sie hatten sich vor dem Nebengebäude versammelt, um sie in Empfang zu nehmen. Merle Schwalb ging auf sie zu. Henk, Erlinger und zuletzt Kampen folgten ihr.

Durch das Fenster des Besprechungsraums sah sie die schmale Gestalt von Alexander Popow. Als ihre Blicken sich trafen, winkte er ihr zu.

»Geht doch ruhig alle schon mal rein«, sagte sie. »Ich muss noch kurz was mit Henk und Arno besprechen. Wegen …«

»Ist in Ordnung«, sagte Timur und öffnete die Tür.

Arno Erlinger nahm eine Zigarette aus der Schachtel in seiner Hemdtasche, und Merle Schwalb bedeutete ihm, dass sie auch eine wollte. Zu dritt gingen sie zu der Feuerstelle, in der nass glänzende Reste halb verbrannter Holzscheite lagen.

»Wir müssen mit dem Dritten Geschlecht sprechen. Und es gibt nur eine Möglichkeit, denke ich, was wir ihr sagen können«, hob sie an.

»Ja?«, fragte Henk.

Erlinger scharrte mit seiner Schuhspitze in den feuchten Ascheresten, die Schlieren auf seinen hellbraunen Lederschuhen hinterließen. Sie fragte sich, ob er so geistesabwesend war, dass er nicht merkte, was er da tat, oder ob er seine Schuhe bereits abgeschrieben hatte.

»Wir müssen ihr sagen, dass das alles Lügen sind oder jedenfalls das allermeiste. Dass es eine Kampagne der Gegenseite ist, ja, dass wir damit quasi gerechnet haben.«

»Ihre erste Frage wird sein, ob es stimmt, dass wir ihr hinterherrecherchiert haben«, sagte Henk.

»Haben wir nicht«, sagte Erlinger. »Das waren die anderen. Absichtlich.«

»Ach komm, das wird nicht ziehen«, sagte Henk.

»Erzähl ihr von der Liste. Nicht zu viel, aber dass sie draufstand. Dass wir uns nicht dafür interessiert haben. Nur oberflächlich, kurz«, sagte Merle Schwalb.

»Ich bin mir nicht sicher, dass sie uns irgendetwas davon glauben wird.«

»Wir müssen mit ihr reden.«

»Willst du das vielleicht übernehmen?«, fragte Erlinger.

»Sehr witzig«, sagte Merle Schwalb. »Nein, ihr beiden müsst das zusammen machen. Euch kennt sie am längsten, und euch traut sie am meisten. Ihr müsst das machen, jetzt. Sie soll uns vertrauen, wir liefern.«

Erlinger warf seine Zigarette in die Asche und sah Henk an.

Henk nickte.

»Let's do it«, sagte Erlinger und holte sein Handy heraus.

Merle Schwalb entfernte sich ein paar Schritte. Sie war sich nicht sicher, ob sie zuhören wollte. Sie war sich noch weniger sicher, ob Henk und Erlinger wollten, dass sie zuhörte. Tatsächlich drehte Erlinger ihr auch den Rücken zu, sobald es bei Adela von Steinwald zu klingeln begann. Es klingelte offensichtlich nur einmal, denn sie konnte sehen, dass er zu sprechen begann. Henk stand dicht neben ihm, sodass er mithören und mitsprechen konnte.

Sie drehte sich ihrerseits um, blickte auf den Kartoffelacker und die Erdbeeren. Die Blätter der Erdbeerpflanzen waren mit aufgespritzter Erde besprenkelt. Ein schwarzer Käfer, dessen Panzer wie eine kleine Aubergine glänzte, kletterte an einer Staude empor und rutschte wieder ab.

Nur einzelne Worte oder Wortfetzen drangen an ihr Ohr.

»Natürlich nicht!«

»Adela … Adela, bitte …«

Nach fünf Minuten war das Gespräch vorbei.

»Typisch Adela«, sagte Henk, »sie glaubt uns nicht, aber wir sollen weitermachen.«

»Wir war sie drauf?«

»Wie Sauron. Amateure und Hasardeure hat sie uns genannt und noch irgendetwas auf -eure, oder, Henk?«, antwortete Erlinger.

»Vertrauensbruch fällt mir noch ein. Außerdem ist sie wütend, weil ungefähr jedes deutsche und jedes zweite ausländische Medium bei ihr angerufen hat.«

»Damit war zu rechnen«, sagte Merle Schwalb.

»Nicht für sie«, sagte Henk.

»Ich bin jetzt die berühmteste deutsche Journalistin der Welt«, sagte Merle.

»Du und eine gewisse Merlind Schwab«, sagte Henk und musste lachen.

Im Inneren saßen Kampen und die *NZ*-Kollegen schon an dem großen Tisch im Besprechungsraum. Als sie das Whiteboard sah, musste Merle Schwalb daran denken, wie sie sich das erste Mal hier versammelt hatten, wie sie und Timur den Übrigen erklärt hatten, warum sie glaubten, dass es eine Geschichte gebe, die sie zusammen recherchieren sollten. Es schien ihr eine Ewigkeit her zu sein, dabei waren es gerade einmal fünf Wochen.

»Sorry, wir mussten einmal kurz mit Adela sprechen«, sagte Merle Schwalb und setzte sich. »Habt ihr mit euren Leuten geredet?«

»Nur kurz«, sagte der Däne. »Aus dem Auto. Wir würden dabeibleiben. Wenn ihr auch dabeibleibt.«

»Ja, wir auch«, sagte Merle.

»Gut«, sagte Timur. »Sehr gut! Wir dürfen diese Schweine nicht mit solchen Einschüchterungstaktiken durchkommen lassen. Aus meiner Sicht war das ein Akt der Verzweiflung, uns mit Dreck zu bewerfen.«

»Nein«, sagte eine leise Stimme, die Merle Schwalb erst nicht zuordnen konnte. Sie drehte sich nach hinten um, von wo die Stimme gekommen war, und sah Alexander Popow, der sich aus der Küche einen Hocker geholt und sich unbemerkt neben die Tür gesetzt hatte.

»Alexander?«, fragte sie.

Popow stand auf und gab Josefine ein Handy. »Danke, dass ich dein Telefon benutzen durfte. Ich habe jetzt das Wichtigste gelesen und angesehen.«

»Und du findest, es ist kein Akt der Verzweiflung?«

»Nein, es ist ein Akt des Krieges. Die Speznas denken, sie sind im Krieg. Immer denken sie das. In Syrien ist es ein richtiger Krieg. Hier ist es ein politischer Krieg. Aber Krieg ist Krieg. Für sie. Und heute, das war eine Schlacht.«

»Eine Schlacht?«, fragte Henk.

»Nur eine Schlacht«, sagte Popow. »Das war nicht alles. Es kommt noch mehr.«

»Na, du bist ja ein richtiger Gute-Laune-Bär«, sagte der Däne und griff sich ein Bier aus der Kiste.

Krieg also, dachte Merle Schwalb, als sie, viele Stunden und noch mehr Biere später, in ihrem Bett lag – im Ernst jetzt? Sind Journalisten nicht sonst immer Zivilisten? Wie das Rote Kreuz oder so?

Niemand hat mir Krieg beigebracht. Meine Dozenten an der Journalistenschule nicht, mein Mentor Henk nicht. Vor sinkenden Abozahlen haben sie uns gewarnt, vor dem bevorstehenden Ableben des Printjournalismus. Video, Audio und Podcast sollten wir lernen, bimedial, trimedial, quadrupelmedial. Aber niemand hat mir erklärt, Merle, in der Welt da draußen bist du eine Kriegspartei. Oder wirst so behandelt werden.

Es ist so einfach, uns zu bekriegen. Weil wir nicht vorbereitet sind, naiv und lächerlich idealistisch. Sie müssen uns nur zu einem ehrlichen Fehler zwingen, ein einziger genügt – und schon haben sie einen Ansatzpunkt, einen Hebel. Können das Schlachtfeld mit ihren Lügen fluten, bis niemand mehr irgendwem glaubt.

Weil der Fehler wie eine Lüge wirkt; und die Lüge wie ein Fehler.

Und wenn sie richtig gut sind, dann lügen sie nicht bloß. Dann machen sie es so wie heute, dann mischen sie Lüge mit Wahrheit, mit Übertreibung, Verzerrung und purer Fantasie. Bis sich niemand mehr zwischen zwei Versionen entscheiden muss, sondern die Wahrheit nur noch eine Option unter vielen ist.

Ich soll im Krieg sein?

Ich bin Angestellte!

Ja, Journalismus ist super, aber leider nicht alle Journalisten.

Ich auch nicht.

Ich bin so müde.

Und wenn Popow recht hat, dann ist es noch nicht vorbei.

Wann ist es endlich vorbei?

***

Merle Schwalb schlief schlecht in dieser Nacht. Das erste Mal erwachte sie um halb zwei. Sie tappte im Dunkeln auf die Toilette und hoffte, das leise Knarren der Holzbohlen würde niemanden aufwecken, während in ihrem Kopf noch Bilder eines abgebrochenen Traums herumtanzten, in dem eine Hecke eine Rolle gespielt hatte, vielleicht die Hecke vor Majas Haus, die sie vor ein paar Wochen geschnitten hatte, vielleicht war es aber auch gar keine Hecke gewesen, sie konnte es nicht mit Sicherheit sagen, irgendetwas Grünes jedenfalls, und es war ja auch egal.

Sie ging wieder ins Bett und hoffte, rasch einzuschlafen, aber es gelang ihr nicht. Sie dachte darüber nach, was sie morgen noch alles würden besprechen müssen. Unruhig warf sie sich hin und her, schlief für ein paar Minuten, nur um wieder aufzuwachen.

Einmal hatte sie im Halbschlaf das Gefühl, endlich einen ersten Satz gefunden zu haben, sie wollte aufstehen, um ihn aufzuschreiben, aber bevor sie es fertigbrachte, war sie schon wieder eingenickt. Ein neuer Traum begann, da waren Tante Grete und Onkel Johann und ein Meer, aber plötzlich trat sie im Schlaf erst ins Leere und dann gegen die Heizung und erwachte erneut.

Sie rieb sich ihren Knöchel und sah auf die Uhr auf ihrem Handy.

Es war 4 Uhr 28 am Morgen.

Sie seufzte und stand auf; es hatte keinen Sinn mehr, sie wusste, sie würde nicht noch einmal einschlafen. Sie zog sich an und stieg möglichst leise die Treppe hinunter, öffnete die Tür des Nebengebäudes, trat nach draußen und lief auf die Wiese hinaus, bis sie vor dem Holztisch stand.

Es war kühl hier draußen.

Und vollkommen still.

Sie lief an der Hecke entlang hinüber zum Haupthaus. Vielleicht, dachte sie, ist irgendwo ja ein Licht an, weil ihre Kleine Maja schon aufgeweckt hat, und ich kann mit ihr einen Kaffee trinken?

Aber alles war noch dunkel.

Also lief sie weiter, durch das schmiedeeiserne Tor hindurch, und überquerte die Straße vor dem Haus. Auf der anderen Seite der Straße lag ein Feld. Am Rande des Feldes stand ein Findling, auf den sie sich setzte. Auch von hier aus war kein Licht in Majas Haus zu sehen.

Die Nacht war sternenklar. Sie legte den Kopf in den Nacken, und nach einer Weile konnte sie tatsächlich die Milchstraße erkennen.

Sehr leise hörte sie das *Flapflap* eines Windrades in der Ferne.

Merkwürdig, dachte sie, mir ist hier tagsüber nie ein Windrad aufgefallen, das würde man doch sehen.

Das *Flapflap* wurde lauter.

Und nun hörte sie auch, von weit her, das Geräusch sich nähernder Autos.

Das *Flapflap* wurde noch lauter.

Merle Schwalb sprang auf und rannte zurück über die Straße, am Haupthaus entlang und bis zum Nebengebäude, um die anderen zu wecken. Aber der Hubschrauber war schneller, holte sie ein, flog direkt über sie hinweg, er dröhnte jetzt ohrenbetäubend, dann stellte er sich über dem Nebengebäude schräg in die Luft wie eine bösartige Hummel. Ein fetter Scheinwerferstrahl leuchtete auf und tauchte die Eingangstür in gleißend helles Licht.

Flapflapflapflap.

Sie schrie, aber sie wusste, dass niemand sie hören würde.

Im selben Moment preschten vier Polizeifahrzeuge in die Einfahrt, und ihr Blaulicht verwandelte alles, was sie sah, in eine Disco aus Grellweiß und Blau, das Blaulicht wanderte über die Fassaden der beiden Häuser, über die Wiese, über das Garagentor, sie selbst.

Die Tür des Nebengebäudes öffnete sich, und Henk trat heraus, in Schlafanzughose und T-Shirt, eine Hand an die Stirn gelegt, um seine Augen gegen das Scheinwerferlicht abzuschirmen. Ihm folgte Timur, in Jeans und Lederjacke, aber ohne T-Shirt, sein Mund stand weit offen.

»Achtung, hier spricht die Polizei«, dröhnte es aus einem Megafon, Merle Schwalb konnte nicht sehen, wer es in der Hand hielt, jemand im Hubschrauber, jemand in einem der Autos?

Ein halbes Dutzend Polizisten lief auf das Nebengebäude zu, ihre schweren Schuhe schlugen hart auf dem Boden auf, zwei von ihnen hatten ihre Waffen gezogen.

Die beiden bewaffneten Polizisten schubsten Josefine und Erlinger zur Seite, die gerade aus der Tür kamen, ebenso den Dänen und Kampen, die direkt hinter ihnen standen, und postierten sich neben der Tür, einer rechts, einer links.

»Alexander Popow«, dröhnte es erneut aus dem Megafon, »kommen Sie heraus!«

Henk, Erlinger und die anderen liefen zu ihr herüber, niemand interessierte sich für sie, die Polizisten schienen genau zu wissen, dass keiner von ihnen Popow war.

»What the fuck ...«, sagte Erlinger, aber er vollendete den Satz nicht, und niemand sonst sagte etwas.

Die Rotoren peitschten das Gras unter ihren Füßen auf und nieder und wirbelten ihre Haare durcheinander. Die Luft schien zu vibrieren. Blau und weiß, überall blau und weiß.

»Alexander Popow, kommen Sie sofort heraus, das Gebäude ist umstellt«, kläffte es aus dem Lautsprecher.

Es dauerte nicht lange, bis Alexander Popow im Eingang erschien.

Er ging sehr langsam, seine gelbe Sommerjacke sorgfältig zugeknöpft. Er hatte seine Hände erhoben. Kaum dass er zwischen den beiden Polizisten stand, warfen sie ihn zu Boden und fesselten seine Handgelenke mit Kabelbinder. Vier- oder fünfmal leuchteten Kamerablitze auf, hinter ihnen oder irgendwo neben ihnen.

Der Hubschrauber bewegte sich nun einige Meter nach rechts,

bis er über der Wiese stand, und landete neben dem Holztisch. Sein Scheinwerfer blieb auf das Nebengebäude gerichtet. Seine Rotoren wurden langsamer und blieben schließlich stehen.

Funkgeräte knackten. Verzerrte Stimmen drangen an ihr Ohr.

»Alexander Popow, Sie sind vorläufig festgenommen wegen des Verdachts des Mordes an Anatoli Nowikow«, brüllte einer der beiden Polizisten, die Alexander gefesselt hatten.

»Natürlich«, hörte sie Popow sagen.

Die beiden Polizisten nahmen ihn in ihre Mitte und schleiften ihn zu einem der Polizeiwagen. Sie stießen ihn ins Wageninnere. Aus einem der anderen Fahrzeuge stiegen weitere Polizisten aus und begannen, Absperrband rund um das Nebengebäude zu spannen.

»Alexander«, sagte Timur tonlos.

Der Däne und Erlinger zogen ihre Handys hervor und begannen hektisch zu wählen. Josefine setzte sich auf den Boden und umfasste beide Knie mit ihren Armen. Kampen schüttelte den Kopf, seine Hände zu Fäusten geformt.

Merle Schwalb löste sich von den anderen und lief langsam auf das Haupthaus zu. Maja stand vor dem Eingang, im Arm ihr weinendes Kind. Das Blau und Weiß tanzte über ihren Morgenmantel, über ihr sorgenvolles Gesicht.

Oder war es wütend?

Merle Schwalb ging zu ihr, stellte sich neben sie, aber wusste nicht, was sie sagen sollte.

»Es tut mir leid«, sagte sie schließlich.

»Ich gehe wieder rein«, sagte Maja. »Ich denke mal, von uns wollen sie nichts. Aber wenn doch, sag mir bitte vorher Bescheid.«

Merle Schwalb nickte.

Sie blieb vor dem Haupthaus stehen und beobachtete die Szenerie von hier aus. Der Däne und Erlinger liefen telefonierend umher, Josefine saß immer noch auf dem Boden, Henk und Kampen hatten jetzt die Köpfe zusammengesteckt, die Schatten ihrer Köpfe wegen des schräg stehenden Scheinwerfers grotesk verzerrt auf Majas Garagentor projiziert.

Sie sah, wie ein erster hellblauer Streifen am Himmel sichtbar wurde.

Sie ließ ihren Blick auf die Polizeifahrzeuge fallen, und plötzlich bemerkte sie, dass ihr, aus einem der Fenster, jemand zunickte. Es war Rita Althaus. Merle Schwalb nickte zurück, um sie wissen zu lassen, dass sie sie erkannt hatte. Die Verfassungsschützerin stieg aus dem Auto und lief, langsam, als wollte sie nicht gesehen werden, auf Merle Schwalb zu.

»Guten Morgen, Frau Schwalb«, sagte sie, als sie schließlich neben ihr stand. »Wie geht es Ihnen?«

»Nicht so gut bis jetzt«, sagte Merle Schwalb.

»Ja«, sagte Rita Althaus.

»Können Sie mir erklären, was hier los ist?«

»Alexander Popow wurde festgenommen, weil er in Verdacht steht, Anatoli Nowikow ermordet zu haben.«

»Das habe ich da vorne mitbekommen. Aber warum?«

»Weil es gestern einen anonymen Hinweis an die Polizei in Neukölln gab. Ein unbekannter Mann hat angerufen und behauptet, Alexander Popow habe ihm gegenüber damit geprahlt, Anatoli Nowikow getötet zu haben. Der Anrufer hatte zufälligerweise die Meldeadresse von Popow in Lichtenberg zur Hand. Und außerdem diese Adresse hier.«

»Ha!«, sagte Merle Schwalb.

»Ja«, sagte Rita Althaus.

»GRU, oder?«

»Ich wurde über das Ganze nur informiert, weil Nowikow, wie Sie ja vermutlich wissen, eine Quelle des Verfassungsschutzes war. Ich weiß auch noch nicht alles. Aber ja, ich habe keinen Zweifel daran, dass der anonyme Anrufer von der GRU war.«

»Wissen Sie das sicher, oder ist das eine Ihrer Plausibilitäten?«

»Ich habe gestern Nachmittag mit dem GRU-Residenten in der russischen Botschaft telefoniert. Lassen Sie es mich so sagen: Die russische Botschaft behauptet, keine Ahnung zu haben, wer Alexander Popow ist, und sie haben angeblich auch nie von einem Alexander Popow in Berlin gehört.«

»Was bedeutet das alles?«

»Dass es denen um Sie und Ihre Kollegen geht, Frau Schwalb. Die GRU-Leute haben herausgefunden, dass Popow sich hier aufhielt. Also hätten sie ihn auch entführen oder töten können. Aber das haben sie nicht. Es ist ihnen offensichtlich wichtiger, Sie und ihn zu diffamieren.«

»Zu diffamieren?«

»Haben Sie die beiden Fotografen gesehen? Dahinten, hinter den Polizeiwagen?«

»Ich habe nur die Blitze gesehen.«

»Die gehören nicht zur Polizei. Ich tippe auf *Russia Up-to-date*. Ich tippe, dass gleich auch ein Kamerateam von denen auftaucht. Oder hier schon irgendwo in den Bäumen sitzt. Die Bilder sind einfach zu gut, das lassen sich die Russen niemals entgehen. Ich habe gesehen, was die gestern mit Ihnen angestellt haben, Frau Schwalb. Heute wird es schlimmer.«

Merle Schwalb sah auf ihre Uhr. Mittlerweile war es fast sechs Uhr. Sie ging zurück zu Erlinger, Henk und den anderen, die sich, wie auf ein Kommando, um den Holztisch neben den Eichen versammelt hatten.

Sie erzählte, was sie von Rita Althaus erfahren hatte.

»Ich frage mich nur, wieso ein anonymer Anruf reicht, um so einen Einsatz auszulösen«, sagte sie.

»Ich habe mit dem LKA gesprochen und Dirk mit jemandem beim BKA«, antwortete Erlinger. »Es ist mehr als das. Sie haben sofort nach dem Anruf Popows Wohnung durchsucht, außerdem noch mal den Balkon inspiziert. Und Nowikows Klamotten lagen noch in der Asservatenkammer. Sie haben DNA von Popow auf dem Balkongeländer und auf Nowikows T-Shirt gefunden.«

»Aber auch das ist doch noch kein Beweis.«

»Dem Ermittlungsrichter hat es gereicht«, sagte Erlinger und zuckte mit den Schultern.

»Es gibt noch ein Problem«, sagte Merle Schwalb. »*Russia Up-to-date* ist schon hier, mit Fotografen.«

»Scheiße«, setzte Erlinger an. »Wie lange dauert es wohl, bis die …«

»Zu spät«, unterbrach ihn Timur und legte sein Handy vor ihnen auf den Tisch.

»FÜR EINE (FAKE-)STORY: DEUTSCHE JOURNALISTEN VERSTECKEN RUSSISCHEN MÖRDER IN BRANDENBURG!«

Darunter ein Bild, das die Festnahme Popows zeigte; im Hintergrund waren sie allesamt zu sehen.

Bevor sie den Artikel lesen konnte, trat eine Polizistin mit einem streng geflochtenen blonden Pferdeschwanz zu ihnen an den Tisch.

»Guten Morgen, die Damen, die Herren! Wir bräuchten bitte Ihre Personalien, wir werden Sie alle vernehmen müssen«, sagte sie.

»Nicht gerade jetzt, bitte«, sagte Merle Schwalb. »Geht das vielleicht auch ein bisschen später?«

»Nein«, sagte die Polizistin. »Wir machen das jetzt. Da drüben, bei unseren Einsatzfahrzeugen.«

Die Blaulichter der beiden Einsatzfahrzeuge, zu denen die Polizistin sie führte, drehten sich noch immer. Blau und weiß. Blau und weiß.

»Teilen Sie sich bitte auf, dann geht es etwas schneller«, bat sie.

Hinter den beiden Wagen wartete schon der Fotograf, bereit, neue Aufnahmen von ihnen zu machen. Merle Schwalb überlegte, ob sie die Polizistin bitten sollte, ihn davon abzuhalten. Aber sie ließ es bleiben.

Ist jetzt auch egal, dachte sie und beugte sich zu dem jungen Beamten hinunter, um ihm Namen, Adresse und Geburtsdatum zu diktieren.

Als sie fertig waren, stand sie mit Erlinger, Henk und Lars Kampen auf der Wiese vor Majas Haus. Es war hell geworden, ein fast wolkenloser Morgen, nur ein paar frühe Schäfchenwolken, noch orange vom Sonnenaufgang, standen am Horizont.

Erlinger fischte eine Zigarette aus seiner Hemdtasche und zündete sie an.

»Bist du eigentlich reich, Merle?«, fragte er.

»Was? Ob ich reich bin?«

»Mir geht es ziemlich gut, ehrlich gesagt. Ich muss ja auch keine Kinder versorgen, keine Ehefrau, keine Exfrau. Henk, wie sieht's bei dir aus?«

Henk antwortete nicht.

»Ich werde eine Weile klarkommen«, sagte Erlinger. »Ich hoffe, ihr auch.«

»Was soll das, Arno?«, fragte Kampen.

»Es ist jetzt« – Erlinger sah auf seine Armbanduhr – »7 Uhr 15, Lars. *Russia Up-to-date* ist seit über einer halben Stunde online. Ich bin mir ziemlich sicher, dass wir bereits arbeitslos sind.«

Kampen sah ihn erschrocken an.

»Du glaubst mir nicht?«, sagte Erlinger. »Komm, wir rufen Adela an! Ich wette mit dir, sie wird nicht mal rangehen.«

Er zog sein Handy aus der Hosentasche, legte es auf die Innenfläche seiner linken Hand, damit sie es alle sehen konnten, und wählte die Nummer des Dritten Geschlechts. Es klingelte einmal. Sofort erschien »Anruf abgelehnt« auf Erlingers Display.

Er versuchte es ein zweites Mal, mit demselben Ergebnis.

Und ein drittes Mal, mit demselben Ergebnis.

»Ruf Zumbrügge an«, bat Kampen. »Vielleicht kann Adela gerade nicht.«

»O.K.«, sagte Erlinger und wiederholte das Ganze mit der Nummer von Adela von Steinwalds Stellvertreter.

Anruf abgelehnt.

Anruf abgelehnt.

»Ich habe eine andere Idee«, sagte Merle Schwalb und trat ein paar Meter zur Seite.

Kaiser nahm sofort ab.

»Habe ich dich geweckt, Kaiser?«, fragte sie.

»Nein, das hat das Dritte Geschlecht schon erledigt«, antwortete Kaiser.

Merle nickte und sah zu, wie der Polizeiwagen, in dem Alexander Popow saß, langsam vom Hof rollte, begleitet von einem zweiten Wagen. Das Blaulicht war immer noch an und blendete sie.

»Merle?«, fragte Kaiser.

»Ich wollte dich fragen, weil du ja im Redaktionsausschuss sitzt …«

»Ja. Gerade eben kam das Fax, Merle. Setze ich Sie hiermit von meiner Absicht in Kenntnis … *bla, bla, bla* … Erlinger, Kampen, Lauter und Schwalb … Vertrauensverhältnis irreversibel geschädigt … grobe Verletzung der Dienstpflichten und des Arbeitsvertrages … fristlos, mit sofortiger …«

»Danke, Kaiser, das reicht mir.«

»Tut mir echt leid, Merle.«

»Mach's gut, Kaiser.«

Sie ging wieder zurück zu den anderen dreien und sah, dass nun auch der Hubschrauber startklar gemacht wurde. Langsam sprangen die Rotoren an, aber schon eine Sekunde später konnten ihre Augen die Rotorblätter nicht mehr auseinanderhalten, das *Flapflapflap* wurde wieder lauter, und merkwürdig ungelenk lösten sich die Kufen vom Boden.

»It's over!«, schrie Erlinger, obwohl er neben ihr stand. »Oder?«

Der Hubschrauber war nun direkt über ihr. Ihre Haare klatschten ihr ins Gesicht.

»Nein«, brüllte sie in den Motorenlärm hinein. »Vielleicht noch nicht.«

Aber sie war sich nicht sicher, ob Arno Erlinger sie gehört hatte.

EPILOG

Von: merle.schwalb@globus_magazin.de
An: AVS@globus_magazin.de
Betreff: EILT +++ Text +++ EILT
30. August 21:14 Uhr
Anhang: (1) Vermerk_Moskau.pdf
(2) Text.docx

Sehr geehrte Frau von Steinwald,
liebe Adela,

es ist genau fünf Wochen her, da sagten Sie mir, ich säße nun an der großen Kanone, und es sei Ihre Kanone. Heute kommen Sie sich vermutlich vor, als hätte ich diese Kanone auf Sie gerichtet – und abgedrückt.
Das ist nicht der Fall.
Zu keinem Zeitpunkt ging es mir darum, Ihnen zu schaden. Vielleicht fällt es Ihnen leichter, mir das zu glauben, wenn Sie einen Blick auf das Dokument werfen, das ich Ihnen im Anhang mitgeschickt habe. Ich habe es im Zuge unserer Recherchen aufgetrieben. Es handelt sich um einen Vermerk des russischen Außenministeriums an das Zentrale Nationalarchiv in Moskau. Auf Bitten des Botschafters in Berlin und als persönlichen Gefallen für Sie wird darin verfügt, dass alle vorhandenen Akten zu Ihrem Vater

Harald von Steinwald für die kommenden 30 Jahre gesperrt werden. Ich weiß nicht, was für eine Geschichte die Kollegen von der Norddeutschen Zeitung bringen werden. Aber ich weiß, dass dieser Vermerk darin nicht auftauchen wird, denn ich habe ihn für mich behalten.
Wobei: Das stimmt nicht ganz. Ich habe ihn heute Morgen an Arno Erlinger weitergereicht, außerdem an Henk Lauter und Lars Kampen. Wir wissen, dass Sie uns alle fristlos kündigen wollen.
In meinem Fall ist das nicht nötig. Ich informiere Sie hiermit über meine Kündigung zum nächstmöglichen Zeitpunkt, eine schriftliche Kündigung folgt in den nächsten Tagen. Ich kann mir nicht mehr vorstellen, beim Globus zu arbeiten. Aber ich werde mich auch nicht rausschmeißen lassen.

Anbei schicke ich Ihnen den angekündigten Text, vier Seiten netto, die Länge müsste passen.
Lesen Sie ihn oder lesen Sie ihn nicht. Drucken Sie ihn oder lassen Sie es bleiben. Aber ich bin Journalistin, und am Ende einer Recherche schreibe ich die bestmögliche Geschichte auf. Was sonst kann man als Journalist schon tun?

Bitte sehen Sie mir nach, dass ich ab sofort weder telefonisch noch per E-Mail für den Globus erreichbar sein werde.

Mit herzlichen Grüßen
Merle Schwalb

ANFANG

Geheimdienste
Falsche Fährten, Fake News und ein Toter

Der russische Militärgeheimdienst hat in Deutschland Propagandisten rekrutiert und bezahlt, darunter einen Journalisten und einen AfD-Politiker. Ein Doppelagent sollte außerdem den Verfassungsschutz in die Irre führen. Er starb unter dubiosen Umständen.

Von Merle Schwalb

Zwei Monate vor seinem Tod begann Anatoli Nowikow damit, abends die Tür zu seiner Wohnung abzuschließen, etwas, das er zuvor nie getan hatte. Der 27-Jährige lebte in der Hobrechtstraße im belebten Berliner Bezirk Neukölln in einer Mietwohnung, die er sich mit zwei jungen Deutschlibanesen teilte.

Am Abend des 24. Juli ist es warm. Menschen sitzen dicht gedrängt in den Straßencafés, Imbissen und Bars. Es ist genau 21 Uhr 17 Uhr, als Nowikow vom Balkon seiner Wohnung im dritten Stock stürzt und auf dem Asphalt aufschlägt, direkt neben den Stühlen eines arabischen Restaurants. Er stirbt noch am selben Abend. Seine Mitbewohner sind an diesem Tag in Beirut.

Unfälle geschehen. Aber die Berliner Staatsanwaltschaft geht davon aus, dass Nowikow ermordet wurde.

Ahnte Nowikow, dass er in Gefahr war? Vieles spricht dafür. Denn Nowikow, ein freundlich aussehender schlanker Mann, der meistens Jeans und T-Shirts trug und seine kurzen braunen Haare einmal in der Woche von einem Friseur im Viertel trimmen ließ, war Mitarbeiter des russischen Militärgeheimdienstes GRU.

Und ein Doppelagent.

Nach Informationen des Globus hatte er sich rund ein Jahr vor seinem Tod beim Berliner Landesamt für Verfassungsschutz als »Selbstanbieter« gemeldet und seither immer wieder Geheimnisse gegen Geld verraten. Dem Vernehmen nach waren es eher kleine Geheimnisse, nichts, was die deutschen Spione jubeln ließ. Aber sie betrachteten Nowikow als nützlich und hofften, dass er vielleicht noch aufsteigen würde in den Rängen der GRU, eines Geheimdienstes, der immerhin 25.000 Mitarbeiter hat und auf der ganzen Welt aktiv ist. So jemanden weist man nicht ab, wenn er sich anbietet.

Als Anatoli Nowikow geboren wurde, war die Sowjetunion schon untergegangen. Er wuchs nicht weit weg vom Kreml auf, im Stadtteil Twerskoj. Der Vater war Prokurist in einer ehemals staatlichen Möbelfabrik, die Mutter Sekretärin, nichts Ungewöhnliches. Anatoli beendete die Schule, schloss sich für zwei Jahre der Armee an, studierte dann Maschinenbau mit Schwerpunkt Akustik und Überwachung. Das allerdings machte ihn für die GRU interessant, die ihn direkt von der Uni weg rekrutierte. So jedenfalls schildert es ein Bekannter Nowikows.

Im Frühjahr 2018 wurde Nowikow nach Berlin versetzt, an die festungsartige Botschaft der Russischen Föderation inmitten der Prachtstraße Unter den Linden, ein Kaninchenbau der Diplomatie und Spionage mit Hunderten Büros und Tausenden Geheimnissen. Anatoli Nowikow teilte sich ein Büro mit vier Kollegen und einer Kollegin. Sie arbeiteten an der Verbesserung der Überwachungskapazitäten der GRU, deren Lauschstationen Experten zufolge einen Großteil der ungeschützten elektronischen Kommunikation im Berliner Regierungsviertel aufsaugen können.

Aber Nowikow, so schildert es ein Bekannter, der ebenfalls in der Botschaft arbeitete, war unglücklich. Er hatte

Heimweh, er fand keine Freunde in Berlin. Vielleicht war es die Suche nach einem Kick, die ihn beim Verfassungsschutz anheuern ließ, für markante politische Ansichten war er nicht bekannt.

Nur: Wer sich andient, der muss auch liefern.

Und Nowikow wollte liefern. Er konnte den Deutschen Details aus seinem eigenen, sehr speziellen Arbeitsbereich liefern; aber da gab es noch mehr. Er hatte etwas aufgeschnappt. Etwas mitbekommen, von dem er eigentlich nichts wissen durfte: dass die GRU quer durch Deutschland Helfer rekrutiert hatte, die in der deutschen Öffentlichkeit gegen Bezahlung prorussische Positionen vertreten sollten.

Propaganda. Desinformation. Fake News.

Seit Jahren klagt der deutsche Verfassungsschutz darüber, dass »staatliche und staatsnahe russische Stellen in Deutschland auf die Beeinflussung beziehungsweise Desinformation der deutschen Öffentlichkeit zielen«, wie es im aktuellen Bericht des Bundesamtes heißt. Ein Ziel dieser Operationen sei es, »die Einigkeit des Westens zu untergraben«, steht in einem Report der EU. Das zweite Ziel: »Russlands Image als Weltmacht befördern«.

Es ist eine globale Anstrengung. In den letzten Jahren sind russische Einflussoperationen quer über den Globus aufgedeckt worden, angefangen von der Einmischung in den US-Wahlkampf 2016 über die Brexit-Debatte in Großbritannien, die mithilfe russischer Bots in den sozialen Netzwerken angeheizt wurde, über eine russische Trollfabrik in Venezuela und aktive Wahlkampfbeeinflussung in rohstoffreichen afrikanischen Staaten. Das Repertoire der russischen Agenten ist dabei beeindruckend. Mal geben sie sich als US-Bürger aus und organisieren Kundgebungen zu heiß umkämpften Themen, zu denen Tausende arglose Amerikaner erscheinen. Mal sorgen sie dafür, dass ein Thinktank die russische

Annexion der Krim für legitim erklärt, und lassen russische Botschaften Übersetzungen des Papiers anfertigen und verbreiten. Mal infiltrieren sie französische Gelbwesten oder besorgen dem rechten Front National ein Millionendarlehen. Immer mit einem Ziel: den Spaltpilz in die westlichen Gesellschaften zu tragen.

Der GRU, offiziell die ›Hauptverwaltung des Generalstabes der Streitkräfte der Russischen Föderation‹, kommt dabei eine besondere Rolle zu. Seine Mitglieder bestehen in der Mehrzahl aus sogenannten Speznas, Spezialverbänden. Sie beherrschen die Kriegskunst ebenso wie Sabotage und klassische Spionage – und Mord.

Speznas kämpfen an der Seite Assads in Syrien und bilden Rebellen in Libyen aus. Aber sie steckten auch hinter dem Hackerangriff auf den Deutschen Bundestag im Jahr 2015, genauer genommen die Hackereinheit 26165, auch bekannt als APT28, auch bekannt als Fancy Bear.

Und wenn es sein muss, dann verüben die GRU-Agenten auch Attentate.

Im Juli 2018 waren es nach Überzeugung britischer Ermittler GRU-Agenten, die den Überläufer Sergej Skripal und seine Tochter in Salisbury mit dem Nervenkampfstoff Nowitschok vergifteten.

Mitten in Berlin, im Kleinen Tiergarten, wurde im Sommer 2019 der Georgier Selimchan Changoschwili, ein Kreml-Gegner, erschossen. Der Täter: mutmaßlich ein GRU-Agent, genau wie seine Hintermänner.

War Anatoli Nowikow, der 27-jährige Doppelagent aus Neukölln, das jüngste Opfer der GRU? Musste er mit seinem Leben dafür bezahlen, dass er sich dem deutschen Verfassungsschutz angeboten hatte?

Die Staatsanwaltschaft Berlin führt in dem Fall als Verdächtigen den 29 Jahre alten russischen Staatsbürger Alexander Popow. Er wurde am 30. August in der Ortschaft Klein-Kirschsiep in Brandenburg festgenommen, sitzt seither in U-Haft und hat sich bisher nicht zu den Vorwürfen geäußert. Die russische Botschaft Berlin hat nach Informationen des Globus gegenüber deutschen Ermittlern erklärt, sie kenne keinen Alexander Popow in Berlin. Sie gehe davon aus, dass es sich beim Todesfall Nowikow entweder um einen Unfall oder um eine private Auseinandersetzung gehandelt habe.

Das ist eine Lüge. Dem Globus liegt ein Ausweis vor, der Popow als Mitglied der GRU ausweist. Russische Investigativjournalisten von der Damocles Research Group haben die Authentizität des Ausweises feststellen können. Am mutmaßlichen Tatort, dem Neuköllner Balkon, sowie an der Kleidung Nowikows stellten deutsche Ermittler DNA-Spuren Popows fest.

Bewiesen ist damit nichts, aber es gibt ein Muster. Und in dieses Muster würde es passen, wenn die GRU einen Doppelagenten ermorden lässt.

Aber es geht bei dieser Geschichte um mehr als den mutmaßlichen Mord an Anatoli Nowikow. Es geht um die Frage, wie lang die Tentakel der GRU in Deutschland sind; und wie weit sie schon vorgedrungen sind bei ihrem Versuch, die öffentliche Meinung zu beeinflussen.

In diesem Zusammenhang ist eine Hinterlassenschaft Nowikows von ganz besonderer Bedeutung. Ein von Hand verfasstes DIN-A4-Blatt, zweimal gefaltet, überschrieben mit den Worten »Kürzlich abgesicherte Helfer für Einflussoperationen«. In dem Dokument finden sich 25 Einträge. Nowikow war überzeugt, es handle sich um die Namen, Daten und Codenamen von deutschen Staatsbürgern, die seine Kollegen in der Botschaft rekrutiert und für ihre Zwecke gekauft hatten.

Ein Team des Globus hat diese Liste in den vergangenen

fünf Wochen auszurecherchieren versucht. Was stimmt, was stimmt nicht? Was lässt sich beweisen? Dabei hat der Globus punktuell mit Kolleginnen und Kollegen der Norddeutschen Zeitung zusammengearbeitet. Die Schlussfolgerungen der beiden Teams sind nicht in allen Fällen identisch.

Diese Recherche führt ins Saarland und die Brandenburger Provinz. Sie führt in die Untiefen des Internets, in mehrere osteuropäische Hauptstädte und in Sackgassen. Teile der Recherche sind in den vergangenen Tagen bekannt geworden, allerdings in vielen Fällen absichtsvoll verzerrt dargestellt worden. Richtig ist, dass Journalisten von Globus und Norddeutscher Zeitung anwesend waren, als Alexander Popow festgenommen wurde. Alexander Popow war ihnen schon vor dem Tod Nowikows als Informant behilflich gewesen und genoss deswegen einen Vertrauensvorschuss. Über Popow erhielt der Globus Zugriff auf Nowikows Liste vermuteter deutscher Propagandisten.

Russland, sagte der britische Premier Winston Churchill im Oktober 1939 in der BBC, sei »ein Rätsel, verpackt in ein Mysterium, im Inneren eines Geheimnisses; aber vielleicht gibt es einen Schlüssel. Dieser Schlüssel ist Russlands nationales Interesse.«

Kein Satz könnte aktueller und zutreffender sein.

Er trifft auch zu auf die Liste, die Anatoli Nowikow führte. Denn während Nowikow sie zusammenstellte, wusste er nicht, dass er längst von seinen eigenen Kollegen als Überläufer enttarnt worden war.

»Die GRU-Leute in der Botschaft wussten, dass Nowikow für die Deutschen gearbeitet hat«, versicherte Alexander Popow dem Globus vor seiner Festnahme. »Sie hatten ihn beobachtet. Und es hat sie nicht gestört. Er war nicht so wichtig. Aber sie dachten sich: Warum nutzen wir es nicht? Für uns? Alter Trick. Der älteste von allen.«

Der älteste Trick von allen: Die GRU-Leute, so berichtet es Popow, der geltend macht, Augen- und Ohrenzeuge gewesen zu sein, hätten Nowikow, der von seiner Enttarnung natürlich nichts ahnte, regelrecht angefüttert. Ihr Ziel sei es gewesen, auf diese Weise die deutschen Verfassungsschützer zu verwirren. Sie sorgten deshalb dafür, dass Nowikow immer mehr Informationen in den Schoß fielen. Darunter waren zutreffende, bei denen die GRU-Kader davon ausgingen, dass sie den deutschen Verfassungsschützern längst bekannt waren – das sollte die Glaubwürdigkeit der Liste erhärten. Aber eben auch falsche Informationen. Falsche Fährten. Und, gewissermaßen als Sahnehäubchen, kunstvoll verrätselte Aktenzeichen, Tarnnamen, Buchstaben-Zahlen-Kombinationen oder zusammenhangslose Angaben (zum Beispiel: »06.WWER.028.AG« oder »Wie vereinbart am 27.Juli 2020, 35.000 Euro«), mit denen sich kaum etwas anfangen lassen würde. Das Ziel war es, den Doppelagenten unwissentlich zum Dreifachagenten zu machen, um die Berliner Spionageabwehr mit sich selbst zu beschäftigen.

Wahres, Falsches, Ausgedachtes.

Aber eben auch: Wahres.

Das Dorf Trockwitz liegt im südlichen Brandenburg, im toten Winkel zwischen zwei Naturparks und dem Spreewald, tiefste ostdeutsche Provinz. Knapp 1.700 Einwohner, eine Kirche, eine Kneipe namens »Mundschenk«, die montags geschlossen hat, eine heruntergewirtschaftete Druckerei, die in einem heruntergekommenen Fachwerkbau am Ortsrand untergebracht ist.

Die Druckerei gehört Konstantin Potzer, einem bulligen Mann, 53 Jahre alt, Glatze, abgewetzte Cordhose, Schnauzbart. Potzer ist Lokalpolitiker der AfD, er sitzt im Kreistag, wo er sich unter anderem dafür einsetzt, dass sein Landkreis eine Patenschaft mit einem Landkreis auf der russisch annektierten Krim eingeht.

»Abg. Wk 45«: So lautet Eintrag Nummer 7 auf der Liste von Anatoli Nowikow. Das war die Spur, der die Reporter gefolgt sind. Denn Sandheide-Trockwitz ist der Brandenburger Wahlkreis Nummer 45, und hier hatte Potzer im vergangenen Jahr erfolglos für den Landtag kandidiert.

Ist so jemand interessant für eine russische »Einflussoperation«?

Die Antwortet lautet: Ja.

Potzer ist in den vergangenen Jahren mehrfach als Wahlbeobachter bei fragwürdigen und teils völkerrechtswidrigen Abstimmungen in den Gebieten der ehemaligen Sowjetunion dabei gewesen, in Transnistrien etwa, in Berg-Karabach. Er trompetet im Kreistag fröhlich für Putin und die deutsch-russische Freundschaft, er hetzt gegen die USA, die EU und die NATO. So jemand hat Wert für die russische Propaganda, die meisten Deutschen leben schließlich in der Provinz.

Und Potzer hat Geld für sein Engagement kassiert: 4.500 Euro am 17. März letzten Jahres, 1.800 Euro im Juli dieses Jahres. Dem Globus liegen Potzers eigene Quittungen vor, ihnen zufolge erhielt er insgesamt 38.000 Euro von zwei Russen, die sich »Wassili« und »Sergej« nannten. Der AfD-Landesverband Brandenburg kündigte dem Globus gegenüber an, den Vorgang zu prüfen.

Es sei sehr selten, heißt es in einem Report des US-Kongresses aus dem Frühjahr dieses Jahres, dass gedungene Helfer der Russen bei ihren Einflussoperationen namentlich identifiziert werden könnten.

Aber manchmal gelingt es eben doch. So wie bei Potzer.

Oder so wie bei Henning Gernert (32), einem Blogger mit einem kleinen Büro in Berlin-Mitte, der sich gerne mit Ziegenbärtchen und modischen Sneakern präsentiert.

Gernert, der einst bei einem privaten Fernsehsender moderierte, ist ein selbst ernannter Aussteiger aus dem »Medienkartell«, wie er es nennt. Auf seinem Blog, in dem er sich selbst »GerniGroß« nennt, verbringt er einen guten Teil des Tages damit, Verschwörungsmythen zu verbreiten und *Fake News* zu propagieren. Immer da, wo es wehtut: spalten statt versöhnen, Streit statt Information.

Beispiele aus der vergangenen Woche: »Arabische Mafiaclans jetzt auch in Brandenburg und Sachsen aktiv!« Oder auch: »Belarus – was Sie in deutschen Zeitungen niemals lesen werden!«

Nach Recherchen des Globus erhält Gernert jeden Monat ein Gehalt in der erstaunlichen Höhe von 5.700 Euro. Und zwar von der Nachrichtenagentur Meteor in Sankt Petersburg, die wiederum, über drei Ecken, einem Kreml-nahen Oligarchen zuzuordnen ist, von dem bekannt ist, dass er dem russischen Staatspräsidenten gerne Gefallen tut, um sein Ansehen aufzupolieren.

Gernert äußerte sich auf Anfrage des Globus nicht zur Sache. Aber auch er stand auf Nowikows Liste, als Eintrag Nummer 3: »Henning Gernert – wie verhandelt«.

Gernert steht in russischen Diensten, aber er ist wahrscheinlich kein GRU-Rekrut.

Um das zu verstehen, muss man sich vor Augen führen, wie das weltweite russische Desinformationsnetzwerk funktioniert.

Staatspräsident Putin, sagen Experten, hat im Grunde einen Markt geschaffen. Einen Marktplatz für Narrative, die in Russlands Kalkül passen; und für Lügen und Halbwahrheiten, die dazu beitragen können, Russland Gegenspieler zu verwirren und zu spalten. Außerdem einen zweiten Markt für die Technologie und die Medien, um das alles zu verbreiten. Auf diesen Marktplätzen kann man reich werden, wenn man ein passendes Produkt anbietet, das dem Kreml gefällt. Oder man kann das Wohlgefallen des Präsidenten gewinnen, was fast so gut wie Geld ist, vielleicht sogar besser. Der Vorteil für den Kreml bei dieser Art von Outsourcing liegt auf der Hand: Nur selten lassen sich die Fingerabdrücke der Präsidialverwaltung nachweisen, wenn eine Operation auffliegt. Deutsche Verfassungsschützer können ein Lied davon singen.

Einer von denen, die auf diesem Marktplatz eine wichtige Rolle spielen, ist Jewgeni Gorlow, einst selbst Agent beim KGB und heute Oligarch mit Dutzenden über die Welt verstreuten Firmenbeteiligungen. Sein Geld stellt er gerne zur Schau, für ein Dinner in einem Moskauer Edelrestaurant ließ er angeblich eigens zwei Fische mit einem Privatjet aus Marokko einfliegen. Mit 51 Jahren ist Gorlow jung genug, dass ihm politische Ambitionen nachgesagt werden. Fürs Erste gibt er sich damit zufrieden, sich als forscher Player in Szene zu setzen.

Gorlow, das sagen russischen Rechercheure, sei in Berlin ganz besonders aktiv. Und Recherchen des Globus legen nahe, dass auch er mit dem Fall Nowikow zu tun hatte.

Denn Alexander Popow, der mutmaßliche Mörder Nowikows, hat nach eigenen Angaben immer mal wieder für Gorlow gearbeitet: »Ich war GRU. Aber nicht nur. Ich habe auch für Gorlows Leute gearbeitet. Sie sind überall, es ist nichts Besonderes, es ist Geld. Ein bisschen Geld dazu. Manchmal ist dein Chef GRU und Gorlow. Also, du denkst dir nicht viel dabei.«

Popow zufolge wusste die Seilschaft der Gorlow-Getreuen in der Botschaft in Berlin ebenfalls Bescheid über Nowikows Verrat. Und darüber, dass die GRU-Leute ihn an den Berliner Verfassungsschutz zurückspielen wollten. Diese Idee, sagt Popow, hätten Gorlows Leute in Berlin grundsätzlich gut gefunden.

Mit einem entscheidenden Unterschied.

Ihrer Meinung nach, so Popow, wäre die falsch-richtige Liste viel besser in den Händen von Journalisten aufgehoben. Gorlow ließ alle Anfragen des Globus unbeantwortet.

»Stiefel«, so wurden die Speznas der GRU zu KGB-Zeiten genannt, wegen ihrer Derbheit und weil man sie für simpler und ungehobelter hielt als die anderen Geheimdienstler der UdSSR. So scheint Gorlow heute noch zu denken, denn Popow zufolge schickte er einen seiner Fahrensmänner zu ihm mit den Worten: »Diese GRU-Stiefel verstehen das Spiel nicht! In der Hand von Journalisten wird die Liste viel mehr bewirken. Chaos! Streit! Einen Skandal. Die Journalisten werden sich zerfleischen, in aller Öffentlichkeit, nicht in einem heimlichen Amt, wo es keiner mitbekommt, und das ist es, was wir wollen!«

Popow bekam von dem Gorlow-Gefährten den Auftrag, Nowikows Liste an sich zu nehmen. Seiner eigenen Darstellung zufolge machte er sich deshalb am 24. Juli auf nach Neukölln, um Nowikow in seiner Wohnung zu besuchen und ihn dazu zu überreden, ihm die Liste auszuhändigen. Popow behauptet, bei seiner Ankunft habe Nowikow bereits verletzt oder tot auf dem Gehsteig gelegen; er sei in Nowikows Wohnung gegangen und habe die Liste aus Nowikows Schreibtisch entwendet.

Anschließend übergab Popow die Liste tatsächlich, wie von Gorlow gewünscht, einem Journalisten; so gelangte sie schließlich an den Globus.

Lasst die Wahrheit mit der Lüge kämpfen, forderte der englische Dichter John Milton in seinem Werk Arepagitica. »Wer hätte je gesehen, dass die Wahrheit in einer freien und offenen Begegnung unterliegt!«

Wahrscheinlich war das schon 1644 ein allzu optimistischer, ein idealistischer Gedanke. Das Geschäft der russischen Desinformationskampagnen der Gegenwart geht jedenfalls davon aus, dass die Wahrheit in einem Meer von Lügen, Verzerrungen und Halbwahrheiten kaum mehr zu erkennen sein wird. Ein fairer Kampf, wie Milton ihn sich ausmalte, ist das längst nicht mehr.

Cyril Raudzus, Professor für Geografie an der Universität des Saarlandes, ist eine der Personen, zu denen absichtsvoll eine falsche Fährte gelegt wurde.

Am Dienstag vergangener Woche empfängt Raudzus im Sprechzimmer seines Lehrstuhls in Saarbrücken, ein unscheinbares Büro, Stöße von Papier auf dem Boden verteilt. Raudzus, 48, ist ein typischer deutscher Professor: Jackett mit Ärmelschonern, bequeme Schuhe, in seinem Büro hängt Pfeifenrauch in der Luft. Raudzus war bis vor Kurzem Vorsitzender des »Academic Forum on Geopolitics of the East«, einer politisch nicht immer ganz zielsicheren Vereinigung, die schon mal Sympathien für die historisch begründeten Ansprüche Russlands auf die Ukraine erkennen ließ. In Nowikows Liste steht Cyril Raudzus mit vollem Namen. Dahinter die Summe von 25.000 Dollar.

»Ich habe keine Ahnung, was das soll«, sagt Raudzus. »Ehrlich, ich bin Wissenschaftler, wenn ich Geld mit meinen Kenntnissen über osteuropäische Geopolitik verdienen wollte, wäre ich längst Berater bei Gazprom.« Raudzus gibt zu, dass er mit dem russischen Attaché für kulturelle Angelegenheiten in Berlin befreundet ist. Aber weder ist dieser Attaché nach Globus-Informationen dem deutschen Verfassungsschutz als Spion bekannt, noch gilt Raudzus den deutschen Behörden als in irgendeiner Weise verdächtig.

Ein weiteres Bespiel für die hohe Kunst der Irreführung ist gleich der erste Eintrag auf Nowikows Liste: »GenMaj. i. R« heißt es dort. Und dahinter ein Geburtsdatum: »05.08.1962«. Das Geburtsdatum und der Titel passen auf Generalmajor in

Rente Markus Winfeld, er diente der Bundeswehr unter anderem in Afghanistan und im Kosovo. Heute ist er gern gesehener Gast in Talkshows, sobald irgendwo auf der Welt ein bewaffneter Konflikt ausbricht. Winfeld, soldatisches Aussehen, fast zwei Meter groß, schütteres Haar, lebt mit seiner Frau im tiefen Berliner Westen. Er nennt sich selbst »einen, der die Russen nicht hasst«. Das lässt sich auch an seinen TV-Auftritten ablesen, nach denen er in den sozialen Medien regelmäßig als Kreml-Lakai beschimpft wird.

Aber ist er das?

Winfelds Ehefrau serviert Earl Grey, draußen im Garten spielt Colliehündin Tessa, der Generalmajor sitzt in einem Ohrensessel und lacht. »Natürlich nicht«, sagt er. Er sei zwar vor drei Jahren von einem russischen Mittelsmann angesprochen worden. Man habe ihm ein Angebot gemacht, »Geld gegen etwas gute Stimmung«. Aber er habe abgelehnt, und nicht nur das: Er habe den Vorgang – »wie vorgesehen!« – unverzüglich dem Militärischen Abschirmdienst (MAD) gemeldet. Der MAD bestätigte den Vorgang auf Anfrage des Globus.

»Ich vermute«, sagt Winfeld auf die Frage, warum er auf der Liste gelandet sein könnte, »die Russen waren einfach sauer auf mich, weil ich Nein gesagt habe!«

Lasst die Wahrheit mit der Lüge kämpfen: Mitunter legten die GRU-Leute, die Nowikows Liste immer weiter anwachsen ließen, regelrechten Humor an den Tag. Gleich fünf der 25 Einträge sind Aktenzeichen. In Zusammenarbeit mit der Damocles Research Group hat der Globus sie untersuchen lassen. Es handelt sich um originale KGB-Aktenzeichen, die tatsächlich auf Desinformations-Operationen in Berlin verweisen – allerdings aus den Jahren 1976 und 1977.

Es gibt freilich einen weiteren wahren Fall auf Nowikows Liste. Es handelt sich um den Eintrag Nummer 10: »Lenz O., Bremen, 70.000 Dollar«. Es ist ein besonderer Fall, denn er wiegt besonders schwer: Lenz O. lebte in Bremen, aber er war Redakteur der Norddeutschen Zeitung in ihrem Stammhaus in Lüneburg, also Mitarbeiter einer der größten deutschen Qualitätszeitungen.

Recherchen des Globus zufolge war das Arrangement besonders ausgefeilt. Lenz O. trat nicht selbst in Erscheinung. Stattdessen erfand er eine Art publizistisches Alter Ego, den Journalisten Piet Sattelmacher. Sobald O. über Russland schrieb und den Kreml kritisierte, war Piet Sattelmacher ihm auf den Versen und verriss O.s Kreml-kritische Kommentare und Leitartikel in prorussischen Medien in der Luft. Sattelmachers Artikel wurden mitunter in ein halbes Dutzend Sprachen übersetzt. Für dieses journalistische Doppelleben kassierte Lenz O. Nowikows Liste zufolge die Summe von 70.000 Dollar. Lenz O. hat zugegeben, dass er sich von den Russen kaufen ließ; das Geld benötigte er demnach, um seinen Töchtern ein Studium in den USA zu finanzieren.

Auch der Globus selbst taucht auf Nowikows Liste auf: Der Eintrag Nummer 11 (»AVS 03.03.1953«) bezieht sich zweifellos auf die Besitzerin, Herausgeberin und Chefredakteurin des Globus, Adela von Steinwald. Reporter des Globus haben diese vermeintliche Verstrickung im Zuge ihrer Recherche ohne Ansehen der Position Adela von Steinwalds untersucht und sind auf eine potenziell relevante Verbindung gestoßen. Adela von Steinwalds Familie stammt aus Ostpreußen, aus der Nähe des damaligen Königsberg und heutigen Kaliningrads, eine russische Exklave an der Ostsee. Frau von Steinwald hat sich in den vergangenen Jahren mehrfach bemüht, das nach dem Krieg enteignete Gutshaus der Familie zu erwerben. Mitte August dieses Jahres hatte sie Erfolg: Ausweislich eines Dokuments des Oblast Kaliningrad, also des dortigen Verwaltungsgebietes, erfolgte die Übertragung des Grundstückes und des Gebäudes für den symbolischen Preis von 100 Rubel, was in etwa einem Euro entspricht, vor zwei Wochen.

Im Rahmen der Kaufverhandlungen besuchte Adela von Steinwald Kaliningrad. Dem Globus liegt ein Foto vor, das Adela von Steinwald mit einer Reihe von Honoratioren zeigt; einer von ihnen ist Juri Schirkow, Leiter der Verwaltung des Bürgermeisters von Kaliningrad – und ein enger Gefolgsmann von Jewgeni Gorlow, dessen Wurzeln in Kaliningrad liegen und der, russischen Rechercheuren zufolge, die Geschicke der Stadt bis heute maßgeblich mitbestimmt.

Experten zufolge ist die Überlassung von Immobilien zu besonders niedrigen Preisen eine der Methoden, mit denen russische Stellen sich erkenntlich zeigen. Ist der Kaufpreis von einem Euro eine solche Art der Bezahlung?

Tatsächlich gibt es ein zweites Dokument, einen Vertrag zwischen Adela von Steinwald und der Stadtverwaltung von Kaliningrad, der den Kaufvertrag ergänzt. Aus ihm geht hervor, dass mit dem Immobilienerwerb die Verpflichtung einhergeht, das baufällige Gutshaus vollständig zu renovieren und der Öffentlichkeit als Kultureinrichtung zugänglich zu machen.

»Ich habe zu keinem Zeitpunkt krumme Deals gemacht«, sagt Adela von Steinwald. »Und ich habe weder gewusst, wer Jewgeni Gorlow ist, noch, dass er in irgendeiner Beziehung zu Juri Schirkow steht.«

Es besteht kein Zweifel, dass die offiziellen russischen Stellen die Existenz der Nowikow-Liste ebenso bestreiten werden wie die Existenz einer Gorlow-Seilschaft in Berlin und den Versuch der GRU, die deutsche Spionageabwehr in die Irre zu führen. Tatsächlich aber gibt es Grund zu der Annahme, dass die GRU die Festnahme von Alexander Popow ausgelöst hat. Die Festnahme folgte auf einen anonymen Anruf bei der Berliner Polizei, in dem ein Mann erklärte, Popow habe ihm gegenüber damit geprahlt, Nowikow getötet zu haben. Der anonyme Anrufer kannte nicht nur Popows Meldeadresse in Berlin, er verriet den Polizisten auch, dass Popow sich gerade mit den Rechercheuren des Globus und der Norddeutschen Zeitung in Klein-Kirschsiep aufhielt – eine Information, die nur mit nachrichtendienstlichen Mitteln in Erfahrung zu bringen war.

Es ist nicht auszuschließen, dass Popow Nowikow vom Balkon gestoßen hat. Aber wenn es so war, dann ist ebenso wenig auszuschließen, dass er es im Auftrag Gorlows oder der GRU tat.

Am Freitag der kommenden Woche wäre Anatoli Nowikow 28 Jahre alt geworden.

Mitarbeit: Arno Erlinger, Lars Kampen

ENDE

Um 23 Uhr 17, fast genau zwei Stunden nachdem Merle Schwalb ihre E-Mail abgesendet hatte, sah sie, dass Adela von Steinwald ihr eine Antwort geschickt hatte.

Merle Schwalb öffnete sie nicht.

DANKE

Am 12. Dezember 2020 ist David Cornwell alias John le Carré im Alter von 89 Jahren gestorben. Ich kannte ihn seit 2007, seit ich eine Zeit lang als Rechercheur für ihn arbeiten durfte. Niemand hat bessere Romane über Spione, Agenten und Verräter geschrieben als er. Er war außerdem einer der freundlichsten Menschen, die ich kenne; ein fantastischer Gesprächspartner und ein weiser Mentor. Ich habe ihm sehr viel zu verdanken. Dieses Buch ist ihm gewidmet.

Das Haus in Klein-Kirschsiep, das in diesem Buch eine große Rolle spielt, existiert wirklich. Der Ort heißt in Wahrheit anders, und ich werde nicht verraten, wo er liegt. Nur so viel: Das letzte Kapitel dieses Buches ist hier entstanden, und ich danke meinen Freunden Eva Kirschsieper und Georg Heil für ihre Gastfreundschaft. Die beiden sagen immer, das sei doch selbstverständlich. Aber das ist es nicht! Ich weiß das zu schätzen und bin dafür sehr dankbar. Georg, der einer der besten Rechercheure ist, die ich kenne, und den ich unbedingt dabeihaben wollen würde, sollte ich jemals in einer ähnlichen Lage sein wie die Kollegen des *Globus* und der *NZ*, danke ich darüber hinaus dafür, dass er so viel von seinem Fachwissen mit mir geteilt hat.

Ich danke meinem Freund Christian Budnik, der – wie schon bei *Radikal* und *Jenseits* – auch dieses Mal mit unvergleichlichem Feingefühl geholfen hat, die Sprache und den Plot dieses Buches zu glätten, zu schleifen und zu polieren. Er hat entscheidend dazu beigetragen, es an vielen Stellen besser zu machen. Wer solch einen Freund hat, der hat es gut.

Ich danke meiner Kollegin Alice Bota, eine der besten Russland-Kennerinnen, die es überhaupt gibt. Sie hat sich, ohne mit der Wimper zu zucken, durch alle Fassungen dieses Buchs gearbeitet, ob im Urlaub oder im Einsatz für die ZEIT – und mich vor weit mehr als nur einem Fehler oder einer Peinlichkeit bewahrt. Danke für deine Großzügigkeit!

Zu danken habe ich auch einigen Personen, die ich leider nicht namentlich nennen kann, weil sie in Sicherheitsbehörden arbeiten. Ich bin dankbar, dass sie mir gewisse Einblicke gewährt haben, die das Buch authentischer gemacht haben. Da, wo es nicht authentisch ist, geht es allein auf mein Konto.

Ich danke Clint Watts vom Foreign Policy Research Institute in Philadelphia, der sich, obwohl er unfassbar beschäftigt ist, trotzdem die Zeit genommen hat, meine Plotideen durch seine Expertenbrille zu begutachten. Kaufen und verschenken Sie sehr gerne sein Buch »Messing with the Enemy: Surviving in a Social Media World of Hackers, Terrorists, Russians, and Fake News«!

Ich danke Anna Mayr, Britta Stuff und David Hugendick für ihre Anmerkungen, Kommentare und Ideen. Euer Urteil bedeutet mir sehr viel!

Ich danke – unbekannterweise – dem britischen Historiker, Russland- und Geheimdienstexperten Mark Galeotti. Ich habe mir erlaubt, einige seiner Gedanken aus seinem Blog »In Moscow's Shadows« einer deutschen Verfassungsschützerin unterzujubeln. – *Mark, I hope you don't mind!*

Ich danke meinem Verlag Kiepenheuer & Witsch dafür, dass er auch meinem neuen Roman ein Zuhause gegeben hat. Und meinen beiden Lektoren Lutz Dursthoff und Martin Breitfeld, die eine fantastische Eigenschaft miteinander teilen – nämlich die Fähigkeit, einen Autor an sich selbst glauben zu lassen.

Meine Familie hat mir auch beim Schreiben dieses Buches den

Rücken freigehalten, mir Zeit geschenkt, mich motiviert und inspiriert – und klaglos ertragen, wenn die nächste Seite dringlicher schien als alles andere. Danke!

Mein ganz besonderer Dank gilt zwei ganz besonderen Freundinnen, die ich niemals missen möchte: Special Agent J. J. Fufenheimer und The Honourable Tilly (»Tolly«) Tillerson. Ihr seid die Besten!

Und natürlich Z.: Du kennst mich wie niemand sonst, und ohne dich ist alles nichts. Ich danke dir von Herzen.

Berlin, im Dezember 2020

Aus Verantwortung für die Umwelt hat sich der *Verlag Kiepenheuer & Witsch* zu einer nachhaltigen Buchproduktion verpflichtet. Der bewusste Umgang mit unseren Ressourcen, der Schutz unseres Klimas und der Natur gehören zu unseren obersten Unternehmenszielen.

Gemeinsam mit unseren Partnern und Lieferanten setzen wir uns für eine klimaneutrale Buchproduktion ein, die den Erwerb von Klimazertifikaten zur Kompensation des CO_2-Ausstoßes einschließt.

Weitere Informationen finden Sie unter:
www.klimaneutralerverlag.de

FSC www.fsc.org MIX Papier aus verantwortungsvollen Quellen FSC® C083411

Verlag Kiepenheuer & Witsch, FSC® N001512

1. Auflage 2021

Covergestaltung: Sabine Kwauka
Covermotiv: © shutterstock.com / selim bekil
Gesetzt aus der Adobe Caslon Pro und der Apotek Comp
Satz: Buch-Werkstatt GmbH, Bad Aibling
Druck und Bindung: CPI books GmbH, Leck
ISBN 978-3-462-00096-2